实控人

可汗 著

人民东方出版传媒
People's Oriental Publishing & Media
東方出版社
The Oriental Press

前言

过去的2022年，对绝大多数人来说都是异常艰难的一年。新冠疫情在肆虐了快三年后，虽然有了消退的迹象，但还远没有结束，经常此起彼伏，纠缠不休。为了保护更多人的生命健康安全，国家采取较为严密的封控措施，有效地控制和预防病毒向更大范围的扩散，尽可能地减少人民生命、财产损失。写作本书的想法就是在疫情封控期间，陪孩子上网课的一次闲聊中产生的。当时我们在读法国作家阿尔贝·加缪的《鼠疫》，并因此产生了一个有趣的哲学话题：生命和自由孰轻孰重？当然，讨论的结果是没有结果，因为我的孩子还只是一个即将毕业的小学六年级学生，我想通过辩论引导他形成独立思考的习惯。其间，他说："你也当过记者，为什么不把正在发生的疫情记录下来，写一本书呢？"此时，一旁的妻子看我整天无精打采的样子，也鼓励说："是啊，写本书吧！"

我做了20多年的财经记者，走访过300多家上市公司及100多家银行、证券、信托等金融机构，见证了中国资本市场蓬勃发展的历史时刻。说实话，我并不是一个优秀的记者，充其量不过是个信息的搬运工，而我当时最主要的工作是媒体运营。虽然我有一定的新闻写作经验，但是写小说就勉为其难了。因此，写什么题材就成了困扰我的问题。而当时的热点话题有很多，譬如：疫情、贸易战、脱钩、内循环等，但是这些都是当时正在发生的事情，无论从哪个角度写，都是盲人摸象，很难给人以全面而清晰的观感。有没有已经发生过的，对我们的生活工作有重大影响，并且还能提供些许借鉴意义的事件呢？

突然，我想到了2015年的股灾——那年的股灾改变了许多人的命运。股灾后的一年，我在高尔夫练习场邂逅了在事件中受了冲击而赋闲在家的一位中信证券的高管。我问他，“股市的灾后重建需要几年？”他说：“八到十年。”“需要那么久吗？汶川地震两三年不也就恢复过来了吗？”“老弟，一个是区域性的，一个是系统性的，完全不是一回事！”一语成谶，多少年过去了，我们的股市还维持在3000点附近，成为全球发展较慢的市场之一。一个系统性灾难的发生，是各种力量相互作用的结果，绝不是某个细节或环节的问题。解决问题要全面而系统，如政策法律层面的、交易制度层面的、监管层面的、上市公司层面的、中介机构层面的、市场参与者层面的以及投资者保护层面的，等等。如果仅从表象入手，头痛医头、脚痛医脚，得到的效果必将与预期谬之千里。

对于上市公司大股东的规范治理是近年来监管工作的重中之重，也取得了重大进展。但是，我们仍然看到有些一股独大的上市公司实控人，在监管不到位的情况下，运用各种手段，损害投资者利益。对这种行为的监管将长期考验监管机构的能力和智慧，让我们拭目以待。

小说是虚构的，里面的人和事是多种人物、故事的集合，不是单指某人某事。因此，如有雷同纯属巧合。

本书在成书的过程中，得到了前同事郝英、陈剑夫、马方业以及曹春、赵子河、李峰等朋友、同学的帮助与建议。在此表示感谢！

我万分感谢我的父母杨元业、赵元凤，是你们给了我们一个温暖的家，遮风挡雨、含辛茹苦地养育我们成人，并让我们顺利地开启了各自的人生旅程。养育之恩永难忘，祝你们健康长寿！

我还要感谢我的体育老师李永德，犹记得他当年带我们抬着垫子在冰冷的雪地里练滚翻，培养我们坚韧的性格。

感谢我的舅舅赵潜龙，在关键的时候扶我上马，走向不同的人生道路。

感谢我的妻子宋薇君鼓励、支持我写作。

最后要特别感谢我的儿子杨东啸，我是在他的启发下开始了写作，而且在整个写作过程中，他都帮我检查、校对、提意见。他是我的第一个读者，也可以说是我们共同创作了这部小说。我希望他永远都是勇敢正直的人！

可汗

2023 年 11 月写于北京

目　录

引子

“你还是要回到你那臭婆娘身边呗？”

刘金凤提着一把剔肉刀质问张华。那把刀长约30厘米，单面开刃。刀刃长约20厘米，开刃处打磨成细密的锯齿异常锋利。刀柄用的是黄铜，略有弯曲，长约10厘米，握着十分贴手。那是她在厨房里切肉、剔骨时经常使用的刀。那把刀已经被她运用得出神入化、妙入毫巅，只要握着它就没有切不开的肉、剔不尽的骨。

张华轻蔑地看着她，眼光中透出不屑与厌恶。

“是啊，怎么了？”

“她有什么好？”

一想到他那唱黄梅戏的前妻，她就妒火中烧。

“她比你漂亮，比你善良，比你温柔，比你体贴，比你善解人意。更重要的是没你那么多的烂账！”

“你不是说要替我解决的吗？”

“我都欠了一屁股的账，哪儿还有工夫替你解决？ 15亿啊？！那可是15亿！谁有那么多的钱给你？”

“那你睡了老娘怎么说？”

“你这个人皆可夫的烂货，睡了就睡了，难道还要我负责吗？”

“你这个臭流氓，把吃了我的吐出来，拿了我的还回来。”

“你完了。你欠了那么多的钱，就等着债权人上门追债吧！你是怎么把别人送进去的，别人也会怎么把你弄进去。你就等着下半辈子在牢房里度过吧！”

刘金凤没有丝毫的犹豫就把那把刀送进了张华的胸口，她异常地平静，就像武侠小说里的刀客，古井无波、冷若冰霜。

她只是有点奇怪，那一刀怎么就像小时候趴在家里的土炕上，拿母亲的缝衣针扎窗户纸一样简单、容易、不受力。杀人不就应该像杀猪那样，白刀子进去红刀子出来吗？猪不是要发出凄厉的惨叫吗？可是，张华怎么一点都不疼不痛，还一副惬意享受的样子？

想起杀猪她就呼吸急促，紧张兴奋。小时候，一年到头她最恐惧也最期待的就是那个时刻。大人们把挑选好的年猪，捆住四肢按倒在地。那只猪知道将要面临的遭遇，发出凄厉又悲惨的号叫。那叫声让她既恐惧又兴奋，她捂上耳朵，一双乌黑的大眼睛死死地盯着大人们的一举一动。只见屠夫从一个绿色帆布包里拿出一把磨得雪亮的尖刀，对准猪的咽喉"扑哧"一声捅了进去。

猪吃痛，惨叫着拼命挣扎。几个大人死死地按住，不让它乱动，一个人迅速拿过一个搪瓷脸盆放在猪脖子跟前。这时，屠夫抽出屠刀，殷红的猪血随着屠刀倾泻而出，喷进脸盆里。

过年是她小时候感觉最幸福的时刻，不仅能吃上肉还有新衣服穿。

她看着没入张华身体的刀，没有听到猪一样的号叫和可怜巴巴痛苦的哀求声，这让她感到十分不真实，也不踏实。她绝对不会轻饶这个负心汉的，一定要让他为绝情付出代价。她刺溜一下拔出刀。还是那么轻松自如，没有一点阻碍。刀依然是那么光亮如新，没有一丝血迹。而张华的身体上仅留 4 厘米宽的刀口，没有血液流出，只有一道细细的血痕，而且伤口还以肉眼可见的速度愈合。

张华哈哈大笑，讥笑她的神色确实像只破鞋，随手可弃！

她愤怒地再次将那把刀插进了他的身体，直至刀柄。这一刻，她终于从他的眼神当中看到了痛楚。

张华睁大眼睛张开嘴，低头看向她插进他身体的那把刀，接着又顺着她的手臂看上她的眼睛，难以置信她会做出这样的事情。他感觉那把刀就像一个火把，快要将他点燃了。他恐惧地想呼喊，可是发不出一丁点儿声音。他的眼睛睁得很圆，眼球好像要从眼眶里跳出来；嘴张得很大，有血流出，伴随着喉咙一张一合，发出含混不清的声音。他的身体开始僵硬，不受控制地向后倒去。

她兴奋极了，浑身战栗，终于找到那种期待已久的感觉，犹如高潮来临！她顺势拔出刀，张华的鲜血就像打开了消防水管似的，喷薄而出，溅得她满身是血，把雪白的公主服染得鲜红！

她极力想擦去身上的鲜血，可是任她如何努力都无法躲避张华身体里喷薄而出的鲜血，她走到哪里血就喷到哪里，逃也逃不掉。

她抱头鼠窜，惊恐万分地发出了一声撕心裂肺的大喊："不！"然后就醒过来了。

刘金凤赤裸着坐在床上，拼命喘气，豆大的汗珠顺着脸颊掉在胸前，又随着身体的起伏，顺着大腿根，滴落到床上。她的屁股底下已经湿了一大片了，异常难受，但是她无暇顾及。

她知道刚才不过是南柯一梦。对此，她早已习以为常、见怪不怪。旁边张华的呼噜声就是极好的证明。她急于想弄清楚的是这个梦预示着什么。血溅当场！是吉兆还是凶兆？今天上午约好了去和泰矢资产管理公司的负责人谈公司股权转质押的事情，这个梦预示着这件事情是谈得成还是谈不成？她惊魂未定，极力想寻找梦境与现实之间的关联。可是她绞尽脑汁也解析不出任何有价值的、好的预示。因为她早已把不好的选项都排除，好的也就寥寥无几了。既然最坏的事情没有发生，那就往好的方向想，也许这预示今天跟泰矢资管的谈判很顺畅，说不定还能一劳永逸地解决股权质押的老大难问题。

她这般想着，心里稍许宽慰，便感觉到身体迅即恢复正常。突然，她觉得手抓到了黏糊糊的东西，身上还散发出淡淡的血腥味。这个发现又把她吓了一跳，她急忙又看向旁边的张华。张华呼吸均匀鼾声依旧。那会是什么呢？她张开右手，手上有一些淡淡的血迹，再看身上，胸口处也有。

哪儿来的血呢？

她下意识地一摸，才知道来了例假，骂了一句："真晦气！"便把手上的脏东西抹到张华光溜溜的后背上，跳下床去卫生间里清洗。

张华被她弄得迷迷糊糊地醒过来。他转过身睁开惺忪的睡眼，说道："你怎么天天做噩梦？不是跟你说了吗？你那事儿都是小事儿，我大哥随便就把你的股票拉上去了，你很快就会解套了！"

张华见她跑进了卫生间没有应答，就又沉沉睡去。

刘金凤被梦境和现实恶心得够呛。她足足在淋浴间冲洗了一个多小时才堪堪感觉有些好转，便湿漉漉地披着浴巾出来。她看见张华肥硕的身躯斜趴在床上还在兀自酣睡，便气不打一处来，顺手抄起他的皮带抽了下去，吼道："快点起来，今天还有很多事情要做呢！"

第一章　元宝电厂

第一节

北京早高峰的交通拥堵足以让人窒息。

我一边小心翼翼地开车，一边听交通广播，及时了解路况信息。

生活在北京，而且不幸成为工薪一族，经受早晚高峰时段的道路堵塞那都是家常便饭！你要 2000 多万居住人口、近 500 万辆私家车保有量的城市交通畅行无阻，简直就是一种奢望。既然如此，你除了顺车潮随大溜，保证把自己的车辆顺顺当当安安稳稳地行驶到目的地之外，还有什么可奢求的呢?

如果你不慎或者不幸跟别人发生了剐蹭，特别是和一些边开车边看手机的司机发生摩擦，恭喜你，这一上午的工作安排就全泡汤了！你只能祈求老板仁慈一点儿，不要让他（她）的怒火把你吞噬了。

“丁零！”

说到老板，电话就响了。耳机里传来女性温柔的声音：“笑天总，到哪儿了？”

“我正堵在四环上，大约还有 10 分钟到公司。”我是根据路面上车辆行驶的速度估算到达公司的时间的。说堵，是因为行车缓慢，并不是真的堵死。在不堵车的情况下，从我家到公司开车也就用时 10 多分钟。

“哦，那你快点，一会儿我们开个会，有个急事需要商量一下。”

“好的。”

我正在纳闷有什么重要的事情需要老板这么早打电话来的时候，电话又响了。还是老板，不过这次腔调变了，有点强硬。

“你通知一下那几个战略发展委员会的委员，让他们也赶紧过来（开会）。”

“好的，我马上联系。”我先应承下来。

现在车还行驶在路上，打电话发短信都不方便，还是等到了公司再说吧。

我来老板这里上班还不到两个月，她是这家上市公司的实控人。我在她这里工作的时间虽然很短，但是相识已有七八年。我还是她的财富公司的一个小股东。

在此之前，我做了20多年财经媒体的记者工作，后来媒体成立了投资公司，便去那里任职。我们的初衷是利用媒体的信息优势做一些创业投资项目，可是因为其中一个重要的公司股东债务违约，导致公司被清算，我也因此处于下岗待业状态！尽管我对于将来何去何从有些迷茫，但是在没有想清楚干回老本行还是另起炉灶之前并不准备仓促地找工作。我想看看周边的朋友们在干什么，希望从他们所从事的事业当中为我下一步的择业找到一些参考。说实话，人到中年要再就业真的是一件痛苦的事情！

那天，我到老板公司喝茶聊天。她了解了我的处境后，就说：“反正你现在闲着没事，不如到我公司来帮帮忙，等你找到你想干的工作再去也不迟！”我想骑驴看马未尝不是一种选择，于是就答应来她这里上班。

一直以来，我都从事跟新闻媒体相关的工作，到一家生产制造型上市企业任职还是有些忐忑不安。所以跟老板约定先不在上市公司任职，在外围帮忙即可。恰好，她在集团层面搞了个战略发展委员会，规划企业的长远发展以及寻找和储备一些投资、并购项目。我就被老板安排在这个战略发展委员会里，主要负责企业形象策划、媒体宣传以及维护投资者关系。这份工作还真的适合我，起码到现在为止我还未出现任何纰漏。

吸引我到这里来的另外一个原因是，这个委员会里还有几个老相识，他们都是高尔夫球爱好者，有的还和我是同一个球会的。跟志趣相投的人一起共事当然是一件开心惬意的事情。何乐而不为呢？

我开车到达公司的时候还不到 8 点，楼下的停车位里不见老板绿色的保时捷新能源电动车，也没有顾问的丰田埃尔法——显然他们都还没有到。我找了个边上的车位把我的宝马轿车停好，就给战略发展委员会工作群里发了一条微信："有紧急会议，请 9 点前到公司。"就上楼了。

我不知道老板嘴里说的一会儿究竟是多大一会儿。既然他们的车都还没有到，那么 8 点 30 分是公司的上班时间，通知 9 点开会这样安排也很合适。

公司里最早来上班的人永远都是刘老师。虽然这话多少有些夸张，但刘老师确实是公司里上班最勤快的人之一。这跟她做老师时养成的早起早到的职业习惯有关。

刘老师是浙江人，60 岁左右。她虽然看着有些瘦弱，却很干练，退休后被老板请到公司，在办公室主任老武的手下分担一些勤杂工作。虽然也是在北京生活工作了几十年，但她多少还是带着些江浙口音的，声音温柔可亲。

刘老师煮的早餐黑芝麻燕麦粥堪称一绝！她用一小袋南方黑芝麻糊、五六勺燕麦片、一把葡萄干加一小袋牛奶搅拌均匀，然后放进微波炉里转 2 分钟，一碗浓香四溢的黑芝麻燕麦粥就做成了。后来，我就把她的这个配方拿到家里给儿子做早餐，他吃了以后连声叫好。从此，我家的早餐表上也有了黑芝麻燕麦粥。

我走进办公室的时候，刘老师微波炉里的黑芝麻燕麦粥刚刚煮好，透出了浓郁的香气。

"笑天总早，需要给你倒杯咖啡吗？"

"谢谢！麻烦您把办公室收拾一下，一会儿要开会。"

"刚才老板说了，我已经收拾过了。"

"太好了，谢谢！"

“不客气！”

老板总是先人一步，把该安排的工作都安排好了。

在刘老师“嗡嗡嗡”的现磨咖啡声中，办公室里我也从老板给的老白茶饼上翘下一块儿，投进茶壶里煮起来。不一会儿，刘老师端来了冲泡好的咖啡。而此时，茶壶里的茶也煮开了，房间里飘满浓郁的糯香味。

不一会儿，公司里其他的同事也陆陆续续地上班了。虽然老板没有说什么事情如此紧急，但我还是觉得应该提前了解清楚，以便在开会讨论的时候有针对性地发表意见。一般而言，战略发展委员会的顾问也好，委员也罢，只做跟公司发展战略相关的一些工作，基本不参与上市公司具体的经营决策。因此，在战略发展委员会层面来说不可能有太紧急的事情，如果有的话，只能是上市公司的事情。

我叫来白燕舞。她是上市公司的总经理，当初跟着老板一起创业，是老板的忠实伙伴、闺密。“一会儿公司要开会，你知道什么事情如此紧急吗？”她支支吾吾地不肯细说，“滨海元宝电厂为了应付环保督察停炉了，详细情况一会儿开会的时候会给大家通报的。”

我知道从她那里再也问不出什么东西来了。一般老板交代的事情她都会守口如瓶的，跟谁说，对谁保密，她都严格地遵照老板的意思办。如果没有老板的准许，与事情相关性不大的人问起来，她是打死也不会说的。因此，我也就打发她走了。

9点多钟，顾问来了，我赶紧跟了过去。

“您知道上午要开什么会吗？”

“滨海市政府为了应对环保大督察，要求元宝垃圾发电厂停工停产检修设备和技术改造。”

顾问不需要隐瞒什么，三两下就把事件说清楚了。

其实，早在上个月（3月），战略发展委员会跟上市公司管理层在开公司发展战略研讨会的时候，曾经就滨海元宝的经营状况进行过讨论。当时还特别提到元宝电厂可能需要技术改造，会对当年的上市公司业绩造成影响。没想到此事来得这么突然。

知道了会议的大致内容后，我的心里也就踏实了。

“通知大家开会吧。”

“不等老板了吗？”

“她在外面还有其他事情，要我主持会议，讨论应对办法。”

“好的。”

战略发展委员会只有3个部门4个人，除了我和顾问，还有投融资部的范峰和产业发展部的王铁柱。范峰是我燕山大学经管学院的同学，还是同一个高尔夫球会的。虽然他的球技不怎么样，但是参与的积极性很高，每次下场总是输球最多，因此经常主动地给球童付小费。

参加会议的除了战略发展委员会成员外，还有上市公司总经理白燕舞、董事会秘书宋军、财务总监王梦金、证券事务代表赵雪。

顾问先让白燕舞通报了元宝电厂停工停产的情况。

原来事情是这样的，国家为了遏制地球生态环境进一步恶化，减少二氧化碳等有害气体的排放，争取在2030年前实现碳达峰、2060年前实现碳中和的“双碳”目标，计划在3年的时间里，对一些重点的省市、重点的区域进行环境保护大督察工作。督察的重点是因非法开采矿山、非法建设等造成的生态环境破坏，生活污水、污泥等城镇生活污染治理滞后，工业园区污染、非法处置危废等污染问题。

由于此次环保大督察是由国务院牵头组织实施的，规格高、要求严，因此，各地方政府、企业等都十分重视，积极配合，提早行动，及时发现问题及时进行整改，务求不留问题去除死角，把环境治理落到实处。

元宝垃圾发电厂是滨海当地最重要的生活垃圾处理企业，同时也是垃圾污染企业——垃圾发电的时候有有毒气体排放、填埋的垃圾污染土地等。最重要的是，在去年9月的一次环保抽查中检测出二噁英排放超标，被环保部门处罚并上了处罚黑名单！

对于这样的企业，地方领导当然很重视。

“4 月 12 日滨海市委书记、滨海市市长带领生态环境保护局、市城管局的主要负责人到元宝电厂进行调研。在对元宝电厂的主要设备运行情况及环保排放指标等进行了检测之后，当即决定元宝电厂停工停产，进行设备检修和技术改造。4 月 13 日，元宝电厂正式停产。”白燕舞说。

从时间上看，元宝电厂停产到现在已经过去快半个月了，我不知道元宝电厂的总经理陈海江有没有将企业停工停产的事情及时向老板汇报，但是这么重大的事情，想必老板不可能过了半个月才知道。现在不知道出于什么样的理由为半个月前发生的事情想办法出对策，不仅让人感到困惑，也不得不让人对她解决问题的态度产生怀疑！既然事态如此紧急，为什么不在事发当时就通知大家商议对策，非要过去半个月后才把这方面的信息释放出来，要我们研究对策，难道这里头有什么难言之隐?

“滨海市政府不仅做出了元宝电厂停工停产的决定，而且还在 15 号组织北京和上海等地的专家、设备供应商等对电厂的技术改造进行了现场论证，初步形成了一套需要投资 3500 万元的技改方案。并且在 19 号的政府工作会议上做出了由政府投资平台提供 2000 万元借款，用于电厂技术设备改造的决定。明确要求元宝电厂 5 月启动技改，3 个月时间完成技改验收，七月底、八月初复工复产。”

“这些内容都写进了政府的会议纪要里。”白燕舞补充道。

不得不说滨海市政府的工作效率还是很高的，考虑问题也很周全，不仅现场论证了电厂技术改造方案的可行性，而且还将提供资金支持。尽管这是一笔有息借款。

在白燕舞通报完情况以后，顾问说：“这次会议的重点是要讨论公司在元宝电厂技改前就把它卖了，还是找资金按政府要求老老实实、认认真真地进行技术改造。”

第二节

“元宝电厂是上市公司金域环保项目下仅有的两块资产之一。”白燕舞说，“该电厂主要从事滨海市城市生活垃圾无害化焚烧发电业务，自2015年正式投产运行。采用BOT模式——也就是特许经营权的模式运营。日处理生活垃圾500吨，每年垃圾处理量约16.67万吨；一期建设了两条日处理生活垃圾250吨的焚烧生产线（炉），并为二期预留了一条生产线的空间。配备7.5兆瓦冷凝式汽轮发电机组一台，年发电量可达0.6亿千瓦时，上网（国家电网）电量0.46亿千瓦时。

“元宝电厂的客户主要有两家，一家是滨海市综合行政执法局，另一家是国网滨海电力公司。滨海市综合行政执法局每天对进场垃圾量出具垃圾量确认单，滨海市财政依据垃圾量确认单，每月或每季度结算一次垃圾处理费。国网滨海电力公司会定期对公司上网电量抄表，每季度或半年结算一次国补电费。”

“由于生活垃圾发电属于国家重点支持的民生项目，元宝电厂每年还能从税务部门得到一些增值税退税。”财务总监王梦金补充说。

按照王梦金的说法，“元宝电厂自2015年正式投产运行以来基本上都是满负荷生产。特别是近三年，为了支持滨海市创建全国文明城市，更是超负荷生产，每年焚烧处理生活垃圾20多万吨。超负荷生产虽然每年为上市公司贡献500万元左右的利润，但是设备损耗也很严重，存在一定的安全隐患和各类环保指标超标的风险。而且，电厂当初设计的使用期限也是五年一检修。因此，现在即使政府不要求停工停产，电厂自身也确实到了该停产检修的时候了。”

事实上，像元宝电厂这样采用 BOT 模式运营的项目，对上市公司来说是一个相当不错的资产。首先，生活垃圾焚烧发电属于国家政策鼓励需要大力发展的环保行业；其次，由于生活垃圾焚烧发电具有区域垄断性，公司在获得某地区的特许经营权后，便形成对该地区市场的长期垄断。

最难得的是，BOT 模式不仅简单，而且具有稳定的收入来源和现金流入。所以人们经常把 BOT 项目比喻成会下蛋的母鸡。

当然，一两只母鸡并不能让你过上富裕的生活，但是如果你有 10 只母鸡的话，生活水平肯定不一样：不仅天天有鸡蛋吃，而且还有富余鸡蛋！

老板曾经有两只“母鸡”，去年把胶州电厂卖了以后，就只剩元宝电厂了。这并不是因为她不想卖，而是因为出价太高没有卖掉！

王梦金平时少言寡语，神情木讷，他皮肤黝黑，身体壮硕，看着不像是做财务的，更像是一个庄稼汉。他说话比较直接：“元宝电厂 2019 年总资产 2.6 亿元，总负债 1.8 亿元，营业收入 3900 万元，净利润 400 万元；去年，总资产 2.3 亿元，总负债 1.45 亿元，营业收入 3950 万元，净利润 530 万元。

“从财务报表上看，元宝电厂近两年的经营状况还是不错的，但是从实际运行来看，却存在巨大的风险：第一是电厂主要生产设备老化，受损严重，急需停产检修，甚至要大修；第二是银行还款压力大，财务成本高。元宝电厂在建设时期曾经向苏东银行贷款 9000 万元，上市公司做了抵押担保和信用担保，每年本金加利息还款 1000 万元，截至目前还有 5700 万元尚未付清，而贷款期限到 2023 年，还有不到两年的时间；第三是人员成本高，目前元宝电厂在职员工 72 人，每年员工工资、社保等支出都有 500 多万元，而且每年都面临有工人要求涨薪的压力。”

王梦金的这番介绍顿时让我感到压力巨大。怪不得老板总是说要把这电厂卖了。原来它真的不赚钱，而且还会赔大钱。

事实上，麻烦还不止如此。

“元宝电厂在建设初期做项目规划的时候，生活垃圾焚烧处理量是按每天 1000 吨设计规划的，分两期建设。一期建两条垃圾焚烧生产线，每天各处理大约 250 吨生活垃圾，全天合计处理 500 吨。也就是目前元宝电厂实际的生产能力情况。

“一期建设的时候，为二期预留了一条生产线空间，设计生活垃圾焚烧处理量每天 500 吨，计划在一期建完投产后的 2—3 年里建成运行。可是这几年里无论元宝电厂也好，母公司也罢，都没有资金投入建成二期。加之近些年来滨海经济发展迅速，产生的生活垃圾也越来越多，每天都有八九百吨生活垃圾需要处理，已经远远超出元宝电厂的处理极限。地方政府迫于无奈，于 2018 年给广答集团批建了一个日处理生活垃圾 500 吨的垃圾发电厂，并于去年 11 月建成运营。因此，滨海市有了两个生活垃圾发电厂，这在全国也是不多见的。”

滨海市政府在同一地区另外批建一个相同性质的生活垃圾焚烧发电厂，有没有侵害元宝电厂的利益？有没有行政审批违规呢？老板一直对此耿耿于怀。

毫无疑问，再建一个同等性质的电厂，必然对元宝电厂的利益造成损害。一是分流了元宝电厂的生活垃圾处理量，减少了营业收入；二是直接判死了元宝的二期待建工程。

对于这个问题，董事会秘书宋军的解释是，“在给广答集团批建生活垃圾焚烧发电厂的前期，滨海市环保、城管部门多次给元宝电厂发出尽快上马建设二期工程的催告函，并且还派人到场监督。然而，元宝电厂及其母公司——上市公司都筹集不到建设资金，只是一拖再拖。眼见处理不了的生活垃圾越堆越高，逼得政府实在没有办法了，只好再找一家有运营实力的企业，把原来给元宝电厂的二期的生活垃圾焚烧发电处理指标转给了广答。从这一点来说，政府的所作所为合情合理，不存在审批违规的情况。”

第三节

元宝电厂糟糕的经营状况还是大大超乎了我的想象。本以为，BOT这种经营项目虽然发不了大财，但是要做到旱涝保收自给自足还是应该没有问题的吧！就像养鸡，撒一把米就能下蛋，只是产出多少的问题。完全没有想到这种“鸡”还有可能变成贪吃的恐龙，反噬你的利润和投资。

宋军说：“自从老板接手这家公司以来，还是积极努力地想办法筹集资金把元宝电厂的二期项目建起来。如果二期项目按期建成，元宝电厂的规模效应就将发挥出来，经营状况将会得到极大的改善，企业价值也将随之水涨船高。无奈由于各种各样的原因，筹集不到二期的建设资金。同时，在得知政府把电厂二期项目的配额转批给广答时，就改变主意想将其卖掉。但是在和一些商家经过几次的谈判后，最终还是因为价格没有谈拢，不了了之。”

我认为宋军的说法还是比较含蓄的，有为老板的决策失误推脱之嫌。老板可能一心想卖高价，但是对懂行的收购者来说，一眼就能看出你的东西价值几何，她开出的价格在他们看来纯粹是漫天要价。

既然卖不掉，那就只有技改这一个选项了，除此之外，别无他法。

但是，技改也不是那么轻轻松松就能完成的，因为它是一个系统工程，而且耗资巨大。

王梦金每年在为元宝电厂做财务审计的时候，都要在电厂待上一段时间。因此，他对元宝电厂的工艺流程掌握得还是比较清楚的：“整个生活垃圾焚烧发电厂生产运营系统包含给料系统、垃圾吊（装）系统、焚烧锅炉系统、余热发电系统、自动控制系统、电气工程系统、烟气净化系统、化学除盐水系统、渗滤液处理系统、雨水污水系统、消防系统、危废库等各个系统模块。垃圾发电厂的生产装置及运行系统并不复杂，最核心的也就是焚烧锅炉、烟气净化、电气工程和自动控制这么几个部分，一般技改或大修都是围绕这几个部分进行的。”

让我感到奇怪的是，此次会议，经营部门没有提供一份较为翔实的技改方案，也没有把滨海市政府组织专家论证过的 3500 万元的技改方案拿出来讨论。我估计是老板刻意隐瞒了这份方案，怕这个方案把会议讨论的重点带偏了。老板想尽快将电厂出手，如果拿出技改方案的话，讨论的重点无疑都将集中在技改上了，达不到她出售电厂的目的。

王梦金对电厂的现状讲述得十分详尽，但是说到技改就含混不清了，只是说锅炉要修，烟气烟道要修，等等。具体怎么修？需要花多少钱修？又语焉不详。顾问也被他搞得晕头转向：“这样吧，铁柱和白燕舞完会后马上就去滨海市，迅速弄清楚元宝电厂的真实情况，落实技改重点，重新制定技改方案。王梦金，你们财务部门配合他们的工作，积极想办法筹集技改资金。”

最后，董秘宋军说：“元宝电厂是上市公司的一项重要资产，它的停工停产属于上市公司重大事项。按证监会、交易所的规定要求信息披露，这件事要不要披露？什么时候披露呢？”

这的确是一件令人颇感棘手的事情！现在披露吧，电厂是大修还是技改呢？大修要修多久？技改又要多久？大修或技改对上市公司的收入和业绩有多大影响？对公司股价造成多大的冲击？这些事情自己都还没有弄明白，你怎么披露呢？

如果现在不披露，那么何时披露？在什么条件下披露才能既不违反监管规定又对公司有利？对这件事情如何处理，大家一时相持不下。

从信息披露规范的角度来说，上市公司重大事项必须及时公告。但是从企业经营的角度而言，找到良好的对策后再披露可能更稳妥。实际上，大家都比较认可后一种做法。

但是至少得找个理由吧?

王梦金灵光一闪:“现在不是年报披露期（4 月）吗? 按相关规则，在此期间发生的事情可以在下一个披露期，也就是中报的时候披露。这样算，还有 3 个多月的时间，足够公司决定如何处理这件事了。”

人们有时真的很可笑，找理由的目的实际上是给自己不成熟的想法壮胆。

王梦金的办法实际上就是“拖”，拖到对自己有利的时候再说。如果条件不好对自己不利，就接着拖。这家伙，看着老实憨厚，实际上一肚子的花花肠子。

十点多的时候，走廊里传来“嗒、嗒、嗒”的有力而急促的脚步声，还伴随几声“咳、咳”的干咳声。大家知道，老板来了。

不一会儿，会议室的门被推开，在有力的脚步声和踢踏声的伴随下，老板走了进来。

老板身形矮小，四肢粗短！但并不是人们想象中的那种又矮又胖的人。相反，她虽然看上去有些矮胖，但是健硕有力，裸露在外的小腿和手臂就像秋天丰收的莲藕。

她身着迪奥的深蓝色公主服，黑色丝袜；脚穿蒂芙尼的公主鞋，鞋跟不高，中等，鞋面上镶嵌着硕大的施华洛世奇的水晶。在我见到她的大多数时间里，她都是这一身打扮：公主服、带有装饰的半高跟鞋，还有永远的黑丝袜！尽管因不同的场合、不同的季节，服装的颜色样式和鞋子都有不同的变化，黑丝袜却是永恒的。这让她显得很干练、很职业、很强势！我弄不清她的这身装束是请人设计过的，还是自己刻意为之，反正这身搭配就是她的专属形象！大冬天也是如此，用一件羊绒大衣或其他名贵材质制成的比较贴身的大衣裹着就出门了。极少看见她穿裤子和羽绒服之类的衣服，也许是因为那会让她显得矮小、臃肿。

总之，她肯定是想通过这种衣着打扮，显示精明干练的一面。事实也是如此，她留着乌黑的齐耳短发，眼冒精光，双手叉腰的时候，散发出极强的气场。

看上去，今天她的心情不太好，有些萎靡阴郁。她略带严肃的眼神快速地扫视了一下会场，然后对着顾问微微一笑，问：“咋样了？”

顾问笑着说：“你来得正好，元宝电厂的事情大家讨论出一个初步决定。信息披露的事情你来定夺。白燕舞，你把我们刚才讨论的结果跟老板汇报一下。”

白燕舞是她最信任的人。然而，她总是一见老板就紧张，磕磕巴巴的，话都说不利索。她大致地把开会讨论的重点给老板做了汇报，一边汇报一边留意老板的眼神，又四处观察其他人的脸色，生怕她自己说话说不到点子上，既让老板听不明白，又让别人看笑话。

老板听过以后说：“信息披露就按王梦金说的办，暂不披露，往后拖，等我们有了好的应对措施之后再说。铁柱总和白燕舞赶紧去滨海，现在就去。把那边的情况弄清楚，特别是要跟政府那边对接上，尽快把2000万元的技改借款的事情落实下来！”

她接着说：“元宝电厂技改的工作要做，但是还是要卖的！可以一边技改一边卖，你们都找找关系，看看有没有买家，尽快把它卖了。”

“最好现在就卖了！”她最后又强调了一句。

这个时候卖电厂是否明智？既然要卖，还借款修它作甚？这不是自相矛盾吗？

她突然话锋一转：“你们把陈海汪和晏弘斌给我开了。”

战略发展委员会的委员们面面相觑，不知道她为什么突然有了这样的决定。陈海汪是元宝电厂总经理，晏弘斌是副总经理。晏弘斌曾经是老板看好的经理人，被老板从其他地方派过去还不到一年。怎么说开除就要开除呢？然而，宋军、王梦金他们尽管也是一脸茫然，但是又很平静，似乎对老板这种跳跃式的表现习以为常。

“晏弘斌被陈海汪洗脑了，一起狼狈为奸，损害公司利益！”

老板先给她的心腹大患扣了一顶十恶不赦的帽子。

“电厂停产停炉这么大的事情（事前）有没有给公司汇报过？有没有请示报告？”

她盯着白燕舞，两眼放出慑人的光芒。

白燕舞支支吾吾地不知道要说什么好。老板也不待她把话说清楚，接着又说：“（滨海市）政府凭什么让电厂说停就停？凭什么替企业做主？还有，它凭什么组织召开企业技改的论证会，有没有通知企业参加？”

元宝电厂是BOT模式运营，产权归企业，但是监管在于政府环保部门和城管部门。如果企业在运行过程中出现问题，主管部门让你停就停，让你检修就检修有什么不对的？这不就是在行使监管职责吗？因为对环保检查高度重视，所以才组织技术专家和环保、城管等部门参加技改论证会，而且这个论证会陈海汪、晏弘斌作为企业代表都参加了。你说企业不知情那是说不过去的，陈、晏二人就代表了企业！

我看出她这一连串的发问只是想发泄心中的不满，有相当大的成分是在无理取闹。事实上，元宝电厂的这些问题她比谁都清楚，她也知道走到这一步是早晚的事儿，只是她不愿意承认而已。

去年，元宝电厂因为二噁英排放超标受到处罚的时候，陈海汪、晏弘斌就向她提交了电厂需要技术改造的报告，并指出技改的重点项目和资金需求。而政府牵头组织的技改论证会也是以此报告为蓝本进行讨论的。她原本是想在电厂停产技改之前就把它卖掉，而且她相信她能很快卖掉，所以她不想为此再多投入一分钱。

但是现在发生的一切打乱了她的计划，迫使她不得不面对一个更加复杂的局面。她自以为是却弄巧成拙，这让她感到愤怒、沮丧，因此就将责任推卸给陈海汪、晏弘斌，要拿他俩开刀。

顾问显然不会让她的愤怒带坏节奏。

“这样吧，小刘！先让铁柱和白燕舞下去了解情况。先事后人！等把电厂的情况摸清楚了，再决定处理人事的问题。”

既然顾问定了调，她也不好再坚持什么，会议就这样结束了。

第四节

当天下午，王铁柱就和白燕舞去了滨海市。

现在的高铁四通八达，滨海距离北京五六百公里，乘坐高铁只要两三个小时就到了。

此前，老板设立战略发展委员会的原意是负责公司的战略规划，并不参与上市公司的日常经营活动。而这次王铁柱随白燕舞去滨海元宝电厂了解情况，并且还要和地方政府沟通对接，那就意味着战略发展委员会今后将不可避免地参与到上市公司的实际运营当中，这势必会对上市公司治理架构产生影响。

老板虽然是上市公司金域环保的实际控制人，但是她因为受到过证券监管部门的处罚，被列为市场禁入者，不得在上市公司及非上市企业担任董事及高管。所以她在上市公司及其关联公司没有任何头衔。

老板迫不得已退去上市公司的各项职务，从台前到幕后。但是她还是以大股东的身份牢牢掌控着这家公司。她推举自己的哥哥当上市公司董事长，白燕舞当总经理。她事无巨细、事必躬亲，平时都是通过白燕舞发号施令。如今，她把管理公司的权力移交给战略发展委员会，相当于让集团的元老院管理上市公司。

顾问曾经是国内知名保险公司董事长，在他的带领下把一个名不见经传的小保险公司做到了金融资产达 4000 亿元规模的大型金融集团，从而进入世界 500 强企业行列！为此，他还获得过年度经济人物等荣誉。顾问60多岁，退休后赋闲在家，以书法、练气、养生、打高尔夫球为乐。

老板不知道通过什么关系认识了顾问。她看中了顾问昔日的身份地位，想借其资源关系解决企业和她自己的发展困境，因此就通过各种方式使出浑身解数做顾问的工作，让他到她的企业里当顾问，为她站台。

一开始，顾问对她的邀请不屑一顾。主要是跟她没有任何交情可言，对她的情况不熟悉，何况当时他虽然办了退休手续，但是退而不休，依然还挂着世界500强企业董事长的头衔，身份比较敏感。

但是，老板绝对不是轻言放弃的人。在她眼里，顾问就是天降财神，有世界500强企业品牌和金融机构名号的加持，一定会给她带来滚滚财源和大把的发展机遇。说不定也会使她的企业因傍上了一个大佬而跨进500强的行列。

女人爱做梦，为了梦想成真，奋不顾身。

当然，奋不顾身并不是要献身，她是希望通过自己表现出来的真诚打动顾问。为此，她天天对顾问嘘寒问暖，发发嗲撒撒娇，谦称自己是顾问的小女儿。顾问要出去打球，她就派司机车接车送；顾问要吃饭要应酬，她就让自己的厨师在会所里做饭招待顾问及其朋友，三天一小宴五天一大宴。可谓体贴入微、关心备至。

那个冬日的下午，她估计顾问午睡起来后又跑到他家去，陪顾问拉家常闲聊。她从自己成长开始，讲自己的奋斗史、感情史、事业心、价值观。她讲起个人的故事来很动情，一会儿笑一会儿哭。让你觉得她是一个多么优秀、多么无助，又多么需要帮衬的女人。她一边给顾问绘声绘色地讲故事套近乎，一边暗自观察打量顾问的一举一动、一言一行，随时准备投其所好，说他爱听的话。老板有个特点，不论她是哭是笑是喜是悲，都会紧盯别人的眼神，观察他们的表情，以便确定下一步的行动。

这一天，她就一个目的，就是要用真情感动或者死缠硬磨的方式，让顾问无论如何都要答应出来帮她。她豁了出去，赖在顾问家里就是不走，弄得这个老头子疲惫地在沙发里睡过去好几回。最后实在拗不过她了，才勉强答应做她公司的顾问。可怜了她的司机陈师傅，在北京的寒冬里，从下午 2 点等到了第二天凄冷的凌晨 3 点钟。

顾问并不是她请来的第一个公司顾问，当然，更不会是最后一个！不知道她是通过什么途径，总能找来一些她认为对她有用的、能拯救她于水火的退了休的老同志、老干部、老大姐。她隔三岔五地领他们到公司来，希望他们在此发挥余热。在她看来，这就是整合人脉资源，是个人能力的一种体现。她常常以此沾沾自喜！

她请来的这些贵人都比她年长许多，有的还曾经身居要职。但她跟他们打起交道来一点都不费劲，相反还显得十分轻松，乖巧得像个小女孩，撒娇卖俏，以此博得他们的好感。

我见过不少像她这样的女企业家，她们似乎都有一种通病，就是围绕着一些曾经掌权的退休老头，把他们当成财神爷和救命稻草一样。这些老家伙，曾经是官员、银行家、国企董事长、央企的老总等。她们希望通过运作他们掌握过的权力、资源帮她们解决困难，重获新生。让我万分困惑的是，为什么他们身居高位的时候，她们不敢找他们，而是在退居二线之后却又同其混得如此亲密无间。

真弄不明白，这些看似聪明的女人究竟都是怎么想的。

但是通过观察你就会发现，她们实际上都是一些自以为是、投机取巧、不善经营的人。不但经营的公司面临困境，个人生活也是一团乱麻。这种把改变窘境、摆脱困难的希望寄托于所谓的“贵人”身上的行为，无异于缘木求鱼、刻舟求剑。

顾问虽然答应老板做她公司的顾问，但还是想给自己保留足够的空间。这些老江湖，人生阅历足够丰富，从来不会盲目地让自己陷入困境。他没有办入职，不拿工资，先看看这公司究竟是不是像老板描绘的那么有活力，能不能真正地把它做大做强。另外，他跟原单位藕断丝连，还需履行董事长的部分职责，因此不可能全身心地投入这个公司里来。当然，这可能也是老板所期待的。试想一下，那么大公司的董事长能力都是超强的，屈身到她的小公司里来，这工作该如何安排？以后这公司是听她的还是听他的？

她是怕佛大庙小镇不住啊！

因此，只要他置身事外做个顾问就深合她意。挂个虚名，再给点好处，不参与公司经营，不对她的控制力产生威胁，只让他做公司战略规划和新项目的投融资这些虚头巴脑的工作，好坏都不重要，重要的是她需要他这张名片——整合、利用他背后的资源关系才是她最真实的目的。

为了笼络人心，同时也是方便工作，她把自己平时使用的丰田埃尔法配给顾问使用。她自己买了一辆新上市的绿色的保时捷新能源车，车身颜色代表她所处行业——绿色、环保。

“您知道吗？顾问！”当老板把我介绍给顾问的时候，我是这么说的，“论起来我们曾经还是在一个系统！”

“这话怎么讲？”

“外面的人一般都以为明日集团只投资或收购一些金融机构，比如银行、保险等。实际上它还投资了不少媒体，而我们就是其中之一。”

“哈哈！原来如此，这么说咱们都算明日系了。”

“是啊！以前久闻您的大名，可惜无缘相见。没想到今天在刘老板的牵引下，得见尊颜，真是荣幸之至。”

“哈哈！人生何处不相逢嘛，有缘人自会相见。感谢小刘把咱们聚集在一起，还提供了一个新的平台，咱们要在这个平台上齐心协力，再弄出一个非凡的企业来。”

“愿效犬马之劳。”

看到我们相谈甚欢，老板又不失时机地拱了一把火：“顾问，笑天总还是网球、高尔夫球的高手。他高尔夫球打 70 多杆！”

“哦！那绝对是高手，过几天约一下，下场切磋切磋。”

我是老板拉来的，顾问拉来的帮手是范峰。

范峰曾经是一家老牌的化工类上市公司的董事长，主要从事工业化学品的生产制造，属于高危行业。由于公司建在北京周边，这显然不符合国家产业政策和区域经济布局，于是就把能转移的产业向周边省市转移，该处理的资产处理掉，最后连上市公司的壳也卖了，转而从事产业投资行业。顾问拉他入伙的原因其实很简单：一是他当过上市公司董事长，有上市公司的经营管理经验；二是他目前从事的产业投资，正好是老板所需要的。顾问认为，范峰实际上才是老板真正需要的人，甚至要超过他本人。因此就推荐给了老板，并让他办理了入职。

对于范峰入职公司，老板并不十分情愿。她聘请顾问的真实目的是在控制力不受威胁的情况下，低成本、安全地套取他的资源关系，根本就没有让他真正参与公司经营管理的打算，至于公司今后如何发展她自有一套。何况，顾问招来的还是熟知上市公司运作、能力可能比她强的人，这使她如芒在背，十分不快。俗话说一山难容二虎，何况还是在她的地盘上。

但是她又不好拂了顾问的好意，只好安排范峰和他的两个助理胡蝶和王展鹏进了公司。这就是战略发展委员会最初的人员构成。

顾问到了公司以后，并没有顾而不问。他看到公司管理松散，工作没有重点，人浮于事，就把之前他认为行之有效的一套办法拿过来用了：开好例会和晨会！

顾问对会议的内容安排、重大事件、重点问题、先后顺序等有严格要求，各部门及部门负责人在汇报工作的时候，重点突出、方案可行、措施得当。通过这种工作方法，他迅速扭转了公司以前都围着老板团团转的混乱局面，逐步向规范化、程序化方向过渡。

对于这一点老板还是认可的。尽管这看上去似乎削弱了她的控制力，但是却把她从繁忙的事务中解脱出来了，管理规范化、条理化以后，管理企业就更加轻松了。我相信她是第一个感受到这一点的人。自那以后，她把公司的经营例会和晨会都交给战略发展委员会主持，自己腾出手来干别的事情去了。

战略发展委员会的首要任务是为老板寻找中意的并购项目，并以此改变上市公司的经营收益和市值规模。一直以来，老板想要做的，或者说觊觎已久的是金融投资领域，试图以上市公司为平台，以产业为抓手，以投融资为纽带，打造一个产融相结合的投资集团。换句话说就是孵化多个产业项目，通过上市融资或并购进上市公司，实现资本的增值后退出。然后再去孵化新的产业或并购新的项目。如此循环往复，像滚雪球一样成为集金融产业于一体的金融投资集团。

实际上这种做法在中国证券市场上并不鲜见，比较知名的有“德隆系”“明天系”等。老板的目标是要成为中国的巴菲特——女巴菲特。她要扬名立万，就如同她当初收购上市公司一样，震惊证券市场！

但是，老板对自己所处的环保行业并不满意，对所从事的锅炉燃烧、垃圾发电更是兴致缺缺。她嫌它们不够高大上、市场估值低、前景黯淡。她需要概念新的、市场认可度好的、国家政策鼓励发展的项目，当然，最好是能迅速提升市值的，如光电项目、氢能等。

我来之前，顾问和范峰他们确实为此找了不少项目，主要集中在新能源、新材料方面，比如光伏及光伏材料、大数据存储、水制氢及制氢的催化剂项目等。这些项目看上去确实是高大上，概念、题材、产业政策都符合市场（股票）炒作预期，但是这些项目要么离产业化还很遥远，譬如水制氢及储运等；要么投资额巨大，如生产光伏面板的硅材料等。最后都不了了之。

说实话，真正能找到的适合公司并购的项目少之又少，而且完成并购的过程又异常艰难。对于这些，投行人士应该深有体会。

所以说，这一段时间战略发展委员会是在找项目、看项目、储备项目以及与一些投资机构建立联系，在项目融资并购方面还没有任何进展。

我和王铁柱都是三月份一起到老板公司的。此前互不相识，在此相遇完全是机缘巧合吧！王铁柱之前以复员军人身份到环保部门工作十多年，后来不甘寂寞，下海创业。老板不知道通过什么关系就把他给挖过来了，正好一起搭班子！

至此，战略发展委员会成员全部到齐，业务板块形成“三驾马车”：范峰负责战略规划和投融资业务；王铁柱负责产业规划与发展业务；我负责宣传企划和建立维护投资者关系。顾问抓总，把握全局。

第五节

自从王铁柱加盟战略发展委员会之后，在公司产业规划和布局方面做了一些调整，把寻找并购和投资项目的重心向危废处置转变，这样做的好处是既贴近公司环保主业，接地气可落地，又有好的现金流。因为他从环保部门出来，在把握政策方向和选择项目落地方面堪称行家里手。哪些危废项目收益好、利润高？哪些项目规模大、收益低？哪些是政策鼓励的？哪些是技术迭代要淘汰的？他都掌握得清清楚楚，所以这种调整还是很务实的！

危废处置和生活垃圾焚烧发电的性质差不多，前者主要集中在工业品的固体废弃物或危废品的处置上，但都属于特许经营范畴，需要取得特许经营权的资质，在市场上亦属于香饽饽。王铁柱带团队考察了好几家公司，对方的开价都很高，而老板的手头又紧，一时半会儿拿不下来。

老板是个闲不住的人，她总是精力充沛、能量满满。她自始至终都不满意公司现有的业务和规模，就像那些买彩票的人一样，寄希望于一夜之间发财致富。在王铁柱寻找他认为理想的高利润的危废项目的同时，她总是能通过各种渠道、各种关系、各种办法，拿来各种稀奇古怪的项目。在她看来，这些项目就是金山银山，拿下一个就能华丽转身，让股价暴涨。有些项目经过中间人的包装就已经变得虚无缥缈，再经过她自己一番添油加醋自吹自擂就变得更加神乎其神。为此，她经常拉着战略委员会的人跟她一起去看这些所谓的好项目。

有一次，老板不知道通过什么关系，搭上了五星投资的武先生，他的夫人是著名的电视节目主持人。老板说武先生非常看好她的公司，想把他的一个卫星冷链项目通过换股的方式装进上市公司，以提升公司股价和市值，实现双赢。

老板振振有词地说，武先生的项目有多好，武先生又是如何看好她，对她能够做大做强上市公司如何有信心之类的。这让我们也非常好奇，因为武先生名声在外，但又神秘莫测。虽然不知道他究竟是干什么的，但每每出现，必然有非常之举。

四月底的一天，老板跟武先生约好时间后，就带着顾问、范峰、我以及范峰的助理胡蝶、王展鹏，一起去了武先生的公司。因为老板对这次会面很重视，去的人就很多，战略委员会几乎是倾巢而出。

武先生的公司在东三环的一个湖畔花园里的三层小楼，占地不大，很幽静。能在这种地方开公司办公的人一般都有些背景。武先生是个很讲究的人，公司装修得很雅致、很整洁，过道、走廊上挂着他和主持人跟一些名人的照片，办公会议室里还挂着各种国画、油画等，摆放着各类艺术品。接待我们的会议室里还有酒柜和雪茄柜，润养着各色美酒和雪茄。

武先生身材魁梧，相貌堂堂，还是经济学博士。有时他喜欢让人们称他武博士。最早之前他也做过记者，周游列国，见多识广，有极好的口才——他是我在媒体行当里见过的口才最好的人。

他坐在一张宽大的沙发里，从国际国内形势到中美贸易摩擦，从中美竞争到台海关系，从全球经济到星链卫星，信手拈来，侃侃而谈。他说话的语速不紧不慢，很有感染力，他说话的姿态很像领导作报告，眼睛不时地打量着听众，随时调整说话的内容和语调。但是因为眼睛过敏，他偶尔还装腔作势地停一会儿，让女助理帮他用纯净水冲冲眼睛。

我们一行都被他的演讲所吸引，听得很认真，全场几乎就他一个人在说话。而他可能早就习惯了这种氛围，这是他的表演时间，就像梅西带球射门一样，别人很难插上手。

当他谈到星链卫星的时候，我听得更加认真了，生怕漏过一个字。一直以来，我都是埃隆·马斯克的忠实粉丝。他的所思所想所作所为都是站在人类未来发展的高度，是注定会改变人类历史命运的人物。今天遇到武先生这么难得的有见地的人，评论我崇拜的偶像，当然让我激动万分、心潮澎湃。

“埃隆·马斯克的星链卫星计划真是一个伟大的天才构想！他用大量的低成本的小型卫星在地球的低轨道区域建立太空互联网并向地面传输数据，覆盖全球无死角，让人们能随时随地通信链接。他的星链卫星网一旦形成，华为辛辛苦苦建了那么多的5G基站形成的优势将减弱。他计划在2025年前发射12000多颗星链卫星，而更远期的计划是发射40000多颗。想想看，到时候我们头顶上密密麻麻地都是他的卫星。”

他略作停顿，“你们知道吗？他的卫星都发射向近地轨道。这个低轨道区域以前并不被世界各国及其他航天机构所重视，因此这个低轨道层容纳的卫星余量就比较大。而我们所知晓的地球静止轨道目前世界各国各航天机构发射的卫星数量已经超过荷载了，也就是原本能容纳运行200颗左右的卫星，实际运行了400多颗。”

由此看来，他对航空航天方面的知识还是比较了解的。

“如果马斯克的星链卫星全部发射部署完毕，近地轨道上就全是马斯克的星链卫星，别人要挤进去就难了。”

“好在，”他停了一下，喝口水，再看看大家紧张的表情。我心想他要说的重点来了。

果然，“他发射的都是一些低功率、低成本的卫星。我跟有关部门研究了一下，我只要在同一层发射400—500颗大功率的卫星，让这些卫星再跟我们国家的北斗卫星联网，就能实现对星链卫星的突破和反覆盖。”

此时他显得雄心勃勃豪情万丈。

接下来，他又口若悬河地描绘他的星际互联将如何改变世界，改变人们的生活。他讲得绘声绘色，我听得如痴如醉。如果不是因为他那性感妖娆的助理过来添水换茶，让我仍然感受到人间烟火的味道，真要被他忽悠到天上去了。

终于，说到他的冷链项目了。他让女助理拿来一张 A3 纸，那是一张各种颜色交织在一起的密密麻麻的复杂的流程图。

他立刻表现得像一个指挥打仗的将军，威风凛凛、气冲霄汉。他拿着那张战略作战图，指着上面的不同颜色说："这上面的每种颜色代表不同行业的产业链，每条产业链将产生千亿万亿元的现金流。

"这几天我一直在思考哪一条产业链适合你们，想来想去还是这条最合适。"

他指着一条蓝色的线条说："这是我的星际冷链项目，也就是生鲜冷链的数字化转变。"

我一时真没弄明白，一个做垃圾发电的公司怎么就适合做冷链生鲜了呢？再看看其他人，也是一脸的茫然。

武先生看着我们一脸懵懂的样子，心里有些得意，指着那张图纸解释说："这是厦门海外的一条渔船，刚刚完成捕捞作业。他们将今天捕捞的成果分门别类地上传到我们的箭星云管端，譬如多少吨鱼？多少吨虾？多少吨蟹？什么鱼？什么虾？什么蟹？什么价钱？等等。他们一边盘点货物，打包包装，一边实时上传数据。而此时我们的箭星云管端将这些数据实时发送给成千上万个星云用户，在同一时间就开始销售。渔船还没到港，货已经销完了，钱都已经到账了。这就是精准的末端销售！

"船到港后，物流公司就根据以上数据安排调配人员车辆进行运输投递。这就是冷链物联网。核心是呼叫加数据。想想看，我的这个箭星云管一旦运行起来，全球上亿户商家和海量的用户将产生多大的交易量啊？

"你不是想要现金流吗？想要交易量吗？把这项目注入你公司，将会给你的股价带来多少倍的上涨空间？"他微笑着对老板说。

老板显然已经被他煽呼晕了，陷入如醉如痴如梦如幻的状态，脸上泛起高潮一般的红晕。

“目前，中商惠民、银联等企业和金融机构跟我们签订合作协议。我们还正在跟厦门的一家水产物流公司谈合作，打算控股他们。收购了他们以后这个链条就完整了，就可以开始运营了 。”武先生轻呷了一口茶，“这样吧，你们给我 1 个亿，我把厦门这家水产物流公司收购了，再把整套冷链物流系统跑一遍，跑通了就把这套系统交给你们。”

他最后这句话直接让老板将咽进喉咙里的茶水喷了出来。

还是顾问见多识广，对各种大的小的、欢快的尴尬的、喜庆的严肃的、重要的次要的场面应付自如。他一拍桌子，笑骂道：“武先生，你真不愧是做大生意的人，一张图纸就卖一个亿。”

老板注定无法跟武先生一起成就大业，不是因为武先生描绘的前景太虚无缥缈，而是因为老板囊中羞涩自顾不暇！虽然后来武先生还指派他的助理来公司座谈了一次，但是在彼此摸清楚对方的底牌后就不了了之了。

不久之后，范峰出事儿了。

他是因为以前公司里的一笔三角债而去协助税务部门调查了。范峰为人和蔼，企业管理水平高，善于学习、勤于钻研，凡是他要涉足的行业他都能在极短的时间里弄得一清二楚。此外，他还有着广泛的人脉关系，能拿来好的项目资源。他的管理手段也比较人性化，因此深得公司员工的认可。由于事发突然，他的离去在公司引发了不小的震动！

然而，此刻最高兴的人无疑就是老板！

她早就想要撵他走了，只是苦于找不到合适的理由而未能如愿，谁能料到是另外一个偶发事件令她达成所愿。

一直以来，老板对范峰的到来并不心甘情愿，甚至是抵触的。只是碍于他是顾问的推荐，要求一起搭班子，老板才不情不愿地接纳了他和他的团队。由于范峰曾经做过另一家上市公司的董事长，而她又是上市公司的实控人，这让她在控制上市公司做决策的时候有一种胁迫感，就是想干坏事又怕被盯着的感觉，这是其一。其二，范峰专业能力强、管理水平高、人缘好，能得到员工的认可，这让她又恨又妒，欲除之而后快。其三，范峰算是老板的第一个百万年薪的职业经理人，他来了以后，找项目看项目，成天东跑西颠的，差旅费花了不少，就是没有做成一个项目，她没有耐心再等下去了。

自我进了这家公司，我就发现老板对范峰的态度一次比一次差。有几次开项目讨论会的时候，她突然跳出来找各种各样的站得住脚或站不住脚的理由，把他们的项目批得一无是处，甚至还夹带着一些人身攻击。这让任何人都能觉察出她这是别有用心。

有一次，她当着一个大学教授的面，又无故挑起话茬儿，开始找毛病。“你们找的这是什么破项目？一点儿都不上档次！你们做过市场调研吗？他们的技术有那么先进吗？盈利能力有那么强吗？市场有那么大吗？他们能给我们贡献多少利润？能让我们的股价涨多少？告诉你，你们找的项目不能让我们的股价涨十倍、二十倍，就不要在这里丢人现眼地搞路演了。”

尽管她比范峰小了十多岁，专业水平也差得很远，但是数落起人来就像大人教训小孩儿。气得范峰脸色苍白，险些就要掀桌子。从那一刻起，我就知道她这是存心要撵人了。

范峰不受她待见的另外一个因素是他的助理小胡。这个女孩受过国外教育，有在国际大投行学习和实习的经历，工作能力强，性格自由奔放，行为处事比较随意张扬，不是那么矜持，因此，老板不是很喜欢她。还有，小胡身材高挑，凹凸有致，衣着性感，这让她心生妒忌，时不时地找机会训她一下。

有一次，老板带着他们跟一家私募基金谈合作。谈完后一起吃午饭。其间，来了一个高领资本的事业部经理，是一位职业女性。老板寻思：一直以来都想跟高领资本搭上关系，利用他们的平台做企业并购或是把上市公司卖给他们，但都没有太好的机会接触上。这次好不容易碰上了，一定要好好展示一下，给对方留下个好印象，以期今后能有好的合作机会。

可能是对方见多识广，没太把她这个小上市公司的实控人当回事儿，倒是跟小胡一见如故、相谈甚欢。这让老板非常不痛快，感觉自己的风头被下属抢去了，回来后就把她劈头盖脸地臭骂一通。

老板不容人，范峰一走，他团队的人就都走了。

战略发展委员会成立没多久，三足鼎立的业务架构就少了一条腿，变得残缺不全。可老板却不以为意，在她眼里，三条腿的蛤蟆不好找，两条腿的男人满街跑——旧的不去新的不来。

后来有一次，顾问跟我打高尔夫的时候，突然问我："她为什么要撵范峰走？"

"她嫌他拿得多了！"

第六节

王铁柱从滨海回来了。

顾问紧急召开专题讨论会，让他把元宝电厂的情况给大家汇报一下。

“经过我们的调查了解，元宝电厂主要问题还是近年来电厂设备一直处于满负荷运转状态，关键设备已经不堪重负，急需大修保养。”铁柱快人快语，直接把电厂的现状呈现在大家面前。

“其中，核心部件——锅炉，整体炉壳破损严重，大量烟尘、飞灰在破损处喷出，设备及地面存有大量的烟尘和飞灰。内部浇筑料、水冷壁以及炉排等均已出现磨损变形；浇筑料内部鼓包，大面积脱落，随时都有倒塌的风险。

“烟气净化系统由于工艺老旧，处理能力差，多次出现二噁英抽查超标、其他酸性气体排放超标的情况，安全风险及环保风险高。

“这两部分是需要技改的重点环节。锅炉需要大修，内部浇筑外部保温，炉排要更换，辅助设备要维修；烟气净化系统需要新上脱酸反应塔和旋转雾化器，新上活性炭系统及石灰浆制备系统，大修布袋除尘系统及其余辅助设备。

“此外，污水处理系统、雨污分流、消防、危废库等，需要改造；电器工程、烟筒防腐、卸料平台、出渣机等，需要检修维护。

“以上项目全部技改完成需要资金 3500 万元至 4000 万元。”铁柱最后说道。

铁柱汇报完元宝电厂的情况后，会议室里鸦雀无声。谁都知道，元宝电厂去年勉勉强强有 500 万元左右的利润；而今年只运行了一个季度，有 1000 多万元的收入。如果技改，最起码要 4 个月左右的时间。其间，无垃圾处理费和上网电费的收入，属于净消耗。技改完成后真正用于生产的时间满打满算只有 6 个月，经营收益如何尚难确定。另外，还有 1500 万元的银行贷款需要偿还，这是无论如何都逃避不了的。

半晌后，顾问艰难地咽了一口水说："电厂那边能解决多少技改资金呢？"

王铁柱说："应收账款方面，国网电力滨海供电公司拖欠上网电费 1000 多万元。但是要拿这笔钱去做技改恐怕是指望不上的，首先它是按季度返还的，其次电厂还欠供货商差不多额度的货款呢，应收和应付相抵，没钱了。"

技改需要钱，钱从哪儿来？

好在，电厂停工停产，不仅对企业不利，对地方政府也是一样的。电厂一日不生产，城市的生活垃圾就得不到及时处理，久而久之这些垃圾必将堆积如山。因此，尽快完成技改，让电厂复工复产，不仅是企业的诉求，也是政府的诉求。在这一点上，政府和企业是有共同利益点的，只是各自的目的不同而已！

王铁柱说，"电厂现任总经理陈海江和副总经理晏弘斌，经过跟政府环保部门、城管部门等多次沟通交流以后，滨海市政府协调各方关系，答应其投资平台——政泉投资公司，给元宝电厂提供 2000 万元的技改借款。

"但是政泉投资公司为这 2000 万元的技改借款设定了三个条件：一是元宝电厂的母公司要对这笔借款提供担保；二是元宝电厂必须先期拿出 1500 万元的技改启动资金，政泉公司的这 2000 万元借款才能到账；三是借款为期 5 年，利息年化 10%，按季度利息加本金返还。"

说实话，从政府投资平台争取到这笔技改资金，对本来就资金匮乏，而且还背负银行贷款利息的元宝电厂而言，无疑是雪中送炭。尽管这笔借款成本比较高，条件也很苛刻，但是除此之外再无更多的办法、途径从外部获取技改资金了。

因此，从这方面来说，陈海汪、晏弘斌还是做了大量工作的，没有功劳也有苦劳。但是，老板可不这么认为。在元宝电厂的技改专项讨论会上，她又老调重弹，坚持认为电厂之所以处于这种状况完全是他们俩的责任。本来是一辆好好的出租车、下蛋的母鸡，都是他们不懂得珍惜，疲劳驾驶、过度使用，造成了今天这种局面。她不顾车辆本身存在的缺陷，把责任都推给了驾驶员。甚至扬言，一定要找出他们徇私舞弊的财务证据移交给公安机关。

让我困惑的是，尽管她对他们极度不满，喊打喊杀的，但是从头至尾都没能听到一件有真凭实据的犯罪事实。除了没有尽到责任心之外，大多数情况下，她表现出来的仅仅是一种态度、一种愤怒、一团想要发泄的怒火，仅此而已。

老板愤怒的不仅仅是元宝的人和事，还有她自己。她不是不知道元宝电厂迫切需要技改，也不是不知道技改需要一大笔资金。相反，对此她十分清楚。她只是后悔当初为什么没有果断地将其卖掉，从而让自己陷入今天的被动局面。

一直以来，她都是打定主意要卖电厂的。她要把出售电厂的资金拿去组基金玩金融。那才是她心驰神往的领域，而不是被绑在实业堆里。

早在卖胶州电厂之前她就想把元宝电厂卖了。她最初的打算是先卖规模小、经营情况差的元宝，后卖经济效益较好的胶州电厂。或者把两个电厂一起打包卖了。因为有胶州电厂在那里垫底，不愁卖不出好价钱，所以她给元宝电厂开出的价码不能说是狮子大开口但也远超实际价值。那些买家都不是傻子，在了解了元宝电厂的实际情况和她不切实际的要价后，对她虚与委蛇、敬而远之。那时，她又急于想通过出售资产回笼资金，一来二去就先把胶州电厂给卖了。

卖了胶州电厂后，她继续让陈海汪、晏弘斌找买家把元宝电厂卖了。她希望在电厂停炉技改之前就把它处理掉，她不想技改，不想再在元宝身上多投一分钱。在她看来，元宝的负债已经很高了，利润就那么一点儿，规模也上不来，再要投入技改的话不但本金利息拿不出来，利润都被吃没了。她认为那就是一颗雷，在雷爆之前赶紧脱手才是上策。但是陈海汪和晏弘斌都没有找到合适的买家。滨海市政泉投资公司曾经提出过要收购元宝电厂，但是只开价 5000 万元收购。这让她勃然大怒，认为是陈海汪、晏弘斌勾结政泉趁火打劫，故意要坑害她。这是她痛恨他们的原因之一。

她一向对自己的能力有信心，始终相信能赶在电厂被迫技改前脱手。无奈天不遂人愿，元宝电厂停产停炉要比她预想的快，完全打乱了她的计划。这就让她更加恼火。她总想掌控一切，按自己意愿安排诸事，特别不喜欢被别人牵着鼻子走。所以就要把责任推在他们身上，火气也要发泄在他们身上。

从她的立场来看，既然已经跟他们有了矛盾隔阂，产生了不信任，如果再要让他们负责技改这么重要的工程项目显然是不可想象的。更何况还涉及这么一大笔技改资金。因此，这俩人必须换。

比较而言，她更恨晏弘斌。当然是又气又恨的那种。晏弘斌此前还是她认为信得过的人。他年纪较大，做事稳重，为人老到，是她从别的公司专门派到元宝电厂牵制陈海汪的。因为陈海汪不仅是元宝电厂的老员工，而且还是滨海当地人，在地方上有很深的人脉关系，她一直不放心。她希望晏弘斌去了以后迅速摸清陈海汪的人脉关系，逐步取代他。谁知道晏弘斌到了元宝电厂以后，跟陈海汪相处得很不错，在电厂技改这件事情上保持一致。这让她感觉到一种背叛。

“晏弘斌年纪大了，快到退休的年龄了，能提前让他办退休吗？”她问办公室老武。

“可以。”

“那就让他早点办退休。至于陈海汪嘛，还是把他开除了。”

“小刘，你是不是被他们气糊涂了？”顾问接过话茬儿说，“这个时候开除陈海汪是很不理智的。陈海汪担任元宝电厂总经理很多年，工作上虽然算不上十分出色，但能保证电厂平稳运营至今实属不易。他跟各方面关系相处得也还不错，地方上主管和监管部门的领导都比较认可他，这对咱们这类企业何其重要？更何况，本次技改的 2000 万元的政府方面的借款还是他协调下来的。现在技改工作尚未开始，很多事项需要协调落实，在这个节骨眼儿上把他开除了岂不是自断手脚吗？”

“不开除怎么办？难道还要被他一直胁迫着吗？我就是咽不下这口气。”

“现在不是意气用事的时候，该忍还得忍。小不忍则乱大谋，你是公司的实控人，要有大局意识，不要因小失大。”

“不开除也可以，但是不能让他主导技改工作。”老板决定，“那就任命王铁柱为元宝电厂总经理，白燕舞、陈海汪为副总经理，朱兵为总经理助理，进行元宝电厂的技改工作。”

她给王铁柱的任务目标也很明确：元宝电厂一边技改一边卖。

当然，还是要卖。

第七节

王铁柱跟我在一个办公室里，我们俩的办公桌紧挨着，对面而坐。他小我几岁，不过也快 50 岁了，中等身材，皮肤黝黑，身体强壮。他出身行伍，行动、说话都很果断，不拖泥带水。他为人亲切大方，总是笑脸相迎，给人一种很真诚，但有点玩世不恭的感觉。他的性格不太适合政府部门的那套繁文缛节，因此，在政府部门工作了一段时间后他便辞职创业了。

在我们共同相处的这一段时间里，大家一见如故，关系融洽。他是个重口味，煮的茶又浓又苦，害得我只能倒一半茶水兑一半白开水。

这天中午，他的任命被确定后，我、王梦金和他三人在办公室里聊天说笑，间或讨论一下元宝电厂技改的事情。兴致正浓的时候，老板的闺密孙曦曦突然旋风般地闯了进来。她快 40 岁的人了，还孑然一身、潇洒利落。她是财经大学的教授、博士生导师，老板有公司财务方面的问题时，经常让她来帮忙解决。她面色红润、气喘吁吁地说："电厂的财务报表在哪儿呢？让我看看有啥问题。"

我们几个正聊着天，被这突如其来的举动弄糊涂了，不知道她要干什么。气氛顿时有些凝滞。看到大家吃惊的表情，她也感到很惊讶，大惑不解地四处张望着，寻找所谓的账本。

我看着她这副疑神疑鬼的样子，说："你这是要干什么呢？"

她迷惑地说："老板要我过来跟你们翻翻元宝电厂的财务账目，查查陈海汪、晏弘斌有没有徇私舞弊，寻找他们的犯罪证据。难道你们不是在查账吗？”

原来她是为此而来。看来老板对陈海汪、晏弘斌仍然不依不饶。

我被她的样子逗乐了：“我们不杀人！”

“嗯？”

她也被搞蒙了。

“自始至终我们都没想过用这种办法整人。现在电厂最重要的工作是把技改尽快启动，理顺了关系再说别的事儿。如果他们真的有问题，请个专业的审计机构审查要比我们更专业更公正。”

“我们现在正聊天呢，你从哪里看出是在找证据呢？”王铁柱说道。

“哦！哦！原来是这样啊！”

孙曦曦很尴尬，红着脸，暗自责怪自己不该如此冒失地闯进别人的办公室，同时又责怪老板不把话说清楚，害得自己在别人面前丢人。她不好意思地退了出去，一边退还一边说：“你们聊，你们聊，不打扰了！”

我们几个并没有觉得她好笑，知道她是被老板忽悠了。

王铁柱带着白燕舞和朱兵去滨海了。他就像一个得到将令的将军，终于可以冲锋陷阵建功立业了。我见过不少复转军人到企业担任高管的，他们和王铁柱一样都有一个共同的特点，就是都有很强的执行力、使命感和荣誉感。也许是和平年代的军旅生涯太过平淡，到了企业似乎又找到了用武之地，无论是上项目还是拓展市场，他们都是铆足劲向前冲。国外曾经有机构做过统计研究，发现在美国世界 500 强企业的高管 CEO、CFO 等人群里，毕业于西点军校的人竟然超过哈佛商学院的人，真是不可思议。

临行之际，我看着踌躇满志的王铁柱问：“铁柱，这次元宝技改的资金如何落实呢？前面几次技改讨论会上都没有把它作为主要问题来讨论。要么是刻意回避，要么说政泉可以提供借款。但是启动资金还得公司出吧？这笔钱落实了没有？”

我的意思十分明确，无论是技改还是大修，钱才是最关键的那一环。如果你连技改的启动资金都没有落实到位，你拿什么去技改？因为我知道老板此前干了一件特别决绝的事情：她在得知元宝电厂停产停炉的消息后，第一时间就把元宝所有的章、证、照收回，冻结了公司财务往来，停发了员工工资。

“老板说了，我去了以后（元宝）一切恢复正常；技改的启动资金先找滨海电力局要，他们还欠咱们1000多万元的上网电费呢，把这笔钱要回来就先用在技改上。”

我看他自信满满的样子，就没再说什么。很显然，技改资金的事情他肯定跟老板商量过，也许有了解决办法。

但是我心里仍然很不踏实，总觉得什么地方不对劲。我知道，老板绝对不是那么爽快掏钱的人。

铁柱带队去了滨海，战略发展委员会里就只剩我和顾问了。顾问身兼的社会职务比较多，需要处理的事情依然不少。公司这边有什么事情，他都让我安排或通过我来传达。这样我一边做自己的一部分工作，一边给他当助理。顾问很重视会议的安排工作，在他看来，开会就是要做到重点突出、问题落实、方法有效、责任到人！因此，每次会议都要准备大量的会议资料，如把要讨论的重点问题列出来、细化，安排相关人员汇报等。会议的形式也比较多样化，除了较常规的办公室会议外，还有电话会议、视频会议。现在的通信技术十分发达，沟通的手段方法更多，也更有效率。

除了安排、组织会议，顾问把一些常规的经营工作会议、周例会等都交由我来主持，这无形中增加了我的工作量。此外，老板还安排我做一版新的公司宣传册，以适应她新的公司发展理念。同时，把宣传片、公司网站也都换新一遍。这看似简单的一项任务实际上是一个大工程。这是从上到下要把公司重新包装一下，就好比人换一形象一样，从衣着到气质都要随之而变，不是那么简简单单地穿一件新衣服就完事儿了。

“老板啊，你安排给我的工作太多了！我一边忙于你给的活儿，一边还要给顾问当助理；我一边要跟你攒基金，一边还要陪顾问打球！你要把我劈成几瓣儿使啊？！”我跟老板发牢骚。

老板哧哧地笑着说：“我也不想让这些琐碎的工作把你拴死，你的用处大得很，还有许多地方需要你。就让人力部门给你招聘一个助理吧，把你的工作分担一下。”

人力部门很快帮我物色到了一个合适的人选。助理张雪梅曾经是我以前媒体投资公司的监事，工作能力很强，认真踏实。由于我们彼此都很了解，工作起来珠联璧合、得心应手。

元宝电厂的技改工作成了战略委员会的头等大事。顾问作总指挥，王铁柱带兵攻坚，我上下协调，推动技改有序展开。顾问和我在集团，王铁柱在滨海，我们跟王铁柱的工作联系就是通过每天的晨会、每周的例会进行的。有时候，他也通过电话、手机视频的方式，就一些重要的问题进行沟通交流。一开始，王铁柱在滨海的工作还是很顺利的，电厂员工觉得集团公司派领导下来主导技改了，电厂很快就能运营生产了，更重要的是他们的工资也能发放了，工作的积极性很高。而他在政府方面也很受欢迎，头顶曾经在环保部门当干部的光环，地方领导对他的认可度也很高。市长和主管环保的副市长都热情接待了他，希望元宝电厂在他的领导下，尽快完成技改工作，顺利地复工复产。从各方面反馈回来的信息都是好的、积极的，甚至连陈海汪也在积极协助，协调各方面的关系，协助技改马上动工。这使我和顾问感觉到老板还是用对人了，电厂技改指日可待。

第八节

再见王铁柱时已经是五月中旬了，距离他领衔带队去滨海已经过去半个多月了。

他去元宝的前一周还跟集团保持畅通的联系，显得信心满满，似乎这项工作对他而言就是小菜一碟，轻轻松松就能搞定。然而从第二个星期开始，跟集团总部的联络频次就降下来了，时断时续。有时候索性让白燕舞跟集团保持联系，汇报技改项目的进展情况，他自己跑到别处看项目去了。他的这种异乎寻常的表现引起我的警觉，总觉得元宝技改远没有他们形容的那样形势喜人！于是我打电话问白燕舞："铁柱总干什么去了？"

"他去找买家卖电厂。"

具体跟哪些买家谈判，她含糊其词，不肯说明，只是一再强调这是公司重大机密，怕被外人知道了，造成不便，需要当面汇报。

"你们现阶段的工作是怎么安排的？"

"我负责对接政府主管部门环保局和城管局以及政府投资平台政泉公司；朱兵负责技改方案的落实和技改招标、技术论证等；陈海汪总协调，哪里需要就往哪里补。"

虽然他们的工作安排职责划分还是比较合理的，但是我总觉得心里七上八下的，因为他们跟集团在信息交流互动上却越来越含混不清，似乎在刻意回避什么。顾问也认识到这样下去容易失控，决定把他们叫回来当面询问电厂技改进展情况。

就在此前，老板找顾问谈过一次话。她要忙于处理大股东股权质押的事情，同时还打算募集 20 亿元的产业投资基金，需要腾出手来专注于这两件事情，把公司管理交给顾问全权负责。这充分体现了她对顾问的信任，尽管这是短暂的。这样，顾问的管理角色就相当于上市公司总经理，而我就是常务副总经理。

我真没想到铁柱的变化是如此之大！尽管我对他的遭遇多少有点感知，但他此刻表现出的精神气质仍然大大出乎我的意料。他整整瘦了一圈，更加地黝黑，胡子拉碴的，看上去很疲惫。精神上不仅有点儿蔫，还有点儿烦躁，一副凶巴巴、气呼呼的样子。

我以关切的口吻对他说："从你的始发站到北京也就三四个小时，但是你怎么看上去就像是坐了两天两夜的火车呢？"

他低着头，没接这个话茬儿。

看着他神情低落，我和顾问决定找他单独聊聊，好弄清楚究竟发生了什么事情，把一个壮汉子折腾成这样了。

新官上任三把火。一开始的时候他确实想要大刀阔斧地干一场。特别是当他走进元宝的那一刻，看着破败不堪的厂房和七十多个不知所措的工人，心生一股凉意。"这次电厂停工跟他们这些工人没有多大的关系，是电厂本身就需要技改，你不能因此就停发员工工资。"同是穷苦出身，他对基层群众的窘迫生活有深刻的体验。"七十多个人的后面就是七十多个家庭，有些家庭的收入来源就指望着这月月到账的工资。有的家庭还有患病的老人、嗷嗷待哺的孩子。不发工资就相当于断了他们全家唯一的收入来源，你让他们的生活怎么过？"

"看着那些充满乞求的眼神，我就心如刀割。"铁柱保证首先发放他们工资，不能因为电厂技改使他们的生活陷于穷困！于是他让白燕舞跟老板沟通协调，尽快把电厂工人的工资发放了。另外，电厂还欠电力公司 7 万元的电费未付，如果再不交费的话人家就要拉闸限电了，有些设备可能因此就要报废了。

"这些区区小事算得了什么呢？无论从人情道德还是法律法规的角度来说都是要应付尽付的，根本不需要为此劳神劳力。何况我们还是一家上市公司。可是我左等右盼，迟迟不见老板把这两笔款付了。我问白燕舞，她就说老板说快了。问了几回，她都如此作答。这能不让人起急吗？”铁柱越说越激动，“兑现承诺不仅是面子的问题，还是对我们工作支持的态度问题。如果我连这点事情都搞不定，以后的技改工程可怎么办？”

“你自己是怎么跟老板沟通的？”我插嘴问。

“跟她说了，她总是柔声细语地安慰我说这事儿很快就会帮我解决，让我放心好了。还说，这些管理上的小事情我不要太操心，把主要的精力放在落实技改资金和出售电厂上。

“我想，既然老板都已经承诺了马上就要解决员工工资和拖欠的电费，那我就不想在这上面浪费口舌，便去协调政府关系，想尽快把2000万的借款资金落实到位，启动技改。”

这期间，还有一件令他十分窝火的事情。“安排给白燕舞的工作，她要先请示了老板以后再去做。而我做的什么事情或安排给别人的事情，她都要事无巨细地汇报给老板。这弄得我很不舒服，总觉得身边有个特务。结果是，我做任何事情都感觉到束手束脚，而其他人也感到无所适从。本来安排别人做这件事儿，可老板却要指使他干别的事儿。弄得大家晕头转向，不清楚究竟该听谁的！

“堵心的是，直到我回来，电厂员工的工资依旧没发。每每想到他们祈求的眼光和失望的表情，我的心里就抓狂。”

听完他的汇报后，我和顾问目瞪口呆、无言以对。沉默良久，顾问说话了，“这样吧，电厂员工工资和电费的事情，我和老板去沟通，务求尽快解决。

“电厂的技改仍然是咱们当前最重要的工作。无论以后是卖还是自主经营，都需要尽快完成技改工作，迅速启动起来，复工复产，电厂才有价值。

“现在看来，落实好技改资金是迅速启动技改的关键。一会儿，咱们开一个落实元宝电厂技改资金的专题会议，看看从哪些方面或渠道筹集到技改资金。”

第九节

当然，王铁柱这次去滨海并不是一事无成。虽然老板在电厂的财务支配权上给他泼了一瓢冷水，但是他在和地方主管部门的沟通上，还是取得了一定的实效的。比如跟政泉投资的技改借款事宜就卓有成效！

“经过多次协商，政泉投资同意跟上市公司金域环保、元宝电厂签订三方协议。政泉投资借给元宝电厂 2000 万元技改资金，年利率 10%，借款 5 年，每季度利息加本金还款。附加条件是：元宝电厂用垃圾处理费对这 2000 万元借款进行担保，实际上就是用垃圾处理费偿还借款；金域环保对子公司元宝电厂进行信用担保。”王铁柱说。

“说实话，这笔借款的成本确实不低。年化 10% 的利率远超银行贷款利率。可是除此之外我们没有别的选择。”

他停顿了一下，眼看着恢复了一些精神，接着说：“他们在放款方面也有要求，元宝电厂自筹或母公司金域环保先出 1000 万元启动资金用于技改。此前的金额要求是 1500 万元，在跟他们沟通后，就把我们的启动资金的金额减下来了。政泉投资看到这笔款项到位之后，再给那 2000 万元的借款。算是一种制衡吧！”

政泉投资作为地方政府的投资平台，它的这笔借款资金早在 4 月 19 日的滨海市政府党组扩大会议上就确定好了，当时的基调就是企业先出资技改，政泉再提供借款。以前这笔借款只停留在文件上，老板又不放心让陈海汪去落实，所以一直是悬而未决，直到王铁柱去了以后才算是正式启动了借款程序。

相较于借款，出售电厂一事基本上就是走过场，没有丝毫的进展。因为王铁柱接触的这些潜在买家，都是老板、陈海汪他们较早前接触过的，无非是又询了一轮价。而且，有些中介看到电厂停工停产之后，要么过来杀价，要么过来索要高额居间费，干起了趁火打劫的买卖。

好在政泉投资已经起草技改借款的三方协议了，要求金域环保为元宝电厂提供信用担保函。

但是 1000 万元的技改资金将如何筹集呢？这是摆在大家面前的一道难题。

财务总监王梦金不得已又把元宝电厂的应收账款情况做了一次盘点，解决技改资金缺口可就指望着这笔钱了。

“从 2019 年的 9 月到今年（2021 年）4 月，国网滨海电力供电公司拖欠元宝电厂的上网国补电费总计 1070 多万元。从时间上看这笔钱的跨度挺长的，但是它又不算是坏账。众所周知，生活垃圾焚烧发电厂的主要收入来源就是上网电费补贴，比如别的发电厂上网电费是每千瓦时 0.4 元，垃圾发电厂的上网电费是每千瓦时 0.6 元，这是国家为了支持该行业发展实行的优惠政策，属于政策红利。

“垃圾发电厂的上网发电量付费在结算的时候也不像市场化电厂那么便利，即直接由厂家和电网公司结算。垃圾发电厂跟电网公司结算的时候还要经过财政部门这一关，因为这涉及国补电费的部分。比如，我们上网的每千瓦时电费是 0.6 元，其中国网给我们 0.4 元，是市场价。剩下的 0.2 元就是国家财政补贴的一部分了，属于国补电费。

“为什么国网公司跟垃圾发电厂的电费结算一般都比较晚，有一个较长的滞后期呢？就是因为财政部门先要确认你在一段时间里上网了多少千瓦时电，需要补多少钱，然后把需要财政补贴的这部分钱给电力公司，最后再由电力公司跟垃圾发电厂结算。一套流程下来，把结算的时间就拉长了。

“虽然结算的时间跨度比较长，但是资金还是持续回流的，有时候是一个月一次，有时候是一季度一次。上个月就回来了 90 多万元。”

不得不说，这些国企和政府机构的办事效率实在是不敢恭维。他们在那里按部就班，不急不躁地走流程照章办事，得过且过。这一拖不要紧，对国企和政府机构来说，毫发无损，但对别人来说却是性命攸关。很多企业就是被这么拖垮的。钱到了地方上也快不了多少，也会被拖上一拖，或被占用一段时间。譬如财政资金紧张了，给企业的钱就放一放压一压，先保证民生相关的其他用途。久而久之，大家都习以为常了。

"指望用这笔资金技改可行吗？"我对此很是担忧。

"不行也得行！现在公司的状况大家都很清楚，要挤出先期技改的1000万元十分困难。集团公司实际上是管理公司、成本中心，没有经营收入；而上市公司虽然有业务有利润，但是也处于盈亏的边缘，除了提供技术、设备上的支持以外，资金上就勉为其难了。"顾问权衡了一下公司各方面的利益，对技改资金的筹集还是感到束手无策。

"解铃还须系铃人！铁柱，你下一步的工作重点就是跟滨海电力局积极沟通，尽可能地把国补电费要回来一部分，甚至是绝大部分。尽快投入技改。"

"有一个好消息是城管局答应尽快把一季度的垃圾填埋场的垃圾处理费结给企业，一解燃眉之急。这两笔钱加在一起，也许能凑够1000万元，技改的启动资金就够了。但究竟够不够？能不能凑齐？谁也不好说。"顾问接着又问王梦金，"如果以上两部分资金不能及时到位或者仍然凑不齐，怎么办呢？"

王梦金说："现在财务上真的没有钱了！"

财务上究竟有没有钱，大家也都心知肚明。说有钱也没钱，说没钱也有钱。单看财务账，确实是没钱，上面那点钱也就够发几个月的工资。说有钱，去年老板出售胶州电厂收回1.5亿元，然后她又拿这笔钱发起设立了一个规模15亿元的产业投资基金。老板始终是杠杆思维，她认定能用1.5亿元撬起15亿元的杠杆。但是迄今为止，杠杆没起来，撬板也不见了！不可否认，这笔资金本来就属于上市公司，拿出来用于技改无可厚非。

能不能用这笔资金的一部分做技改呢？

当然不能，因为老板不答应。她要把这笔钱当成她的私房钱。对此，她讳莫如深，也是公司里的禁忌话题。

此前她已经明确表示过，她不会再为元宝电厂投一分钱，哪怕就是贱卖也不投。她最忌讳的是别人惦记这笔钱，所以就拿出去跟其他机构联合设立产业基金。当然，这在程序上也是通过公司董事会、股东大会决议并公开披露过的。但这并不代表这样做就一定合理合法，在一股独大的上市公司，实控人就是通过这种方式，把上市公司的资金转移出去，或挪作他用，或掌握在自己手上，当作自己的资本筹码。

既然筹款的路径是那么狭小，那就只有硬着头皮追，咬着牙关借了。

追款讨债的重任还是交给王铁柱负责。借款的事情既然政泉投资已经同意了，就走流程出协议，等三方合同签订了以后再对外披露信息即可。

负责具体技改工作的朱兵说："滨海市政府和主管部门对元宝电厂的技改方案并不满意，要求独立的第三方出具项目的可行性报告，同时在启动项目招投标的时候要求公开、透明！此外城管、环保部门还从安全、环境卫生的角度，对厂区环境建设也提出了要求，比如厂区大门也要改扩建，厂区内要建花园，等等。"

顾问说："如果都按照他们的意见、要求做，这 3500 万元的技改资金够不够？"

白燕舞不说话。

朱兵说："不够。"

我问："那得需要多少钱？"

朱兵说："4300 万元左右。"

我倒吸一口凉气。

自我进入这公司以来，朱兵给我的印象最深刻。他 30 多岁，温文尔雅，大学本科，有良好的工程技术专业背景，还有项目管理经验。做事稳重得体，有问有答，对公司情况十分熟悉。主要原因是他曾经当过一段时间的上市公司总经理，后来不知道出于什么原因被老板免了。我猜测，可能是老板觉得他有自己的想法，不听她的话，所以把他免了。据说，他还是老板的亲戚。当然，老板就是喜欢用亲戚、老乡，按她的说法就是用着放心。

根据我对朱兵的了解，他说技改资金需要多少基本上是符合实际的。

正当大家都对朱兵的话感到惊讶的时候，王铁柱突然来了这么一句话，彻底改变了事情的走向。

“实际上用不了那么多钱。只要把政泉的那 2000 万元借到手，把炉子扒拉扒拉修一下，烟道换一换，就能起炉了。至于其他的厂区建设什么的，等炉子运转起来再说。”

我不知道王铁柱因何突然从蔫了吧唧的状态恢复了信心，把本来十分困难棘手的事情说得如此地轻松简单，这真让人怀疑他的憔悴模样是否真的跟工作有关。由于他还多少带有一些权威部门出来的光环，说话有些含金量，大家对他的说辞信以为真，顿时感觉如释重负：那就赶紧借钱干吧！

会议结束后顾问找老板要钱去了。不，准确地说是为电厂职工讨薪去了。

不过他还是被骗了，老板只付了 7 万元的电费。那还是因为她怕把资产放坏了，才勉为其难地掏了点钱。

第十节

会后，我惴惴不安，一直对王铁柱的说法耿耿于怀。由于垃圾发电厂的半经营性和半公益性，电厂的技改已经不单单是企业自己的事情。再结合大的环保监管环境和地方政府对重点排污企业的重视程度，技改工程不是你随随便便就能糊弄过去的。那些城管、环保部门不是摆设，有多少双眼睛盯着你，扒拉扒拉就能起炉？政泉投资真能违背政府要求，不见先期投资就把钱借给你？

带着这些疑问，我趁铁柱不在的时候把朱兵叫到办公室。

“你确定 3500 万元的资金预算是不够的吗？”

“确定！”

“你认为铁柱总的说法可行吗？”

“不可行！”

“好吧，以后不管谁问你，你都要坚持自己的观点，实事求是。”

“好的！”

后来，我一直在想，这样做是不是害了朱兵。让人坚持说真话会害人吗？

也许真的会！接下来发生的事情马上印证了这个事实。

第二天下午的经营工作会上，许久未见的老板突然出现在会议室。眼看人都到齐了，顾问正要讲话时，她突然对顾问说：

“我先说几句？”

顾问不知道她葫芦里卖的什么药，愣了一瞬，既然你是老板，你要说话那就说吧！

“好啊！”

老板一扭头，对旁边坐着的朱兵声色俱厉地说：

“朱兵，你跟我是亲戚！但是，你是你，我是我，你不能代表我。你在这个人跟前说这、在那个人面前说那，打着我的旗号，说我要做这、我要做那的，到处煽风点火、制造矛盾、挑拨关系，把公司环境搞得乌烟瘴气。告诉你，你的想法是你的想法，不是我的！我没有那样的想法，你也不能用你的想法替代我的想法！以前让你做总经理的时候，你就经常打着我的旗号，说老板让做这、老板让做那的，误导别人的工作。”她顿了一下，看了一眼白燕舞等，“你们都别听他瞎胡说！

“你现在要做的，就是在顾问的指导下、铁柱总的领导下，认认真真、踏踏实实地把元宝电厂技改的招投标工作做好，尽快启动技改。你要听铁柱总的安排配合他的工作，埋头干活儿，其他的都不要管。”

她这无厘头的一席训话式的开场白直接把大家打蒙了，大家面面相觑、惊疑不定，会场气氛尴尬而凝重。

我做记者的时候，走访过上百家企业，从来没有见过有老板在一众高管面前如此不留情面地呵斥一个人。我不知道老板是因为她跟朱兵是亲戚才那么有恃无恐，还是因为太恨他了，根本不顾忌亲戚情面肆无忌惮地咆哮！她嘶吼的样子就像发怒的母老虎，吓得朱兵噤若寒蝉、羞愤难当，恨不能钻到桌子底下去。

顾问看她的样子像泼妇骂街，有碍观瞻，就出来说话：“还是讨论元宝的事情吧。”

会议室的紧张气氛这才由此得以缓和。

我一抬头，无意间看见对面的白燕舞表情僵硬极不自然，顿时心里明白了老板为什么针对朱兵发火。

老板雷霆震怒指东打西，就把会议的主题变成了：元宝电厂如何借钱技改。

如此看来，老板还是在要心眼儿。一开始骂朱兵是早已计划好的，目的是先把她不愿走的路、不愿选的项堵死，再把大家引向她选择的路径。而且还是那么强势，不容置疑。

她也是通过这种非正常的方式，告诉顾问和高管们，她在元宝电厂的技改资金上的态度就是“捂紧自己的钱袋子，盯紧别人的钱袋子，用着他人的钱袋子”。

经过顾问和老板的安抚之后，铁柱又恢复了元气，带着白燕舞、朱兵去滨海了。他这一次的工作重心是落实政泉投资的2000万元借款。因为在那天的会议上，老板表明了一个态度：“政泉投资的这笔借款，我们已经给了高额的利息，而且大股东还做了信用担保，政泉投资不应再限定更多的放款条件；也就是说，只要我保证对你的资金有偿付能力和高额收益，借款怎么用，那是我的事情，你管不着！”

走之前，铁柱安排董秘宋军尽快把借款担保协议弄好，盖好章寄给政泉投资，快事快办免得夜长梦多！

起草担保协议这种事情对宋军来说根本不需要花费多少气力，但是要过老板这一关却不容易！老板向来把公司的章、证、照看管得很严、把得很死。对一些重要合同更是如此！她坐在你跟前，认真盯着你写出的每一个字每一段话，弄完以后还要反复推敲，看看其中有没有明显的漏洞和把柄会让对方抓住，以免将来打起官司来对自己不利。最后还要让法务审，审完以后自己还要再过一遍。如果还有不满意或者不完备的地方需要修改、补充，就把开始的程序再走一遍，直到满意为止！对于这些烦琐的事务，别的人恐怕早就厌倦了，可是她不一样，她很认真，不厌其烦，甚至还乐在其中。作为每年要经历上百次诉讼的人，她对此早已习以为常。她认为合同就是你给我挖坑我给你下套，根本没什么契约精神可言，如果有的话就是先保障自己的利益，降低违约风险。如果有违约，那也是对方的责任。在她这里，每一份合同都要来来去去折腾好几回。

三方合同就更是如此。当宋军把这几份协议跟政泉投资协商到老板满意可以盖章的时候，因为要过她的流程关，又被拖延了两个星期。

这时，已经进入 6 月份，技改还未启动。

铁柱这次还跟当初一样，一开始的时候还联络，到了后来又成了断了线的风筝，杳无音信。联系人又变成了白燕舞。自从上次开会被老板当众训斥了后，朱兵再也不吭声了。问他事情就说让白燕舞汇报。问白燕舞，她说铁柱总看项目去了，具体去哪里了，她也不得而知。

我颇为无奈，把元宝电厂的异常情况汇报给顾问。顾问说铁柱每天倒是给他发微信，看上去还算正常。我报告给老板，她很淡然，不做任何表示。

“你给他打电话，问他在哪儿？”

“我打了，他一会儿说是在滨州，一会儿说是在德州。你是不是交办给他新任务了？”

“没有。”

随后，她也不再多说，低着头拨弄她的手机。似乎铁柱在外面干什么，是不是跟公司利益相关，对她来说都无所谓。只是让我多打电话，似乎只有通过打电话这种方式才能让铁柱知道他还是这里的人，要约束自己的行为。

又过了一个多星期，铁柱回来了。这次没有上次憔悴，却比上次着急。他火急火燎地带回来一个消息，不仅仅是消息，应该说是通牒：如果再不启动技改，滨海市政府将收回元宝电厂的特许经营权，让广答上二期。

这显然是一件迫在眉睫的大事情，如果政府把特许经营权收回去了，企业的损失可就太大了，到那时电厂就是一堆破铜烂铁，一文不值。

顾问在得知这一消息后，马上打通老板的电话，跟她约好见面地点，说有重要的事情当面向她汇报。

顾问叫我也一起去。也许在他看来，在战略发展委员会成员都到齐的情况下汇报工作显得更加严肃，也可以制造一些压迫感，让她认真对待此事。

我们乘坐顾问的丰田埃尔法在北京拥堵的三环上左右穿行，上午十点多钟的时候到了位于西三环的香格里拉大酒店。我们快步走进富丽堂皇的酒店大堂，在大堂酒吧找见了老板。其实，她在这家酒店里还有一间办公室，聘了几个人筹备她的所谓的产业基金。所以看她早到我们一点儿也不感到奇怪。她对我们的态度显得不冷不热，似乎知道我们因何事找她，眼神里还略带一丝讥讽。所以顾问说找一个僻静的地方跟她说点事情的时候，她没有多少表情，漫不经心地跟着顾问从室外的院子里又转回到大堂内，直到在一个小茶室的偏僻一角没人的地方落座。如果在平时，或者她心情好的时候，她早就替我们安排好了位置，点好了茶水或者咖啡。

我和顾问坐在一张红色牛皮包裹的双人沙发里，前面是一张铁制的长条茶几，台面是茶色的钢化玻璃，比较沉，不易挪动。老板和铁柱在对面，分别坐在半圆形的同样是红色的单人沙发里。顾问和老板点了一壶红茶，我和铁柱分别要了一杯咖啡。

顾问率先说话。

“小刘，滨海那边对我们元宝电厂迟迟不能动工已经很不满意，如果我们在这个月还不能动工的话，他们可能就要收回我们的特许经营权。今天找你就是把元宝的事情好好再商量一下，看看怎么尽快启动技改。咱们确实也拖不起。”

老板面无表情，端起茶杯呷了一口，也不说话。

“铁柱，你把滨海那边的情况再仔细说一下，看看政府方面对我们究竟是什么态度，想想还有什么好的办法。”

“滨海城管局给我们的垃圾处理费马上就能到账；但是国网滨海电力供电公司的上网发电费却不能马上全额地返还给我们，要我们打报告走流程专事专办，即使是这样最多只能返八九个月的电费。这两笔资金加一起也达不到 1000 万元的技改启动资金要求。而政泉方面见不到这 1000 万元的启动资金，他们也不给放款。另外，电厂员工几个月没有拿到工资，供货商没有结到货款，都通过各种渠道找政府，给政府施加压力，要求政府出面协调解决问题。政府方面很恼火！自从元宝停炉以后，对于滨海每天处理不了的生活垃圾，城管局要雇人外运到别的垃圾发电厂处理。所以，他们要求我们尽快把技改资金落实到位，这个月就开始技改，国庆之前务必完成，否则就收回我们的特许经营权，让广答上二期！”

“你把陈海汪开了，都是他在里头捣鬼，政泉和电力局才不给我们钱。把他开了钱就能要来！”

我、顾问、铁柱互视一眼，眼神里流露出同样的问题：这都什么时候了，她怎么还惦记着陈海汪？

“陈海汪不能开。这么多年来，他在地方上跟各方面的关系相处得很不错，技改还要依赖这些关系。另外，这人还是不错的，为企业也是尽了力的。”

她见铁柱给陈海汪说好话，顿时火冒三丈。

“他咋就不能开了？电厂弄成这个样子都是他的责任。他伙同城管、环保想着法儿地找企业的茬儿、变着法儿地罚企业的款。还找自己的供货商，不让别人插手，搞利益输送。公司派个人过去，就被他洗脑了，还给他说好话。以前是晏弘斌、朱兵、白燕舞，现在你也被他洗脑了！”

她又一股脑儿地痛骂起了陈海汪。可是这有用吗？即使你把他坟墓里的祖宗八代都叫醒了也解决不了你现在的问题。

“小刘，咱们还是说解决电厂技改的事情。现在看来公司这边不拿钱帮元宝电厂技改是不行了，咱们不能放任不管。一旦政府把特许经营权收回了，我们的损失就大了。（电厂）即便是个傻孩子，咱也不能不养啊！”

她还没有从刚才的愤怒中平复，瞪着眼睛问铁柱：

“你不是说政泉能放款吗？”

话到这里，铁柱多少有些心虚，因为上次去滨海的时候，他拍胸脯打包票地说过能让政泉先给企业借款。

“可是他们不见我们的先期资金不给借款！”

“那要你们是干什么的？”

这脱口而出的一句话，也彻底激怒了铁柱。但凡进入战略发展委员会的人，要么是长辈、要么是朋友，都是曾经有身份地位的人，不是一般员工，随便能呼来喝去的。因此在工作当中彼此保持着一定的微妙关系：留有面子、客客气气、不说狠话。但是，老板这句话一说，无疑就撕破了脸面。

“我辞职可以了吧？那你把电厂员工的工资给发了啊！电厂停工停产是设备老旧的问题，跟员工有多大关系？你拖欠人家几个月工资不发，良心何安？”

铁柱的这些话，击中了她的痛处。

她抬起她那粗壮的小短腿，一脚踢在靠近她的茶几的一条腿上。“咣当”，茶几歪了，上面正在炉火上煮的茶壶盖也掉了下来。我对那一脚的记忆是：那绝对不是梅西的脚法，是马拉多纳的——有力而霸道。她顺势起身，丢下一句话：“就是烂掉了我也不投一分钱。”然后扬长而去。

大堂酒吧里的人们用怪异的眼神看着我们，那场景要多难堪就有多难堪，要多尴尬就有多尴尬。给人的感觉就是三个男人在调戏一个小姑娘。太不道德了！

我们三个人就在那里沉默地枯坐了好一会儿，心如死灰，谁都没有张口说话的意思。不过自始至终我都没有说过一句话。那是因为他们说话太快，过于激烈，根本就没有我插话的机会。

许久之后，顾问对铁柱说：“辞职的话不要轻易说出口。如果你有好的去处了，有更好的发展机会，就另谋高就。如果没有就暂时先干着吧！”

铁柱涨红着脸，没再说话。

这次见面就这样不欢而散，本来是为了公司的利益，最后竟演变成了私人恩怨。

第十一节

那天，顾问还有别的事情，从酒店出来后先让我们把他送回家。他住在莲花池附近的一个高档小区里。他回家后，汽车绕过小区，进入莲花池西路往北，正好穿过长安街到了万寿路。这条街上有我熟悉的一家饭店——燕西楼，以西北菜享誉京城，是北京城里为数不多的口味正宗的西北菜馆之一。这家饭店的老板是兰州人，在北京开了四五家连锁饭店。万寿路上的这家饭店规模比较大，人气也很旺，从中午到晚上，客人们熙熙攘攘、络绎不绝。我是甘肃人，大学毕业后来到北京工作，在这个大都市也生活了二十多年。几乎见证了从改革开放时期的建设城市新面貌，到建成繁荣的国际化大都市的全过程，身心早已融入这个城市。但是从根上算，我又不是地道的北京人，算是北京的新移民。生活口味上还保留着小时候在西北养成的习惯。因此，节假日的时候，我都会带着父母，召集弟弟、妹妹、妹夫、侄子、外甥等，在这家饭馆预定一个包间，品味家乡的味道。

西北菜以甘肃菜为主，再辅之以陕西菜、新疆菜、内蒙古菜。食材主要是牛羊肉，所以饭店都带有清真字样，比如燕西楼清真饭店，以方便穆斯林识别。我认为，这家饭店最好吃的菜是手抓羊肉和手抓羊脖子肉。做法十分简单，就是把羊肉直接放清水里煮，撒一把盐放几根葱，压实锅盖焖煮出香味来，撇去浮沫，就可以起锅了。这样煮出的羊肉软烂多汁，香气四溢，最大限度地保留了羊肉的原味。拿起骨头，轻轻一抖，或用嘴轻轻一咬，顿时骨肉分离，肉是肉骨是骨，各不相连、干干净净。吃到嘴里，软嫩香甜唇齿留香。

车行至此，正好也是中午时分。我就对王铁柱和司机小陈说：“已经到了午饭时间了，我知道这条路上有一家好吃的甘肃饭馆，我请你们吃一顿我们家乡饭吧！”

他们当然高兴了，不是占便宜的那种，而是乡里人带他们吃乡里菜的那种知根知底的踏实感。

饭店门口的车位已经停满了食客们的汽车。我让小陈到附近找地方停车，先和铁柱进了饭店，找了个饭桌坐下。年轻的女服务员走过来，手捧一本厚厚的菜谱，带着浓浓的西北口音让我们点菜。

“不用看了，”我拒绝了菜谱，“给我们两斤手抓羊肉、一盘黄焖羊羔肉、一盘炒凉粉、一盘西芹百合、三碗牛肉面。”

小陈兜了一圈，没有找到车位，又开回饭店门口。算他运气好，恰好有辆车要走，他赶紧挤进人家留下的空位。等他停好车进来的时候，菜都已经上齐了。我让服务员稍晚一点再上牛肉面，先吃菜。

“来来来，别客气，品尝一下我们的西北菜。今天我点的这几道菜实际上都是甘肃菜。铁柱，你走南闯北，也去过我们甘肃，尝尝这些菜的口味是不是跟在甘肃吃到的一样？”

“上一次去你们老家已经是五六年前的事情了，吃了什么都忘得一干二净。不过这个手抓羊肉和黄焖羊羔肉的确不错，多少勾起点当时的记忆！”

“这个黄焖羊羔肉实际上是一道地地道道的回民菜。有一句古诗：‘金陵客舍春还早，快马轻裘满驰道。’这里的‘轻裘’指的是羊羔皮制成的大衣，这种大衣又轻薄又保暖。在过去，只有经济条件好的人家才能穿得起。据说，这种皮取自几个月大的小绵羊。取皮的时候，那些皮毛生意人用木板夹住羊羔的四肢，疼得那些小羊羔浑身哆嗦，等把身上卷曲的羊毛抖开了，就一刀杀了，剥下来的皮，就是羊羔皮。剩下的肉去掉内脏，剁成块，和土豆块、粗粉条外加各种调料爆炒一下，大火焖熟，起锅的时候加些红、绿色辣椒块儿点缀，一盘香喷喷的黄焖羊羔肉就做好了！”

人是多么残忍的动物，一边吃着其他动物，一边还不断地品评它们的味道，丝毫不为他们的所作所为感到羞耻，还以为这是天经地义的。

看他们吃得津津有味，没有一丝的不适感，我继续介绍：“通常在我们那里做皮毛生意的都是一些回民，这道黄焖羊羔肉就是按照当地回民的烹饪方法做的。从兰州中川机场下来，在七里河区的大沙坪 109 国道七公路处，道路两旁开了大大小小几十家饭店，都以羊羔肉为卖点。兰州无人不知无人不晓，火爆至极。”

“确实好吃，要不是你带我们来，我们还真不知道京城竟然有这么好吃的西北菜！”

我们一边吃一边聊，上午的不快一扫而光！

吃完饭，我跟服务员要了一张发票，对他们俩说：“这顿饭我请客，老板买单。本来我们是为了公司的事情找她汇报工作，想办法解决问题的。她可好，不但不听，还骂我们一通，然后甩胳膊走人了。回头我去找她报销，算是精神补偿！”

几天后，铁柱又去滨海了。自从上次在香格里拉大酒店吵架后，老板也不来公司，有意躲避铁柱，怕他再跟她要技改资金。老板不出钱，还得继续追款。这次，顾问让我和办公室老武以元宝电厂的名义给滨海市政府写了一封求助信。求助信先从元宝电厂的现状开始，再谈技改遇到的困难、电厂停工对地方居民生活和企业造成的影响，最后以员工需要尽快复产开工养活家庭为由提出请求。

“……为支持国家重点民生项目，考虑在职的 72 名员工及背后的 72 个家庭，恳请滨海市政府帮助协调供电公司，及时拨付电费补贴，让公司渡过眼下的困难。在技改结束后元宝电厂将继续为滨海市的生活垃圾焚烧处理竭尽全力。”

这份求助信用元宝电厂正式的公函纸打印好、盖上公司章，由铁柱亲自递交给滨海市主管环保工作的副市长。同时也通过其他途径递交书记和市长，目的就是引起政府部门的重视，帮助企业解决困难。至于效果如何，就完全依靠铁柱在那边的努力了。

那次冲突以后，我本能地感觉到铁柱在老板的这条战船上的时间已经滑向了尽头。老板对他避而不见。白燕舞又跟他势如水火。尽管白燕舞在他面前表现得很低调，甚至有些谦卑，尽力避免正面冲突，哪怕是言语上的，但是在工作上依旧阳奉阴违，凡事都给老板先打报告，老板点头同意了她才去做。他对此无可奈何，只好听之任之。陈海汪、朱兵他们对他还是比较信赖的，认为他是真正干事儿的人。奈何，巧妇难为无米之炊，老板一直控制着电厂的财务，他给员工保证的工资都发不了，还怎么管理企业？

我见过不少像王铁柱这样从体制内官员身份转为创业者，或是到企业里做高管的人。他们的处境都比较尴尬，鲜有成功者。他们身居高位的时候往往是别人有求于他们，因此从他们的角度看，觉得很多事情太简单易行了，根本不值得花费气力，随随便便就把钱挣到手了。所以他们眼里到处都是机会，就像观看渔夫捕鱼一样。就因为他们不是渔夫，所以觉得渔夫捕鱼很轻松很容易。但是真的让他成为渔夫的时候，才能体会渔夫的艰难！可是到了那个时候他还能沉下心来认真捕鱼当个好渔夫吗？不可能，脱离了体制，他就是拔了牙的老虎。

我不知道铁柱离开体制的真实原因是什么，但是老板当时请他来公司也确实颇有诚意。当然起决定作用的还是他曾经那环保机关官员的光环和身份。对铁柱而言，有企业请他做高管他当然也乐意——借助上市公司的平台总比白手起家从头开始要好得多。况且，他差不多 50 岁了，已经过了那个赤手空拳放手一搏的年龄。他当过兵，有很强的自律性和执行力；他做过官员，从体制内出来，懂政策、熟悉行业、关系广，是老板最理想的工作搭档和十分向往的人。

但是这样的人你得会用，要为他们创造良好的环境，充分授权，以结果为导向。完全没必要处处设防，所有的事情都要请示汇报，自缚手脚。但是老板做不到，她是口头上信任，行动上防备。就连给电厂工人发工资这样的支配权她都不给，更不要说其他的了。事实上，老板请了不少像铁柱这样的有差不多相同背景的人到公司担任高管，但是最后都因为同样的原因一个个先后离开了。

铁柱那天在香格里拉跟老板爆发激烈的冲突绝对不是逞一时之快，而是心中积怨已久！他想做事，好不容易挣脱了体制的束缚，想甩开膀子大干一场，可是她却处处防备，使他束手束脚难有作为。他提出辞职也不是随口一说，肯定经过了一段时间的考虑，只是还没有找到更好的去处罢了！这种情况下，离开是迟早的事情。

果然，铁柱走后犹如石沉大海。不追问就不知道他在哪里，在干什么，问到了也是含糊其词："找项目、看项目。"究竟啥项目就不得而知了。这时候的他更像一个券商的投行人员，天天在外面跑，不知道是搞关系还是在泡妞儿呢。

滨海城管局把 300 多万元的垃圾处理费给了电厂，尽管其中 100 万元是被要求付给电厂供货商的欠款。但是有钱了总比没钱强，老板对技改工作又有了信心，再次要求白燕舞他们加紧催要上网电费，好凑够 1000 万元的技改启动资金。但是她始终不给电厂员工发工资交社保，她想通过这种方式逼迫员工找政府解决问题，间接给政府施压，甚至想要电厂员工去电力局门口游行示威，索要欠款。当然，这种方法遭到了公司高管的坚决抵制。法治社会，解决问题还是要通过正当途径用正当手段。何况，克扣员工工资本身就是违法行为！

顾问打了几次电话，终于把铁柱召回来了。

这天中午，我和顾问在楼下的咖啡馆请铁柱吃牛排。公司在那里押了一张支票，通常顾问来了，或者招待客人的时候方便签单。又是大半个月没有见面，这次的铁柱明显比前几次从滨海回来时的状态好很多，面色红润，衣着整洁。但是从神情上隐约地表现出一种距离感，有点公事公办的感觉，似乎他又变回体制内官员的身份。顾问给我们三人每人都点了一份西冷牛排。这里的一份西冷牛排由手掌大小的两块牛排和土豆泥或炸薯条组成。量大份足，足以吃饱一个壮汉！顾问的观念是吃饱饭才能干好活儿，不但要吃饱还得要吃好。

另外，顾问还点了一份牛油果沙拉。我和铁柱一人点了一碗蘑菇汤，他要了一杯鲜榨橙汁。

牛排上来了，铁柱显得很殷勤，一定先给顾问上，再给我上，最后才轮到他自己。他很善于聊天，先说了些工作上的事情，说元宝电厂跟滨海电力公司催款的事情进展比较缓慢；政府对我们迟迟不能动工技改感到很不满意，真有可能取消电厂的特许经营权；电厂职工工资还没发；等等老生常谈的内容。然后他又东拉西扯地说了些别的事情。吃了一会儿以后，他突然话锋一转，开始提纲挈领、高屋建瓴地说公司应该向什么方向发展、如何发展等，从具体事项转向战略指导。似乎他早已置身事外一样！

“铁柱，你究竟是怎么回事儿？去了滨海就失去了音讯，也不跟我们联系，还要我们满世界地找。一打电话，不是在这儿看项目就是在那儿找买家。说滨海的事情吧，你推给白燕舞，说元宝技改由白燕舞负责。你是不是有了好的去处？打算离开这里？如果你真的要走请提前告诉我们一声，让我们有所准备！”

我被他虚头巴脑、口是心非的表现憋闷得难受，就忍不住一股脑儿地把心中的疑问抛了出来。也是想通过这种方式逼他把真实想法说出来，不要老吊人胃口，让人心里很不踏实。

铁柱没有预料到我说话这么直截了当，有些不知所措，支支吾吾地，想组织一下语言，看看如何表述才妥当。这时，看到顾问也盯着他看，索性就实话实说了。

“我上个月就给老板提了辞职，她极力挽留不让走。香格里拉的那次冲突后，我又正式提了辞职，她同意了，但是又不让我跟你们说！”

“你这事儿干得太不地道了！”我有些生气，一拍桌子说道，“亏了我们拿你当兄弟、一个团队的战友，寄予厚望！我们认为元宝技改的事情只有你能干成也能干好。可你倒好，不干了也不说一声，害得我们到处找你，还把技改的希望寄托在你身上。”

“老板怕影响不好，不让说。”

“老板怕影响不好是照顾你的面子。就你而言，于公于私都要说一声，而且第一时间就该把话说清楚。从公司方面来说，你是产业发展中心的负责人，分管公司所有经营性业务，是公司的核心，一举一动都牵扯公司的经营活动能否正常；你还是元宝电厂的总经理，肩负重要的技改使命。你离去是不是要把这方面的工作交接给合适的人，算是对公司有个交代呢？从私的方面来讲，你来到这公司和我们搭班子以来，我自认为我们在工作上对你是尽心尽力支持的，把你看作是团队重要的一员。你要离队、撤出，是不是也要告诉队友一声？”

铁柱自觉惭愧，低头不语。

实际上，还有一点，我没有说。那就是为了老板好，他更应该走得明明白白，大大方方地把工作交接好，不要因此影响公司的经营活动。老板怕他辞职的影响波及公司，要他保持沉默不要声张，是给彼此保留一些颜面。老板忌惮别人说三道四，说她从环保部门请了一个大拿来，没几天又走了，传出去不好听丢面子。如果她是这么想的，那可真是傻到家了。这公司是她的（不全是），因为人事的问题，影响公司的正常经营，吃亏受损失的是她自己，怎么能够因为图虚荣而受实祸呢？

很难想象，这竟然是战略发展委员会的散伙儿饭。

在我看来，王铁柱这种曾经是体制内的行政官僚，自以为傲的是体制内的为官经历和庞大的关系网。最大的缺陷就是不懂技术，没有一技之长，缺乏实体经济的操作经验。王铁柱不甘寂寞，有理想抱负，工作热情，执行力强，但是到了企业以后又水土不服。委以重任，却又难堪其职；开始时信心满满，稍遇挫折便偃旗息鼓，进退失据，优柔寡断。如果他今后能遇上一个好老板也就罢了，如果自己创业，一定是千难万难，前景黯淡。

第十二节

王铁柱走了，战略发展委员会只剩下我和顾问，算是名存实亡了。当然这还不是最重要的，当务之急是找一个合适的人选把元宝电厂的技改继续下去。其实对于这个问题我也没必要过多地伤脑筋，老板早就想好要谁干了。我知道她一定会让白燕舞顶替王铁柱继续完成技改。这是基于我对她用人的判断，尽管我知道那不是最佳人选，但她会依然做出这样的抉择。于是，我带着答案去征求她的意见。我不希望白燕舞担当元宝电厂的技改工作完全是出于对她工作能力的了解，不带有任何私心杂念。我认为任命朱兵为技改的负责人都要比白燕舞强。但是，我又不能这么说，只有先让老板说出来这个人的名字，我才好提出不同的意见。如果我说让朱兵挂帅，被她当即否决，就一点回旋的余地也没有了。

“王铁柱走了，元宝的技改由谁负责继续进行下去呢？技改资金迟迟落实不到位，地方政府对我们越来越不满意，员工情绪又不稳定。在这个节骨眼儿上换人，确实给我们出了个难题。三军不可一日无帅。我们需要一个能力强的、能协调各方面关系的，当然最好是懂技术、有经验的人来继续这项工作。你觉得谁合适？”

“白燕舞啊！”

我铺垫了半天就是要她再认真考虑一下是否还有更合适的人选，不想让她直接说出这个人的名字。但她还是说了，虽然不是脱口而出。显然她也明白我话里的意思，吐出这个人的名字的时候皱着眉头略带犹豫。

“白燕舞能行吗？我看她帮你跑跑腿，协助你办点交办的小事情还可以。把技改这么重大的项目交给她干恐怕她担不起来吧？再说，她既不懂技术又没有项目管理的经验，还人生地不熟的，光协调关系就够她喝一壶的，哪还有时间、精力搞技改？”

“让她负责协调政府关系，催款要钱。让高航负责技改，让朱兵负责技改招标。”——她没有再提陈海汪。

“高航是谁？”

“他是元宝电厂的法人代表。”

“啊？以前没听说过此人啊。那么他现在在哪里？干什么工作呢？”

“他在郑州，是一家电力公司的技术工程师。”

“他在元宝没有任何职务吗？我在元宝的员工名册上没有看到他的名字。”

“嗯，就是挂名的法人代表。以前跟他合作过，看他有技术，想挖他过来，但是没有弄成，先挂个法人再说。”

我被她的这种眼花缭乱的操作弄得晕头转向，一时转不过弯儿来：一个可能是国企电力公司的工程师兼着一家民营垃圾发电厂的法人？他在这里没有职务、不拿工资（不知道老板在其他地方有没有补偿），却承担法人的风险？真不知道她玩儿的什么花样。显然，她也不想让人知道的太多。

“我已经让宋军给他打电话了，下午就来北京。他来了以后你们好好研究一下技改的事情，他是这方面的专家。”

我将信将疑地走出老板的办公室，突然发现元宝电厂远比之前所了解的要复杂得多。她让一个看上去不相干的人当电厂的法人，又让一些不信任的人经营电厂，现在还要安插自己的亲信负责技改，这是怎么一个乱字了得啊？我顿时对元宝技改丧失了信心。

知道了老板的人事安排后，我和顾问叫来白燕舞，想了解一下她对人事安排有什么看法，对技改工作是否有信心、有决心、有能力尽快启动。依我们对白燕舞的了解，让她独自挑大梁完成技改工作肯定会感觉力不从心压力巨大，唯恐避之不及。如果真是这样，大家都能理解——那才是真实的她自己。

但是结果总是出人意料，白燕舞表现出来的信心和决心完全是另外一个人。“感谢公司领导给我这么一次能够展示个人能力的机会，我绝不辜负领导的期望，克服困难迎难而上，一定要在最短的时间内完成元宝的技改工作。”白燕舞认真地给我们表示了决心。

我知道她的这些漂亮说辞只是为了表明一种态度：我行、我能行、一定行——空洞而无趣！她表现出来的态度甚至比王铁柱还要信心满满。好吧，老板已经那么安排了，你又是这么有信心，还有什么好说的？那就干吧！我和顾问只能顺水推舟任其所为。

白燕舞和老板是非常奇怪的两个人。起初，老板刚刚结束了第一次婚姻从中州到北京创业，她作为老板的忠实盟友也毅然决然地舍家弃子跟来了。她们最先卖股票软件，再搞私募基金，直到后来老板收购了这家上市公司，把她扶上总经理的位子。十多年的时间里，老板身边的人走马灯似的来来去去。除了有血缘纽带的家人，事业上从开始走到今天的就白燕舞一人！她从当初的创业者、合伙人，逐渐变成追随者。可能一起经历了太多的风风雨雨，她自认为她的能力根本不及老板的万分之一，甘心情愿地成为她的扈从、马前卒、聆听者，乃至出气筒！她对老板绝对忠诚，她就是她的眼、明灯、思想；她对她俯首帖耳、鞍前马后、唯命是从。她是她最信任的人，也是她眼里最没有地位的人。她可以肆意辱骂，她只能忍气吞声，无怨无悔。她认为她今天所有的一切都是拜她所赐，没有她，她能当上上市公司总经理，无异于白日做梦。

她俩一个嚣张跋扈，一个谨小慎微；一个身材矮胖，一个身材高挑；一个齐耳短发，一个披肩长发；一个经常穿着花色样式多样的公主服，常换常新，一个穿着四季都以黑白两色为主基调的工作套装；一个只穿裙子黑色丝袜，一个只穿喇叭裤，而且喇叭比较大，有开口；一个走起路来“嗒嗒”步频很快，一个“唰唰”跟得很紧！当然，也有相似的地方，因为是同一地方的同一人种，肤色较黑，圆脸庞，前挺后撅，很丰满。

老板因为皮肤过敏，时常略施粉黛；而白燕舞喜欢浓妆艳抹。她的化妆水平很一般，甚至有些漫不经心。她涂在脸上的粉底，就像是那些打高尔夫的人抹在老脸上的防晒霜——黑白分明。我也算是见多识广阅人无数，但是让我百思不得其解的是，那些长相一般的女人，为什么非要跟自己过不去，把那么多的金钱、心思花费在不可能改变结果的造假事业上。她们究竟是为了恶心别人让自己开心呢？还是为了永远唤不醒的美人梦？

毫无疑问，老板用白燕舞除了让她感到放心之外，还有就是可以对元宝电厂技改工作的全程掌控。技改工程涉及那么一大笔资金，她是绝对不会让陈海汪这样不被信任还有二心的人插手的。

下午，在等高航的时候，顾问把我叫到他的办公室。

“小刘又给我说了，要把陈海汪开除。有他在，技改就无法进行。”

“宋军、王梦金这些公司高管对陈海汪的评价还是不错的，他在地方上跟主管部门的关系也是根深蒂固。元宝技改拖了这么久没有动静，地方政府的忍耐力已经到了极限，之所以还没有撕破脸皮也是因为他在中间做了不少工作。现在把他开除了，往后的技改工作肯定不好做。”

“小刘态度很坚决，她就是嫌他以地方上的关系为要挟，掣肘企业的经营活动。个人是个人，企业是企业。地方上的人肯定是看重企业才看中他这个人。我到现在还没见过谁走了，企业经营不下去了。”

“话是这么说，咱们的企业性质跟别的不一样，垃圾发电厂其实没有多少技术含量，管理的好坏就是搞关系。关系搞得好，认可度高，企业的效益就好，钱就多；关系混不好，照章办事的事情就多一些，吃拿卡要折腾个没完。我是有点投鼠忌器啊。”

“你的意见是？”

“我来公司也就两三个月，这个陈海汪还一直没有见过，对他的了解只是听别的同事口头说的。不如咱们把他叫来，让他把在元宝电厂这一段时间的工作情况做个汇报，我们也借机考察一下他这个人究竟行不行！”

“好，你让老武通知他，明天下午过来汇报工作。”

老武干这些事情根本不费吹灰之力，一个电话就把事情办妥了。

可是高航却始终没有露面。

第二天中午，陈海汪来了。我和顾问、老武接待了他。

陈海汪是个50岁的中年人，中等身材，不胖不瘦，皮肤较白，戴一副眼镜，这让他看上去并不像垃圾发电厂的总经理，倒像一个中学教师。他穿着一件细条纹的淡蓝色衬衫，不是很新；一条亚麻的褐色裤子，洗得有些发白，皱皱巴巴的；脚穿一双棕色皮鞋，不是很干净，有些灰尘。他的整体状态不是很好，有些萎靡，说话声音低沉而含混。他的眼睛确实不好，尽管戴着眼镜，还要低下头拉近跟电脑的距离才能看清上面的东西。他的眼神迷离，无精打采，透出一股生无可恋的死气。

不知道他是对这次叫他来的目的没有领会透彻还是压根儿就漠不关心，给人的感觉纯粹是来走过场的。我以为他当了那么多年的电厂总经理，对电厂的情况早就做到了如数家珍，有问必答，有理有据。然而他的表现却让人大跌眼镜。他带着笔记本电脑，照本宣科地念他以前的工作总结，从电厂建设、电厂管理、电厂运营、电厂人员到电厂财务等，没有重点。说到这次的技改的时候，又含含糊糊，需要不时地打断他，仔细地询问，才能弄明白他在说什么。有时候反倒是我们在说，他在听，当我们抬头征询他的意见时，他才说“是的！”“就是那样的！”“就是这样的！”。在回答问题的时候，他抬头看你一眼，目光又迅速游离到其他地方去了，生怕你破译了他心中的秘密一样。他的这种表现，让人生出恨不得一把捏死而后快的冲动！顾问看着他那邋里邋遢、啰里啰唆的样子，实在忍不住了。

“行了，你这个糊涂蛋，你要是在我们公司，早就打发你扫厕所去了！”

打发他走了以后，顾问还气呼呼地喘着粗气，“这世界上怎么还有这么一种人？”我不假思索地说：“一分价钱一分货。”

陈海汪把自己在这里的饭碗砸了。顾问当即要辞退他，被我和老武劝住，希望采取稍微和缓的方法，平稳过渡。最后，老武又跟老板商量了一下，随便给了他一个空壳公司的总经理当，等白燕舞他们到元宝完成工作交接以后，就把他调离滨海。

就这样，老板再次任命白燕舞为元宝电厂新的技改领导小组的组长，同时还兼元宝电厂总经理；高航为总工程师；朱兵为副组长，兼元宝电厂副总经理，负责技改招标和施工。

第十三节

滨海市。

政泉投资董事长李丁最近有点烦！新来的市委书记张新疆刚刚找他谈过话。说是谈话，实际上是摸家底。张新疆来滨海市之前是青岛高新技术开发区的区长，负责开发区的建设、高新技术企业的引进、高新技术产业的孵化，还有就是腾退落后业态。所谓落后业态就是那些属于劳动密集型、资金密集型，同时伴随高污染高耗能，已不适应现代化科技化城市发展的制造型企业。在城市的规划中，这些生产制造企业要纷纷让位于芯片制造、5G 通信、人工智能等高大上的以及“卡脖子”的产业项目。而那些被腾退的企业逐步向青岛周边的县市转移，滨海市就承接了不少这样的企业。因此，这些年滨海市的工业企业得到迅猛发展，对地方 GDP 的贡献超过了一半，使一个以农业为重要经济体的城市转变成以工业生产、机械制造、纺织加工、出口贸易等工业、服务业为主的综合经济体，跻身全国百强县（市）行列。

政泉投资不仅是滨海市政府的投资平台，也是最主要的招商引资平台。这些年地方上一些重要的大型项目都是政泉投资负责引进的，比如当地唯一一家年产超百亿元规模的富田汽车生产基地及零配件产业区。

在以往的工作过程中，张新疆和李丁多有交集。当时，李丁从张新疆手里淘来了不少项目，彼此都很了解，也很欣赏。双方的关系更像是带有官员身份的生意伙伴。这次张新疆到滨海市当书记，双方就是上下级关系，张新疆要了解滨海的情况，自然要找李丁，何况他还掌管着政府最重要的投资平台！

李丁在任政泉投资董事长之前是滨海市财政局副局长，对滨海市的财政状况十分熟悉。这个常住110多万人口的城市，一年的社会总产值约700亿元，其中工业总产值460亿元左右，市财政收入80亿元左右，一年的财政开支也要70多亿元，财政并不宽松。这几年，李丁也一直为钱的事情发愁。虽然政泉是政府的投资平台，但是每年从政府税收里拿钱搞投资是远远不够的。没有钱就招不来好企业。虽说地方政府为了招商出台了土地的、税收的、人才相关的优惠政策，但是这些政策跟其他地方的政策都大同小异，没多少优势。况且，近些年来，企业跟政府打交道也越来越精明，不仅要政策要土地还要钱，甚至玩起了对赌游戏。这就使得招商引资的工作难度空前加大，在外人看来无比光鲜的政府投资平台，实际上压力巨大，活儿不好干。

张新疆找李丁谈话的内容概括起来就一个：如何快速促进滨海市的经济发展，实现社会生产总值过千亿元，财政收入过百亿元？对地方经济而言，这个目标可是一个很高的门槛！为官一任，谁不想发展经济造福一方百姓？谁不想创造一个耀眼的政绩？谁不想谋求更高的发展而偏安一隅呢？领导的问政，不仅是对工作能力的考察，还是激励、是期许、是信任、是责任、是光明的前程。这最后一点对李丁尤为重要。他已经50岁了，到60岁的退休年龄还有10年。对一个有行政职务的官员来说，这是最关键的10年，抓住机会还能往上升一两级，错过了就等退休吧！李丁年富力强，他不甘心被局限在现在的位子上，他还想往上爬。学而优则仕！孔孟之乡的人最崇高的理想就是为民请命当大官，他也是。新领导来了，对他又是如此信任，这让他看到了更上一层楼的机会。因此，必须抓住机会，急领导之所急，想领导之所想，要尽快出成绩。要出成绩，必须使未落地的项目尽快落地、未开工的项目尽快开工、未完工的项目尽快完工、干不起来的尽快淘汰。

恰在此时，城管局的秦局长找他要钱——垃圾转运费。一听说要钱，他也急眼了。

“元宝电厂的技改还没有开始吗？”

“没有！”

“从 4 月到现在，3 个多月的时间竟然还没有动工，正常的情况下早就完成技改复工复产了。”

“陈海汪说他们那个老板不出钱，就想从咱们这里借钱技改！”

“市委扩大会议的决定很明确，要他们自己先掏钱改，咱们再给借钱。她自己不掏钱，从我们这儿借钱改，改好了再把电厂卖了？她跑了，把我们搁这儿了，想得美！”

“他们那个老板就想着空手套白狼。”

“听说那个女人挺难缠的？”

“嗯，听胶州那边的人说，去年她在卖胶州电厂的时候，又是找人施压又是告政府的，挺能折腾。”

“咱不怕！新来的张书记对这些工程项目要求很严，该完工又不完工的项目一律关停并转。给他们一个最后期限，如果不能按时完工、复工复产就坚决停掉。以前的那些决议能不能执行还不一定呢。”

“好的！”

秦局长也很憋屈。元宝电厂停工停产以后，只有广答的垃圾发电厂还在继续处理生活垃圾。但是，处理能力有限，处理不了的生活垃圾，经过这几个月的积攒，已经堆积如山。加之现在已经是夏天，垃圾场散发出浓浓的恶臭，造成环境污染不说，给周边的群众生活造成了危害。他现在就是生活垃圾运输队的大队长，每天的一项重要工作就是组织车辆清运生活垃圾。

白燕舞再到滨海市的时候，突然发现这里的环境氛围变了，变得对自己十分地不友好，远没有前几次跟王铁柱来时的那种轻松惬意。先是接到环保局追缴罚款的处罚通知。由于去年二噁英排放超标的 20 万元的罚金迟迟未交，又被追加处罚 20 万元。其次，环保、城管又不停地催促电厂技改，接二连三地派人到工地监工；员工们拿不到工资开始闹事，要么把她堵在办公室里要钱，要么把她汽车的轮胎扎破，让她出不了门；她想去政泉投资要借款，那里的工作人员说领导不在，门都不让进。这让她感到内心凄苦，当初的豪情一落千丈。

她一方面把责任推给陈海汪，说是陈海汪在背后捣鬼，煽动仇恨影响她工作。另一方面，说滨海市换了新书记，对元宝的技改很重视，需要集团高层领导出面跟书记、市长对话，疏通关系，方便她的工作。

这种情况下，老板请求顾问出面，到滨海市跟书记、市长见面沟通一下，为电厂的技改赢得一些时间。

无巧不成书。顾问早年间在政府机关工作的时候在滨海市挂职锻炼过一段时间，对那里的情况还很熟悉，人脉关系也比较广。顾问心思缜密、老于世故。他又让我和老武重新起草了一份关于元宝电厂的情况反映，找熟人递交给书记、市长，为自己的滨海之行做铺垫。同时拜托中间人说，北京的一位老领导要代表企业拜访市领导，希望市领导安排时间接见一下。中间人很给力，第二天就回话了，约好后天上午接见顾问。

我问顾问："这次您要谁陪您去滨海？"

他想了一下说："老武去吧！"

"您把刘文亮董事长也带上吧！"

"为什么呢？"

"您虽然是这里的顾问，但实际身份是保险公司董事长。人家看重的是您保险公司董事长的身份，就忽略了您上市公司顾问的身份，起不到要为企业办事的效果。再说了，这么重要的一次见面会，公司这边也需要同等身份的人出席，才能让地方上的主管部门重视，方便下一步的工作。"

顾问对我的提议欣然接受，说道："好吧，那让老武跟刘文亮联系好，后天上午十点到滨海见。"

刘文亮是金域环保董事长，老板的二哥。公司里的人都知道他就是老板扶上董事长位置的傀儡、泥菩萨。而我则认为他就是个可怜人。他长老板十岁，但在老板面前他表现得更像个小弟，胆小而懦弱。他说话的时候先看老板的脸色，小声细语。老板总是对他爱答不理，如果不想听了，吼一句“你别说了”，他真的会屏声静气、低头不语。他在雄县有间办公室，想借雄安新区开发揽点活儿。手下有两三个人。我没来的时候他和他的女助理负责公司对外宣传工作。他宁愿待在雄县无所事事也不愿意到北京集团总部来。他有意识地想拉开跟老板之间的距离，以保持一定的自由度。每次到公司来都会使他倍感压抑，浑身不自在。他是公司里唯一一个经常西装革履的人。他喜欢穿黑色衬衫、深蓝色西服。在西装上衣左领子上别一枚红色党徽，以显示他党员的身份。他是大专学历，并时常为此感到自卑。他不苟言笑，也不善跟人沟通，看见陌生人就变得小心翼翼、束手束脚。

他跟白燕舞的认知水平差不多，要不是老板的话，终其一生都混不到上市公司董事长的位置。所以，他对老板的情感是既爱又怕！

有一次，他小声踱步到我办公室。

“你是公司分管媒体的领导，你跟王梦金说一下，把给媒体的钱该付的都付了。”

我哑然失笑。

“我的董事长哦！你可是公司的董事长啊！你跟王梦金说一句话就能解决的事情，还需要到我这里拐个弯吗？”

他略带苦涩地一笑，也不说话。

“你也知道，最近公司资金紧张，发工资都有困难，媒体的费用能拖就拖吧，平时我们多跟他们保持沟通，保证不出纰漏就行。”

“再紧张，挤一挤还是有的。”说完他就轻轻地出去了。

实际上，刘文亮自己也知道，这事儿跟我说了也没用！公司的现状他也不是不知道，一直以来资金就没有过宽裕的时候。再说了，财务大权实际上都掌握在老板手里，她不同意，谁也休想划走一分钱！

看着他的背影，我莫名地感到悲哀。

第十四节

顾问在滨海市受到隆重的接待。

上午 10 点多钟，顾问带着刘文亮、白燕舞、老武到了滨海市政府。市长王昊、副市长杨俊臣以及政泉投资的李丁、环保局局长鲍国强、城管局局长秦炜等接见了顾问一行。书记张新疆去青岛开会没有参加。这次与滨海市政府的见面从场面规格上看确实是比较高，给足了顾问面子！毕竟很少有大型保险集团的董事长去他们这么一个三四线的小城市。虽然场面上很热闹，但是从谈论的话题来说，其实都是一些场面话，寄希望于一次见面就要别人帮你解决问题根本就不现实。这只不过是一种仪式、一次公关活动，仅此而已！因此，这类活动往往都是形式大于实质，走个过场混个脸熟也就作罢。很快，程序走完，就到了午饭时间。市领导们避嫌，让李丁出面招待顾问一行吃饭。顾问代表金域环保对滨海市政府的拜访工作就算结束了，下面的工作就看刘文亮、白燕舞的了。老板打顾问这张牌的目的也是如此，让他起到牵线搭桥的作用，顺便也借此向相关部门展示一下公司的人脉资源，给对方一种威慑。

李丁是个有心人。他知道保险公司这类金融机构的价值，希望以后在发城投债、地方债的时候用得上，因此对顾问十分热情，倾心关怀，临走的时候还送了顾问一把奥运冠军签名的乒乓球拍，这让顾问十分高兴。

顾问让刘文亮继续留在滨海，协助白燕舞赶紧把政泉投资的 2000

万元借款落实下来，启动技改。刘文亮知道这笔资金对公司的重要性，在需要他出力的时候毫不含糊，带着白燕舞、朱兵，逐个到环保部门、城管部门、政泉投资“拜码头”。当然，这种工作并不轻松，由于元宝电厂迟迟不开工技改，给这些监管部门制造了不少麻烦，他们肯定不会给他好脸色。因此，他遇到的不是催要罚款，就是遭白眼冷嘲热讽的，这让他如坐针毡、狼狈不堪。元宝电厂的员工也忍受不了公司拖欠他们的工资，便联合起来请求当地法院劳动仲裁，这又使他犹如芒在背、坐卧不宁。没过几天，就跑回雄县去了。

转眼之间就到了中报披露截止的窗口期，元宝电厂的技改仍然遥遥无期。摆在老板和公司高管面前的是，元宝电厂停工停产的事情在此次中报中要不要披露？如何披露？要实事求是？还是弄虚作假？在这个问题上，董秘宋军与老板产生了严重的分歧。老板不想披露元宝电厂停工停产的事情，还想粉饰中报。因为她正在跟诚达资产管理公司谈合作，想利用他们的上市公司纾困基金，把质押给大河证券的那部分股份接过来。因此，不想因为元宝电厂停工停产的利空因素把公司股价拉下来。宋军觉得这种风险太大，他背不起这个责任，就提出辞职。老板当然不同意，不想放他走。但是这一次宋军态度很坚决，不管老板如何挽留都无济于事，老板只好任其离去。

宋军是在老板手下任期最长的一届董秘，和老板联手三年，帮老板处理了很多棘手的事情。宋军很聪明，也很专业，是一个非常优秀的董事会秘书人选。他的独立性很强，无论工作还是交际，他始终与人保持一种距离感。不论你多想跟他亲近，但他给你的感觉始终是一条滑腻腻的泥鳅，若即若离、若隐若现。尽管老板屡屡作奸犯科、挑战极限，但是他始终保证自己不被牵扯进与其相关的任何事件当中去。安全、独立是他的处事原则。为了完成工作任务，他也会对王梦金拳脚相加，但是一定会等到需要的财务数据拿到手后再动手。他也很有担当，在关键的时间节点上，为了稳定市场预期还增持了不少公司股票。

宋军的离职对公司影响很大，大家都知道他帮老板设法抹去了不少不法勾当。因此，他走了，大家就纷纷猜测公司是不是要出事儿了，为了稳定军心，那几天，顾问都坐镇办公室，督导工作。

顾问再次催促刘文亮去滨海找李丁落实借款的事情。刘文亮没办法推辞，硬着头皮去滨海找李丁。

“李总好，我又到了贵地。不知道您有没有时间？我想去拜访您，如果白天没有时间的话，晚上请您吃饭！”

“太好了，滨海欢迎你！我今天安排了很多的事情，白天没空接待你。晚上六点到鸿雁楼大酒店二楼鸿鹄厅，我请你吃晚饭！正好有几个朋友过来，一起聚聚啊！”李丁很爽快，很快把酒店的地址用微信发给他。

刘文亮受宠若惊，从李丁说话的语气态度上，他认为借款的事情有眉目了，急忙把这一喜讯报告给顾问。顾问对这一变化感到高兴，非常期待晚上的夜宴有个好结果。

鸿雁楼大酒店在离滨海市中心广场不远的一条大街上，共八层，前街后院占地不大。一至三层是饭庄，主营鲁菜；四层以上是宾馆。这个红褐色酒店的位置不偏不倚、闹中取静。装饰也不豪华，不显山露水，神秘而低调，是商务宴请最理想的场所。

刘文亮带着朱兵早早地来到了酒店，找到鸿鹄厅，让服务员冲了一壶自带的铁观音，边喝茶边等李丁。因为李丁已经在电话里说清了他请客，刘文亮不好意思空手赴宴，特意让朱兵带了两瓶茅台。

六点一刻左右，李丁来了。他随行带了两个江苏客商，后面还跟着他的助理吕梁。刘文亮、朱兵连忙起身相迎，宾主互相寒暄以后，上席入座。刘文亮表示谦让，要坐下席，却被李丁死死按在主座，“你是今晚最重要的客人，这个位置必须是你坐才恰如其分。千万不要推辞，你推辞就是不给我面子！”

刘文亮知道山东人酒桌上的规矩多，极力推辞，“在您的地盘上，哪有我坐主座的道理？千万使不得！”

“不要不行，这个位子就你坐！这里就你是上市公司董事长，这个位子非你莫属！”

刘文亮始终摆脱不了李丁的双手，勉强坐下。安顿好了刘文亮，李丁坐在刘文亮的左手边，一个江苏客商坐在刘文亮的右手边；另外一个江苏客商挨着李丁坐在他的左手边；吕梁坐在另外那个客商的右手边，恰好正对李丁；朱兵坐下席位，正对刘文亮。安排好座次以后，李丁让服务员先起凉菜，再倒上酒，就开始介绍客人。

“这位是上市公司金域环保董事长刘文亮。金域环保是他妹妹的公司。他们那个破公司啊，连电厂技改的钱都拿不出来，还想从我们这里借。哼！做白日梦。这个刘文亮啊，就是被他妹妹扶上去的傀儡、泥菩萨。啥权都没有、啥主都做不了，就是个棒槌！”

李丁的这一番石破天惊的介绍，让在座的客商们目瞪口呆。刘文亮更是做梦都不会想到李丁会如此对待他，这对他而言就是晴天霹雳、五雷轰顶。他木呆呆地看着李丁，脸色苍白，浑身虚汗。俗话说打人不打脸！这哪里是不打脸，这是专打脸，而且是在陌生人面前赤裸裸地、毫无顾忌地打脸！他彻底把刘文亮打蒙了，刘文亮只觉得两眼发黑、两耳失聪，脑子里嗡嗡作响。他依靠着本能强忍着泪水，浑浑噩噩地端起酒杯：“来的都是客，我给大家敬杯酒，我有事儿先走。”

他连喝了几口，又对着两个客商喝了几杯就要出去。朱兵想要跟他一起走，他坚持让朱兵留下陪酒。

他踉踉跄跄地走出酒店，深吸了一口凉风，只觉得胃部一阵痉挛，憋着的一口气再也忍不住了，抱着街边一棵树就开始呕吐。刘文亮一边吐一边哭一边捶打着树木，“为什么？为什么这样？为什么这样侮辱我？”他长这么大还从来没有受到过如此大的屈辱。他知道自己懦弱、愚笨，也常遭人戏耍、嘲讽。但都没有像今天这样当众遭受如此大的侮辱，这让他脆弱的心灵不堪承受。他知道他的这个董事长有名无实，表面上光鲜，实际上噩梦缠身。好处没得到，麻烦却不少。证监部门的罚单一张接着一张，让他身心疲惫，战战兢兢、如履薄冰。实际上，他早就想甩掉上市公司董事长这个花里胡哨、有名无实的头衔，回到中州打理他的杂货店。但是他又推脱不掉。这家上市公司确实是她妹妹的，是她搭上身家性命背负巨额债务得到的。妹妹需要他这个哥哥当董事长，他就得当，不管是表里如一还是有名无实，他都不在乎。他这么做、这么忍气吞声忍辱负重都是为了他妹妹啊！虽然他最不能忍受的就是别人说他是傀儡，是个棒槌，但是又能如何呢？他能发作吗？不能，为了2000万元的借款，为了电厂技改，为了不让电厂烂掉，他必须忍。他抱着树干，不知道吐了多久、哭了多久，也不知道白燕舞是怎么找到他的，直至被昏昏沉沉地送到酒店睡觉。

李丁的做法足够狠绝，这肯定是他早就谋划好的。他绝对不是那种以侮辱他人为乐的人。元宝电厂迟迟不投入技改，生活垃圾无处堆放被迫外运，新来的张书记找他和城管局秦炜说过好几回，要他们尽快拿出解决问题的办法。他们也通过不同的方式催促企业快点动工技改，好歹那也是一块资产，拖的时间长了就烂掉了，多可惜啊！他们也不想把事情做绝了，说收回特许经营权就收回特许经营权，说让企业关停就关停。现在大家做事情干事业都挺不容易的，能帮企业的就帮一把，能开绿灯行个方便的就行个方便。大家彼此体谅一下，很多事情都好解决。可是这个企业实在是太过分了，不但自己没有一点做事情解决问题的诚意，还以为地方主管部门都那么软弱可欺。自己不肯拿钱技改，就想投机取巧掏别人的钱，天下哪有这样的好事？况且，他们的老板自始至终都是神龙见首不见尾，经常派一些不三不四的人过来，没有一个是真正干事儿的。电厂的事情再这样拖下去，他们也没法儿给上面交代。迫不得已，只得出此下策，以羞辱他人的方式逼迫企业尽快采取行动。至于这种做法刘文亮能不能接受，他也顾及不了那么多了。

第二天早上，顾问很早便来到公司，满怀期待地打开视频会议等待刘文亮的好消息。但是，视频传输过来的刘文亮的影像却是衣冠不整、两眼浮肿、神情沮丧。这让参加会议的我们都大吃一惊，心说他怎么喝成这个样子了？

“文亮，你昨晚跟李丁沟通得咋样了？借款的事情落实了吗？”

刘文亮嗓音沙哑略带哭腔。

“他不跟我说这方面的事情。他昨晚当着众多客人的面，说我是个傀儡、棒槌！公司不掏钱还想借钱技改，是白日做梦。说我啥事都做不了主，还当上市公司的董事长呢，真丢人！他存心当众羞辱我。”

我们被他的这番话惊呆了。这李丁太狠辣了，这就是赤裸裸的人身攻击嘛！地方上的官员怎么这么没素质？！不过，看着他那窝窝囊囊的样子，我们感觉又好气又好笑。

此刻的顾问也被他搞得如堕五里雾中，半天回不过神来。看得出，他还在脑子里极力回忆当初见到的李丁是否跟刘文亮嘴里的李丁是同一个人。

“那你为什么要走呢？最起码把借款的事情说清楚了再走。”

“我怎么能不走？难道还坐在那里强颜欢笑继续忍受侮辱吗？”

顾问的说法肯定勉为其难，那种场合下，稍有血性的人都不可能坐得住。他也不例外。

“那你还有什么打算，还去找他谈（借款）吗？”

“我再也不找他了，我明天就回去。”

这时候我赶紧接着说：“董事长，你不能回去，你还得接着找他！我想李丁他这么做肯定是有用意的。我认为最大的可能性是政泉想直接收购元宝电厂。他这种不合情理的行为，一是想占据心理优势，在气势上压倒人，方便以后砍价；二是想逼我们，也是逼老板尽快决策，找他谈买卖。如果你拍屁股走人了，生意就没法儿谈了，屈辱就白受了。”

顾问此刻也反应过来了。

“就按笑天说的办，赶紧找人联系！”

果然，到了下午的时候，城管局的秦炜局长找刘文亮过去谈话。显然他已经知道了昨天晚上在酒店发生的事情。

“老弟，你也不要太生气，也体谅体谅我们。电厂停了那么久，书记、市长天天都看着，希望早日复工复产为城市的环境做贡献。可是你们一拖再拖就是迟迟不肯动工。为了你们，我们各方面都承担着压力，哪个不是一肚子的气？既然你们没有资金完成技改，不如把电厂卖给政泉。去年让陈海汪给你们带话说5000万元收购，现在既然已经停产停炉了，而且你们也没有钱再让它启动起来，不如4000万元让他们收了得啦！”

我认为政泉投资在这个节骨眼儿上能开出这个价钱收购电厂已经是非常可喜的事情了。电厂拖了四个多月没有启动，以前破烂的地方更加破烂不堪，不烂的地方也面目全非了。这种情况下再继续技改，前期的预算肯定不够。只要有人愿意接，就赶紧脱手吧！至于价格嘛，4000万元完全可以接受，而条件是要他们承债式收购。

可是老板并不这么想。她一直认为政泉是要趁火打劫她的电厂，她不想轻易卖给他们。此外，李丁侮辱了她哥哥，她要报复，替她哥哥出气。所以，她要状告滨海市政府。

老板的家族保护意识很强，但凡有人侵犯到她的家人，她一定会想尽办法给予报复。刘文亮受辱以后，白燕舞第一时间就告诉了她。她是不会放过任何细节的人，想尽各种办法了解、还原了那天晚上事情发生的全过程。她越想越生气，决心为她哥哥也是为她自己出口气。

可是怎么才能出得了这口气呢？她又不能找上门去跟李丁单挑。一是不敢，强龙不压地头蛇；二是找不到机会。思来想去，你李丁不是代表政府掌管政府投资平台的吗？我就通过状告政府故意恶心你。就这样，她真的向泰山市中级人民法院对滨海市政府提起行政诉讼。理由是：一、政府不作为。不及时支付上网发电费，导致企业无法经营、拖欠员工工资；二、政府违规批准广答建设垃圾发电厂，造成同业竞争，损害企业利益。被告人是滨海市人民政府，政府法人是王昊！

她知道，她的这一决定必定会遭到公司高管们的反对，因此她拍着桌子警告说：“你们谁也不许反对，这次我告定了！”

我对她的做法也是坚决反对，这简直就是无理取闹。不管是告个人还是告政府，必须有站得住脚的理由才能告人家，你现在找这些似是而非的理由去告状这不就是无理取闹吗？再说了，告状是为了解决问题，而你的问题就是你自己，你告别人有个屁用啊！我清楚，她这是虚张声势，找一些牵强附会的理由吓唬人，一旦达到目的，撤诉比谁都快。但是这次我实在想不出她状告政府除了恶心人，还能达成什么目的！

可是，顾问不干了。他上次带刘文亮去滨海通过关系找的人恰好就是市长王昊，而王昊也确实给足面子带一干要员接待了他。现在你代表的企业反而告了他，这让他的老脸往哪儿搁？顾问怒不可遏，便拂袖而去。

得知她起诉了滨海政府后，高航唯恐避之不及，明确表示不蹚她的浑水，还要求卸去元宝电厂法定代表人。看来，他们的关系根本不是她认为的那么好。

我问老板："顾问走了，高航也不来。白燕舞在滨海人单势孤，元宝电厂你打算怎么弄呢？"

"我把马灿国叫过来，让他当元宝电厂的总经理，专门负责出售电厂的事情。"

"马灿国是谁？"

"以前是乌海电厂的总经理，帮我一起把乌海电厂卖了！他可能干了，善于跟政府打交道！"

"你是又聘请他回来了？"

"不是，我给他许诺，只要他把元宝电厂卖了，我奖励他150万元！"

元宝电厂的人事她都已经安排好了，而且还敲定了奖励机制，看样子跟我要做的工作就没有太多的关系了，我也就没必要花太多的时间关注它了。尽管我知道电厂的这块资产很重要，但是又不是我职权范围内的事情，何必插手，多此一举招人烦呢？遂逐渐淡化了对元宝电厂的关注。

实际上，我也确实无暇顾及元宝的事情。公司里走了顾问，老板又请来了别人，我又要跟新主席搭班子了。

第二章　蛇吞象

第一节

2014年年初的那会儿，我正在给我们报社的网站开发一套上市公司舆情监测系统，目的是为我们的信息披露客户在浏览新闻网页的时候方便查看媒体对他们公司的关注度，以便他们做好舆情管理工作。因为这直接关系着他们公司在证券市场上的股价表现和公司市值。我们的网站实际上是报纸的网络版。之所以说是网络版，是因为这类网站一般都没有独立的新闻采访权和发布权，它们依附于有新闻采访权的报纸、广播、电视等媒体，是传统媒体的互联网表现形式，也就是这些传统新闻媒体的门户网站。尽管互联网相较于传统媒体在及时性、便捷性、信息容量、音视频展示等方面不可同日而语，但是受新闻牌照管制的制约，这些优越性并没有完全发挥出来，网站的新闻主要来自报社记者采写的新闻稿件，而这些新闻成稿以后，还要等着优先刊登在报纸上，再在网络上发出来。这实际上是一种搬运的工作，一点儿技术含量都没有。然而，这样的新闻信息量也还不足以支撑起一个网站所需要的信息，因此，各新闻门户网站除了转载自家的新闻外还要转载其他媒体的新闻。转载其他媒体的新闻有的要付版权费，比如购买新华社的一路（普通）新闻每年要花十几万元；而有的通过互换获取信息，不需要付版权费，但是要在转载的信息下面注明出处。

当然，这样还是不够的。一个新闻门户网站，除了新闻还要有别的内容，比如有些网站还提供股票交易信息，有的开路演直播，有的开论坛，等等。

我在做新闻网站之前，当了近 20 年的财经媒体的编辑、记者。我们的读者都是些股票投资者——也就是所谓的散户以及证券交易所、证券公司、基金公司、私募基金、银行、保险等的从业人员，当然还有监管部门：证监会、银监会、保监会（后来银监会和保监会合并成银保监会，后在此基础上组建国家金融管理总局）及其分支机构的官员。同时，还服务于上市公司。上市公司是我们这些财经媒体最重要的广告客户，他们在媒体上刊登法律要求公开披露的信息，而媒体按这些信息所占报纸版面大小收取费用。除此之外，上市公司还需要媒体帮他们宣传，以便更多人了解他们，买他们的股票。

在近 20 年的证券媒体从业经历中，我曾经采访过不下四百家上市公司，对他们在媒体方面的要求非常了解。我现在主导开发的这套上市公司舆情监测系统实际上就是根据上市公司在舆论管控方面的需求，帮助客户及时了解新闻动态，规避负面新闻和不实信息对公司股价以及形象方面的影响，通过积极引导，释放真实、有利的信息，树立上市公司在证券市场的良好形象。自 2008 年中国成功抵御席卷全球的金融危机以来，中国经济发展状况及其投资环境成为世界瞩目的焦点，国际资金大举进入国内，证券市场也焕发活力，迎来了一波上涨行情。许多上市公司为了维护自己公司的股价和市值，越来越重视新闻媒体传播的新闻，要定期对相关的新闻进行舆情评估和分析，并进行适当的引导。这就是上市公司的舆情管理。我看到了上市公司在这方面的需求，再结合我们媒体在信息传播、信息收集整理方面的优势，开发一款适销对路的，既能丰富新闻网站服务功能，又能帮助客户解决新闻信息收集整理等方面的信息检索产品，及时进行舆论引导，这无疑是一件有意义的事情。

我带领团队在开发这个系统的时候，把媒体分成传统媒体和网络媒体两大类。传统媒体方面又根据报道上市公司次数由多到少、由先到后分成这么几类：第一类，专业证券媒体，5 家；第二类，知名财经媒体，10 家；第三类，大型综合新闻媒体，20 家；第四类，经济发达地区的地方综合类媒体，20家；第五类，区域性证券媒体，3家。主要对这些媒体的网络版和门户网站中所涉及的上市公司的新闻报道进行实时抓取，再对这些信息分别归类整理，归类整理完成后再由网络编辑对这些新闻信息进行分析，甄别这些信息是正面的还是负面的。最后通过手机短信、微信的方式发送给上市公司。之所以对传统媒体如此重视，是因为它们是信息、新闻的初始端。而一些大型门户网站，如搜狐、新浪等，因为没有新闻采访权，它们承载的新闻都是转载其他媒体的，所以它们的新闻等级并不高。

网络媒体方面也分成这么几大类：第一类，专业证券网站，5家；第二类，综合财经网站，10家；第三类，大型门户网站，10家；第四类，大型证券公司门户网站，10家；第五类，股票论坛，3家。网络媒体里对上市公司造成重大影响的是东方财富网的股吧。股吧实际上就是股票论坛。股票投资者，也就是大家俗称股民的人，在这里讨论投资心得、预测股票涨跌、散布信息、爆料黑幕等。东方财富网给每家上市公司都制作了一个网页，上面一部分是上市公司的公开信息，比如股票简称、股票代码、股票类别、实时行情等，下面一部分就是股吧论坛。股吧这种网络交流功能被开发出来后，深受广大投资人的欢迎，大家在这个平台上沟通交流，一下子让股票交易的信息透明化。上市公司被暴露在阳光底下，让那些有前科的上市公司噤若寒蝉，生怕被爆出什么黑料来。东方财富网的股吧不仅给自己带来巨大的流量，它的这种论坛形式也引得其他网络媒体竞相学习、借鉴。我最初的设想也是借鉴股吧开发一种全新的聊天模式，但是因为开发经费受限，只能退而求其次，在我所熟悉的上市公司身上做文章。因此，我们开发的上市公司舆情监测系统主要服务于上市公司，虽然在形式上多少借鉴了股吧的这一做法，重视互动功能，但是因为服务对象不同，开发的论坛并不活跃。而东方财富网的股吧却成为我们重点监测的对象。这是因为有些上市公司最怕内部人在股吧论坛里爆料他们的黑幕，而这样的爆料几乎是一爆一个准。最典型的例子就是长春生物。其内部人在股吧里爆料说他们的狂犬病疫苗造假坑害消费者，引起媒体关注报道，从而导致卫生防疫部门和证券监管机构的介入调查，最后几百亿市值的股票顷刻瓦解，责任人锒铛入狱，公司股票被强制摘牌。这就是舆论监督的威力，也是新媒体的威力。

我们的舆情系统将股吧这些风吹草动的信息抓取整理后，通过手机短信、微信发送给上市公司，提醒他们及时采取应对措施。说到底，这套舆情监测系统的核心就是信息抓取、归类整理、实时投递。后来的实践证明，这套系统应用面太窄，缺陷太多，不可能以此聚集太多的流量。当时，在开发该系统的时候，我也意识到了这个问题。但是因为急功近利，同时也由于路径依赖，想当然地认为上市公司都需要这东西，实际上并非如此。

虽然这套系统开发不甚理想，但在其推销过程发生的几件趣事至今仍使我忍俊不禁，记忆犹新。有一次，我在跟重田投资的董秘略带吹嘘地介绍这款产品功能的时候，重田的董秘突然向我提了一个问题："你这东西能不能预测（明天）谁散布我们的（不实）消息？"

这简直就是终极之问。除了上帝，恐怕没人知道明天将发生什么。我想了好半天，只能对他说："我不知道明天哪只鸟落到哪棵树上，我只能告诉你今天哪棵树上落了几只鸟。"

还有一天，一家央企的董秘急匆匆跑到我的办公室。一进来，他就随手把门关上，神神秘秘地问我："你们的电脑技术员水平怎么样？"

我不好意思王婆卖瓜自卖自夸，又不知道他究竟要干什么，就模棱两可地说："还可以吧，你想干啥？"

"他们能不能偷偷进到别的网站把网上的东西给删了？"

我大体知道他想干什么了，半开玩笑地说："你黑客帝国看多了吧？这可是要犯法的。"

原来，股吧里有一条爆料说他们公司的董事长和总经理有不正当的男女关系，这条信息被其他搜索引擎抓取了，散播得到处都是。总经理是位女士，年届退休，遇到这等糟心的事情，精神压力大，着急得睡不着觉，让他悄悄地干净利索地把这事儿给处理了。

“这条信息既然已经在网上传播开了，寄希望于黑客的手段是删不完的，而且代价很高，弄不好还会火上浇油欲盖弥彰。你就干脆大大方方地，以公司名义给东方财富网发一个公函，明确指出这是一条不实信息，是造谣生事、人身攻击，要求尽快删除；同时，也向其他搜索引擎公司发函要求删除。”

“这能行吗？”

“能行，如果还不放心就再追加一份律师函。”

实际上，媒体对这些男男女女捕风捉影的事情并不感兴趣。只是当事人觉得那是天要塌下来的大事，不知道如何应对。行内人一眼都能看明白。果然，那条绯闻很快就消失了。

为了让更多的人了解舆情监测系统并使用这套产品，我把营销范围还拓展到了其他相关的领域，譬如私募基金。这个行业近些年发展迅猛，资金规模上千亿元，成为证券市场上的新生力量，吸引了大量的从业者。那时候，移动端的微信群也刚刚兴起，我加入了好几个私募群。其中有一个阿尔法私募投资群非常活跃，参与人数很快接近群的人数上限。我是在这个群组织的一场线下高尔夫球活动上认识了老板。

高尔夫球这项运动进入中国大约要追溯到北洋政府时期，但是真正被中国大众认识、接受是改革开放以后的事情了。20 世纪 90 年代中后期，随着中国经济的崛起，沿海经济发达地区因地制宜开发建设了不少高尔夫球场，极大地推动了这项运动的普及和发展。与其他运动项目不同，高尔夫一进入国内就被贴上了贵族运动的标签，这主要跟它高昂的球场开发建设成本有关。建设一座高尔夫球场，首先要拍卖一块土地，而且这块地不能是耕地，可能是废弃的矿山、河道、垃圾填埋场等，需要支付一笔不菲的土地购置费用。其次还要请设计公司设计球场。国际知名的球场设计公司的收费可是十分昂贵的，完全不亚于一座艺术馆的设计费用。再接着就是施工、铺设草坪、修剪果岭、悉心养护等。这期间还要一层一层、一级一级地向上报批，直到拿到经营许可证后方可开业。其中的直接成本和间接成本必然会转嫁到开业以后的打球费用当中，无形中提高了这项运动的参与成本。把一项妙趣横生的大众体育项目，变为贵族运动，真是令人啼笑皆非。直到现在，全中国有 300 多座高尔夫球场，打一场高尔夫球的价格在人均 1000 元上下，远高于网球、篮球、足球等运动的球场收费。

这场高尔夫球活动是阿尔法群里的一个大佬赞助的。球场是在秦皇岛的松石——非常美丽的北方海滨球场。秦皇岛松石高尔夫球场历史悠久，当初是由奉系军阀张学良建造的 9 洞球场，依山濒海风景优美。20 世纪 80 年代在原址上进行了改扩建，建设成为一座可承办国际赛事的 18 洞标准球场。在球场会所的左边，保留了一个老球场时期的 100 多码的三杆洞，以示对最初球场建设者的纪念，也是这座球场比较有特色的一点。

赛事的组织者正好把我和老板分到一组。看到她的一刹那我就忍不住笑了。

“你笑啥呢？”

“你真可爱。”

“是吗？谢谢。我叫刘金凤。”

让我好笑的并不仅仅是因为她可爱，而是心头冒出的一个龌龊的念头：这不就是莫泊桑笔下的羊脂球的形象吗？

在我小时候那个没有互联网，电视节目、电影都很少能看到的青涩年代，描写异性的精彩片段不仅靠书本上的记忆，更靠浮想联翩。多年以来，莫泊桑笔下刻画出来的羊脂球一直在我脑海里挥之不去：

她身材矮小，浑身圆滚滚，肥得像要流油；十指鼓鼓囊囊，只在关节处收紧，像一串串勒紧的短香肠；皮肤紧绷得发亮，硕大的胸部抵在衣裙中……她的脸像个红苹果，又像一朵含苞待放的芍药花；脸的上部闪烁着一双极美的黑眼睛，浓密的长睫毛遮住了它们，并在眼眸中投下阴影；下部是一张迷人的嘴巴，小巧、湿润，仿佛专为接吻而生，里面长着两排精致晶莹的细牙。

在我看来，莫泊桑对羊脂球的描写完全可以拿过来套用在老板身上。如果还有什么遗漏的地方，那就是对腿部的描写。因为她穿的是高尔夫球裙，大腿以下一览无余。那是一双小象的腿，短粗、有力、步频快，一点都不显得笨拙。

有了开始见面时的轻松随意，那么在接下来的打球时段，我们就更没什么心理隔阂了，玩得很开心。是的，我们不是在打球，是打着玩。那时候，我们都是附庸风雅，学打高尔夫的新手，没下过几次场，到了如此美丽的球场后很兴奋，不管球技如何，打得东一个西一个，满世界地找球。起初，我还以为她是某个基金公司的销售，后来她介绍她是做私募基金的，已经发了十几只基金产品，所管理的基金规模达到三十多个亿。顿时让我对她肃然起敬、刮目相看，并迅速地要把羊脂球的形象往霸道女总裁方向调换，但始终都未能如愿。这让我觉得很滑稽，始终觉得她的身份跟她介绍的不那么相符，从而产生了更强烈的好奇心。她邀请我活动结束回到北京后去她公司看看。我欣然接受了她的邀请。

第二节

回北京后，我并没有急匆匆地跑去了解她的公司。那时已经是秋季，股票市场一片火热，股指从 1000 多点涨到 3000 多点，很多股票已经翻番了，10 多倍涨幅的也不鲜见。上市公司也越来越重视自身宣传和股价的市场表现。有些公司开始尝试使用我们的舆情监测系统，这让我们看到了一丝市场“钱”景，希望更多的公司都来使用。但是当我们的服务客户发展到 20 家的时候，我们的这套系统的短板已经暴露无遗，对此我们疲于应对。

舆情监测系统的核心是搜索、抓取和警示。首先，搜索、抓取需要强大的技术支持和服务器。这方面，暂且不说我们电脑技术人员的水平如何，就服务器而言，我们的那几台服务器勉强可以支撑网站的正常运转，没有太多的资源空间分派给搜索引擎。要加强搜索能力就得配置更强大的服务器。

由于技术跟不上、服务器不够用，很多的信息都不能在第一时间抓取到，等抓到的时候就是全网蔓延的时候——已经尽人皆知。而警示环节，实际上就是编辑工作。技术人员将涉及客户的信息抓取过来后先由编辑人员编辑整理，然后发送给客户。一开始客户不是很多，三四个编辑就能干完这些，到如今，六七个编辑都不够用。最棘手的是，上市公司新闻信息传播的时间段主要集中在下午 4 点到次日凌晨前后，这就迫使我们不断加强夜班的技术和编辑力量。这不可避免地增加了人力成本。尽管如此，我还是觉得难以招架。好在发展一个舆情监测系统的客户并不容易，因此，我们有意放慢了发展客户的脚步，把精力放在对已有客户的维护上。我们发现，上市公司使用舆情监测系统并不是这套系统有多么了不起，而是我们给他们的媒体关系报告才是最有用的、货真价实的东西。在上市公司客户看来，媒体跟媒体打交道更容易，媒体对付媒体更有效。这个发现让我们很沮丧：绕来绕去竟然又绕回到财经公关的老路上来了。不过，这种沮丧的情绪并没有持续很久，很快被新来的财经公关的业务所取代。比较而言，这个业务用人少、收益高而且跟我们的媒体属性更贴近，也更易上手。

我去老板的公司考察的决定多少有些心血来潮。我那天在西三环的西苑饭店跟一家上市公司的董秘吃了个愉快的午饭。午餐结束后，开车自西向东上二环，打算回公司。快到西直门的时候，我看见马路前面一排灰黑色幕墙的写字楼，心想，谁会在这么压抑色调的写字楼里办公呢？电光石火之间忽然想起老板说她就在此处上班。最近股票市场行情好，都说做私募基金的发了大财，不知道老板的私募是何种状态，不如去了解一下。就这样，在好奇心的驱使下我来到了老板的公司。

我先在写字楼的地面停车场找了个车位把车停好，然后给老板打了个电话，问她在不在办公室。正好她在，我就上去了。这是中间楼座 5 层的一间办公室。说是办公室，实际上是两居室的公寓，六七十平方米，前后两个房间，有橱柜、卫生间，宜商宜居。从房子的户型就可以看出这是个公寓式写字楼。开发商充分利用西直门的交通枢纽优势，又考虑到高峰时期的路面拥堵情况，为了方便人们工作、节省时间、避免堵车，就开发了这个商住两用的写字楼。这种楼盘很适合一些小公司的需求，租售异常地火爆，在当时的北京地产界算得上一大亮点。

老板的这套公寓很方正，推门进去是其中最大的一间，大约 30 平方米。门的左手边是一套五六平方米的橱柜，有电磁炉和抽油烟机。因为不经常做饭，没有油烟味，电磁炉主要用来煮水泡茶。紧挨橱柜放置了一张开放式的书柜，上面摆放了几本证券投资方面的书。最显眼位置摆放的是证监会颁发的证券投资基金资格证和其他各类证书以及媒体对她的新闻采访的报刊剪辑。再过去就是一张长条桌，靠近窗户，十分亮堂，摆了六七把椅子围着，可以吃饭、喝茶、办公，甚至签约。右手边是一张小的茶桌，能坐三四个人喝茶聊天，背后是茶柜，摆放着各种包装的茶叶盒、茶叶罐、茶具等。再过去一点就是第二个房间，15 平方米左右，靠墙放了一组衣柜，中间摆放了一张古色古香的写字台，后面靠窗的地方摆放了一把明式风格的座椅，跟写字台正好匹配。这是老板办公的地方。

老板对我的突然造访并不感到吃惊，已经习以为常、见怪不怪了。从这里进进出出的人可以看得出，她已经习惯接待各式各样熟悉或不熟悉的人了。老板沏了一壶上好的铁观音，香气四溢，喝了以后口齿留香。我们边喝茶边聊天。最令我感到吃惊的是，就坐下喝茶的这一会儿工夫，她这间小小的办公室来了好几拨人，有券商的、信托公司的、基金公司的。还有两三个过来签约买她的理财产品的，当时买了五六百万元的理财产品。这让我心里暗自嘀咕：私募基金已经到了如此火爆的地步了吗?

我一边喝茶一边听老板介绍自己的生意。坐了一会儿，终于听明白了，她所谓的发理财，实际上是股票配资，也就是加杠杆。我毕竟是财经媒体的从业者，对资本市场还是十分了解的，稍经老板的讲解，就将他们私募行业的发展背景及投资逻辑搞得一清二楚。

自 2008 年席卷全球的金融危机爆发以来，一些国际资本为了规避风险，通过各种渠道，纷纷进入中国寻找投资机会。一直到 2014 年年底，中国的银行的总资产增加了近 20 万亿美元，而美国同期银行总资产却只增加了 2.7 万亿美元，中国是美国的近 9 倍。到 2014 年 6 月的时候，中国的外汇储备突破历史水平，达到了 3.99 万亿美元。因为银行资产规模增加过快，从而使得人们手上的钱越来越多，为了让手里的钱保值增值，人们投资股票或者各类理财产品。而这些理财产品的钱最终也流向了股市，从而导致股市上涨。由于钱多了，商业银行的理财资金越来越充裕，同时金融创新工具也日渐丰富，导致资本的贪欲越来越大，资金不往见效慢、利润低的实体经济流，而是追逐高利润行业，比如股市放贷。老板的公司先从社会上募集到一定规模的资金，然后拿这笔资金跟某个商业银行的资产部或私人银行部一起发起设立某个私募基金产品，再将这个产品募集到的资金，通过券商或者基金、信托的通道投资到股票市场。这个过程中银行是托管人；基金公司、证券公司或信托公司是管理人，负责风险控制、基金清算等；老板的私募公司是投资顾问，负责股票投资和风险控制。

在私募基金公司发行私募理财产品的时候，银行或者信托是给私募理财产品配资的，比如私募发行 1 亿元的理财产品，私募基金公司自己募集 5000 万元，银行配资 5000 万元。银行这 5000 万元的资金利息为 6%—7%，私募公司的 5000 万元由私募基金跟客户约定，自负盈亏，实际上就是优先劣后的分级理财产品。市场上还称这类理财产品为伞形基金或伞形信托，在当时十分火热。当然热销的根本原因还是加杠杆。

此前，我们报社联合网站组织专家学者召开过一次资本市场资金流向的研讨会，对过热的资本市场上的资金流向、加杠杆、配资问题进行过专题的讨论，希望人们注意风险理性投资。然而，意想不到的是资金市场的发展竟如此之快，而且花样繁多，真的令人大开眼界。

老板的私募基金公司是银行理财资金伸向股市众多触手当中的一个，也就是说，围绕着银行理财或资产管理有许许多多个老板这样的私募公司。据估计，2015 年前后通过这种方式进入股市的资金大约有 2 万亿元。

当时老板募集发行了近 20 个理财产品，管理的资金额 30 亿元左右，在私募基金公司当中规模算不小的了。我问她：“你们公司现在有多少人？”

“八九个人。”

我非常吃惊。管理近 20 个理财产品和 30 亿元的资金居然只有这么一点儿人，比公募基金公司的人少多了，这效率简直太高了吧？

“你的操盘手呢？”

“在证券公司的大户室。”

我进门前曾预想到的这些私募基金，应该是办公室里摆得满满当当连着股票行情的电脑，交易员全神贯注地盯着行情走势，频繁地做着交易。然而这种场景并没有在这里出现，因此一问。

老板看我比较迷惑，就解释说：“这里是我接待客人的地方。我怕来来往往的人多眼杂影响交易，正好证券公司给我们提供了一间大户室，我就让他们在那里做交易了。”

她的这种解释听上去很合理。毕竟私人公司从成本的角度考虑，能节省就节省，能白占就白占，何乐而不为呢？但是让我预想不到的是，这只是她早就准备好的一套说辞，实际上根本就不存在属于她的交易员和大户室，都是别人的。在这个行当里，或者更准确地说在那个时期，她是把资源整合做到了最极致的人。我后来了解到，她先通过各种关系在社会上募集到一笔钱，然后拿这笔钱当劣后资金到银行按 1∶1 或 1∶2 的比例再配到一笔钱，约定好资金利息——作为优先级，组成理财产品，借用券商或信托的股票交易通道，分派给她找的投资水平高的、信得过的操盘手操作买卖，盈利部分按比例分成。整个链条当中她很少用到自己的资金，都是拿别人的钱赚钱，是典型的空手套白狼。老板这种整合资源的能力，让我佩服得五体投地。她比我小一轮（12 岁），扪心自问，我绝对干不出像老板这种“惊天地、泣鬼神”的事情来。

“我的客户，”老板说，“也就是买我理财的人，是看重我的融资能力。通过我，他们能加杠杆炒股票，运气好的话本金容易翻倍。更何况我还保证他们的本金安全，签了保本协议。”

为了抢夺客户资源，私募与客户签订保本协议在当时是一种普遍做法。至于这种协议究竟有多大的法律效力、管不管用、兑不兑现，只有等到产品清盘的时候才能知晓。反正现在大家都被投资带来的财富效应所迷醉，对于明天有什么不测那么不吉利的事情谁会费心思索呢？再说了，即便发生不测，霉运就一定会落到我头上吗？我聪明得很，比别人有先见之明，只要先他们一步就行。真不知道别人是不是这么想的，是不是聪明人就是觉得自己比别人聪明，而世界上傻瓜多的是。总之，理财保本之类的东西，在我看来就是请君入瓮的花哨的噱头、自欺欺人的安慰、愚蠢的谎言。

我在证券市场混迹了许多年，经历了不同时期的牛市、熊市。每当牛市到来的时候，总有那么一些人吹嘘自己的股票操作是多么了不起，似乎掌握了股票涨跌的财富密码，一言一行都会影响股市的走势。这些人在媒体上侃侃而谈，政策、产业、行业、市场、趋势、个股、交易量等，无所不知无所不晓。他们争相出镜，相互吹捧，四处煽风点火，塑造了一个个无所不能的股神形象。我不知道老板的操盘手里有没有这样的股神，而在我的印象里，股神总是很神秘低调，难以让人接近。操盘手也是。但是当老板给我透露了她请操盘手的做法后，让我对这个职业的神秘性和神圣性顿时产生了怀疑，甚至还感到有些龌龊。

“你的那些操盘手都是什么水平，他们有股票投资的经验吗？或者跟人做过庄吗？”

“我从券商自营业务里找几个股票投资水平高的操盘手合作，把理财资金的账户委托给他们做投资管理，包括选定投资标的、投资组合等。然后我再请专人控制风险。在我们公司里有一个投资总监专门负责风险管控。”

“你是怎么找到这些操盘手的？”

“我的第一份工作就是在证券公司里做技术服务，对这个行业的情况当然很熟悉！”

“但是你的这种操作方法对操盘手而言相当于开私仓，是违法行为。难道他们不怕吗？”

“当然怕啊！所以要格外小心啊！”

我很清楚，在高额的返佣和收益分成的利益诱惑下，有些操盘手或基金经理甘愿以身犯险，在所不辞。

“这些操盘手靠得住吗？我是说他们有自己管理的基金，怎么腾出手来帮你操作好股票投资的呢？”

“那就要跟他们绑定关系。比如我让这个操盘手管理一个 1 亿元的理财账户，其中的 5000 万元是我募集的劣后资金，在这 5000 万元里面，我要他不论以何种身份必须购买其中 5% 的份额，相当于交了 250 万元的保证金，是劣后中的劣后。”

“如果不是你亲口告诉我，我都想象不到这个江湖居然这么复杂。”

当然并不是所有的操盘手或基金经理都这么干，我相信绝大多数的操盘手、基金经理恪守职业规范，绝不做违法犯罪的事情。只有少部分心怀侥幸的人，才会被她拉下水。

我问她：“你的条件这么苛刻，操盘手们愿意干吗？”

“当然愿意了，那么大的资金量，只要他们跟对庄，轻轻松松就把押金赚回来了。”

当然了，这种勾当在股市势头好，股票上涨的时候当然没问题，一旦行情反转，股票大跌了呢？可想而知，谁将会是杀跌的主力。

老板的这一通私募运作的知识普及，让我深感不虚此行。连续好几天我都在琢磨此事，一边担心着私募基金的操作风险，一边暗自揣度要不要也去买点理财发笔财？

有一天，浙江记者站的同事来访。浙江、江苏一带的资金是投资市场的风向标、晴雨表，这些地方的资金流向以及以何种方式流动，基本决定了整个经济发展趋势。这些热钱流向股市，股市火；流向楼市，楼市火。闲谈中，我跟他说起私募基金配资加杠杆的事情，他不以为然地说这个比例的杠杆跟他们那里做股票配资的比起来简直就是小巫见大巫。

“我们那里股票配资可以做到 1∶5 或 1∶10。”

“这不是跟炒期货一样了吗？”

“就是啊。”听口气，他对此早已司空见惯。

“他们一般是怎么做的呢？”

“假如你有 100 万元，把钱打到配资公司指定的账户上，钱到账后配资公司再打 400 万元给这账户，这就是 1∶5，账户资金共计 500 万元。然后他们把账户的密码告诉你，你通过这个账户买卖股票，全程他们都不参与。只要股票下跌超 20%，先赔你的 100 万元。这时候就需要补仓，如果不补仓，他们就强制平仓。这就是配资公司的风险控制。如果你买的股票都涨了，涨多少都跟他们没关系，他们只要本金和 10% 的利息。”

听他说得这么头头是道，我猜测他肯定也这么干过。联想到大街上的电线杆上、停车场的锥形隔离桩上贴的股票配资的小广告，我推测参与股票配资业务的人一定不在少数。

在各路资金的加持下，股市开始癫狂地一路上扬。到年底，大家的言谈话语都离不开股票，如果你没有在股市上赚到钱那简直是一件羞耻的事情。还有媒体爆料，有的寺庙里也接通了股票行情，尼姑、和尚们念经打坐之余竟然开始学习股票投资了。

看到这种情况，我变得忧心忡忡。从我经历过的几次股市波动中，这些特征都是由牛转熊、股市大跌的迹象啊。但是看着自己的股票账户，总觉得股票涨幅不够大，该赚的钱没有赚到，财富的增加太缓慢。这让我时常有一种卖掉房子，找配资公司融一笔钱投身股市赚大钱的冲动。但是多年养成的谨小慎微的习惯，限制了上述冲动。但是，我始终在想和干的抉择中饱受煎熬。

我记得，2015 年的春节是 2 月 19 日，已经过了立春节气。现在回想起来，那年的春节才是快乐祥和的。因为股市大涨，大家都赚了钱，而且还憧憬着明天会更好。

春节前夕，在信华证券的媒体联谊晚宴上，媒体和券商一起热议牛市中怎么才算是赚钱了，因为股票账户里的资金是随着股票的涨跌实时变动着的，如果都是上涨的预期，那么你明天的财富是不能拿今天的市值来衡量的。大家很难分清实际收入和预期收益的区别究竟在哪里，赚钱的概念有时候变得很模糊。当时，信华证券董事长王东国说的一番话，让我记忆犹新：

“牛市来的时候要看你手里准备了几个池子。对券商来说，就是股票自营（投资）池、资产管理池、投资银行池、经纪业务池、融资融券池、基金（发行）池，这些池子里的水满了，都是钱，就说明你在牛市里赚钱了。”

的确，那时候的券商都赚得盆满钵满。但是，王东国先生跟绝大多数的投资者一样，犯了一个共同的认知性错误，他忽视了只有落袋为安的钱才是你的钱，否则全是数字。

春节过后，政府已经明显意识到股市过热，蕴藏着巨大的风险，并相继出台各种政策，使股市降温，抑制过度投机，特别是对股票配资加杠杆业务加大监管力度。但是在各路资金的助推下，股市股指仍然创出历史新高。这一波持续了一年多的上涨行情终于在 6 月 19 日停下了疯狂的脚步，随之而来的，是一场史诗级的股灾。在近半年的时间里，千股跌停、熔断等噩梦一般地伴随着股市里的投资人。

第三节

2015年的股市改变了很多人的命运。正如万事万物都摆脱不了的物理定律一样，股市有涨跌，人生有起落。没有只涨不跌的股市，也没有一帆风顺的人生。我们是宇宙中的一粒尘埃、大海中的浪花，随宇宙流浪，随海浪起伏。上涨的股市让人心潮澎湃，下跌的股市让人胆战心惊。有的人赚得盆满钵满，有的人赔得倾家荡产。有幸运儿，也有倒霉蛋。有飞黄腾达的，就有黯然神伤的。就像硬币的两面，不知道此时此刻的你究竟属于哪一面。

由于市场中积聚了太多的杠杆资金，股市从恐慌性的下跌演变成为踩踏式的雪崩。虽然政府采取各种手段，甚至组建了托市基金，但仍然无济于事。那年，我的一位大学的校友，靠实业起家的亿万富翁，因抵制不住诱惑，押上全部身家，还加了两倍杠杆，投身到股市。股灾中，不仅赔掉了全部家产，还欠了一身的债。为了逃避追债，一夜之间，全家消失得无影无踪。再后来，有人看见他在西宁的夜市上卖羊肉串。

这样的例子俯拾皆是，根本无须搜肠刮肚地瞎编乱造。

人们为自己的贪婪付出了代价。

比起那些加了杠杆的人，我的投资损失并没有那么夸张，只是跟最高点时的市值相比，收益回撤的幅度比较大。换言之，很像坐了回过山车——最终又回到起点，一场空欢喜。

当然，也有那么一些幸运儿，也许是机敏，也许是真的运气好，也许还有其他这样那样的原因，总之，他们在股灾来临之际出清了持有的股票锁定了利润。

老板无疑是这场股灾中的幸运儿，她管理的近 20 只理财基金中有一大半在 6 月到期清盘，幸运地躲过了股灾。还有几只在第一波下跌的时候就出清了，这得益于绑定操盘手的风险控制机制发挥了作用，没有亏损，还略有盈余。但是也有几只基金被套了，其中一只被深度套牢。

那是七月的一天，天气异常炎热，股市还在“跌跌”不休，让人更加地烦闷抑郁。我在办公室里待得难受，想出去走走。正好前几天老板打电话对我说，我给她介绍的一个客户买了她的产品赚了钱了，她也赚取了一部分佣金收入，为了感谢我，特地给我准备了一份礼物，叫我有空去拿。礼物倒是其次，最使我感兴趣的是她在这次股灾中的表现如何，遭受了多大的损失。再者，她跟操盘手利益绑定的做法，有没有在下跌行情中发挥效力，及时止损。我一直对此念念不忘。

我确实在 2014 年年底的时候帮她介绍了一个客户。我的一个同学因为做互联网天使投资人赚了些钱，想拿 100 万元在股市里“冲浪”，要我帮忙推荐几只股票，赚点钱。给人荐股是一件非常吃力不讨好的事情。别人问你是出于对你的信任，认为你是业内人士，掌握了一些内幕信息，认为你推荐的股票一定会涨，而且还会大涨特涨。其实根本不是那么回事儿。如果谁有那么神奇，他早就财务自由金盆洗手了。我自认为，我跟其他普通的投资者毫无二致，也许在信息获取方面快那么一点点，但绝对不是决定性的。股票的涨跌是多种因素决定，不是因为你获得的信息比别人早那么一点儿，就能赚大钱。有时候，我不好意思得罪人，战战兢兢地给别人推荐了一只股票，在我看来，稳当一点赚个 20%—30% 就可以了。但是别人可不这么认为，他们的理解可能是赚两三倍。有了这样先入为主的想法，股票涨了 30% 还不走，期待着那两三倍，结果反而被套。然后他反过来又打电话给你，“我太贪心了没有及时走掉，现在怎么办？还有什么好股票可以推荐？”这让我不胜其烦。有了几次这样的教训以后，我再也不会轻易给人推荐股票了，况且现在的股市对散户来说就是屠宰场。何必呢？辛辛苦苦赚点钱不容易，何必在这里被人割韭菜。所以，别人再要我推荐股票投资的时候，我一般先提示风险，看看他们投入股市的决心究竟有多大，然后再推荐他们买基金。不管是公募基金还是私募基金，让专业的人干专业的事儿，肯定比单打独斗强。我的同学向我咨询股票的时候，我脑子里一下闪现出老板的印记，就介绍他跟老板认识，让他听听是否接受她的投资理念。不知道他们是出于对彼此的信任，还是“一见钟情”，他真就买了她发行的一只理财产品，半年不到，翻了一倍。运气真好！

老板还在那间不大的办公室。很显然它已经装不下这里热烈的气氛和熙来攘往的投资人。我上次过来的时候没怎么注意她公司的名称是什么，也没看清公司铭牌挂在哪里，这次终于看清楚在门口的左边齐人高的位置，挂着一块长 70cm 宽 50cm 的金光闪闪的铜匾，用小孩儿拳头大小的黑色字体写着：金凤财富（北京）国际资本管理有限公司。公司名称彰显了老板的雄心。一般注册资金仅有 1000 万元的公司很难在名称里带有国际字样的，不知道她是怎么弄下来的。反正她有的是办法。

她的脸上洋溢着喜悦，面色红润，声音悦耳。

“笑天总，您来啦！好久不见，您还好吧！”

她见我进门，异乎寻常地热情。她走上来，伸出胖嘟嘟的右手，又微微张开左臂，想要拥抱的样子。我可不想在这个时候抱她，一身黏糊糊的汗水。虽说车上有空调，但还是抵挡不住炎热的温度，挨着座椅的地方都是汗。我赶紧握住她的小胖手。

“谢谢关心，我挺好的。别人都在水深火热当中，听说就你发财了。我过来是想探个究竟，跟你学习学习。”

“没有说的那么玄乎，就是运气好一点儿。”

我的恭维，让她的脸兴奋得跟一朵鲜花似的。

“上次您给我介绍的客户，买了我的理财赚了钱了，他非常高兴。在股市这么凶险的情况下还能给你的朋友赚到钱真的不容易，否则无法给您交代。”

“你客气了，还是因为你的投资水平高，赚了钱。此外，你们彼此投缘，才能合作共赢。当然，最主要的是我看好你的投资风控模式。”

她心情愉悦，笑着招呼喝茶。

“我给您介绍一个人，”她指着旁边一个中等身高，比较清瘦，戴着一副金边眼镜的男子说，“这是我们新来的总经理张承勇，以前在黄河证券投行部，被我挖来了。”

她面露得意之色，像是从古玩城淘来了一件宝贝。

“笑天总好！”

张承勇这才上前跟我握手。实际上，从我进门就看见他一直跟在老板身边，微笑着等待张嘴的机会。由于老板一直自顾自话地说，他始终没有找到开口的机会，只能面带微笑地等待，没有一丝的不耐烦。

“你好，幸会。请多关照。”

我咧着嘴，用略带戏谑的口吻跟他客气。

他连忙哈着腰：“您客气、您客气了。”

从言谈上可以判定他确实是干投行的。

“你把张总挖来显然是有大动作吧？”

他们笑着互视一眼。

“我们打算把我们的公司改制成股份制公司，然后到新三板挂牌上市。”

老板兴奋地说。

每次到她这里来，老板总是给我制造出人意料的消息，让我有点应接不暇。

“这么快？看来你们这次真是赚大钱了！”

老板乐不可支。

“正在做审计，大概有一两个亿吧！”

真是人比人气死人。有的人倾家荡产，有的人却盆满钵满。

我也没太细究他们究竟赚了1个亿还是2个亿，一两个亿说着简单，实际上还是有天差地别的距离。总之，没有赚了钱的不是。

“你们这种私募基金公司能挂牌新三板吗？”

（新三板是全国中小企业股份转让系统的简称，于2016年1月16日正式推出，同年6月19日扩大到全国试点，是继上海证券交易所、深圳证券交易所之后又一全国性的证券交易市场。由于它设定了一定的进入门槛，一般的个人投资者很难买卖其挂牌的股票，所以交投不是很活跃，关注的人也比较少。）

“可以，只要是盈利的，而且资金管理规模累计35亿元以上。”

张承勇很笃定地说。

“那太好了，这不，你们又多了一条来钱的路子吗？可以迅速做大了。”

“是呀，”老板痴痴地笑着，“我们正在做股改方案，做好了给您看看，希望您能成为我们的股东。”

“那太好了。”

就这样，我被老板绑上了她的“黑珍珠号”。

“你们除了筹备上市还做什么？现在监管部门清理整顿理财基金，以前的理财产品不让发了，你们还能做些什么？”

“那种伞形信托基金不让发了，证券投资基金还是可以发的。近期我们打算发一只证券投资基金，投向二级市场。”

“这个可得谨慎一点，市场还没有企稳的迹象，别一进去就被套。”

“我们也是这种看法，所以也不是很着急，慢慢地募，等股市走稳了再进。”

“我们还打算发一只上市公司定向增发基金，这种基金的风险比较小，您有朋友想投资的话可以帮我们推销一下。”

“定向增发这个投资方式我很看好，从这两年的市场情况来看，只要你选对了一家经营稳健的公司跟投进去，基本稳赚不赔。你们这个方向选得好。张总不愧是业内人士，眼光独到、经验丰富。”

第四节

我很快给老板介绍了一个做天使投资的朋友，他也想参与上市公司的定向增发。毕竟这两年参与定增的机构和个人都赚了不少钱，而且还是稳稳当当地赚钱，这让一些做 PE（私募股权投资）、VC（风险投资）的人心猿意马，开始往这里面挤。

我的这个朋友颇具实力，他能弄来海外资金。据他自己透露手上握有 10 亿美金的资金池。在北京东三环的一处高档写字楼租了一整层——大约 2000 平方米的办公场所。奢华的装修、高档的家具、美丽的前台小姐，无不彰显金钱的味道。我带老板进去找他的时候他正在开会，他让助理安排我们在会客厅喝茶休息。这时候，我发现老板有一个习惯：就是在一个陌生的、看上去富丽堂皇的环境里，她就不由自主地感到紧张不适。为了掩盖自己的怯懦，她就低头拨弄手机，表现出一副很忙碌的样子。见到一个地位高的人或者比她有钱、生意做得大的人她也是如此。你会看见她的两只小手在两部手机之间来回跳跃，显得一丝不苟。实际上，她的耳朵却竖得高高的，别人说的话她都一点儿不落地听进去了，而且还能不时地回应。我觉得这可能是她从小养成的一个习惯，她通过这种方式克服内心的自卑，从被动变主动。就像石头剪刀布，你先出她就赢了。

我们俩在接待室里有一搭没一搭地闲聊，她的手则一直不停地拨弄着手机。

"你这不是装孙子吗？"

她突然冒出这么一句话来。

我大吃一惊，你不会是连这点等待的耐心都没有就开口骂人了吧？

“啊？你说啥？”

“我离婚了，把女儿给了前夫。但是我还是一直坚持尽到做儿媳妇的义务，该问候该孝敬，从来没落下什么。现在婚也离了人也走了，才惦记着我的好。当时他怎么不帮我说说好话？现在说这些有意思吗？这不是装孙子吗？”

她看着手机对我说。

“谁啊？”

“我公公，前夫他爸、孩子的爷爷。”

“我的天啊！我以为你一直忙于业务呢，谁知道你还在跟过去纠缠不休呢。那你为啥要离婚呢？”

“我怀孕期间，我老公把公司的女员工都睡了！”她咬牙切齿，恨恨地说。

“你总是让我惊喜不断，就连你的遭遇也是如此非同一般。不过这事儿说起来确实有点儿夸张。”

“我跟我老公以前都在一家证券公司。他是公司里做自营业务的，特别会炒股，委托他炒股的人特别多。后来我们俩成立了一家投资公司，一边帮人炒股一边发理财（产品），生意做得风生水起。快分娩的那几个月我不在公司，等生完孩子回去了，发现公司里的人都以异样的眼神看着我，我才发现他干了那些事儿。

“我问我老公，你为什么要干这样的事情让我在公司丢尽颜面？我老公说，他还小还想玩儿还要及时行乐。我简直气疯了。你想玩儿就玩儿吧，离了婚再好好玩儿去。

“你看，我们离婚的时候他也不好好地说一说，劝劝他儿子不要胡作非为，珍惜婚姻、爱护家庭。现在说这些岂不是太滑稽了吗？”

显然她的遭遇让她气愤不已，一下子倾泻而出。但是听得我却瞠目结舌、无言以对。我觉得她的故事远远要比她的生意更引人入胜、回味无穷。

“你怎么想到来北京发展了？我是说你怎么有把握一定会在北京站稳脚跟？”

她微微一笑，眼中闪过一丝狡黠的目光。

“我把他的客户名单都偷出来了。来北京就是找到那些客户，然后转化成我的客户。”

经她这么一说，从逻辑上就能理解为何从事私募投资这一行业了：因为以前干过，所以才轻车熟路。只不过换个环境而已。

从那一刻，我意识到老板的心机不是一般地深。

我猜测她有一点没有说，她来北京是怀揣飞黄腾达的目的，决心在这里出人头地，报复那些曾经侮辱她的人、嘲笑她的人。

比起老板的离奇经历，我觉得跟朋友的见面反而索然寡味。我是个性情中人，很适合媒体工作。帮人撮合生意根本就是有一搭没一搭的事情，没抱太大的期望。多一个朋友多一条路。至于生意能不能谈得成，钱能不能赚得了，那都是他们自己的事情，与我无关。如果他们真的合作愉快赚了钱，并因此感谢我，我的期望也不高，请我打一场高尔夫球我就已经很开心了。一直以来，我都认为自己不是那种很会赚钱的人，我对赚钱的感觉还没有对别人的故事感兴趣。我就是喜欢玩儿、喜欢热闹、喜欢运动。就像农民习惯了下地一样，不玩儿不运动就浑身不自在。我做记者时见过的那些有钱人，他们商业策划的缜密性、做事情的专注力、夜以继日的拼搏精神，我自认为是远远比不了的。我宁愿在酷日下暴晒一下午，也不愿意在文山会海里消磨两个小时；我宁愿在酒吧里跟姑娘们跳舞，也不愿在酒楼里跟领导推杯换盏。他们把主要的精力放在事业上，我把主要的时间花费在享乐上。所以，平凡的、波澜不惊的生活可能更适合我这种人。

仅过了一个月，老板就把那两只基金募齐了。一只证券投资基金，一只定向增发基金，各 1 亿元，都是实打实的真金白银，没有加杠杆。

事实上也加不了杠杆。加杠杆现在是监管打击的重点，所有的私募产品必须报备。我很好奇她是如何在极短的时间募集了 2 个亿的。后来了解到，她又找到了前期买她理财的客户，对他们游说了一番，那些人就又买了她的这两只基金。毕竟那时候大家手里的资金还是比较充裕的，在没有什么更好的投资标的的情况下，再跟老板在股市上博一把，未尝不是一种好选择。出于信任抑或是还想在她身上赌一把，他们就又买了她的基金。然而，这一次让他们追悔莫及。

第五节

在一个坍塌的系统里，没有绝对的幸与不幸，都是相对的。只要你置身其中，该来的还是要来，谁也躲不过。借用俗语就是“躲得了初一躲不过十五”。

老板还是遭遇到了麻烦，她的“金凤久安 24 号”理财产品在股灾中也未能幸免，跌破止损线被停止交易，需要补资才能恢复交易。她自以为傲的，绑定操盘手共担风险的举措非但没有帮上忙，反而成了下跌的加速器。依据他们的约定，股票下跌率先损失的是操盘手的保证金部分，接着就是她募集的劣后资金。如果这两部分资金都亏没了，基金管理人就强行平仓停止该账户的交易。你要么补资要么被清算，必须保证银行的配资部分不能有损失。如果不是遭遇罕见的暴跌，优秀的操盘手还是能够通过不同品种的股票组合，把股票跌幅控制在一定的区间。可是几千只股票同时跌停，任你有再高超的手段都无济于事，跑都跑不掉。人是自私的，操盘手赔掉了自己的保证金以后，想到的并不是止损，而是赶紧捞回来。然后频繁地买、卖，其结果就是越赔越多，越陷越深。很显然，老板对操盘手的风险管控还是有漏洞的，对操盘手选股和投资组合完全没有控制，迷信他们的能力，听之任之。最终酿成大错。

这既不是她的第一个错误决策，也不是最后一个，而是一系列错误决策的开始！

“金凤久安 24 号”是老板发行的伞形理财产品中的最后一只。托管人是广答银行，管理人是稀安基金，金凤财富为投资顾问，也是实际的投资人（操盘者）。优先级为广答银行，劣后级是金凤财富招募的投资人。股灾前募集完成，建仓抢在了股市的最高点。开始的时候，老板对捆绑操盘手利益共担风险的做法还是很自信的，但是当股市暴跌、基金破了净资产的时候，她也慌了神。因为她跟私募投资人都签了保本协议，承诺投资人的本金损失都由她也就是金凤财富赔付。这让她的心态变得跟操盘手一样，想急于捞回本金。然而市场并没有给她机会，反而使其泥足深陷。想到要给投资人赔一大笔钱，老板心里有十万个不愿意，她是那种绝不把到手的东西轻易给出去的人，特别是金钱。也许是从小家境不好，穷怕了，认为有钱就有一切，一定要把钱牢牢地攥紧。她是跟投资人签了保本协议，但是她心里清楚得很，那就是个噱头、是样子活儿，是一种营销手段、一张废纸。因为没有哪条法律保护这样的协议。虽然这种保本协议在法律层面并不具备多少法律效力，但是在道德层面还是有一定约束力的。如果你不信守承诺，就没人愿意跟你做生意，也不会再有人上你的贼船。就是如此简单。

所以老板还是要极力挽救深陷泥潭的投资，以避免其信用破产。不过，她首先要保证的还是尽量避免从自己口袋里掏钱。

张承勇本来不想管这件事情，这个理财产品是在他来公司之前发行的，他想以新官不理旧账的由头推脱。无奈老板步步紧逼，非要他想办法解决这个麻烦。张承勇是西北大学法律系毕业的，毕业后进入黄河证券从事投资银行业务，做了几家上市公司 IPO 的主承销商，对企业上市、证券交易方面的法律法规烂熟于心。他很明白老板要干什么，但他绝不想以身犯险。他认为找法律的漏洞钻空子出馊主意，那得专业。专业的人干专业的事儿，行动的事情让别人去做。要是自己做，那就是明知故犯。纯粹是个傻瓜。

“现在只有你自己或者公司出钱交保证金，‘金凤久安 24 号’才能恢复交易，这是最简单最直接的办法。”

老板听他这么说气就不打一处来。

“这还需要你说吗？这个办法我难道就不知道吗？”

“那我就没有更好的办法了。”他两手一摊，故作无奈的样子。

老板恨得直咬牙，但是又发作不出来，强压着火气，跟他周旋。

“金凤财富现在就要做股改，要是把赚的钱拿去补仓，公司的利润就没了，股改就没啥意义了，也别想着挂牌上市了。”

“你想怎么做？”

“我想把咱们刚发的那两只基金——证券投资基金和定增基金，各拿出一部分资金补充给久安基金，久安不就恢复交易了吗？等久安这边把损失的那部分赚回来了，再把这笔资金按原路返回。神不知鬼不觉地就把这事儿解决了。”

张承勇佯作吃惊地说：“这是违法的。”

“你他妈的小声点，谁不知道这是违法的？做啥事儿没风险？没风险请你来干什么？再说了，做得小心一点儿谁知道呢？”老板气急败坏地说。

“还小心一点儿，还神不知鬼不觉呢？你以为从那两只基金里抽点儿钱注进久安就完事儿了？没你想得那么简单。你这么操作根本就瞒不过券商、基金托管人和私募投资人。”

他早就看出老板动了那两只基金的心思，想用移花接木之计解救金凤久安。可是这个策略能否行得通他也没有把握。

“那你说该怎么办？”老板一拍桌子，气呼呼地说。

她诡计多端，经常耍赖，先套出别人的想法跟自己的计划作比较，如果认为可行，那就抓紧行动。如果不可行，她就按她的想法办。不管不顾、肆无忌惮。她不喜欢太复杂的东西，她的大脑也处理不了太多的信息。她是个实干家，她的信条是：首先投入战斗，然后决定胜负。

“让我想想。”张承勇右手揉着太阳穴说。

他揉太阳穴的样子有点像动画片里的一休。

过了半天，他才慢悠悠地说道：“你的这个办法不是不行，但是计划太简单了，容易被识破，执行不下去。金凤经证是定增基金，金凤九赢是证券投资基金，都是专项投资基金。资金投向里就没有投资理财产品这一项，你以何种理由把这两只基金的钱投给金凤久安呢？再说了，两只基金募集的资金都在托管人果安证券的托管账户，没有正当的投资理由，这些资金是动不了的。”

老板认真听着，没有插话，害怕打乱了他的思路。

“要让基金托管人向金凤久安注资就必须改变或增加经证、九赢的募资投向，要增加或改变募资投向就必须征得两只基金投资人的同意。这些投资人愿不愿意这么做，还是未知数，这是要承担风险的事情，需要做大量的工作。”

“关于基金募资投向的问题签一个补充协议不就行了吗？”

“哪有这么简单？你的钱能投给你自己吗？”

“啥意思？”

“金凤久安是你发行的，金凤经证也是你发行的，金凤九赢还是你发行的。你一个发行人发行的基金能相互投来投去吗？监管不管你吗？”

“那怎么办？”老板快哭了，她知道这才是问题的关键。

“注册一个合伙制公司，把金凤久安的投资人持有的投资份额转让给这个合伙制公司使其成为合伙人；再跟经证和九赢的投资人分别签一个补充协议，将这个合伙制公司也纳入基金的投资范围，把经证和九赢的资金投给合伙公司，合伙公司用这笔资金给金凤久安补仓。这样就规避了基金互投，激活了金凤久安。”

张承勇说完，看了一眼老板，发现她似笑非笑地盯着某个地方，眼冒幽幽绿光。那神色恰似小时候在农村外婆家看到过的米缸上的老鼠，顿觉毛骨悚然。

第六节

老板一边安排白燕舞注册新的合伙制公司，一边要张承勇加快金凤财富的股改，尽快挂牌新三板。金凤财富的股权结构非常简单，就是老板刘金凤与初始投资人郑淞两人。一开始的时候，郑淞出了60万元给老板，算是联合创始人，注册了300万元注册资金的公司。张承勇到了公司做的第一件事情就是要老板追加公司注册资金到符合投资公司要求的1000万元。为了便于股改，同时照顾原有股东的利益，老板转给郑淞140万元，自己又拿了500万元，把公司的注册资金做实。其股权比例是老板刘金凤占80%，郑淞占20%。

"根据中介机构出具的审计报告，金凤财富2013年10月才发行了第一只私募理财产品，而当年的营业收入只有40多万元，还是卖股票投资软件的收入。从2014年开始才有私募理财产品的管理费等相关收入，这一年的营业收入是400多万元，是上一年的10倍。2015年1—8月营业收入近4000万元，又是10倍的增长。这3年先后发了19只私募理财产品，累计资金管理规模30亿元，可谓爆发式增长。"张承勇看着报告，对老板说，"从资金管理规模来看，距离新三板挂牌要求不远了，再发2—3只基金就能达到累计管理规模超过35亿元的要求，唯一的困难是如何给这样的私募公司估值。

"如果依据公司近3年的盈利情况估值，2013年、2014年的公司盈利会拉低2015年的盈利，导致公司估值过低。如果按照2015年前8个月的实际收入再加上后4个月的预期收入估值，则缺乏一定的说服力。"

张承勇和老板费尽心思想要找到一个好的估值依据，但始终找不到好的方法。实际上，他们两人之间也有小小的博弈。老板肯定想把估值做高，使其利益最大化。张承勇在公司里还没有股份，正想着通过这次股改做个小股东，等到公司上市了大赚一把。显然把估值做高了对自己不利，毕竟是要拿真金白银购买股份的，估值越低对自己越有利。但是老板不会同意他这么做。怎么才能找到一个利益平衡点呢？

老板敏锐地察觉到张承勇因何犹豫不决，她可不想在这件事上久拖不决，就直截了当地问他：“你有什么好方法？”

“还没有。”

“你找到一个估值方法，把公司的估值做高一点儿，等我从新进的股东那里拿到钱给你一部分奖励，或者给你的价格便宜点儿。”

张承勇心中一喜，他等的就是她这句话。

“怎么说？”

“假如我能融来 5000 万元，给你 500 万元——10%，咋样？”

“当然可以，你要说话算话噢？”

“当然。怎么做呢？”

“按审计报告前 8 个月的收入乘以十，公司估值 4 个亿。”

“会不会高？”

“不会，你看看九鼎财富现在的股价已经七八十元，按咱们的管理规模和收入，挂牌上市的价格至少三四十元。”

“那就按 15 亿元估。”

“为啥？”

“到了年底——2015 年全年收入五六千万元，按 30 倍的市盈率算，不就 15 亿元吗？”

“你这是什么算法？市盈率是股票价格除以每股收益，你这五六千万元的收入可不是五六千万元的利润。”

“我不管，你就按这个数字估。”

张承勇恨不得给自己一个大嘴巴子。弄来弄去还是因为一点儿蝇头小利着了老板的道儿了。这种估值方法他自己都不会接受的，何况是别人。但是想到老板给他的承诺，还是试着往前推吧。

“还是有点儿高吧！会有人要吗？”

“你放心，咱们不就擅长销售吗？我还是去找咱们的那些客户，把股份卖给他们。如果他们成了咱们的股东，以后募资发基金就更容易了，这叫利益捆绑。”

张承勇将信将疑，不知道老板为何如此自信。

“你信不信，你都根本不用出什么股改说明书，弄几份合同就把股份转让完了。”

“你打算稀释多少股份？”

“10%，卖1.5亿元。咱们一点儿一点儿地卖。”

张承勇大吃一惊，没想到老板如此贪心。一个1000万元注册资金的公司估值15亿元，先卖掉10%的股份，拿回来1.5亿元落袋为安。其余股份根据需要或等上市后再卖。这是要上演一出财富神话啊！真不知道是人疯了还是市场疯了。张承勇也被她的雄心和魄力感染了，看到她自信满满的样子，顿时觉得有了底气。只要老板拿得多，他分得也多。何乐而不为呢？

“那么这次是你和郑淞一起转让股份吗？”

“你傻呀？当然不能让他转让了。要绑定他，先保证把我的股份转让出去。否则他转我也转，他这个价格我那个价格，不会互相干扰吗？这事儿还弄得成吗？”

张承勇被她的心机折服了，这女人太不简单了，弄钱的手段花样百出。

“他能同意吗？”

“有啥不能的？他前后一共才出了60万元，占了20%的股份。等公司挂牌了，这部分股份不知道值多少钱呢？”

“但愿如此。”

“没事儿，我去给他做工作。”

为了尽快地将股份卖个好价，完成股改，老板亲自给客户打电话，做路演，推销他们的股份。

那天老板打电话请我去他们公司喝茶。我去了以后发现老板不在，助理晓芹说老板临时有事出去了，安排她来接待我。我当时就有点儿不舒服，心想，你请我来喝茶，自己走了，却让助理接待？这是什么意思？即便你有再重要的事情也应该在电话上说一声啊！后来我弄明白了，原来那就是她耍的一个小花招儿。她先让助理做营销，把重点的事情给她要发展的客户说明白，然后根据反馈的信息，进行下一步的行动。

我有种被耍的感觉，但还是耐着性子跟晓芹喝茶闲聊，想弄清她们葫芦里卖的什么药。不一会儿，晓芹就按捺不住直奔主题，说他们公司的审计报告出来了，经营情况很不错，市场估值 15 个亿，老板打算拿出来一部分股份给新的投资人，吸收他们成为新的股东，等公司挂牌上市了，这部分股份价值几何，等等。

我一听她们竟然给这么一个小公司估值 15 亿元，惊得一口茶水卡在喉咙里，半天咽不下去。

“你这 15 亿元是怎么估算出来的？”

“我们今年的基金管理费预计收入 5000 多万元，乘以 30 就是 15 亿元。”

“你这一年营业收入往高里算是 6000 万元，去掉各项经营费用，净利润才有多少？按营业收入做估值那不是瞎胡闹吗？”

面对我的质疑，晓芹就拿九鼎财富举例子开始忽悠，“九鼎现在的股价都已经八九十块钱了，市值超百亿元。我们公司挂牌了，市值起码也得五六十亿元。”

我不想听她瞎扯，就起身出来了。

出了门，我当即就否决了投资他们公司的想法。他们的这种估值法也太离谱了，而且也没有像样的招募说明书之类的东西给投资人。就像她硬把手伸进你口袋里掏钱一样，让人感觉很不舒服。最让我感到奇怪的是，张承勇好歹也是一个专业人士，他做出来的方案怎么这么粗糙呢？何况他自己也要当股东，这种估值法他自己接受吗？

我对张承勇没有特别不好的观感，对他的专业水平还是比较信服的。但是对他采用这样的估值法百思不得其解，暗自揣度老板是怎么把这小子买通了让他乖乖听话的？难道是睡一起了？然后我就打算忘记这件事情，反正证券市场的机会多的是，早晚会找到发财的机会。

我以为老板不会再找我了，这事儿也就过去了。谁知道半个多月后的某天深夜，老板突然给我打电话。

“笑天总，在哪儿呢？”

她的声音刻意显得温柔甜美。

“我回兰州探亲，你有什么事儿吗？”

“我们公司的股改工作马上就要做完了，股东的名单都已经敲定了，张承勇他们都是新进股东。股改完成后就马上报新三板挂牌上市。我还是要邀请您成为我们公司的股东，哪怕是一名小股东，投一点点钱，占一点点股份。因为您是证券媒体的资深人士，您的加入会让我们蓬荜生辉。媒体记者里我就邀请您一个人，其他的人不熟悉不放心。”

放屁！后来我拿到股东名单一看，我的一个同事的名字赫然在列。当时我还真以为自己是根媒体股东里的独苗呢！

不过，老板的言语确实充满蛊惑，听着那么温柔，似乎是一个都不能少的样子，不免让人心动。

“好吧，我明天回去后到你公司。你的股份不贵吧？我可没有多少钱。”

“不贵，一份五六万。您买一份就行。”

这是她黑珍珠号的门票，我就这样被她拉上了船。

这次股改，老板并没有如愿拿到 1.5 亿元，她稀释了百分之十几的股份，增加了 19 个自然人股东。在新的股份公司里她占股近 68%，仍然是大股东；郑淞还是第二大股东，占股 20%。她这次出售股份收获了 6000 多万元，是她迄今赚到的最大一笔钱。

第七节

完成了公司股改以后，老板的模样发生了翻天覆地的变化，从里到外都散发出一种新的活力，更加自信、更加从容，也更加肆无忌惮。以前为了拉客户、服务客户经常把自己弄得灰头土脸，疲惫不堪。虽然衣着还算得体，但绝对不是高档货。自此以后，情景已大有不同，一身名牌服装、名牌包包、名牌鞋子，打扮得像个公主，光彩照人。

她还在城西最高档的小区买了一套公寓，算是给自己的奖励，也算是宣告自己彻底在北京站稳了脚跟，有了一个安乐窝。不过依据她的个性，她绝对不会一次性付清全款，做了按揭贷款，想办法让公司还贷。她是那种把各项规则用到极致的人。

十月中下旬的一天，她召集股东、投资人在长安俱乐部举行金凤财富股份有限公司的成立大会。把开会的地点选在长安俱乐部，她是费了一番心思的。

长安俱乐部是 20 世纪 90 年代，香港富华国际集团主席陈丽华女士在北京创办的集商业交流、商务服务等于一体的顶级会员制俱乐部。位于北京东长安街十号，毗邻天安门广场，身处繁华商业区王府井，与著名的北京饭店对街而立。会员有鼎鼎大名的李嘉诚、郑裕彤、郭炳湘等人。其高贵典雅的环境和周到细致的私人化服务，使之成为国内外知名企业家和各界精英宴请宾朋和商务酬酢的理想之地。有些上市公司把新闻发布会或者媒体见面会放在长安俱乐部里举行。我做记者的时候常去那里，对它的环境还比较了解。人们路过长安街看到的长安俱乐部实际上是长安大厦，长安俱乐部只占了其中的6层。长安大厦的一层一分为二，西半部分是保时捷汽车的展厅，是一个女影星的丈夫开的。那个家伙经常惹是生非，绯闻不断。东半部分是长安俱乐部的入口大厅。但是在电梯的左侧的位置摆放着一张金丝楠木制成的龙床宝座，如果你曾去过故宫的话，看到它的第一眼就会惊叹："皇帝的宝座怎么在这里？"没错，它就是按紫禁城太和殿里呈放的龙椅1∶1制作的仿制品。虽然是赝品，但无论是用料还是雕刻，其完美程度也是独一无二的。

那件仿制品跟周围的环境极不搭调，给人的感受是压抑、别扭、俗气，甚至阴森可怖。他们用一圈红锁链把它围了起来，锁链上挂了两个牌子"请勿靠近""请勿拍照"。我认为他们这是多此一举。在这个时代显得不伦不类的东西，你绝对没有跳上去享受一下的冲动，反而是想一脚踹翻。如果是从这个角度出发，看紧点并没有坏处。

中国的很多商人发达了以后都想方设法地跟皇权攀上关系，比如在屋子里摆放一张龙椅，柱子上雕刻一条龙，屋顶上画个龙凤呈祥。把自己弄得是个龙子龙孙似的，举手投足尽显皇家气派，似乎只有这样才能证明他们金钱的成色和获得财富的正当性、合法性，彰显天生富贵命。当然，还有一些小商人以此来显示自己攀权附贵、手眼通天。

老板在长安俱乐部里办会，不是要向股东和投资人显示自己多么财大气粗，而是想讨一个好彩头，是为了公司将来发展得跟其他的好公司一样优秀。在她看来，凡是在那儿搞活动的公司都是好公司。但是要说是为了满足虚荣心的话，也不是完全没有这种可能，肯定是有点，只是没那么重要，附带品而已。

这个会议对我而言并不是那么重要，我也没有把这个股东身份当回事儿。迄今我还对她的胡乱估值耿耿于怀，我之所以成了她公司的股东并非甘心情愿，根本原因还是虚荣心作祟，抹不开面子。当然这要归功于她的营销工作做得好，知道在什么时候、什么时间、以什么样的语气让人乖乖就范，而不怀疑。理性一点儿的话这种公司根本就不能投，一是因为它的估值太高了，没有什么令人信服的依据。也许你可以说是风险投资，但是在这种没有任何技术含量的公司身上冒风险无异于跟街头小贩玩套圈圈的游戏。二是它的盈利方式使它成了监管部门重点整治对象，而且风控模式还存在重大隐患。最重要的是，直到现在我对她的公司和她本人都很不了解。她绝对不像看上去的那样人畜无害，而是那种工于心计，穷尽办法掏别人口袋里钱的人。说她是小偷？那肯定不是。说她是骗子？这可不好说，因为很多时候并不是骗子的骗术有多高明，而是你被贪婪侥幸蒙蔽了双眼，主动投怀送抱。

我实际上是带着那么一点儿幸灾乐祸的心态去参会的，是想看看其他股东有什么样的表现，借此找回些许心理安慰。

老板今天穿着一身红色的公主服，一条红色发带上面有一朵红色的玫瑰，红色的口红，红色的高跟鞋。除了黑色丝袜，一袭红色。看上去喜气洋洋、意气风发。张承勇则穿了一身黑色西服，白衬衫，打一条红领带。他们俩站在 10 层大会议室门口的签到台前迎接客人。我看着他们这身装扮，暗自腹诽：这两人莫不是勾搭成奸了？于是走上前去，半开玩笑地对他们说：“你们这是要举行婚礼吗？”

他们俩一愣，互视一眼，似乎没意料到有人会用这种方式打招呼，所以在看到我似笑非笑的眼神时，才回过味来，旋即哈哈大笑。我从他们的眼神里看到缠绵悱恻、情意绵绵又若即若离，随即印证了我刚才的判断。也许是我的这句玩笑话揭开了他们俩的小秘密，才让他们在众目睽睽之下略显尴尬。

我并没有在其他股东身上看到多少不情不愿的样子，似乎他们跟我纠结的东西压根儿就不是一回事，这不免让我有些失望。我想从他们嘴里套出点东西来，可是这并不容易。再说了，老板也不会给我这种机会。她宣布了两件事情瞬间点燃了大家的激情和欲望，也把压在我心头的阴霾一扫而空。

“各位股东、投资人，金凤财富的工商变更已经完成，股东身份都已确认，我们金凤财富从有限公司变成股份公司。另外，金凤财富上新三板的公开转让说明书已经在张承勇的努力下编制完成，如果股东们同意的话可以向股转公司报备审批了。”这还有什么不同意的？尽快报批尽快挂牌上市不是所有股东的利益诉求吗？更何况，老板真会忽悠：“你们看，九鼎财富的股价已经快 100 块钱，我们公司的挂牌价起码也要五六十元。”这一下就让大家群情激奋，赶紧投票通过了上报股转材料的议案。

接着，张承勇报告了股转说明书的编制情况和公司的发展愿景。他说公司将围绕“大资管”逐步完善产品线，加大股权投资基金，特别是新三板股权基金的发行规模，积极申请新三板做市商牌照；增加对中小企业的财务顾问服务，积极申请新三板推荐挂牌牌照以及发行新三板并购基金等。

我听他说得还比较靠谱，就没有再认真往下听。心里又开始泛嘀咕，后悔当初是不是买少了，为什么不多买一点儿她的股份，白白错过了一次发财的好机会。我看着旁边坐着的高冷美女，又不禁心猿意马，她不就是个小话剧演员吗？怎么有那么多钱买她的股份呢？

第八节

老板要跟时间赛跑。

她听到了一个消息是说证监会即将叫停私募股权类投资基金的挂牌上市，这对她来说是十分不利的。因为她给买股份的投资人一项重要承诺就是，她的公司必须在新三板挂牌上市，如果上市被叫停了，她就必须依照约定回购那些股份。这是她不能承受之重——谁也不愿意把吃进去的东西再吐出来，何况对她这种嗜财如命的人而言更是难上加难。而且，如果不能上市，她那虚高的估值就是无源之水无本之木，别说卖个好价钱，能不能转让出去还要另当别论。这都是她所不能接受的。

她让张承勇天天去股转公司打卡上班，盯在那里，催促审核员尽快出具反馈意见，希望公司能在2015年年底之前挂牌上市，为这一年画上一个完美的句号。虽然她做事并不周详，东拉西扯四处开火，但在遭遇罕见股灾的2015年，她无疑是个幸运儿。她的公司在股市上有收获，她个人靠转让股份也发了大财。尽管金凤久安理财产品爆仓被限制了交易，但也不是没有办法解决；合伙制公司已经注册完毕，金凤久安的投资人正在按计划陆续把持有的份额转到合伙制公司，等这个步骤完成了，再进行下一步的行动。这也不是特别着急的事情，可以等到来年慢慢解决。当然，她也是追求完美的人，也有一点儿小迷信，想在2015年有个完美的收官，也给2016年一个好的开始好的兆头。所以，金凤财富必须抢在2016年前完成新三板的挂牌上市，这是她给自己设定的

40 岁之前要完成的最大的心愿、最大的梦想以及最大的目标。

老板一度与实现自己的目标只有咫尺之遥，她抢在 2016 年元旦前拿到了股转公司核发的交易代码，但是紧赶慢赶还是没有赶在叫停私募股权类投资基金挂牌的政策出台前挂牌，这让她深受打击。对于这个结果她虽然早有预料，却又不肯认命，还想搏一把，要跟时间赛跑，抢时间、抢进度、搞关系，但一切都为时已晚。她股改晚、报材料晚，加上审核也晚，最终被关在上市的大门外。正如不是所有的幸运全都降临在一个人身上一样，凡事都有缺憾，而这正是天道。

她在争取上市的过程中把其性格之中的顽强、锲而不舍、不眠不休、死缠硬磨发挥得淋漓尽致。她让张承勇每天都去股转公司报到，每个部门都跑一遍，而有时候她自己也跟过去跑一遍。那可不是走马观花、混个脸熟，而是要翻箱倒柜、知根知底。她找熟人走关系嘘寒问暖软硬兼施，目的就是加快上市的审核流程缩短审核时间。只要审核有了问题、意见必定做到马上回答马上解决，一刻都不能耽误。晚上给了反馈意见，通宵达旦、加班加点，必定赶在第二天早上股转公司上班前把做好的材料送达，而且还是亲自送。也只有这样才可以让自己放心。到了后来，股转公司的人也知道她的公司挂牌无望，就劝她缓一缓，不要把彼此逼得那么紧，因为他们也被她逼得受不了了。可她依然不依不饶、我行我素，他们被逼无奈，就给她先核发了交易代码，说如果政策有松动，让她率先挂牌。就这么着，她才算有所松弛。

但是，她还是没有因此闲下来，对上市仍然抱有期待。自从上次公司股改转让股份实现暴富以来，就像野兽从牙缝里尝到了血腥味，一发不可收拾。这种来钱方式太简单、太快、太轻松了。她还想再来几次。筹码多的是，何乐而不为呢？就这样，在明知道自己的公司上不了市挂不了牌的情况下，她还忽悠了一些投资人买了她的股份。

我是在来年 2 月金凤财富的公司年会上看到一些陌生的股东面孔时才知道她又出售了部分股份，吸收了一些股东。按她的话说就是让股权比例更加合理一些。她这次也没有卖掉多少股份拿到多少钱，因为她的持股比例仅从此前的 68% 变成 63% 左右。我以她的个性推测，将她的股权比例一次性降到 51% 才算合理。这次在金融街威斯汀酒店举办的年会并没有给股东们带来多少惊喜，因为不少股东已经知道了结果，使得大家对她公司的预期降低了，大家想的是如何尽快安全地拿回本金。因此，这个年会就显得索然寡味而草草收场。

春节长假结束后，老板的压力与日俱增。一些新晋股东在得知金凤财富上市渺茫的事实后，发觉自己被老板骗了，要求退股。老板是一万个不愿意。她还是抱有一丝幻想，心存侥幸。因为证监会说的是“暂停”受理私募股权类投资基金的挂牌转让，而没有说“停止”受理，用词不一样结果大不同。她想当然地认为这个政策肯定是暂时的，不会等太长时间就会取消了，那时候她肯定是第一个挂牌上市的公司。人很多时候并不是靠信仰支撑的，而是靠幻觉支撑的——这位女老板尤甚。

金凤久安的基金持有者已经将其手中持有的份额全部转给新注册的合伙制公司九阳证金，现在需要跟金凤经证、金凤九赢的投资人签订增加基金投向的补充协议。张承勇对这两只基金的投资人能签订这个协议没有一点儿把握，想找老板对接几个投资人沟通了解一下，结果被老板拒绝了。她让张承勇先出补充协议，她自己去找投资人沟通。

过了 3 月，老板彻底慌了，她从股转公司获知小贷、担保、融资租赁、商业保理、典当等企业的挂牌申请不再受理，已经受理的终止审查。这意味着新三板的大门对这些企业彻底关闭，她的金凤财富上市梦断。想到即将面临的投资人的赎回压力，她急得像热锅上的蚂蚁。

吕东不是来找工作的，他是来找张承勇谈一笔大买卖，他一点儿都没有期望这个买卖会在这里谈成。但是当他离开老板办公室的时候，他已经是金凤财富的董事会秘书了，而且他的那笔买卖很可能就在这里做成。想到刚才跟老板的那番谈话就让他兴奋不已，对自己的身份转变得如此之快又有点儿啼笑皆非。生活总是在不经意间给人惊喜。

他和张承勇算不上是朋友，以前在工作的时候认识的，见过几次面、聊过几次天、吃过几次饭，这种交往只能算是熟人不能算是朋友。熟人是平时想不起，遇到事情了才突然想到“哦，我认识 ×××，他是干这个行当的，他在这个行当里有路子”。朋友不是熟人。他是让你随时随地都能想到，但却又不愿打扰的那种。你不轻易找他帮忙，但找了一定会帮你，并且甘心情愿不带任何条件地帮你。你们会经常聊天、谈心、交换观点，你们是因为三观相合才成为朋友的，而不是红尘俗世、醇酒美色。你们彼此珍惜的那份友谊远远超越共同取利带来的快感。所以，在我的观念里，朋友不谋财。人的一生当中可能有很多熟人，但真正的朋友没有几个。找熟人谈生意做事，找朋友喝酒聊天，这才是最好的人际关系。

吕东也许也是这么想的。在走进老板的办公室之前他是一个无业游民、一个上市公司的股东或股民、一个离任的上市公司董秘。他手上有点儿钱，他不急于找工作，他把家安在北京，他陪孩子读书。他宁愿赋闲在家也要辞去上市公司董秘一职，不是因为能力不够，而是因为胆小怕事。上市公司的董秘看起来很光鲜，实际上很危险，他们是行走在黑洞边缘的人。有些上市公司远没有外界看上去那么靓丽、光彩夺目，实际上危机四伏、暗藏杀机。你今天眼中的白马股，明天很可能变成吞噬财富的黑洞。当你了解得越多看得越透的时候，也就是你离开的时候。君子不立于危墙之下。吕东在新疆长大，他有大西北人朴实的一面，也有机警、狡猾的一面，当他预见有不可控的危险时，他的选择就是跑。一辆失控的汽车，最难受的不是司机而是乘客。所以他走了。

那天他接到老东家贾老板的电话。

“吕东，干啥呢？”

“老板好，啥事没有，陪孩子玩儿呢！”

“你在北京那边人熟关系广。找找看，有没有人感兴趣的，把咱们公司卖了。不过，这也不是太着急的事儿，你慢慢找，不要弄得满城风雨。”

“放心吧，老板。我心中有数，有眉目了我就给您回话。”

贾老板就是这么直截了当又模棱两可，既给你交代了什么事儿，又跟他撇清了关系，永远使自己处在一个有利的位置上。

吕东没有预料到前东家这么快找上自己，他觉得公司怎么着也能撑几年，他离开那里也就一年的时间，他们就要打算卖公司了。这变化确实有点儿快。贾老板之所以找上他也是合乎逻辑的，因为他是公司前董秘，公司什么状况、老板什么性格、团队什么状态、业务什么情况，还有哪个“外人”比他更知根知底的呢？这种事也只能交给他这样的第三者去办，绝不能让手下人去办。再牢靠的手下，也免不了会走漏风声。一旦让公司里的人知道了老板打算卖公司的想法，这公司就没法儿干了。有个可靠的第三人就不一样了，方便掩人耳目，进可攻、退可守，不声不响就把事情办成了。

吕东走进老板办公室的时候，老板正逼着张承勇写金凤九赢的投资补充协议。看见吕东进来了，她留下张承勇继续工作，她自己起身相迎，烧水沏茶，东拉西扯地闲聊了起来。

“吕总最近忙些啥？有什么好的机会大家一起参与一下呗！”

“赋闲在家，看看孩子，炒股。不像你们，赚得盆满钵满。真令人羡慕啊！”

“您过奖啦，哪有什么盆满钵满的，就是运气好了那么一点点儿而已。”

“不是人人都有好运气，还是因为你是有福之人啊。你们发理财卖基金认识的有钱人多，不知道有没有机构或私人老板愿意收购一家上市公司？”

“收购上市公司？”老板的眼睛突然亮了，急切地问道，“哪家上市公司？”

“金域环保，我以前就职的公司。”

老板飞快地打开手机上的股票软件找到金域环保。“金域环保总股本 7.1 亿元，每股 8.6 元，市值大约 61 亿元。主营锅炉点火装备制造、节能燃烧、垃圾发电、污水处理等业务。近两年营业收入分别为 8.4 亿元、9.9 亿元，净利润分别为 4634 万元、404.8 万元。这家公司怎么了，去年跟前年的利润差那么多？”

“去年在山东秦城的一个 PPP 项目干砸了，经营利润受到了一些损失，公司创始团队人心不稳，想把股份变现，落袋为安。所以想找人在一个好的价格基础上把公司卖了。”

“那就是公司大股东转让股份呗？”

“是的，大股东占上市公司 32.4% 的股份，绝对的控股股东。”

“你别找人了，我来收！”老板急切地说。

“你？”吕东有些吃惊，“你不会是开玩笑吧？听说你们去年是赚了一些钱，但是想收购一家上市公司恐怕还差点儿吧？”

这时张承勇也走了过来，他不知道老板葫芦里卖的什么药，站着没有说话。

“有没有钱收购你不用管，你告诉你们老板就说我们金凤财富愿意收购。”

“那不行，你首先得给我说清楚你为什么要收购，有没有钱收购，用什么办法收购。我得把这些事情弄清楚了，才能给老板说。否则，我空口白牙的什么都说不出来，别人怎么相信我？”

老板看了张承勇一眼，说：“你知道的，我们公司以前做的业务现如今成了监管重点整治的对象。关于公司下一步开展什么方向的业务，我们的股东都十分地期待，但是我们却很迷茫。你也看到了，如今这股市跌起来真吓人，如果我们继续往二级市场里投钱，那就是拿钱打水漂，赔个底朝天。如果我们收购一家上市公司就不一样了，我们一边做实业，一边在资本市场发基金做并购，把上市公司做大做强，给股东一个稳定的回报。岂不是皆大欢喜？”

她这么一说，吕东和张承勇立刻就透彻了解了她的思路、想法，不禁为她的机敏叫好。这的确是一个完全说得通站得住脚的理由。

接下来就是钱的问题了。问题是她有那么多的钱吗？

“钱不够，我来凑，凑不够，我去借。把公司收购完成后，再把股权拿去做抵押，用抵押出来的钱还借款不就行了吗？”

张承勇和吕东被老板的聪明才智折服了，在这么短的时间里她就理清楚了收购公司的大体思路，这不得不让人佩服。何况她以前根本就没干过这方面的工作，没有相关的经验可借鉴，完全是出于本能地认为这件事将依照哪些步骤进行。不过，万法不离其宗。老板想到的永远是借力打力加杠杆，这次她是要干一票大的，来一个蛇吞象，一口吃一个上市公司。这是一件多么令人兴奋而血脉偾张的事情啊！

“这个并购的大体思路是没问题的，但是里面有特别重要的一点必须解决好，否则收购起来会很麻烦。”张承勇借着老板的思路说，“现在大股东的持股比例占上市公司总股份的 32.4%，按照相关法律法规，收购占比超过 30% 股份的行为将触发要约收购机制，收购方要向上市公司发收购函，而上市公司必须对外公告，交易所、证监会要审核。像我们这样的公司很难过会，也就是说，明着收肯定不行。”

“那该怎么办？”老板有些急了。

“那就看你的本事了！”张承勇对着吕东说。

“我？”

“对，你去跟你们的大股东做工作，让他们把他们的持股比例从 30% 多降到 30% 以下，这样收购起来就容易多了。我们把他们的股份直接买过来就可以了。”

吕东一拍大腿，“对啊，通过大宗交易减持一部分不就行了吗？”

老板一看这个问题也能解决，顿时心花怒放。

“这件事儿你们俩抓紧弄，弄成了有奖励。”然后她又对着吕东说，“你现在不是没有什么事儿吗？干脆你来做我们的董秘吧。”

对于老板的这个决定，张承勇也十分赞同，只要把他绑进来了，促成收购的把握就很大。

“这样吧，钱的事情你们俩先不要操心，我负责解决。你们赶紧跟金域环保联系，最好让他们的老板到北京来，尽快把并购的事情敲定下来。”

就这样，吕东成了金凤财富的董秘，他对资本市场即将上演的蛇吞象满怀期待。

第九节

贾华强最近感觉身体很不舒服，不仅胸闷、气短、乏力，还经常焦虑、抑郁、做噩梦，还有些疑神疑鬼。他怀疑自己得了抑郁症，想去找医生看看。他认为西医的那一套物理检查、化学分析，动不动就往人的身体里插根管、抽管血、塞个棒的，赤裸裸、冷冰冰，没有一点儿人情味，让病人得不到丝毫的慰藉，丧失人格尊严。虽然他相信西医科学、有效也能够对症下药、有的放矢，但他喜欢找一个中医世家出身的、一般人很少有门道找得着的老大夫，拉着他的胳膊把把脉，聊聊天儿说说事儿。那种亲切的氛围让他很放松很享受，似乎只要那个老先生一搭手，病就好了一大半。至于开的药熬的汤，他爱吃不吃——想起来吃的时候吃一口，感觉不错了就不吃了，扔了也没什么可惜的。请遵医嘱之类的一些话，对他而言就是耳旁的风过眼的云，不起任何作用。他不是怀疑中医的病理方法有问题，只是认为中药材的品质下降，药力退化了。最关键的是，世风日下、人心不古，种植药材的人唯利是图、急功近利，不把药材的质量放在首位，而是把金钱摆在第一位。

如果中医的病理方法没有问题，拿屎入药岂不合理？为什么人的屎是粪，皇帝的屎是龙遗？人不能吃屎，为何皇帝的屎却是名贵的药材？贾华强被他脑子里突然闪现出来的想法惊呆了。他感到一阵恶心，心跳加速、呼吸困难、满头虚汗。他站在老中医馆的门口，看着屋檐下黑色牌匾上金色的用行草写就的“缘溪堂”三个字呆呆发愣。

阳春三月，江南早已是百花盛开的季节。缘溪堂在彭城郊区的一个比较有名的温泉山庄里。一个独立的小院，500 平方米左右，七八间古式建筑，用灰色砖瓦砌成，门窗是传统的红色，雕梁画栋古色古香。院子里有几棵大一点儿的桂花树，绿油油的叶子在阳光下散发着光彩。现在还不是桂花开放的时节，它们在为半年后的盛放努力地做着准备。倒是桂花树下的几株牡丹开得十分鲜艳，满园飘香，盖过了院子里的其他花花草草。小院的左侧紧邻一片大的池塘，水面清澈，微风下波光粼粼。

贾华强无暇欣赏这里的美景，此时的他反倒有些多愁善感。如果屎有 100 种吃法是文化，而屎不能吃是文明的话，中医的成分里是文化多一些？还是文明多一些？

“贾总，您来了！您在看什么呢？快请进屋吧。”

一个 40 多岁，浓妆艳抹、风韵犹存的半老徐娘出门热情地跟他打招呼。她在屋里早就看见贾华强进了院子，本来没打算出门迎接。你是来看病的，有求于我，我不能太主动，要矜持一点。而让她感到困惑的是，这个人傻傻地站在门口不进来在看什么呢？是不是牌匾要掉了？这可不吉利，于是就赶紧推门出来。

她是老中医的徒弟。一般在这种神秘的老中医身边都有几个像她这样的女徒弟。她们不给人看病，负责对外联络，干一些端水倒茶的勤杂活儿。当然，她们最乐意的工作是给客人抓药为师傅收钱。但是，从她们风骚的身姿和暧昧的眼神当中，你始终很难判断她们究竟在跟那些老古董学些什么东西。

“哦！吴老师在吗？”

贾华强回过神来，没有跟她说话的意思，直接问老中医在不在。

“在屋里。”

屋子纵深很宽，绝不是从外面看上去的那么局促。很亮堂，也许是开着灯的缘故——大白天也开着灯。正堂当中放置一张八仙桌，左右各放一把太师椅。可以肯定这是明式家具，但不知道是真古董还是仿制品。桌上有一只香炉，里面燃着檀香，老中医坐在左边的太师椅上，右手边放着一个号脉时用的小棉枕头。老中医80多岁，鹤发童颜、精神矍铄、双目有神，还留了一簇山羊胡。穿一身白色的老式中装，脚蹬一双白色千层底的黑色圆口布鞋。一副仙风道骨的模样。

“小强子来了。”

老中医微笑着，看他如同儿孙辈，眼神里满是爱怜。

“吴老师，我最近胸闷、气短、冒虚汗，还浑身乏力、情绪低落。您给瞧瞧哪儿不合适了？”

“你坐下喘口气，喝口水。”“把胳膊伸过来，我给你把把脉。”

老中医右手号脉，左手捋着山羊胡，静静地过了一会儿。

“你这是肾虚、肝郁、心火旺，典型的操劳过度啊。是不是最近工作压力大，诸事不顺啊？”

“一言难尽啊。”

不知道老中医触碰到了他的哪根神经，就这么一句普通得不能再普通的话，就让贾华强的眼泪夺眶而出，趴在桌子上兀自地啼哭了起来。也许心情压抑得太久怨恨积累得太深，这句话为高悬的堰塞湖找到了宣泄口，贾华强哭得泪水纵横、涕泗滂沱，直把老中医的女徒弟看呆了。老中医摇了摇头，不动声色，似乎是早有预料，抑或是习以为常。

哭了好半天，贾华强的情绪才渐渐平静下来，他不紧不慢地从女徒弟放在八仙桌上的抽纸盒里抽出一沓纸巾，擦干了眼泪，顺便也把桌子上的泪水擦拭干净。他对老中医点点头，就要起身离去。

老中医看他没有再说话的意思，就对他说：“我这里配制了一些药丸，是疏肝化郁的，你拿回去按上面的说明服用。你要学会化解压力，保护好身体。工作重要，身体更重要，不能因为工作损害了身体的健康。都到了这个年纪，要学会养生。退一步海阔天空，该放手的就放手。”

贾华强点点头，依旧没有说话，从女徒弟手里接过药包，掏出一沓钱，递给她就出门了。女徒弟看着他远去的背影，对老中医说：“师父，这得有多大的憋屈，把一个快60岁的老男人弄得如此伤心！”老中医捋捋胡须，看着门外，笑而不答。女徒弟想了半天也没想出个所以然来，索性就不想了。生活嘛，还是简单点儿好，得过且过、及时行乐。

从老中医的小院出来，贾华强的心情好多了。他沿着小院挨着的池塘慢慢转悠，整理紊乱的思绪。看见已经远离了老中医的小院，他把那包用麻纸包裹着、麻绳紧绑着的药包丢进了池塘。哭都哭了还要什么药？眼泪是最好的药。

贾华强是金域环保现任董事长，彭城沛县人。实际上他不是沛县的，而是旁边的丰县人。因为沛县能跟汉高祖刘邦攀上亲戚，那一带的人都说自己是高祖故里沛县人。毕竟，什么地方出个皇帝总能提升当地的知名度，这无形中也给当地人身上贴了一张烫金的名片。出门在外，给人介绍：这位贾总还是跟汉高祖刘邦一个县的。这就马上让人肃然起敬：原来是帝室之胄啊。难怪难怪、失敬失敬。如果你说你是丰县的，紧挨着沛县，哪怕你真的是多少代的皇室子孙，别人也将信将疑地不拿这事儿当回事儿。贾华强一口咬定他是沛县的，这对他这种喜欢走南闯北结交朋友的人来说无疑是多加持了一层光环。

他有苏北人固有的豪迈气质，敢闯敢干能吃苦，讲义气喜好结交朋友。所以，他到哪里都有一帮朋友前呼后拥，颇有气势。小时候，家里有个走江湖的叔辈亲戚看了他以后说，这孩子以后能当将军。这给他幼小的心里埋下了出人头地当大官的种子。长大后，他没有入行伍当上将军，而是成了一名销售，走南闯北推销锅炉及点火设备。他没有因为当不上将军而遗憾，而是为赶上了两个好的机遇期而庆幸。他的第一个好时期是赶上了改革开放和中国大力发展市场经济，他们锅炉燃烧控制研究所通过扩大对外开放交流，学习、接近、吸收国外先进经验和技术，研制生产出不同种类的锅炉及锅炉点火设备，替代了以前工业、生活当中使用的老旧锅炉。而锅炉设备当中的各种类型的点火系统更是他们的核心产品，获得多项国家专利和科技进步奖，深受市场的欢迎。贾华强从销售员做起，得益于他敢闯敢拼、善于交际以及随意率性的性格，很快为锅炉燃控研究所打开了市场销路，接来了大量产品订单。后来在研究所改制成企业的过程中，他和王文学等六人成为联合创始人和实控人。改制后的公司取名燃控科技，经营的主要产品是与锅炉燃烧相关的各种类型的点火控制系统。相比于锅炉而言，这些点火系统有更高的技术附加值和产品利润率。燃控科技公司成为国内锅炉点火控制细分领域的领头羊。

在贾华强的第一个机遇期里，他找到了事业的方向，打下了发展的基础，建立了家庭，生活走向了正轨。虽然在这个阶段苦一些累一些，也遇到了一些难过的沟沟坎坎，但也都渡过去了。生活嘛，对谁来说都并非那么容易，如歌中所唱：不经历风雨怎么见彩虹？总体而言对他来说还算顺风顺水。

贾华强自认为他的第二个机遇期是人生的“开挂”期。他牢牢地把握住资本市场的发展机遇，借国家为解决中小企业融资难而开设创业板之机，把企业成功地带到资本市场。通过企业上市从证券市场融来 10 多亿元，这对一个年营业收入仅 1 亿到 2 亿元的小企业来说简直不可想象。他的声望因此达到了顶峰，如愿挤掉了偏重技术研究、经营保守、性格懦弱的王文学，当上了燃控科技的董事长兼总经理。此时的贾华强踌躇满志、雄心勃勃，他已经不满足生产制造企业发展的慢速度。他满脑子想的都是如何实现跨越式发展、如何实现弯道超车让企业市值过百亿元、上千亿元。他走火入魔了，资本市场把他从吃草的羊变成了嗜血的狼。他把企业的经营领域向产业链的下游拓展，进入垃圾发电、危废处置等高利润的环保行业。要从生产制造型企业向管理运营型企业转型，为此，把公司名称又改为金域环保。他要打造全新的与人们生活息息相关的绿色环保的企业，在追求企业效益的同时，实现人与自然环境和谐统一。是的，他是一个有情怀的人，他做事不都是为了钱。有时是为义气，有时是为朋友，有时是为心愿，有时是为抢风头，有时是为出口气，有时是为做事而做事。他也知道自己率性所为的缺点，但他依然对自己选择的大方向无比自信，他始终坚信环境保护的观念将伴随人类的始终，只要坚定地在这个赛道上发展下去，将有无比壮阔的前景。

当然，让他自信满满的原因还是手里有钱。他不仅通过企业上市融来了一大笔钱，最关键的是，通过这个过程，他打通了资本市场与企业之间的通道，以后需要钱的时候直接去资本市场募就可以了。这方法是多么地简单粗暴啊。他掌握的这个窍门比他手里攥着大把的钱还要给人更多自信。他开始了疯狂地投资和收购。在山东投资垃圾发电厂——元宝就是其中之一；在河北、河南建危废处置项目；在武汉、杭州投资上下游企业；在内蒙古，甚至在新疆也收购了发电厂。他一刻不停，把自己的作战半径从几百公里扩展到几千公里。他工作很投入，很爱交朋友。他收购了一大批朋友的公司。他认为朋友一心、其利断金，大碗喝酒、大块吃肉，火里来水里去。企业上市后的那几年，他是在飞机上、高铁上、汽车上、酒桌上度过的，到处考察项目、筛选项目、投资项目，马不停蹄、不眠不休。

直到有一天他发现自己跑不动了。他把战线拉得太长，管不过来派不出人手。他收购了一些烂公司，只贡献数字不贡献利润——营业报表上收入很高，实际的利润很少。再就是，他没钱了，扩展太快花完了。最让贾华强心力交瘁的一件事是金域环保中标秦城城市综合治理 PPP 项目。该项目直白一点说，就是以环境治理的名义拿地搞房地产开发，行话叫“产业勾地”——一种变相的房地产开发模式。这个项目前期投资 72 亿元，后期可能需要 200 亿元，是他和他当地的一个朋友联合竞标的。中标后，他发现他的朋友并不厚道，利用人脉关系把最好的房地产开发业务拿走了，剩下环境治理这块业务甩给了他和金域环保。这可都是硬投入啊，他哪来这么多钱进行投资。再说了，这个投资费时费力很难见效，根本就不是他喜欢的。他很恼怒被朋友坑了。这些年为了公司业绩掩盖收、并购过程中的问题，子公司和母公司之间内保外贷做了不少手脚，他就怕某一天因为某件事把这些问题都暴露出来，收不了场。这让他忧心忡忡。

最让贾华强感到难受的是，公司的管理团队已经开始对他的决策产生怀疑，对他的动机产生怀疑。他不让他们在股市大好市值最高的时候减持股份，这让他们对他产生了怨恨。一个领导可以把团队从一个胜利带向下一个胜利，也可以从一个绝境中历经磨难、起死回生；可以接受胜利，也可以接受失败，但是绝不能忍受质疑。每当贾华强看到他们哀怨的眼神和无精打采的模样就一阵心惊肉跳，这让他不由得想起葛优的一句台词：人心散了，队伍不好带了。去年年底的时候，他安排财务从其他地方挪了一笔钱给高管们发了奖金，才算勉强稳定住军心。年初的时候又在上海成立了一个高管持股公司，希望以此把公司的效益和高管的利益绑定，让公司维系下去。

而他真实的想法其实是赶紧找个接盘侠，他想把公司卖了。

第十节

贾华强接到吕东的电话后没有过多的犹豫就启程上了北京。出售企业这种事情还是自己亲自出马比较妥当，知道的人越少越好。这样做的目的当然是掩人耳目、稳定军心。他对这个企业还是很有感情的，虽然这几年扩张的步子迈得大了一些，管理跟不上，花了冤枉钱，但是企业的基本面还是好的。只要把心踏实下来，剥离不良资产，聚焦主业，还有翻身的希望。困难只是暂时的。退一步讲，即便是卖企业，他也要把这件事办得妥妥当当、体体面面，在保证大家利益的同时，还要保证公司的正常运转，给大家一个安身立命之所。他可不想把企业弄成个烂摊子再扔出去，那不是任何人想看到的。他不想让自己遭受众人的谴责，背上败家子的骂名。

对于是否真的出售企业，贾华强还在犹豫、彷徨之中。所以，他对此次北京之行能否达成交易并没有太多的期待。最主要的目的还是考察买家的实力和收购的价码，相当于做了一次摸底调查。买卖不就是在双方有利可图的基础上讨价还价的吗？多找几个买家、多询几轮价，绝没坏处。以前他在这方面做得不够好。他不断地反省。以前太武断、太随意、太意气用事，吃了大亏。所以，一定要在这方面保持冷静克制，绝不能在一个弹坑挨两次炸。

他们的会面安排在西苑宾馆一间既宽敞明亮又较为私密的茶室。现场就老板、贾华强、张承勇、吕东四人。贾华强故意摆出一副居高临下的气势。在场的几个人里，从年龄、资历、身价等各方面看来，也确实唯有他能摆出那样的气势。自打看到老板的第一眼，他就对这个女人没有多少好感：一个走了“狗屎运”的小娘皮，肉乎乎地蜷缩在椅子里，一点儿礼貌都没有。的确，老板被他的气势所震慑，变得谨小慎微、小心翼翼。她蜷缩在半圆形的藤条椅子里，低头不停地摆弄她的两只手机。其实，从一见面，她从心理上也很抵触他。他们都是很强势的人，都想把握先机取得事情的主导权。虽然她坐在那里默不作声，但是心里无时无刻不在盘算着如何扳回优势占据主动。

贾华强看着老板有气无力、无精打采地蜷缩在椅子里，活像一只慵懒的宠物，就火冒三丈。

“我们公司的情况想必你们已经做了不少功课，有了比较全面的了解。我也就不费唇舌再做介绍了。按照现在八块多钱的股价，公司的市值 50 多个亿。其中，我们大股东持有的这部分股份市值 15 个亿左右。咱们先不讨论你们以什么样的方式收购，我首先想要知道的是你们究竟有没有钱收。其次，你们收购了公司，打算怎么做？”

贾华强不想跟他们纠缠，开门见山，把该问的问题提出来，听听有没有觉得满意的答复。如果回答令人满意，就接着往下谈。如果连收购公司的钱都没有，也不知道为何收购，就没必要谈下去了，直接拍屁股走人。

他这一连串的发问犹如轰向敌人阵地的炮弹，把那三人打蒙了。他们没有料到贾华强一上来就直指问题的要害，态度强硬，语气中还带有一丝愤怒。茶室的空气顿时凝固而压抑。这个问题实际上也是抛给老板的，除了老板，谁也开不了这个口、张不开这张嘴。因为在座的无论是张承勇还是吕东都不是做主拍板的人。他们不是公司的实控人，而老板是。

贾华强的话语就像一条刺激的电流穿过“腊肠”慵懒的身体，她翻了个身，直起腰，正襟危坐。这时候期望张承勇、吕东救场显然不合时宜，她必须直面贾华强。

“贾总，我们收购上市公司是股东和投资人的要求。您也看到了，现在的股票市场风险多大呀，动不动就千股跌停。在这种恶劣的市场环境下，再好的投资者、基金经理都无能为力、束手无策。所以，我们就变换一种方式，收购上市公司的股权，这种投资肯定会比直接买卖股票的风险小很多。股东们和投资人更愿意接受这种方式。我们收购公司的想法并不是把公司的控股权和经营权都一揽子地拿回来。不是的，我们只要控股权，经营权依然还保留在你们现在公司管理团队的手里。也许在相当长的一段时间里，还由现在的经营团队负责运营。我们收购了公司，绝对会把公司稳定发展放在第一位，把经营管理层的安定团结放在第一位。您知道，我们是做投资的，擅长资本运作。对生产企业的经营管理一窍不通，而且今后也不会在这方面费时费力地投入更多的精力。我们的原则是让对的人做对的事。假如我们如愿收购了金域环保，公司的营业管理还得依赖您和您的团队。我们只负责资本运作，收购兼并一些好的资产，注入上市公司，共同把公司做大。”

贾华强很久没有听到过如此温柔动听的声音了，这如同天籁一般的声音，瞬间把他坚硬冰冷的心如春风化雨般软化了。他再看这位坐在眼前，睁着一双乌黑明亮的大眼睛，面带微笑的脸庞，越看越顺眼。似乎她生来就这么可爱，像自己的小妹妹一般地善解人意。还有什么比这更好的方案吗？除了控股权转移出去了，而这控股权也即刻变现落袋为安，要不要已经无所谓了，其他的都没变。公司的经营权、管理权依然还掌握在自己手里，无非是身份从股东变成了高管，但自己还是公司的掌控者、操作者，还是自己说了算。一切尽在掌握。这如何不让他欣喜。就算以后他们真要染指企业，就靠他们在当地的人脉关系，那简直是痴心妄想。俗话说强龙压不过地头蛇。想要收回公司的控制权那可不是一件容易的事情。嗯，此事可谈。

贾华强依然保持着镇定，并没有因为老板开出的条件就表现出任何的欣喜之色。毕竟是老江湖了，如果因为这一丁点儿甜头就乐不可支的话，那简直太幼稚了。

“看不出来，你这么小年纪的人还有如此开放和包容的心态。就冲这一点，你也称得上‘女中豪杰’。不过，丑话说在前面，经营公司和经营资本是完全不同的概念。不是说你会投资就一定会经营（企业）。不是的。如果经营企业像大学教科书上说的那么简单，那么人人都是企业家了。你看我们这些做实业的，是从一块砖、一个零件、一个工人、一部机器、一个产品、一个客户、一个市场、一群客户、一片市场到全国市场、海外市场，十几年如一日，踏踏实实一步一个脚印走出来的。这期间经历了多少挫折和磨难，那些做资本运作的能体会吗？能知道吗？不可能。我们曾经多少次游走在生死的边缘，眼睁睁地看着产品废了、项目砸了、公司垮了，那种无助、彷徨、绝望又有谁能看到？他们那些做资本运作的看到你的企业做得好了，感觉能够符合上市条件，就跑过来对你说你们公司发展得不错，有广阔的市场前景。现在是证券市场发展的最好时期，你们要赶紧行动起来抓住机会把企业弄上市，融来更多的钱帮助企业更快地发展。然后拿了中介费走人了。成了上市公司企业就腾飞了吗？就实现了跨越式发展了吗？根本就不是，它仅仅打通了一个融资渠道而已。但是，许多企业家的心态就变了，不再脚踏实地了，开始云里雾里了，学会讲故事了，把正经事丢了，玩起资本运作来了。资本市场就是赌场，它会放大你内心所有负面的东西，让你贪婪、冲动、嗜血、言不由衷、薄情寡义、翻脸无情。它让你一夜暴富，就因为听了一条消息、跟了一个带头大哥、坐了一次庄。但它也让你倾家荡产、黄粱一梦。”

就连贾华强自己都没搞明白为什么说了这么一番内心独白式的话。也许是他们想要收购企业的想法，勾起他对企业无限的眷恋。那种情感，就像一个父亲亲手要将养育了 20 多年的女儿送嫁一样地不舍。还有一种可能是这种话题，引发了他对资本市场内心的真实看法，这里面既有经验教训，也有经验总结，还有对暴发户的讥讽。

也许是说者无心、听者有意，老板觉得贾华强最后的那几句话是在讽刺她，顿时把一张小脸涨得通红，就像一个红苹果。这时候，张承勇和吕东开始打圆场，夸赞贾总是有知识、有文化、有情怀的企业家，等等。他们利用各种场面上的话帮老板解围，化解尴尬。

贾华强利用主动优势，继续发问：“你们收购企业的钱从哪儿来？”

“我们用一部分自有资金，另外再做一部分配资。”

“你们有多少自有资金？”

“两三个亿。”

贾华强看出了老板说话时，张承勇、吕东脸上流露出来的吃惊的表情，大致猜测出老板话里有多少的水分。他依然不动声色，没有刨根问底。

“你们打算怎么收？”

这时候，张承勇发挥专业，把收购金域环保的实施方案详细介绍了一遍。贾华强一边喝茶一边听，神态自如。张承勇介绍完收购方案的很长一段时间里，贾华强转动着茶桌上的茶杯，陷入了沉思。氛围再次凝重。半晌后，贾华强放开茶杯，深吸一口气。

“这个方案里，你们的收购资金从哪儿来？怎么落实到位？配资的时间、成本等，必须详细明了，我们要掌握。也就是说，我们必须知道你们是不是有钱收购我们的股份以及收购资金的合法性。这是第一点。第二点，公司完成收购后，现有管理团队跟新的股东必须签订委托管理协议，明确现有团队负责经营管理公司不少于三年以上。第三点，为了避免触发要约收购，大股东的持股数量降至30%以下的要求可以满足。但是我现在不能拍板答应，这是公司行为，需要股东投票表决。第四点，在公司董事席位里，股东委派的董事和经营团队的董事各占一半。第五点，大股东洁能科技的估价以收购前一个月的金域环保的平均股价做参考值。”

“没问题，”老板先应承下来，“我们回去根据您的意见把收购方案再完善一下，明天就给您送过来，一定让您满意。”

贾华强把老板和张承勇打发走了，留下了吕东。

“这公司究竟有没有钱？收购这事儿靠不靠谱？”

“完全要靠自有资金收购企业肯定是不可能的，他们的长项就是做融资，这方面的能力还是挺强的。”

“如果按照他们承诺的，放手依然让现有团队管理和经营企业，这事儿就可以往下继续进行，这是底线。只要保证现有团队的利益和稳定性，能给企业的发展带来好处，我们就配合他们的收购。如果他们想收购完就大规模地改组董事会，撤换管理层，影响企业的稳定发展，这事儿就不要谈了。咱们再找有实力的、跟公司业务关联度高的公司谈收购。”

贾华强第二天就回去了。他把继续谈判的原则条件给吕东做了交代，而他需要回去跟公司的股东和团队的成员们沟通一下。他想一步一步、循序渐进地进行，不能一上来就说什么公司要收购我们，开出了什么样的条件等。若这样的话公司还不得炸锅啊！他要做到心中有数才能进行下一步的行动，所以他连老板他们要给的方案都没有拿。因为现在还为时尚早。等他完全掌握了公司股东和团队的转让股权的意愿后，再进行下一轮的谈判。

老板很高兴，她对与贾华强的第一次见面颇为满意。虽然老贾的态度时好时坏，不太让人自在，对他们收购公司一事没有明确表态，但也没有说不行，反而通过吕东传话可以继续往下谈，并且划定了谈判的条件。虽然划定的条件比较苛刻，有许多模糊不清的地方，但是初次接触就取得如此结果，已经相当不错了。无论如何，只要成功收购一家上市公司，就相当于金凤财富曲线上市了，也算是给那些股东一个交代，股东也不会逼迫她再回购他们的股份，这场信任危机就能解除。

跟贾华强的会谈给老板决心收购上市公司以信心，她开始筹集收购资金。按照现在的市值计算，金域环保大股东洁能科技持有的股份大约值 15 个亿。这让她犯了难，她手上满打满算还不到一个亿，从哪里还能找出十多个亿来？显然，她给贾华强说有两三个亿是吹牛的。也许人家早就看出来她在吹牛，只是没有戳破而已。资本市场有时候就像玩德州扑克，大家都在虚张声势、故弄玄虚，就看谁实力强能撑到底。

即便是你弄来十多个亿，一把把金域环保收购了，金域环保一年产生的利润能覆盖这十多个亿的利息吗？她惴惴不安、举棋不定，于是，找来张承勇、吕东商量。然而，吕东的一句话打消了她的顾虑。

“我听贾总说，公司账上还趴着 3 个亿的现金。”

她根本想都没想这是不是贾华强和吕东串起伙儿故意骗她的，把小胖手一挥，坚定地说：“收，就冲这 3 个亿也要坚决地收。”

她把要收购金域环保的想法告诉了她的好朋友金元石，让他帮忙寻找专门帮别人收购公司的过桥资金。金元石是一名挂靠在一家证券公司下面的金融掮客，对各路资金的流向、利息成本、运行模式、风险控制等，一清二楚、如数家珍。加上他极善辞令，他要是给你讲起其中的道道来，让你几天几夜都睡不着觉。你除了惊呼“还有这样子的！”外，就只能憎恨自己见识短。

除了缺钱，还有其他的烦心事需要解决。

这天，老板递给张承勇一个文件袋，里面有几份相同内容的文件和 8 个人的身份证复印件，让他去找托管券商沟通。

“这不是金凤经证、金凤九赢的补充投资协议吗？那些投资人同意增加投资方向了？这么快就签完字了？”

按照他的预计，让投资人同意他们增加投资方向是为了解救被锁仓的金凤久安，需要耗费不少唇舌，不会这么快就轻松搞定的。

老板笑而不答，一脸得意。

“你不会是让人代签的吧？”

“你说呢？”

“你这是犯法的！”他如被人踢了一脚，尖叫道。

“你要昭告天下啊！”她用河南家乡话骂人。

张承勇把文件往桌上一扔，“这事儿我不办，你自己弄去。”

“没胆鬼！自己弄就自己弄，你抓紧弄并购的事。”

正在他们起争执的时候，她的一个朋友杜政国走进办公室。他是搞家庭装修的，有一个 20 多号人的工程队。以前买过老板的理财，赚了些钱，觉得老板神通广大，赚钱容易，就经常过来转转，打听一些消息，好在股市里赚点儿快钱。杜政国进来看见他们在吵架，就想打个圆场，把这事儿给抹平了。可是他不太会说话，为以后埋下了祸根。

“呀哦，两位是在打情骂俏呢？还是吵架呢？”

老板被他的幽默逗乐了，笑着说：“要安排他干点事儿，可是他前怕虎后怕狼的啥事儿都不敢干。你说要他这样的总经理干什么！”

张承勇心里说，这是干事儿吗？这是往火坑里跳啊！还没等他开口说话，杜政国就说了：“哟，你还是干投行出身的呢，就这点儿胆量啊！你是怎么给人家做上市的？你是个男人吗？有点儿担当吗？”

杜政国这一通驴唇不对马嘴的胡骂，差点把张承勇气吐血了。自此，张承勇就恨上了他。

老板看张承勇气得不轻，就拉着杜政国喝茶去了。

“刘老板，最近有啥大动作？有没有股票给推荐推荐？”

“我不做股票了，我打算收购一家上市公司。”

“你生意真是越做越大啊！什么公司？这只票能买吗？”

“当然！”

第十一节

每逢遇到重大事项需要决策，贾华强习惯性地都要找王文学商量。这是一种默契、一种约定俗成，久而久之成了习惯。他们的关系非常奇怪，既是亦师亦友的朋友，又是明争暗斗的对手。

一开始的时候，王文学带领贾华强等人成立了锅炉燃烧控制研究所，钻研锅炉的点火系统。当时我国的锅炉点火太落后，绝大部分的炼钢厂、发电厂、化工厂、水泥厂等使用的锅炉点火还是通过燃烧大量的木材、汽油、煤油的方式点燃。不仅技术落后，成本高效率低，而且还浪费资源污染环境，亟须技术迭代。国外的厂家看到这个技术空白后，纷纷进来抢占市场。国内的一些生产企业不甘落后，开始技术创新奋起直追。

王文学是燃烧控制领域的技术专家，他负责技术攻关，建成了号称“亚洲第一”的燃烧实验室，相继研发出双枪少油点火系统、等离子点火系统等锅炉点火系统，并因此获得国家多项科学技术进步奖。王文学负责技术攻关产品设计，贾华强负责产品销售开拓市场。一个对内、一个对外。就在他们的共同努力之下，锅炉燃控所声名鹊起，成为该细分领域的领头羊。

王文学痴迷技术研究，疏于经营管理和市场开拓，而这恰恰是贾华强的长项。贾华强尊王文学为老师、师傅，王文学待贾华强如兄弟。随着贾华强在外面不断地开疆拓土攻城略地，步伐越来越大，王文学的产品供给、技术创新逐渐跟不上市场的节奏，两人不可避免地产生间隙。

在经历了一番明争暗斗之后，贾华强掌控了局面成了公司的掌舵者，全面负责经营管理工作。但是王文学并不是失败者，在卸去企业管理者的担子后，专注技术研究也同样取得了不少成绩。这种竞争是良性的、有益的，不是你死我活的政治斗争，也非同志相残。企业的竞争是围绕着具体的利益，有明确的成本和边际收益的概念，这注定他们之间的斗争只能是适可而止的竞争。

况且，王文学仍然是洁能科技的董事长，这个职位在公司改制那年确定下来后就一直没有变过。贾华强争金域环保的董事长，争子公司的法人，争先进企业家代表等，那些有权有势的、有名无实的、花里胡哨的名头或者荣誉，唯有洁能科技的董事长一职没有争过。一是规则不容许，他既是股份公司董事长，就不可能再兼任控股股东的董事长；二是他还是个重情重义之人。虽然洁能科技是一个持股公司，没有具体业务，是公司改制时期体现 39 名初创者权益的持股平台，但是这个公司的法人、董事长毫无争议地留给创业元老王文学担任。

贾华强知道王文学的嗜好不多，就是喜欢喝茶，就拎了两盒六安瓜片进了王文学办公室。都是多年的老战友了，说话都直来直去，用不着拐弯抹角、虚情假意。

“北京有一家私募基金想收购咱们上市公司。方法很简单，就是按照股票对价一次性地把洁能科技全额收购，成为新的控股股东。收购的条件目前正在跟他们谈，能不能达成交易还不好说。洁能科技现在持有金域环保 32.3% 的股份，如果有公司收购我们的话就会触发要约收购条款，需要上市公司先公告，再谈收购。这实际上对收购双方都不太有利。如果把持股比例降到 30% 以下，无论是收购方还是被收购方可以私底下秘密地谈判，不需要及时公告，规避监管，降低收购难度。当然，也不会因此而影响公司的正常经营。去年公司股价十五六块钱的时候，有一些股东要求减持一部分股份，落袋为安。那时候，为了秦城的项目，怕减持了大家想着要分钱会影响士气，我就没同意。现在看来当时没有那么做是失策了，没有把收并购的要素加进去考虑。这次呢，就是跟你商量一下，咱们要不要减持一部分股份，将持股比例从 30% 以上降到 30% 以下。这样会吸引更多的投资人来跟咱们谈判。”

王文学认真地听着贾华强阐述他的理由，望着他两鬓斑白的头发，不免悲从心来。这些年来，贾华强四处扩张，行事作风虽然有些张扬跋扈，但是对待工作、对待公司还是兢兢业业一丝不苟。公司现在所面临的困境还是因为他想把公司迅速做大造成的，这不是他一个人的错，是集体诉求的体现。要追究谁对谁错已经没有任何意义，在有些事情还没有爆雷之前顺利转嫁出去未尝不是一件好事。他了解贾华强，体谅他的苦衷。他自问如果换成是他，他只会比贾华强稳当一点儿、保守一点儿，但绝不会更好一点儿。

“对于减持公司股份这个事情，去年的时候我也比较犹豫。当然，从现在股价的表现来看，当时减持了一部分的话还是对的。但是为了安定团结的需要，我并没有坚持。现在你从方便收并购的角度来说，确实有一定的道理，我不反对。另外从股市近期的走势来看，减持一部分还是比较有利的。我也听一些行内人士说股市企稳还需要一定的时间。在这种情况下公司股票跌到什么价格还不一定呢。那么究竟要不要减持还需要股东大会决议，我们都不能拍板决定。”

“只要你同意了，其他股东都不会有不同意见。我尽快安排召开临时股东大会表决一下。”

“咱们辛辛苦苦几十年，能拿得出、可量化的就这点儿股权了，这都是大家伙儿辛苦积累的财富，不容有失。一旦决定减持就要迅速行动，早日落袋为安。后面关于收并购的事情，要谈，但不要操之过急。要给我们自己留有余地，不要轻易出手。”

王文学知道贾华强有善变的毛病，有些事情干着干着就走样了，偏离了最初既定的轨道，所以就出言提醒他。

“那是一定的，关系到大家身家性命的事情不可不慎重。”

贾华强一边安排洁能科技的临时股东大会，一边交代金域环保证券事务代表联系券商准备大宗减持事宜，为收并购做准备。

老板拿着金凤经证、金凤九赢的投资补充协议和股东签名，找这两只基金的托管券商果安证券，要求从两只基金里划一部分资金给合伙公司九阳证金，然后再从九阳证金转给金凤久安。然而事情并不像她想象得那么顺利。果安证券经过仔细的研究，认为她提供的这份协议还不够完整，不足以保证这笔资金的安全。要求她再跟金凤九赢的托管人稀安基金签订一份补充协议，保证这笔资金只是用于保证金而不是投资资金。此外，还要求金凤财富出具一份保证书，保证这笔资金从九阳证金出去，再从原路返回。老板嫌麻烦，不愿意这么干，还想用一份补充协议糊弄过去，为此还颇费周章地找了不少关系网去疏通。但是，果安证券坚持己见、不为所动。老板无可奈何，只好另辟蹊径，想别的招儿。

金元石联系了几家配资机构，他们开出的条件是一配三，年化 15% 的利息。而且要验资，证明账上有钱才给放款。这让老板很头疼，除了公司账上的那点儿自有资金，还有一两亿的底层资金没有着落。这让她对收购上市公司的想法产生了动摇，打起退堂鼓。她不敢保证短期之内找齐收购资金，更不能确定的是收购了上市公司后，能否顺利地把收购资金的成本转嫁给上市公司。如果不能，她就会背负巨额债务。想到这些事情她就头皮发麻。如果不收购上市公司，转移那些股东的视线，必将面临他们要求回购股份的压力，而且还要承担一些资金利息。虽然这点利息并不算多，但是到手的东西再拿出来就难了。另外，金凤财富还面临业务转型的问题。以前的伞形基金不让发了，等于把公司最重要的一块配资业务给砍掉了，今后要实打实地发基金做投资，就要持续不断地在人力、资金、销售等方面进行投入。光有投入还不够，金融投资这一领域，不是说你有资金有实力就了不起，还要看运气。说白了，就是靠天吃饭。遇到风调雨顺的年景，可能会让你赚得盆满钵满。但是遇到大灾之年，顷刻之间会让你辛苦积累的财富化为乌有。资本市场上压根儿就没有常胜将军，都是一堆炮灰。

曾经有那么一段时间，老板如牛负重、身心俱疲。

老板这边的收购还没啥动静，贾华强那边的行动倒很利索。洁能科技的临时股东大会一致通过了减持金域环保的决议，将通过大宗减持2100万股金域环保的股票，使其持股比例从32.4%降到29.6%。公告一出，老板急了，她决定再次约见贾华强。

老板这次约见贾华强既没有在思想上做好准备，又没有在资金上做好准备。也就是说，她自己都不知道把贾华强约请过来的目的是什么，要说些什么事情、怎么说。因为有些话上次已经说过了，重复一遍也没有什么实际意义。要么不干，要干你就拿出真金白银，真刀真枪地干。可她拿不出钱来，又舍不得放手。那感觉，就像在集市上看中了一件满心欢喜的商品，拿在手上左看看右看看，越看越喜欢。可是口袋里没钱，又不愿放弃，赖在那里想碰碰运气。当时，她对收购企业的想法，如同买件衣服一样，只要看着顺眼、穿着舒适、价格合适就买了。甚至还不如买衣服的思路清晰。买件衣服你好歹还要拿在手上看看是什么面料，手工是否精细，有没有裸露的线头。穿在身上试试大小舒适度，颜色和款式是否跟自己的身材肤色搭配。有更挑剔的，还要货比三家，拿着这家的衣服跑到别家去试。如果她把挑选衣服的心思和苛刻程度用在企业收购上，就不会干出让她追悔莫及、无比痛苦的事情。

实际上，做投资和买衣服一样，都是挑选。我们很多的投资人，在花钱买东西的时候还能精打细算、货比三家，恨不能一分钱掰成两半用。但是只要听说哪只股票要出利好要大涨，根本就懒得去证实消息的准确性，也不去看一下这只票的基本面，甚至想都不想，几十万元就砸进去了。其投资的莽撞、冲动、随意，跟买件衣服时的谨小慎微、斤斤计较简直是天差地别。绝大多数情况下，你在生活中好不容易节省下来的东西，因不理性的投资而输得精光。

接到老板的邀请，贾华强并没有急于北上。他先去了一趟深圳，让券商找了一些投资圈里的朋友，了解了企业收并购的一些情况后才到北京的。

接待贾华强还是在原来的老地方，依旧是那些人。所不同的是，这次老板精心梳妆打扮了一番。当然，女人的化妆重点还是在脸上。她请专业的化妆师加深了眉毛并勾勒了眼线，往脸上铺了一层淡淡的粉底，涂着口红，就像要上台表演一样。她特意戴上了一块百达翡丽的坤表，小臂上挎着一只方方正正的白色的香奈儿的小包包。看上去挺有钱的样子，实际上掩盖不住其暴发户的气质。她堆着满脸的笑容，贾总长贾总短地问候着，就是不知道如何开口说正事儿。贾华强的深圳之行已经拿到了他想要的东西，对如何处理企业的收并购他已心中有数。既然你们不谈收购的事情，我也懒得动嘴皮子。就一边喝茶，一边跟张承勇、吕东打着哈哈开着玩笑，一副悠然自得的样子。

老板陪着喝了几杯茶水后，发现这样耗着对自己是不利的，于是就试着把话挑明。

“贾总，自从上次跟您探讨了我们收购金域环保的方案后，我马上找了几个重要股东商量。他们很看好你们公司，也看好公司所处的环保行业，认为该行业今后在国家政策的支持引导下，会迎来重大的发展机遇。如果我们能够通过收购，搭上环保行业发展的顺风车，就能实现业务的转型——从证券市场投资基金公司转向以环保产业领域为中心的投资银行。在股东们和投资人的大力支持下，我们正通过各种渠道筹措收购资金。”

老板看了看贾华强，喝了口茶，接着说。

“因为最近股市不好，公司股价又跌了。按照目前6块多的股票价格，洁能科技持有金域环保的这部分股份价值14亿元左右。如果你们减持2100万股，是1.4亿元左右，剩余的股份大约值12.6亿元。可是目前我们筹集到的资金还不到10个亿。”

“那你们打算怎么做呢？”

“不如这样，”老板因为紧张而涨红了脸，一双水汪汪的大眼睛看着贾华强，满怀期待地说，“把你们减持的那1.4亿元借给我，这样我们就能凑够 12 亿元收购金域环保。”

贾华强一听她要借他的钱反过来收购他，这岂不是与虎谋皮？不禁勃然大怒，抄起茶杯摔在地上，拂袖而去，临出门还骂了一句：“什么玩意儿！”

这风云突变的一幕把张承勇、吕东惊呆了，两人目瞪口呆地直起僵硬的身体伫立在原地不知所措。

老板也被贾华强的反应吓着了，眼泪唰唰地往下流，化过妆的脸上就像发生了泥石流。她突然冒出来的想法是，反正都是借钱收购，借别人的钱还不如借你的钱，借你的钱也是要给你。大不了等以后有了钱再还你。她的思维方式跟别人完全不一样。在她看来合情合理的事情，对别人而言就是奇耻大辱。这让贾华强羞愤交加，当场暴走。不过，现在还不是伤心难过的时候，话已出口，后悔也来不及了，索性一条道走到黑。她迅速冷静下来，从纸巾盒里抽出几张纸巾，抹去眼泪。

“你们两个赶紧去找老贾，想尽办法让他高兴，同意借钱给咱们并配合咱们把上市公司收购下来。咱们给出的收购条件够优厚的了，他也不可能找到比这更好对他更有利的收购方案。如果还有什么条件尽管让他提——只要他答应借给我们钱。”

张承勇和吕东从未见过她如此严肃认真，浑身透出一股杀伐果断的气势。话不多言，径直去找贾华强了。

老板不愧是女中豪杰，做大事的人。关键的时候，能够沉着冷静下来，迅速决断，化被动为主动。面对困难，积极进取。这种与生俱来的冒险精神，为她赢得不少起死回生的机会。

第十二节

贾华强怒气冲冲地回到酒店房间，他的火头依然很旺，还有摔东西的冲动。这些年来，他大踏步地对外扩张，收购兼并，大开大合、纵横捭阖，所到之处皆是前呼后拥、觥筹交错，风光无限。有些人正是利用他好大喜功的性情，挖坑算计，把一些烂资产包装成好资产卖给他，还像模像样地签订对赌协议，拍着胸脯对天发誓，永不说谎、永不背叛、永不造假。但是真正到了凭实力拿业绩说话的时候，一个个都成了孬包，业绩更是惨不忍睹，与最初的承诺相差十万八千里。更有甚者，有的公司亏得连自己都养活不下去了，还伸手找他救援。当他发现问题的严重性的时候，已经泥足深陷、身不由己了。这都是自己一时冲动，不严谨、不审慎、不理性决策的恶果。贾华强现在最痛恨的就是别人欺骗他、算计他。而老板的奇思妙想恰好击打在了他的痛点上，焉能不使他恼羞成怒？

贾华强怒气未消就听见房间的门铃响了，是吕东和张承勇找上门来了。酒店是老板安排的，他们自然知道房间号。贾华强一看见吕东就怒火中烧。

“你找的什么狗屁玩意儿？没有钱还想收购公司，算计来算计去竟然算计到老子头上来了，真是岂有此理！”

“老板，您消消气，千万别冲动，小心伤了身体。”吕东见他怒气未消，急忙劝解道，“刘金凤也是突发奇想，根本没有算计您的意思。她小小年纪，也就那么点儿体量，想干大事，实力又不行，病急乱投医、胡乱出招。您大人有大量，不要跟她一般见识。再说了，这事能不能做、做不做得成，不都是您说了算嘛！成败的大权可是掌握在您的手里啊。”

吕东跟随贾华强多年，了解他的脾气性格。知道他虚荣心强喜欢被人奉承恭维，就赶紧顺他的意说好听的话。也多亏是他还能开口相劝，贾华强看在故人的面子上不好发作。如果是张承勇的话，贾华强早一个巴掌呼脸上了。

说来也怪，吕东就这么三言两语，还真让贾华强的火气消了一大半。不愧是当过董秘跟在老板身边的人，说话办事就是对路，句句话都能说到老板的心坎儿上，听着就那么顺耳、舒坦。

“病急乱投医了就能那么不着调？要我借钱给她收购我的公司，这不是滑天下之大稽吗？这难道不是监管的重点吗？这不是纯粹的借钱那么简单，这是违法违规。除了你们，我就找不到别人谈收购了吗？我为你们冒险违法值得吗？你们给了我多大的好处？！”

贾华强说完最后一句话的时候突然愣住了，他也不知道这句话因何脱口而出。他开始怀疑自己的立场，不知道自己的坚持是否已经不合时宜了。不仅仅是他，吕东和张承勇同时敏锐地把握住他最后那句话。他们理解老贾这句话的意思是：这事儿不是不可以做，要看条件让不让人心动。他们俩互视一眼，心想，老板真是冰雪聪明，把老贾的心思把握得死死的，知道他一定会就范——只要条件足够好！

吕东和张承勇一看老贾的态度有所松动，悬着的一颗心也跟着松弛了下来。

吕东就借机进言：“老板，虽然刘金凤的想法有些匪夷所思，但是从她的角度来说也不失为一种选择，也就是说一家人不忙两家人的事，买卖同一家，价格好商量嘛！她的意思是，如果这件事情可以这么操作，条件任您提。您是把握大局的人，究竟做不做还是您决定。”

“还提个狗屁条件啊！”贾华强笑骂道，“《证券法》是怎么规范这种并购行为的？并购方收购上市公司必须是自有或自筹资金，不能直接或间接从上市公司或上市公司的关联公司获得资金。借大股东的钱收购大股东的股份是直接从上市公司关联公司获得资金，这是违法违规行为之一。还有，接下来要不要信息披露？这种偷鸡摸狗的事能公告吗？不公告，又是信息披露违规。这种事谁能做得出来？你们这不是把我往火坑里送吗？”

“贾老板，做这事儿确实是有风险。但是证券市场的风险无处不在，其本身就是风险市场。从上市公司或关联公司获取资金收购上市公司，上市公司把自己的资产卖给母公司，母公司又把资产卖回给上市公司，等等，这种自己收购自己，左手倒右手的事情在证券市场上早已司空见惯、比比皆是。前有‘德隆系’，今有‘明天系’，这都是资本玩家们惯用的手法。因为做这些事情违规违法的成本并不高，无非就是罚款、市场禁入等，但是跟收益比起来根本就不值一提。我们上次提出的收购方案，就是在保证现有管理团队不变，经营方针、考核制度、薪酬体系都保持原样的基础上，还由现在的团队经营管理。这样的收购条件，在当前的证券市场上很难再找到比这种对你们更有利的方案了。我们的经营模式是‘PE+ 上市公司’。我们只负责投资收购，把好资产注入上市公司，但是上市公司的经营管理我们不参与，由你们团队负责。这个以后可以签一个业绩对赌，在保证公司业绩的同时还要保证经营团队的收入有持续的增长。现在的问题无非就是借款的条件以及如何规避监管的问题。”

张承勇把市场上惯常的做法给贾华强又捋了一遍，设法打消他的顾虑。

贾华强对他的这套说辞不屑一顾，奇怪的是他并没有让他闭口不言，而是示意他继续往下说。

“为了规避监管，可以在借款的路径上多拐几个弯。譬如，我们先在天津设立一个子公司。而你们洁能科技把减持的一个多亿借给你们自己的子公司，你们的子公司把这笔钱借给我们天津公司，最后由天津公司来收购洁能科技。这从表面上很难看出我们之间有借款关系。至于说借款的成本利息，可以通过这么几个方式体现：一是在收购的股价上体现。比如在确定的收购价格上多加几分或几毛钱，把借款的资金利息包含进去。二是收购的时候保留一部分股份给核心骨干算作股权激励。比如，我们对外披露收购洁能科技100%的股份，实际只收90%，留10%给团队或个人，算作借款的条件。”

“你说的规避监管的方法并非那么牢靠，还需从长计议。这个事情今天就讨论到这里，我还是不能拍板决定做还是不做。要等我回去跟公司高管们商量了以后再做决定。你们的情况我算是弄清楚了，无非是要蛇吞象。我很欣赏你们的这种胆识，年轻人就要有这种天不怕地不怕、海阔天空任我行的闯劲。作为一个过来人，我很愿意乐见其成。不过，我还是要提醒你们，贪多不烂，要注意胃口，当心消化不良。”

“老板说得好，我们一定谨遵老板的教诲，小心谨慎。我们还是希望大家将来成为一家人，还是在老板您的带领下稳步前进。”

吕东、张承勇看到贾华强心情大好，适时地奉献上一些溢美之词，把贾华强哄得心花怒放，晚上还请他在酒店院内的一家日本料理店品尝了一顿日式料理。那家店和牛肉的品质在北京城里是数一数二的，肥瘦相间，鲜嫩多汁，入口即化。精致的美食加上吕东、张承勇极尽阿谀奉承之能事，贾华强陶醉得飘飘欲仙。饭后，那两人看贾华强意犹未尽的样子，又拉他去地下二层的夜总会潇洒了一回，这才尽兴而归。

后面的整个过程老板都没有参与。在了解了事态的进展后，就放任那两人去办。看到收购的事情峰回路转，筹集的资金有了着落，她心里的一块儿石头也就落了地，春风得意马蹄疾。今天的冒险一击取得了效果，眼泪没有白流。因为她的皮肤容易过敏，在泪水打湿化妆品后，脸上出现了红斑，她就赶紧跑到美容院做护理去了。

贾华强回到彭城后马上召集公司管理骨干，也就是洁能科技的两个主要股东刘兵、陶伟开会。这两人是他的得力助手，是跟他走南闯北打天下的弟兄。他们也唯他马首是瞻。对外他们抱团打拼，对内共同决策。凡是公司的重大决策，只要这三人拍板决定了，其他人只能举手同意。贾华强把金凤财富的收购意愿和收购方案向他们仔细地做了说明，并对被收购这件事情的好处开诚布公地说出了自己的想法。

“提出收购我们的这家金凤财富是近年来靠发理财、投资股票起来的私募公司，实力一般，没有多少资金。但是善于募资、加杠杆。公司里都是一帮‘80后’。他们收购上市公司完全是出于业务转型的需要。因为他们以前赖以生存的伞形信托基金在去年股灾后成了政府部门清理整顿的重点。为了规避风险，稳健经营，公司业务开始由股票投资向股权投资转变。他们的经营理念是‘PE+上市公司’。简单地说，就是在上市公司的平台上搞收购兼并等资本运作。他们提出的收购承诺是：一、只收购股权，不收经营权；二、保持公司现有业务不变，并在此基础上做大做强；三、保证公司高层管理团队的稳定，持续经营；四、完善考核与激励机制，明确经营目标与经营责任，与现有公司经营团队签订业绩对赌，奖罚分明。”

贾华强略作停顿，喝口茶，顺便观察了一下他俩的表情。

“他们的经营理念、收购方式以及收购承诺，对于我们而言，无疑是最有利的。这次我去深圳，找了些资本市场上的朋友咨询了收购上市公司的操作手法和买壳卖壳的行业规则。还有徐工股份、九鼎财富等上市公司也通过不同的渠道找到我谈收购。比较下来，还是觉得金凤财富的收购方案最有诚意，对我们最有利。简单点说，就是除了我们把股份变现了，不做大股东了，其他的都没有变。公司的业务、财务、人员、资产等，依然还掌握在我们的手里。等到出让公司股权的资金到账后，按持股比例发给大家。这是大家伙儿辛苦多年积累下来的财富，想怎么花就怎么花。”

刘兵和陶伟听贾华强这么一说，高兴得合不拢嘴。去年的时候，他们就因为股份减持的事情跟贾华强起了冲突。在股市最疯狂的时候，公司的股价一度涨到了一股十五六元，让他们这些老股东兴奋不已。他们算了一下手中持有的股份，对应的市值有好几千万，妥妥的千万富翁，因此，产生了强烈的减持愿望，希望早点儿落袋为安。然而，贾华强从公司稳定经营的大局出发，否决了这项提议。他还是希望把公司做大做强，让经营团队始终保持一种向上的精神和追求财富的饥饿感。虽然大家都很理解他的良苦用心，但是看到股价在股灾后不断地从高处往下跳，内心都在滴血，不免对他产生了怨气。如今，这些股权要一次性转让收回现金落袋为安，财富自由的梦想眼看就要实现了，如何不能让他们感到兴奋呢？

不过，高兴归高兴，有些疑问还得弄明白。

“老大，这个方案看上去是不错，的确对我们有利。但是这些人说话算话吗？！他们真能保证放权给我们管理公司吗？我看很多上市公司被人收购后，大股东马上改组董事会，把管理团队统统撵走，新老股东打得一塌糊涂，最后把公司也给搞垮了。”刘兵不无担忧地说。

“你的担心不无道理，有些东西必须在合同里约定清楚，使我们的利益合理合法地得到保障。不过，你们也不要过于担心，他们都是些‘80后’的小年轻，根本就没搞过企业，没有接触过生产。就是咱们现在把这公司交给他们，他们能接得下来吗？接不下来。这企业我们经营了多少年？他们才来几天？我就不相信了，这里里外外都是我们的人，他们敢来接试试？你们不会连这点儿自信都没有吧？”

贾华强这么一说，那两人顿觉茅塞顿开，连夸老板英明神武。

“还有一件事要跟你们商量一下，你们看看这事该怎么办。就是这个金凤财富自己没有多少钱，还要蛇吞象，四处筹集收购资金。他们那个‘80后’女老板还把主意打在我们身上，想从我们这里借一笔钱。”

“真是岂有此理！哪有借别人钱收购别人的道理？！”陶伟一拍桌子大吼道。

“哈哈哈！”贾华强开怀大笑。“我当初听到这种说法的时候跟你的表现一模一样。还有过之无不及，当场摔了茶杯。后来想一想，觉得不失为一个机会。咱们借钱让他们收购咱们，听上去很滑稽，但是从谈条件和今后对公司控制力的角度来说，是不是对我们更有利？他们敢借，咱们就能狮子大张口地提条件。”

“还是老板站得高看得远，处处都能找到机会占得先机。我想在这两个方面我们要占住，或者要体现我们的利益。一是洁能科技的股份还不能 100% 给他们，至少要留给我们一部分，要保证我们核心人员仍然是公司的股东身份。万一今后有什么变化，起码我们还有表决权。二是要设法激活咱们年初签订的股权激励方案，在股权发生转移后，还能拿到一笔奖励。”

“我心中有数。”贾华强点了点头，接着说：“你们把转让公司股权的事情给股东们通个气放个风，让大家知道有这么一回事。就说我们现在正在跟收购方积极地接触，具体事项还在沟通当中。让大家保持低调，不要太声张，弄得满城风雨，以后不好控制。”

“知道了！”他俩回应道。

第十三节

在发起对金域环保的正式收购之前，老板还有一件事情必须彻底解决，那就是给金凤久安进行补资。不仅使其恢复交易，还要设法让其达到盈亏平衡。这是悬在老板头上的达摩克利斯之剑，使其寝食难安。自从上次拿金凤经证、金凤九赢的补充投资协议和伪造的投资人知情函要果安证券为金凤久安的注资请求被拒后，她就又马不停蹄地围绕果安证券托人找关系走后门，要果安证券睁一只眼闭一只眼，不要那么死板坚持原则，放她一马。反正给金凤久安补仓的钱是她公司发的基金的钱，何况那些投资人都已经同意了，你作为托管人凭什么不同意管理人注资指令？也许是她的路数不对，让人起了疑心。也许是果安证券的确很专业，也很职业，不仅不为所动，还要金凤久安的管理人稀安基金出具一份说明函，保证金凤经证、金凤九赢通过九阳证金注资给金凤久安的保证金在金凤久安清盘时，要原路返回九阳证金在果安证券的托管账户。

果安证券的这一要求，让老板差点儿昏倒在地。让一家专业的金融机构为一家小小的私募公司做这样的背书简直是不可能的，何况任凭是谁都可以看出这里面的猫腻。也可能是果安证券被她持续不断的小动作搞烦了，才出了这么一招移祸东吴，把皮球踢给了稀安基金。

老板辗转反侧、茶饭不思。果安证券不配合，稀安基金不背书，金凤久安的账户就被锁死，直至被清盘。按照当时签订的保本协议，投资人的损失要由金凤财富赔偿。如果全部都要赔偿的话，金凤财富这两年积累的那点儿财富可真要打水漂儿了，哪还有资金收购上市公司啊！老板越想心里越凉，急得就像热锅上的蚂蚁，苦思冥想应对之策。“绝不能让到手的财富打了水漂儿。钱没了，人活着还有什么意思！何况都是我们公司发行的基金，互相挪用补仓有什么不可以？”犯罪的借口千千万，不犯罪的理由只有一条——就是不犯罪。老板终于把心一横：既然都是造假，索性就一假到底。破釜沉舟、在所不惜。她找人私刻了一枚稀安基金的合同专用章——这对一个一心想要犯罪的人来说没有丝毫困难。然后伪造了一份说明函，加盖上稀安基金的合同专用章，递交给了果安证券。果安证券见她将需要的材料都补齐之后，分别将金凤经证、金凤九赢的 4200 多万元资金划转给金凤久安。金凤久安的交易权限因此得以恢复。

在处理完金凤久安的事情后，已经是 2016 年的 6 月了，收购金域环保的事情迫在眉睫，必须加快进行。老板带着张承勇、吕东一大早乘坐“和谐号”高铁于中午时分来到了彭城。这是她第一次来彭城。她当然不会想到有这么一天她的命运会跟这座仰慕已久的城市交织在一起。

彭城地处华北平原东南部，京杭大运河穿境而过，陇海铁路、京沪铁路两大干线在此交会，素有“五省通衢”之称。彭城因原始社会末期彭祖建大彭氏国而得名，有 6000 多年的文明史和 2600 多年的建城史，是两汉文化的发源地。楚汉时期，刘邦在此诞生，项羽在此定都。这里自古便是兵家必争之地和商贾云集之地。现如今，彭城已成为苏北地区乃至华北地区最重要的中大型经济城市，工程机械与智能装备制造、集成电路与 ICT、节能环保、生物医药与大健康、新材料和新能源产业成为其主导产业，占当地 GDP 的一半以上。

老板一行三人到达彭城后，并没有到他们即将入主的金域环保，而是被贾华强、刘兵、陶伟安排在离此不远的经济开发区的一所商务酒店。他们品尝了当地特色的羊肉滑脊、地锅鸡、把子肉、羊方藏鱼、蜜三刀等美食后，直接进入了谈判流程。

“贾总，我们这次来就是希望把收购上市公司的事情敲定下来，尽快完成收购！关于收购资金我们已经跟一些合作伙伴谈妥了，只要我们双方的股权转让协议签订了，他们那边会根据收购进度把钱打进来，完成交割。今天我们就把收购价格、付款方式、股权过户以及管理团队的激励等，都确定下来。争取今天就把收购协议签了。”老板率先发话。

“好啊，我们期待这一天好久了！咱们不需要客套，直接上干货吧！关于收购价格，你们是怎么计算的？”贾华强快人快语直奔主题。

“按照市场上通行的办法，取上个月实际交易日股价的平均值，金域环保的股价是每股 7.5 元。”张承勇开始发挥他的专长，“你们手上，也就是洁能科技持有金域环保 2.3 亿股，对应的市值是 17.25 亿元，就是说现在的洁能科技值 17.25 亿元。”

“对啊，洁能科技值 17.25 亿元，你们准备好了这么多钱收吗？”

“没有！”

“没有？没有你怎么收？不是所有的收购资金都跟我们借吧？”

“当然不是了。我们可以把公司的市值做小，因为还有一种算法。”

“你说吧！”

“7.5 元是每股价格没有什么问题，但是落到你口袋里就不是 7.5 元了，可能连 4.5 元都不到。”

“此话怎讲？”

“你们手上持有的股份不是二级市场上的股票，你们的股份在税务部门被认定为股权投资。如果这部分股权被交易的话，其中包含两个税种需要缴纳，一是 25% 的企业所得税，二是 20% 的个人所得税。两项合计需要缴纳 45% 的税。”

听说要缴税，贾华强心里就不是滋味，好像身上被人挖去了一块肉。

“能不能少缴点儿？或者有没有好的避税方法？”

“恐怕不能，这么大的交易金额，税务部门岂能袖手旁观？”

“那你继续说吧！”贾华强气呼呼地说，心里着实不甘。

“7.5 元去掉 45% 的企业所得税和个人所得税就是 4.125 元，咱们就按每股 4 元的净估值算……”

“等等，扣除税费后明明是每股 4.125 元，怎么就变 4 元了？”

“你给打个折呗！”

“我呸！打你个大头鬼，这 0.125 元按我们持有的股份是两三千万元，谁给你这么大的折扣！”贾华强还因为缴税的事情窝火憋气，一听他还要打折，气得破口大骂。

张承勇讪讪一笑：“您别着急，这笔钱咱们从其他地方补回来。”

“有屁快放！”

“咱们暂且按每股 4 元的净收益算，洁能科技 2.3 亿股的真实价值是 9.2 亿元。按照咱们此前的约定，你们把洁能科技持有的股份通过大宗交易减持 2000 万股左右，使持股比例从 30% 以上降到 30% 以下，避免触发要约收购。2.3 亿股减去 2000 万股，洁能科技的净市值只有 8.4 亿元左右，这样就大大减轻了我们的收购压力，这部分钱咱们还是能筹集到的。”

“你小子不愧是干投行的，一肚子的坏水。是不是这 8 个多亿还要我们缴所得税什么的？那 45% 的税费去哪儿了？”

“这 8.4 亿元是净收益，不需要缴税。要缴的那部分税由我们收购方缴纳。我们去跟税务部门沟通的话这部分钱可以晚点儿缴，在资金调配上可以打个时间差。”

“你小子好算计！”贾华强由衷地赞叹。

老板此时看向张承勇的眼神就像怀春的少女遇见了情郎，羞羞答答又喜气洋洋。他的一言一行、一颦一笑，在她眼里都是那么自信、洒脱。他不就是期待已久的梦中情人、真命天子吗？她不禁有些恍惚。

“好吧，你现在说说拿什么钱收，怎么个收法吧！”

“你们通过大宗交易减持 2000 多万股，能获得 1.4 亿—1.5 亿元。你们把这笔钱全部借给我们，我们约定个利息或其他的方式，保证这笔钱不被白用。我们自己再拿一部分资金凑够 2 个亿，然后拿这 2 个亿找私募基金配 7 个亿，一共 9 个亿，足以收购你们了。”

“真是人有多大胆地有多大产。如果不是你把这套东西说出来，我是怎么也不会想到还有这么一个玩儿法。拿 6000 万元收 9 个亿的公司，这完全就是空手套白狼啊！也只有你们这些资本家才能想得出来这样的绝妙高招。佩服！佩服！当初你们提出这种收购的想法的时候，我都感到匪夷所思。现在你把整个套路都讲清楚了之后，我认为这个事情的可操作性还是很强的，也就是说成功的概率很高。”

说到这里，贾华强故意停顿了一下。也许是习惯使然，但凡他要讲重点的时候都停一停，做出一种胸有成竹、老谋深算的样子。再用犀利的眼神打量一下现场的氛围以及众人的神色，表现出总揽全局、尽在掌握的姿态。

“你千算万算始终离不开我们：要收购的对象是我们，要借钱的人是我们，要配合的人还是我们。这里面，除了第一项不谈，就第二和第三项，缺一项你们都玩不下去。满足这两项对我们而言并不困难，问题是我们能得到什么好处？如何保证我们的利益？”

这时老板已经从短暂的花痴的意境中回过神来，她急忙接过话茬儿。

“贾总，我们金凤收购金域以后，一定会保证现有高管团队持续经营三到五年不变。新股东不干涉公司经营。”

“这只是条件之一，我们还需要实打实的利益才能给股东、高管乃至企业员工一个交代。要不大家伙儿问我们凭什么帮你们收购我们？我们得到哪些利益了？借我们的钱怎么说？白借？那 0.125 元去哪儿了？你不能把我们的市值按你需要的算下来了，还掐头去尾，顺带把我们的钱也给算走了。那些真金白银要我怎么给大家交代？”

“要不这样，贾总！”老板看贾华强有点儿急眼，连忙说道：“借你们的那笔资金按市场上短期融资的利率算。那每股 0.125 元的资金奖励给公司高管团队。”

“你真聪明，拿我们的钱奖励我们？难道还要我们感恩戴德不成？”贾华强冷冷地说。

此刻老板的气势完全被贾华强压制，她痛恨自己刚才为什么突然犯了花痴，思想一抛锚，气势就输人。只能装出可怜巴巴的样子，希望能触动贾华强的怜悯心。

然而，这些江湖人士，都是心狠手辣之徒，谈到利益的时候，绝对地六亲不认，能辣手摧花，绝不心慈手软。

贾华强从陶伟手里拿过一份协议书，摔给老板，冷冷地说道："这是今年 1 月，我们现在的 10 多名高管跟公司签订的高管持股与股权激励协议书。制订这份协议的目的是要高管团队保持一心，不遗余力地把公司的业绩搞上去。你们也可以把它看作是一份业绩对赌协议。协议约定了这么几项内容：一、公司股份在每股 5.8 元的基础之上减持，超出 5.8 元的部分，公司股东和公司高管层对半分；二、公司股份减持时，股价低于 5.8 元，按实际股价成交，管理层不分配；三、公司股份每次减持不超过总持股比例的 20%，减持间隔期不少于 3 年；四、公司高管必须在公司干满 6 年才能参与股息分配，高管人员自签订协议之日起，只拿原工资的 50%；五、如果公司股份发生转移，也就是卖壳，以上条款不再有约束力。收购方按公司持有上市公司 2.3 亿股为基数，在约定的每股收购价格的基础上，额外增加 0.5 元，共计 1.15 亿元给公司管理团队做奖励。"

贾华强再次停顿了一下，扫视了老板一眼。

"你们要收购我们的股份就触发了该协议的最后一项条款，对于这样的条件你们能不能接受，你们要想清楚。这是第一点。"

"第二点，"他喝了一口茶，看了看刘兵、陶伟，"我希望给在座的高管保留一些股份。他们是公司的核心骨干，为公司的发展立下了汗马功劳。给他们一些股份，将更加有利于公司未来的发展。"

"好的，贾总。这个协议我们先研究一下？"

"行啊！那咱们先休息一会儿，两小时后再谈。"

上半场的谈判结束了。老板他们匆匆回到房间商议对策。

事情进展到了这一步，双方的诉求已经完全明朗化了。特别是，当贾华强把他们的条件摆明后，谈判的边界就已经划定了，老板并没有多少辗转腾挪的余地。说实话，从她一开始就野心勃勃地提出收购上市公司的那一刻起，她就是弱势的一方，而且这种弱势地位自始至终都没有改变过。因为没有足够的实力和筹码跟人做交易，就只能玩空手套白狼的把戏。这种游戏的实质不是说你的手段有多高明、有多花哨，而是取决于狼是否愿意配合你的行动。所以，只有满足了狼的条件后，你才有可能套着它。哪怕是以身饲狼！

"贾总，您开出的收购条件我们都答应。只是要明确几件事：一是收购价按每股 4 元的净价估值。二是同意按每股 0.5 元的价格支付给团队一笔奖励资金。不过这部分资金分两部分付。1. 你们协助我们完成收购、过户、公章交接等手续后，先付这部分资金的 25%；2. 剩下的 75% 的这部分，跟管理团队签订一个对赌协议，在完成了公司经营目标以后，再分期分批地支付这些奖励资金。三是在收购公司后，我们会给你们三位保留一部分股份，就算忠诚奖励。具体方法在操作过程中确定。"老板回应道。

"好啊！事不宜迟，赶紧起草合同吧！"

第十四节

吕东梦见自己脚穿一双解放胶鞋在戈壁滩上采沙葱。刺目的阳光把沙砾烤得很烫，要不停地抬脚换地方才能避免被烫伤。沙葱长在石头缝里，这儿一丛那儿一簇，从来不会连成片。他弯着腰低着头，抓住一把沙葱一刀割下去，随手装进背着的口袋，然后抬起头，直起腰，寻找下一把沙葱。一丛沙葱跟另一丛沙葱隔得很近，也可能离得很远。反正戈壁滩广阔无垠，多远都不算远，你尽管走就是了。戈壁滩上的风很大，白天吹的是热浪，夜上刮的是寒霜。但是无论白日还是黑夜，那风声听上去就像野狼在嘶吼，慑人心魄。

吕东将一把割下来的沙葱放进口袋，抬头迈步正要往前走的时候，突然发现前面十多米的地方蹲着一只母狼，嗜血的眼睛直勾勾地盯着他，嘴里露出两排森冷的白牙，喉咙里发出低沉的嘶吼声。吕东被吓得魂飞魄散，一个激灵坐了起来。原来是南柯一梦。正当他惊魂未定之时，听到隔壁房间传来的喘息声，嗷嗷的叫声真像母狼在号叫。仔细一听，原来是老板跟张承勇在做床上运动。

他们不是在起草收购协议吗？怎么练起柔道来了！

吕东这才想起昨天晚上贾华强设宴款待他们，那两人一个说皮肤过敏不能喝酒，一个说晚上要挑灯夜战起草收购协议，他们的酒都让他一个人代劳了。再加上跟贾华强、刘兵、陶伟都是以前的同事曾经的战友，而且还是故地重游，大家都是重情之人、好喝之辈，不知不觉就喝多了，连怎么回到房间的都不记得了。还是因为他们俩在隔壁做运动的动静太大把他给吵醒。他被他们搞得心烦意乱、睡意全无。现在才凌晨两点多，不早不晚的，去哪里避避风头压压火气呢？他抹了一把脖子上的汗，低头一看，身上还穿着昨天的衣服。怪不得这么热呢，原来是和衣而卧啊！这酒喝的！吕东哑然失笑，正打算要去冲个凉。这时突然听到隔壁“咚咚”地敲门声。

“谁啊？”传来老板不耐烦的声音。

“服务员！”

“啥事儿？”

“你们动静小一点儿。有顾客投诉吵得他们睡不着觉，再吵就要报警抓卖淫嫖娼的了。”

此后便悄无声响。

吕东冲完凉出来，又听到楼道里叮铃哐啷的声音。他忍不住心浮气躁，推门出来，就看见老板和张承勇拎着行李从房间出来，不禁大吃一惊。

“这半夜三更的，你们要去哪儿？”

“房间里有蚊子咬得人睡不着觉，再换个房间！”

吕东哭笑不得，只能赞叹这老板真是个人才，到哪里都会弄得地动山摇。

早晨八点多钟，吕东在餐厅里吃着早饭，就看见老板和张承勇手拉手地进来了。老板依然是精神抖擞、朝气蓬勃的样子，而张承勇就没有那么幸运，两眼发黑一脸疲惫，像生了病的样子，双腿无力、双手发颤，连个餐盘都端不稳。他们俩也毫不避讳，拿好东西后就紧挨着坐在吕东对面吃了起来。看着他们那副亲昵的腻味模样，他有一种要吐的冲动。他忍住了。看着眼前的一盘水晶羊肉，他存心想要戏弄他们一下。

“承勇，这是我们新疆的羊肉，大补之物。你多吃点儿，这几天你辛苦，补补身体。”

“新疆的羊肉跟别处的羊肉有什么不一样，不都是羊肉嘛！”张承勇不屑一顾地说。

“完全不一样！我们新疆的羊肉，男人吃了女人受不了，女人吃了男人受不了！”

“男人女人都吃了呢？”老板好奇地问。

“床受不了！”

“瞎说！”

老板终于羞红了脸，知道是在戏弄他们，低头喝她的胡辣汤。

老板的羞耻之心仅仅保持了三秒，之后便开始安排工作。

“你今天就盯着洁能科技，随时掌握他们股东大会的表决情况。只要他们的股东们通过了咱们的收购意向和收购金额，咱们就赶紧回北京召开金凤财富的临时股东大会，通过收购议案。”

然后她又对张承勇说：“合同最起码准备三份。一份是金凤财富与洁能科技的借款合同，一份是金凤财富与洁能科技的股权转让合同，还有一份是与公司高管签订的股权激励合同。你今天就把这三份合同弄出来，等他们股东大会结束后就签了。

洁能科技的 39 名股东全票通过了按每股 4 元的价格为公司估值，对应他们持有金域环保的 2.3 亿股股票，公司净值是 9.2 亿元。同时授权董事会按这个估值跟第三方协商洽谈股权转让事宜。

洁能科技的股东们能够全票通过这个议案，完全归功于贾华强、刘兵、陶伟给股东们做了耐心细致的工作。特别是关于公司估值的参考标准，贾华强专门写了一个告知函，将估值的整个过程推导了一遍。多出来的每股 0.5 元的部分也没有隐瞒，就说是新股东跟管理层的业绩对赌。只要大家齐心协力地把公司业绩搞上去，那部分奖金还是会兑现的。接下来，贾华强立刻安排证券事务代表进行大宗交易减持 2000 万股金域环保的股票，洁能科技的持股比例降到 29.6%。

老板看到跟老贾这边的事情基本敲定，草签了一个收购公司的框架协议，就急急忙忙地回到北京，召开金凤财富的临时股东大会。

老板是个迷信的人，她把临时股东大会的日期选在 6 月 6 日，寓意六六大顺。这天下午 2 点，我也应邀参加了此次在西三环新大都酒店召开的股东会。因为在发邀请信息的时候，他们没有告知股东们讨论什么问题、做什么决策，只是说有重要事项需要股东表决。因此，我跟其他大多数人一样，懵懵懂懂地就来参加会议了。

这次临时股东大会的议程安排也非常有意思。首先是公司总经理张承勇通报了公司打算收购上市公司的议案。听到这个消息后，没有提前获知该消息的股东们深感震惊。这公司是一个什么状况大家还是心知肚明的，就你这点体量、这么些人还要收购上市公司？有钱收吗？玩得转吗？一连串的问题一股脑地涌向大家的脑海。

估计是老板他们早已预料到股东们会有此反应，就让公司第二大股东郑淞出来讲话。郑淞以去年的股灾为由头，阐述了股票市场的风险性和股票投资的不确定性以及私募基金公司业务转型的必要性。郑淞的演讲还是很专业的，毕竟他还担任着其他证券投资公司的高管职务。老板让他率先讲话的用意十分明显，就是利用他的专业经验和职业身份，引导股东们相信公司当前的业务转型不仅是大势所趋，也是人心所向。

尽管郑淞的身份位置很特殊，郑淞的演讲也足够有感染力，但是股东们的情绪并不是很高。因为以前大家买你的股份投资你的公司是冲着挂牌新三板去的，挂牌以后大家手里的股份随时可以变现，进退自如。现如今，你们又搞出收购上市公司这么一出戏，这不是把大家伙儿又绑到你的战车上了吗？你收购了公司对我们有什么好处？我们又不能随时变现走人，难道陪你到天荒地老，何苦呢？有些人肯定不干。

所以，在郑淞之后老板又安排一直以来支持他的老客户，也是新晋的股东刘新华讲话。老板原本的用意也是希望刘新华跟郑淞一样，积极引导股东向他们所期待的思路靠近。刘新华的讲话非常有趣，一上来就说："小刘，你帮我赚了很多钱，最多的时候大约有 1 个亿。"老板听了很高兴，脸上露出了骄傲的微笑，期待刘新华说更多的好话。我们也很羡慕，心想刘老板可是发了大财呀。谁知他话锋一转，"但是你也给我赔了很多钱，一赔一赚，就没有多少盈利了。"老板脸色当即就变得僵硬、尴尬了。"现在你又要给我们买一个上市公司，我不知道是该高兴呢？还是该难过呢？但是，希望你能让股东们有所回报，不要让股东们赔钱。”

刘新华要表达的意思也很明确，既然你的股票都做不好，不能给投资人更好的回报，买上市公司就无异于是赌博。接着，股东们就收购资金、收购上市公司的目的意义等问题开始提问。我当时提了两个问题：一是收购上市公司的资金是公司自有资金还是杠杆资金？如果动用了杠杆资金，是几倍的杠杆？二是公司有没有做好收购上市公司的人才、资金、战略、市场等方面的准备，不要因为简单地收购而收购。当时老板只回答了资金的问题。她说：“收购资金一部分是自有资金，还有一部分是借国企的钱，资金利息很便宜！”她完全是在撒谎，国企怎么可能借钱给她收购上市公司呢？她不过是通过扯上国企，故弄玄虚，避免大家追问杠杆资金的来源。

表决通过上市公司的议案毫无悬念，只要老板和郑淞同意了，哪怕其他股东都反对，投反对票，都没有用。因为他们俩就占了总股份的83%以上。我还是坚持己见投了反对票。从事证券媒体工作十几年，迄今为止还从未见过有人通过收购兼并上市公司把业绩搞上去的，对此他们都有一个共同目的——炒作！

老板也不可能是例外，她不仅没有就如何经营上市公司做准备，更没有二级市场配合炒作的准备。她就是为了收购而收购，这种收购比买件衣服还要随意。

既然两家公司的临时股东大会都通过了股权转让的议案，那么接下来就是一些程式化的工作。

6月8日，洁能科技通过大宗交易减持金域环保2000多万股，获得资金1.37多亿元。

6月10日，金凤财富与洁能科技签订借款协议。

6月12日，在金元石的牵线搭桥下，金凤财富与杭州恺恩资本签订短期融资协议。协议约定杭州恺恩资本出资7亿元协助金凤财富收购洁能科技的全部股份，打款条件是金凤财富收购账户的资金不少于2

亿元。

6 月 13 日，金域环保因重大事项申请股票停牌。

在此期间，张承勇突然提出收购主体由金凤财富变更为金凤财富的全资子公司津滨金凤。张承勇的理由是为了规避收购公司跟上市公司的关联公司借钱的行为，而金凤财富的股东们则认为，这是老板和张承勇串通起来绕过别的股东控制上市公司，这为后来股东们的决裂埋下隐患。

6 月 21 日，金凤财富将其自有资金 6310 万元汇入津滨金凤的账户，洁能科技将其减持所得的 1.37 亿元也同时汇入津滨金凤的账户。至此，津滨金凤账户资金达到 2.001 亿元，达到杭州恺恩资本的打款条件。同日，该公司也将 7 亿元资金汇入津滨金凤的账户。老板终于凑齐了 9 个亿的收购资金。

6 月 22 日，津滨金凤分别与洁能科技的 39 名股东签订了股权转让协议。这里面，除了贾华强、刘兵、陶伟三人，津滨金凤与其他股东签订的都是 100% 股权转让协议，也就是收购了他们手中持有的所有股份。而与贾华强、刘兵、陶伟分别签订收购 75% 和 25% 的两份合同。实际上就是用 100% 的资金收购他们 75% 的股份，仍然为其各自保留了以前总持股数的 25%。

6 月 23、24 日，津滨金凤先后将 8.5 亿多元的收购资金支付给洁能科技的 39 名股东。

6 月 28 日，金域环保股票复牌并发布了《关于控股股东股权结构变化及实际控制人变更的公告》。这标志着金凤财富完成了对金域环保的股权收购，占股 29.6%，成为其第一大股东，同时也标志着老板正式入主金域环保，开启了属于她的上市公司实控人之路。

老板 36 岁的时候，以其 6300 多万元的资金收购了一家市值近 60 亿元的上市公司，缔造了中国证券市场“80 后”的女性资本玩家收购上市公司的传奇。也许，同样是蛇吞象式的收购并不鲜见。但是在其资金实力捉襟见肘的情况下，敢于冒险大胆决策，千方百计、想方设法地利用各种金融手段，硬是把一件在别人看来不可能完成的任务完成了，而且还是那么出色。其敏锐的嗅觉、精心的策划以及出色的领导力，让一些业内人士都深感汗颜。同年，有位赵姓的女影星在明天系大佬的扶持下，想以同样的手法收购上市公司，最终却以失败告终！传奇之所以成为传奇，是各种力量共同作用的结果。既有天时——资本的丰裕，又有地利——里应外合，还有人和——好帮手，等等。

正所谓：时来天地皆同力，运去英雄不自由。

今天的成功并不代表明天的辉煌，鲜花与掌声的背后不一定是荣耀，有可能是粪坑——一个巨大的粪坑！

第三章　风雨飘摇

第一节

老板收购了金域环保后一时声名大噪，各种褒奖纷至沓来。媒体采访她的标题贯穿着“‘80后’女掌门”“中国的女巴菲特”等字样的溢美之词。似乎她在举手投足之间，都会掀起证券市场的惊涛骇浪一般。市场上对这个神秘的女“80后”也有诸多的猜测，有的认为她有很深的背景，是神秘资本的代言人；有的认为她出身高贵，手眼通天，善于整合各种资源，手持打开银行宝库的金钥匙；有的认为她是某个利益集团的前台、白手套；有的则认为她是煤老板的女儿或者情人。当然，也有人认为她就是个走了“狗屎运”的丑小鸭。虽然针对这位神秘的收购者的传言很多，但是市场上对此次收购行为还是给予积极的评价，金域环保的股票一度涨到10元以上。

面对市场上的各种传言以及媒体的褒奖与质疑，老板一概来者不拒、照单全收。她认为，能掀起大风浪的人，一定要有一颗强大的心脏。一个不甘平庸的人要经得起各种各样的考验，既能在阳光灿烂的日子里漫步，也可以在惊涛骇浪中搏击。她喜欢冒险，不愿意一成不变；她追求成功，厌恶失败，为达目的不择手段。收购上市公司是她事业开始的第一步、人生辉煌的起点，她要成为中国的巴菲特、世界的女巴菲特。她要用一次一次的冒险、一次一次的成功，实现人生的升华。要向那些嘲笑过她的人、看不起她的人证明她是多么优秀、多么了不起、多么出类拔萃、多么光彩照人，而他们又是那么龌龊肮脏渺小和自惭形秽。

老板踌躇满志、野心勃勃。收购了上市公司以后，她还要发基金做并购。要围绕着上市公司打造一个金融帝国，她要成为这个金融帝国王座上的王者。不过在此之前，她还要对此次收购上市公司过程中的有功之臣进行奖励，以便笼络人心，提高队伍的战斗力。于是她决定张承勇、吕东各给予 1000 万元的奖励，其他人等也有不同金额的奖励。团队里欢呼雀跃，感谢老板慷慨大方的同时，纷纷表示要更加努力地工作，以报答老板的知遇之恩。然而，快乐的心情没有持续多久，承诺的奖励还未落实，老板的奖金就缩水了。

这天，她叫吕东和张承勇喝茶聊天。她一边熟练地洗着茶具，烧着开水，挑选不同类别的茶叶，一边跟他们东拉西扯地扯着闲篇。当她终于选定了一款陈年普洱，投进了已经沸腾的茶壶的时候，突然安静了下来，眼睛盯着那块儿黑乎乎的茶块儿，其随着水流上下翻滚。茶块儿开始不断地溶解、脱落，释放出咖啡色烟雾一样的东西，先浅后深，直至把水壶里的水染成黑色。吕东看着她近乎虔诚地一心一意、心无旁骛煮茶的样子，心里突然一紧，有种不祥的预感。

老板拿起煮好的茶水，在分茶器上放置了一个过滤网，把茶水倒进去，再拿起分茶器给每个人面前的茶盅里倒上过滤后的茶水。她的这套动作有条不紊、一丝不苟，熟练得如行云流水一般。其专业程度完全可以跟茶楼里的沏茶师相媲美。她越是这样，吕东心里越不踏实。果然，等她浅尝了一口茶水后，开门说话了。

“你们俩拿 1000 万元不合适？”

“啥？”吕东预感她要说些什么，但是她又含糊其词说得不甚明白，让你觉得可能是这件事情，也可能不是这件事情。

“你们俩各拿 1000 万元的奖金不合适，大家伙儿都有意见！”

吕东哑然失笑，他看了一眼张承勇。

“老板，这 1000 万元的奖金是你当初承诺的，大家伙儿也是心知肚明的。怎么到了兑现的时候就变卦了呢？不合适了呢？再说了，论功行赏天经地义，老板认为合适就合适，其他人有什么资格说三道四的！”

“你看，自从咱们收购了上市公司以后，把所有的钱都用光了，公司账上也没那么多的钱发奖金。”

“老板，一码事儿归一码事儿。公司没有发奖金的钱，咱们就说公司没钱的事儿，不要往其他员工身上扯。没有钱，可以分批发——先发一部分，有钱了再发一部分。办法多得是，这是理由吗？”

“总之，公司一时半会儿弄不到钱。奖金呢？只有 1000 万元，大家都有份。你和张承勇厥功至伟，各分 400 万元，其他人分 200 万元。”

吕东看着张承勇低头喝茶不说话，就知道这一定是他们昨天在床上密谋串通好的，再说什么也无济于事，还不如见好就收、落袋为安。

“你说话算话？”

“我保证说话算话！”

老板虽然想方设法成功地把奖金总额砍掉了一大半，但是面对吕东咄咄逼人的质问依然觉得羞愧难当。虽然是自己背信弃义，但好歹还是你的老板，你怎么以这样的口吻跟我说话，让我难堪呢？自此，她跟吕东彼此有了间隙。

几天后，吕东的银行卡里多出了 140 万元，听财务说这是奖金。他一算，不对啊？不是说好的 400 万元吗？怎么就 140 万元了？他就去找老板问。

“400 万元的奖金，扣 45% 的企业所得税和个人所得税，实发 220 万元。现在公司账上没那么多钱，先给你 140 万元，等过一阵儿有钱了再给你补齐！”

“税我自己交就行了，干吗要公司交？”

“我代扣不是更方便吗？”

吕东即使心里有一万个不愿意也只能忍气吞声。人在屋檐下，不得不低头，她找的这些似是而非、冠冕堂皇的理由总是让人感到憋屈、难受，而且还不好发作。后来吕东跟她打官司才知道，她虽然行使了税务局的职能，却没有尽到还款入库的义务。

老板的金融帝国此时还是个雏形，王座尚未铸就。但是女王级的安保措施却提前一步实现了。从杭州恺恩资本那里借了7个亿的过桥资金后，她就成了恺恩的VIP客户。恺恩资本怕她有所闪失，安全得不到保证，就给她配了五六个保镖，进行24小时出警入跸、寸步不离的悉心保护。当然这种说法有夸大其词之嫌。除了晚上睡觉的时候，这些人都在肉眼可见的范围内盯着她。人们很难想象，一个女人被五六个穿着白衬衫、黑西服，打着浅蓝色领带，膀大腰圆的帅哥如影随形地紧跟着是一种什么样的感受。或许偶尔让虚荣心得到满足，但余下的体验恐怕并不美妙吧。这些彬彬有礼的保镖掌握着她公司的章、证、照以及财务的U盾，每天帮你对账、查账，尽心尽力、一丝不苟。他们具有职业素养，不在公司吃喝，不拿公司一针一线，只要你不招惹不跑路，他们绝对秋毫无犯，规矩得像条训练有素的猎犬。

在被悉心保护了一段时间后，老板终于忍受不了了。她让金元石联系恺恩资本，赶紧把这些人撤走。金元石当然清楚得很，只要你不连本带息地把他们的钱还了，就继续享受这种高规格的待遇吧！老板很无奈，洁能科技的股权刚刚过户完，还没有找到证券公司质押出去，当前的状态就是纸上富贵，两手空空。咋办呢？

"如果你不想让他们死死地盯着你，你就先把上市公司的股权暂时质押给他们，然后继续找券商或者信托谈。等条件谈妥了马上解除跟他们的质押，转押给券商或信托。"金元石给她出主意。

"他们会不会把我们的股权吞了，不给我们了？"

"不会！比起股权来，他们更在意资金的流动性，赚的是快钱。你的这部分股权人家还不一定看得上呢。"

"那你去办吧！"

迫于形势，老板暂时把金域环保的2亿多股股权质押给了恺恩资本。恺恩资本也够意思，质押期间没有再跟她追加利息，还是按照以前约定的利率不变，相当于代其保管。只是要她尽快找到质押方，抵押出钱来，把他们的借款连本带利还了。

办理完股权的过户后，恺恩资本随之撤走了他们的安保人员。老板总算长长地出了一口气，得到片刻的喘息。被人监视的感觉如芒在背、坐卧不宁。这让她深刻体会到贤人说过的那句话：人人都向往自由，却无时不在枷锁中。

完成上市公司的股权过户只是收购行动过程的第一步，接下来的工作依然很多、很繁杂。老贾那边的一些手续还没有办理交接，董事会还没有改选，关键是公司的财务状况究竟如何她都一无所知。现在的金域环保名义上被她收购了，但实际的控制权还在原班人马手里。虽然当初收购的时候答应现有团队持续经营三五年，新股东不插手经营，可是你花那么大代价买来的公司你真能做到撒手不管？别说五年了，就三年的时间，如果这些经理人恪尽职守认真经营公司也就罢了。如果背信弃义、一心二用，恐怕用不了三年就把公司掏干净了。真要到了那个时候，叫天天不应、叫地地不灵，受苦受累的还是她自己！这让她寝食难安、夜不能寐。

最让她感到揪心、抓狂的是，前几天经营层通过了金域环保对其两家子公司新疆君泰、浙江天水贷款担保的决议，涉及金额近 1 亿元。她作为新晋的大股东，只是接到了管理层的通报，而不是请示或者审批。这让她心急如焚。她弄不清楚经营层的这个决议是真的顾全大局为了公司发展，还是为了一己私利内保外贷挖空公司。在没有完全掌握公司之前，所有的经营层的行动决议都让她心惊肉跳神经紧张。她有种不祥的预感，她费尽心力、东拼西凑，耗费巨资收购的公司，并不是想象中的金山银山，而是一座冰山。眼前所见的只是其中一角，而深藏在暗处的还不知道会是一副怎样的狰狞面目。她本来就是一个思想活跃，忙个不停、睡眠少的人。在收购了上市公司以后，有时整宿地睡不着，脑子不停地围绕上市公司打转。越来越对自己的伟大创举缺乏信心，她急于翻看底牌。她快被自己折磨疯了。不行！不能再按部就班地等待上位，必须加紧步伐，迅速完成公司各项手续的交接过程，把上市公司牢牢地掌控在自己手里。唯有如此，才能安之若素、泰然自若。

第二节

老板性格当中最显著的特点是行动果断、执行力强。只要她投入行动，忙碌的身影就像永不停息的马达，短小轻快的小腿踢踏踢踏地，足以在地球上留下一道浅痕。当务之急就是要贾华强辞去公司董事长职务，腾出三四个董事席位，让她的人进去控制公司。她催促张承勇、吕东赶紧跟贾华强把该签的合同签订好，她要迫不及待地入主董事会了。

跟贾华强签订的这个合同错综复杂，因为这涉及上市公司与管理层的一份对赌协议。

2016 年 1 月，在贾华强的主导下，贾华强、刘兵、陶伟等十几名公司高管在上海注册了一家合伙制的投资公司——上海红梅股权投资公司，这实际上是一家持股平台公司。他们十几个人的公司跟洁能科技签订了一份业绩对赌协议：1. 洁能科技在减持金域环保股份的时候，如果公司股价在减持之日高于 5.8 元，那么高于 5.8 元的那部分收益，公司股东和高管团队对半分；2. 如果减持之日的实际减持股价低于 5.8 元，那么公司高管团队不再要求除实际持有股份应得收益外的任何利益；3. 洁能科技每次减持不得超过总持有份额的 20%；4. 每次减持的间隔不少于 3 年；5. 高管人员必须在公司工作满 6 年才能参与股份减持的分红奖励；6. 自协议签订之日起，公司高管团队只领取工资总额的 60%。7. 如果在本协议执行期间，公司股权被转让、大股东身份发生变化，该协议自动失效，并补偿团队人员在此期间的各项损失。

这份协议在金凤财富收购金域环保的时候，贾华强给老板出示过，老板也承认该合同的真实有效性。现在完成了股权的收购转让以后，金凤财富要跟上市公司管理层在原协议的基础上补充完善相应的条款，以保证该协议继续有效执行。说实话，该协议对公司管理团队的要求还是很严苛的，可以想见，贾华强当时一定是要狠下心来要把公司业绩搞上去的。当然，公司的其他高管也很配合，纷纷在协议上签了字。如果这些公司的高管认认真真、踏踏实实地按照协议约定的要求经营下去，这公司未必会坏到哪里去。只是不知道贾华强哪根神经搭错了，非要把公司卖了。据说，在与金凤财富签订股权转让协议之前，王文学又跟贾华强面谈了一次，要他不要仓促地就把公司卖了。就算要卖，也要找一家有实力的买家，干净利落地完成交易。然而，那时的贾华强固执己见、一意孤行，要把生米煮成熟饭，任谁劝都听不进去了。

贾华强的意思是在这个对赌协议上再补充一个框架协议，在承认对赌协议依然执行有效的基础上，把股份转让时没有算进股价的每股 0.5 元的部分加进去，按 2.3 亿股的持股总量计算是 1.15 亿元。这部分资金挪到这里相当于给高管团队的奖励部分，基本符合对赌协议里的相关条款，也得到了洁能科技股东们的认可，算不上违规。当然，这些内容是在签订公司股份转让前就跟老板约定好的，老板也同意。而此时贾华强他们并不急于把这笔资金支走，尽快兑现，而是想跟新晋大股东继续业绩对赌，表明管理层经营好公司的决心。

老板是想通过这份协议让贾华强快点交权，早点改组董事会，把公司的控制权掌握在自己手里。所以她的方法就比较简单粗暴：首先她认可这 1.15 亿元的估值计算和资金用途；其次，她愿意先支付给团队总金额的 25%，作为贾华强辞去公司董事长，交出公司章、证、照的条件；最后，剩余 75% 的部分跟团队业绩对赌。

对于老板的这个要求，贾华强没有表示反对。他在老板的提议后面加了两条：一是 25% 的款项，即 2875 万元汇入他指定的银行账户；二是如果新股东改组公司经营管理层或转让公司股份，就必须立即支付剩余的 75% 的部分，即 8625 万元。

这个要求也不过分，老板爽快地答应了。在双方都达成一致的情况下，签字确认。代表金凤财富签字的是张承勇、吕东，代表上海红梅股权投资公司的是贾华强、刘兵。但是双方都没有盖公章。

老板迅速地将2875万元支付给贾华强指定的账户，贾华强也如约安排金域环保召开股东大会，并在股东大会上辞去公司董事长一职。贾华强还是公司董事。新一届的董事会成员一共9名。新增了老板刘金凤、张承勇、吕东以及由他们提名的1位独立董事。刘金凤当选公司董事长，张承勇为公司副董事长。

这次董事会选举对老板来说意义非凡。这是她第一次踏进花了近10亿元收购的公司。从虚荣的一面来说，首次走进公司并当选为董事长，相当于女王走进宫殿参加加冕典礼一样。但是除了虚荣心得到满足之外，其他的体验只能用五味杂陈来形容。

金域环保总部并不是她想象的那么气势恢宏，那么现代化。这个坐落在彭城高新区一条主干道上的企业，从外面看上去并不起眼。占地500亩的厂区中央是一幢16层高的白色办公楼，大约3万平方米。总体设计中规中矩，没什么特点，有些陈旧，既体现不出企业的个性特点，也体现不出建筑物的设计特点，就那么干巴巴地直立着，似乎还透出一股怨气。办公楼的右边是一大片厂区，白墙蓝顶，占地有200多亩。有锅炉生产车间、点火装备车间、喷涂车间、设备间、材料间、实验室等。车间里并不是窗明几净的现代化工厂的样子，还十分落后。机器切割金属发出的刺耳声、金属与地面的碰撞声、工人的吆喝还有头顶上巨大的电风扇发出的嗡嗡声，各种声音杂乱无章。最可怕的是点火实验车间，点火器喷射出的火焰足有10多米长，超高温可以瞬间将人烧成焦炭。胆大包天的老板吓得花容失色，赶紧逃离了厂区。

办公楼的左后方是一栋六七层高的宿舍楼，一层是员工食堂。办公楼的左边大约有200亩的样子，是一片空地。上面种植了一些花草树木，看上去像是一个花园，实际上是为二期开发的预留地。因为紧邻着街道，要把绿化做得好一点儿，不能影响市容市貌。也不能做得太过张扬，还要摆出随时动工开建的样子。因为这块地的使用规划当中是现代化厂房，如果长期闲置的话，要被有关部门收回的。

总之，老板在视察了一遍她的新领地后，不免大失所望。这不是她在别的地方看到的其他上市公司，体体面面、大大方方、亮亮堂堂的感觉，而是像他们河南农村的土坯房，为了娶媳妇胡乱粉刷了一遍一样，简陋寒酸。这让她开始思考花了10亿元买的东西究竟值不值。

当她走进工厂的车间的时候，突然感觉有些恍惚，眼前浮现出一个大大的问号。一直以来，她把自己定位于高端大气上档次的白领阶层，她要成为投资银行家、金融家，从事的是金融投资领域而不是大炼钢铁。难道因为收购了这个企业要被迫转行吗？如果转行，这是自己喜欢的行业吗？能玩得转吗？如果就干这个，这么大的企业交给谁来管？谁能管得好？她禁不住汗如雨下，没看几个车间就浑身湿透了。

尽管当选了公司董事长，但是当她从别人的眼睛里看到好奇、质疑、讥笑、不屑等不同意味的眼神时，她知道自己还没有做好从幕后走向台前的准备。众目睽睽之下，她不是优雅的白天鹅，而是自卑的丑小鸭。她想逃，就像小时候遇到可怕的事情躲进草丛里一样。

可是这次却不行，一是现在她长大了，草里再也藏不住了；二是她还背负巨额债务。想到巨额债务，她终于鼓起勇气，面对公司董事会成员和经营管理层发表了第一次董事长感言。尽管她对此做了精心准备，但是真的到了台上讲话的时候，脑子里还是一片空白。她不知道她啰唆地说了些什么，讲了多久。但是她还是记住她讲的最后一句话，也是她认为的最重要的一句话 。

“各子公司要把公章、合同章、财务章送到金域环保总部，由专人看管。用的时候打申请。”

听完这句话，公司董事和高管不约而同地冒出同一个想法：这人脑子里长包了吧!

但是，老板对公司的公章执照的固执不是一般人能想象的。

第二天早上，吃过早饭后，她打发张承勇、吕东去彭城火车站买好中午 12 点左右去北京的高铁票等着她。然后到了十点多钟的时候她给贾华强打了一个电话。

“贾总，我昨晚喝多了，头痛得厉害。”

“哦？严重吗？要送医院吗？”

“就是头痛恶心。张承勇和吕东有事儿，一大早就坐高铁回北京了。上面领导介绍了一个大项目要签，他们先过去准备了。我本来要去公司给您交代一下这事儿，可是我一听到工厂的嘈杂声就头痛得更厉害了。我现在在离公司不远的广场的上岛咖啡店，麻烦您把公司章和合同章带过来，我马上要回北京签合同用。”

“好的，你等一下！”

不一会儿，贾华强便带着公章找到了她。

“你好点儿了吗？”

“还行，公章带来了吗？”

“当然了，给你！”

老板脸上露出如释重负的神情。

“贾总，我给您点了一杯咖啡，您先喝着休息一会儿，我先走了，领导又催了。咱们有事儿电话上说。”

说完她就迅速起身，快步出了门。

贾华强被这一套动作弄得莫名其妙。什么事儿这么急？话没说完就走了，他看着空无一物的双手，心头一震，怅然若失！

老板逃也似的跑出咖啡馆，跳上久已等候在路边的出租车，直奔火车站而去。

当张承勇、吕东看见她脸色苍白、急匆匆跑进火车站的时候还以为她被人打劫了。张承勇急切地问：“你怎么了？遭打劫了？”

她看了一眼吕东，给张承勇使了一个眼色，示意他不要多问。

“没事、没事！赶时间，跑得有点儿急！”

老板诈取了上市公司的公章后，心里踏实多了。只有公章在手才算掌握了上市公司生杀予夺的权力。今后出文件、签合同都要向她申请用章，她可以根据情况或者心情，予取予夺、爱答不理。不得不赞叹，她的这些阴招损招的确花样繁多。

在初步取得了上市公司的控制权后，她就赶紧忙乎股权质押的事情。她始终还是对那些放高利贷、赚快钱生意的人心有余悸。把股权质押给正规的证券金融机构，哪怕是自己这边出点儿闪失，还有回旋的余地。那些高利贷公司可不是好说话的，说干就干，绝对不会跟你讨价还价。即便是想玩点儿黑的，也干不过他们啊！还是不招惹为妙。恰好，金元石已经联系好了金城证券，他们的资管部门愿意接受这部分股权质押业务，只是金域环保是在创业板上市的公司，按他们公司的规定，只能按股价的四折质押。老板此前一心想六折质押出去，所以处处碰壁。跟一些证券、信托兜兜转转地谈了一圈后，又坐下来跟金城证券谈，最后好说歹说按四五折质押给金城证券，以 6.5% 的年利率套现 9 个多亿。付给恺恩资本连本带息近 8 亿元。

老板看着大把大把的钱从手上出来进去就是流不进自己的口袋里，恨得咬牙切齿。巨额的债务、高昂的利息压得她喘不过气来。于是，她再次将目光投向上市公司。

第三节

对于从事实业投资还是类金融机构，张承勇远没有老板那么纠结。从他大学毕业没有如愿进入政法系统而是到了审计部门以后，对从事哪种行业、干什么工作，几乎是一种随遇而安的态度。在他看来，工作不是为了混口饭吃、养活自己那么俗气，要尽可能地体面有尊严，最重要的还是要赚钱多。对于从小经济条件拮据的家庭出身的孩子，口袋里有钱就是最大的保障。所以，择业的首要条件是挣钱多。他生性胆小，没有老板身上那种天不怕地不怕、勇敢向前冲的干劲。他知道自己不是创业当老板的料，所以遇到并不顺遂的工作时，一般先干着再等待好的机会。当然，绝大多数的人都是这么干的。在审计的岗位上，他没有按部就班、自暴自弃，凭借其聪颖的天资，把涉及审计方面的法律法规背得滚瓜烂熟，而且还触类旁通相继考取了经济师证和会计证，为他从事券商的投资银行业务奠定了基础。

与大多数人一样，张承勇最初对投行充满憧憬和期望，他也希望自己能够成为一个翻云覆雨、纵横驰骋的资本玩家。运用他的生花妙手，将一些濒临倒闭的、行将就木的企业，拯救于水火之中，使之焕发活力，为社会创造财富。他要用一系列令人匪夷所思、拍案叫绝的并购重组，催生中国的福特、通用、丰田；他想以分拆上市的办法，将一些关系国计民生的行业的巨无霸肢解、打散，破除垄断，提高企业竞争力和服务水平；他还想以资本证券化的方式盘活一些国有资产，让更多的人受益。当然，他还想赚更多的钱，让自己过上体面富足的生活。正当他满怀激情、踌躇满志地投身到投资银行业的时候，他才真正体会到这个行业的残酷与无奈。这是个拼出身、拼关系、拼资源、拼说话、拼姿色、拼美貌、拼喝酒、拼察言观色、拼奴颜婢膝、拼干爹干妈，总之，跟拼专业没有一丁点儿关系的行业。如果有的话，也只有他们这些小机构、小喽啰苦哈哈搬砖的机会。

所以，他对投行的认识跟老板截然不同。只有没有干过投行的人才对投资银行充满幻想。他出身贫苦，没有多少社会资源，而且又身处一个小券商，能给他提供施展身手的舞台有限。在投行的那几年都是给别人打杂，虽然独立完成了几个项目，那基本上都是挂牌新三板的。辛辛苦苦几年，还只是在这个行当混了个寂寂无名，不禁暗自神伤。有时，他在感叹自己怀才不遇的同时，又随遇而安、随波逐流。从根本上来说，他还是一个机会主义者。但是他又不像老板那样天马行空、不着边际，相对而言，他更务实。所以，在协助老板完成收购金域环保之后，他首先想到的是如何把上市公司做大做强，成为行业的引领者。也许干投行让他对资本游戏多少有些心灰意冷，与其四处找项目看项目、求爷爷告奶奶，还不如把住一头深耕细作，反而来得踏实自在。况且他对环保行业也不陌生。因为此前他帮助一家名为永兴环境的公司挂牌新三板的时候，对该行业进行过认真细致的研究。据此得出的结论是，随着政府和大众对环境资源保护意识的不断加强，环境保护在人类生活中所占比重会越来越大，随之而来投资也必将推动该行业以及相关行业迅猛发展，市场前景不可估量，是一条真正的黄金赛道。因此，在老板收购了金域环保以后他就极力鼓励她在环保领域坚持做下去，培养出一家优秀的企业来。当然，他开出的药方依旧还是并购。

“新三板上有家名为永兴环境的挂牌公司，其主营业务是化工工业领域里的危废处置。当初挂牌的时候公司规模还比较小，危废处置能力每年仅有 3 万多吨，盈利也就几百万元。但是到了今年，他们新的生产线已完工达产，危废处置能力提高到每年 10 万多吨，净利润 5000 万元以上。”

“你是怎么知道的？”老板总是对任何事情抱有好奇心，喜欢刨根问底。

“我帮他们做的挂牌。”

“你啥意思？”

“我的意思是在他们的业绩尚未爆发之前，把他们收购了。至少能够保证每年给金域环保贡献5000万元的利润，对我们的市值将有极大的帮助。”

“收购他们的话需要多少钱？”

“5000万元的净利润，按十倍市盈率算的话估值5个亿。”

“咱们现在也没有那么多钱！”

“可以分两次收，先收60%-70%的股份，两年后再收剩下的部分。”

“那还得3个多亿。你先跟他们谈，就说我们要收购他们，一定要表现得有诚意、有决心、有信心，不要让他们再跟别人谈。另外，你先去上市公司待上一段时间，把公司的财务情况弄清楚。我看上市公司的财务报表，子公司借上市公司资金有3个多亿，把这些钱收回来就能收购永兴环境。再者，让吕东去一趟新疆，了解一下新疆君泰的情况。这公司欠上市公司6000多万元，还要不断地从上市公司借钱、做担保什么的，看看他们的经营状况究竟如何、是不是从上市公司这里套钱。”

“好的！”

到了此刻，老板才开始动手检查她的商品。

新疆君泰，一家以乌鲁木齐市及周边城市为主要经营区域的危险品运输企业。危险品运输属于特殊行业，由于牌照的稀缺性，拥有危险品运输资质的企业在当地仅此一家。当初贾华强正是看上这个行业的独特性，才花了5000多万元把它买了下来。这些被他收购的公司的故事出奇地一致。一开始公司的业绩都非常亮眼，接着就开始慢慢缩水，后来再跟你伸手要钱。

当吕东走进这家公司的时候，他被眼前的景象惊呆了。公司的大门口堂而皇之地挂着两块牌子，一块是新疆君泰危险品运输有限公司，一块是新疆天山君泰危险品运输有限公司。依然是一派忙碌热闹的样子，看不出有丝毫的异样。

“朱老板，您这里热火朝天的可不像是日子过不下去的样子！”

朱尚泉哈哈大笑，脸上的横肉也随之颤动。他大马金刀地坐进沙发里，身上的肥肉迅速挤满了整个沙发的空间。吕东打量了一下他的身板，估计他每年至少要吃掉1000只羊。他声音洪亮、笑声爽朗，一点都不把吕东当外人。

“兄弟，看在你在新疆长大的份儿上就当你是自己人，啥事都不隐瞒。一年多前，手下的那帮弟兄把炼化厂的一些废料残渣倒进了周边的沙漠里，结果被环保部门罚了几千万元。为了保住业务，养活这帮兄弟，我们就另外注册了一家公司，把业务和牌照挪到新公司。给被查封的那个公司还保留一点儿小业务，他们想怎么罚就怎么罚，反正也就那么点儿钱！这叫风险隔离。”

说完，他又哈哈大笑，仿佛做了一件非常了不起的事情。他伸出圆柱似的粗手大胳膊，抓起桌上的盖碗茶，一口气就把茶水喝干了，然后推给小弟让其添水。

吕东羞愧地想要找个地缝钻进去，跟这样的流氓称兄道弟简直有辱他的人格。这种人不用说就知道是当地一霸，得罪不起。但是他又不甘心轻易被其打发走了，就耐心跟他周旋。

“朱老板，您日子过得挺滋润的，咋还跟总公司要钱？”

“你有所不知啊，老弟！被环保部门这么一罚，咱们多多少少都得交点儿罚款吧？本来这日子过得就紧巴巴的，罚款一交，立马就捉襟见肘了，只能向总公司伸手要救济，否则还不得把人饿死啊！”

吕东心说你的日子可一点儿都不难过。

“那您跟总公司借的钱？”

“还！一定还，慢慢还。咱们不是一家人嘛！一家人不说两家话。哈哈哈！知道你来了，手下的弟兄们宰了一只羊，你就别着急忙慌地走了，好好热闹热闹，不醉不归！”

接着他又开始哈哈大笑，声音传出去老远，震得吕东连滚带爬地跑了出去。出了公司大门，他禁不住哀叹，这公司算完了，钱都打水漂儿了。

那是9月的一天，北京已经进入了一年中最好的季节。我不记得因为何事去了老板办公室。一进门，就看见她怒气冲冲地对电话里的什么人发火。见我进去就急忙挂了电话起来招呼。

“跟谁发火呢？声势那么大？”

“张承勇呗！”

“他人呢？干啥去了？”

“我派他去彭城的上市公司了解情况，他一来二去就跟公司财务搞在了一起。说那女人怎么关心他，怎么对他好，他很感动什么的。你说那女的比他小点儿也就罢了，可是明明比他大了好几岁，还磨磨叽叽地纠缠不清！”

我还是第一次听说张承勇如此滥情。不过想想也是，干投行的有几个好东西？

“没那么狗血吧？也许就是纯粹的同事关系吧！我听张承勇说过，他从小父母离异，在单亲家庭长大的人多多少少有些恋母情结，别人对他好，他就有了依赖感。”

“那倒也是！”

“你们俩好上了？”

“他给我说他跟他老婆也就那样，感情不怎么好。”这时候的她显得有些难为情。

“你可别听他瞎说！男人嘛，脱女人衣服的时候说的话跟提上裤子说的话，完全是两回事儿。别太当真！”

我恨不得给自己一大嘴巴子，这句话不是把我自己也给捎带进去了吗？好在她的注意力还在张承勇身上，这多少缓解了我的尴尬。

“那怎么弄？”

“看行动呗！”

张承勇是不是色诱了公司财务，这的确不好判断。但是他的确把上市公司的情况弄了个底朝天。随着跟他公司财务的日渐熟络，一个真实的上市公司一点儿一点儿地呈现在眼前。这家年营业收入高达八九亿元的公司，实际的情况远不如年报表现出来的那么亮丽。收入虽然很高，利润却很薄，几千万元的净利润都是做出来的，根本就不是真实业绩。子公司看似为上市公司贡献了很大的营业收入，但是要总公司不断地输血才能持续经营。总公司对子公司内保外贷，资金占款3个多亿，大多数情况跟新疆君泰一样，能不能收得回来还是个未知数。还有，公司拿了武汉开迪生态七八千万元的承兑汇票，但是该公司已经申请破产，这笔资金肯定也要打水漂儿了。雪上加霜的是，参与秦城生态修复工程的PPP项目，虽然尚未启动，但是前期的资金投入也不少。如果真要启动，那个投资量可绝对不是当前的这种状况能承受得起的。总体而言，整个公司不仅是金玉其外，败絮其中，更像是四处漏风的茅草屋，随时都有可能坍塌。难怪贾华强着急卖公司，原来是知道公司马上要暴雷，提前跑路了！敢情自己当了一回冤大头，成了接盘侠！

到了这个时候，张承勇才意识到自己犯了一个严重的错误，一个愚蠢而又低级的错误，也是一个难以启齿的错误——没有尽调。这次蛇吞象式的收购行为，无论是从策划、估值、加杠杆、执行、过户到股权质押，整个过程堪称完美，是一次教科书式的收购。现在回想起来，唯独缺少对收购公司的尽职调查环节。没有调研，你哪儿能知道你耗费巨资收购来的东西究竟是什么样的货色？就好比你要买匹马，而人家却牵给你一头驴。所以，对标的公司的尽职调查是决定并购结果至关重要的一步，必不可少的一环！除非你对这个公司十分了解、如数家珍。

关于尽调的一件十分有趣的事情是我在燕山大学上EMBA的时候，

我的同学王忠旺讲的。20 世纪 80 年代，方便面在中国大陆刚刚兴起。他创立的“华龙牌”方便面在华北及华东地区的三、四线城市深受欢迎，因为价格便宜，市场占有率很高。统一、康师傅等一线品牌也想将他们的市场向这些城市拓展，但是穷尽办法还是难以撼动他在这些地区的市场地位。这时候，统一的老板就想跟他谈收购，并且派了一个小团队去公司做尽调。这个神乎其神的王忠旺先生把调研团队叫到他的办公室，对他们说：“你们回去吧！再给你们老板带句话，如果他想收就直接带两个亿过来；如果不想收就别再派人来了，忒麻烦！”两星期后，统一的老板乖乖地拿了两个亿给他。这是王忠旺一生当中最得意的一件事情。他讲这件事情的时候瞪着硕大的白多黑少的牛眼睛，龇牙咧嘴淫笑的样子，让我至今都记忆犹新。

张承勇可做不到王忠旺那么洒脱。他认为这次的收购可能就是个错误。因为在收购前你根本就没有了解清楚目标公司的经营状况，也没有一个清晰的收购目的，仅仅是在投资人要求回购股份的压力下的被迫选择，纯粹是为收购而收购，就好比是为了填一个坑又挖了一个更大的坑一样。虽然整个收购行动的主导者是老板，但是真正的策划和执行者是他。如果在收购前把这个公司弄得一清二楚，也许老板就不一定这么着急忙慌地决心收购它了。但是大错已经铸下，后悔没有意义，现在的问题是如何向老板交代。一想到老板他就头大。这个肉球太强势、太霸道，控制欲极强。除了在床上，她处处都要占上风，任性随意蛮不讲理，事事插手、亲力亲为。有些事情明明是她的错，但是她都推罪给别人。只有别人的不对，没有她的不是。她小肚鸡肠，睚眦必报，对自己大方、对他人吝啬。她宁可相信外人，也不信任身边的人，不但不信任，还处处提防。她绝对不是个好老板，而是一个交了好运的泼妇。对这样的女人，张承勇有些害怕，有些力不从心。她可能对你温柔体贴，给你买内衣洗内裤，可是也会查你的手机翻你的银行卡。这女人简直就是男人的噩梦。他早就打消了跟她白头偕老的想法，何况他还有妻室，那才是他真正的家。他与她是因为利益纠结在一起。她想天长地久，而他则盘算着如何逃离。

但是在此之前他得把她的货品交代清楚，拿到好处。这让他颇费思量。

第四节

“呀！银行家回来了？”

张承勇一走进办公室就看见杜政国坐在那里跟老板喝茶。这家伙人不坏，就是嘴欠，总爱拿他开玩笑。越是人多他就越来劲，肆无忌惮地以各种讽刺挖苦的语言让他难堪下不了台。他最不想见到的就是这个人，希望他滚得越远越好。

“看你红光满面肥头大耳的，肯定是又揽了一个大活儿吧？”

“这次还真是托你的福让我在股市上赚了一把，把以前的损失都捞回来了。”

“这从何说起？”

“他买了咱们的股票赚钱了呗！”老板眉目含情地替他解释道。

“自从上次老板给我说你们要收购这家公司后，我就一直关注这只股票。我当时还估摸着这么大的公司你们拿什么收啊！没想到，你小子行，把这事儿愣是办成了。”

“那都是老板干的，功劳在老板。不过，你可不要太得意，这涉嫌内幕交易，小心监管。”

“嘿嘿！这谁知道呢？你小子上路、会说话，跟老板穿一条开裆裤，谁干都一样！你来了，我就走，我可不想当电灯泡。你们慢慢聊，俗话说小别胜新婚，你可要在老板跟前好好表现哦！改天哥哥请你吃驴肉火锅，弄几根驴鞭补补身子啊！哈哈！”

杜政国恬不知耻地说着恶心话站起身出去，临了还不忘拍了拍张承勇的肩膀，嘴角带着淫邪的笑意。

这个粗俗的家伙，以前怀疑我的专业，现在又开始质疑我的性能力。真恶心！张承勇暗骂了一句。

“咋样了？”老板春水荡漾、含情脉脉地问。

“我们可能上当了，收了个烂公司！”

张承勇这句模棱两可的话，巧妙地把自己从错事中摘了出去，却把责任推给了别人。他说上当了，但是又没有说上了谁的当，这样就轻易地把老板的视线转移到别人身上。如果老板知道花了近十个亿收购的公司是一个烂摊子，那责任谁扛？要说承担责任的话，也只有老板自己。但是总得找个替罪羊吧？

“咋回事儿？你说清楚一点！”老板的脸色说变就变。

“金域环保的上市主体部分，也就是锅炉燃烧控制研究所，他们的锅炉燃烧控制技术的系列产品，自上市以来虽然在技术创新上没有更大的突破，但仍然保持了一定的市场占有率，营收情况一直比较稳健，年营业额都保持在2亿—3亿元，利润率10%左右，是目前最好的一块业务。

“但是与它产品相同、服务一致的全资子公司武汉热电的经营情况就不尽如人意，去年全年的营收只有5800万元左右，利润不到500万元。今年1—6月仅有2000万元的营业额，亏损600多万元。关键是，这个子公司贡献不了多少利润不说，还经常要向总公司借钱、做担保，目前累计向总公司借了7000多万元。加上最初的3000万元投资，总共在其身上耗费了1亿多元。

“这是公司主营业务板块情况。

“在生活垃圾发电业务板块方面主要有三家公司，分别是元宝电厂、胶州电厂和内蒙古的乌海乌东电厂。元宝电厂和胶州电厂是公司的全资子公司，两个电厂总的投资是5个多亿，日处理生活垃圾1500吨左右。目前，两个电厂都已建成达产，收入稳定。不过元宝电厂面临扩建，上二期。”

“它不是去年才投产的吗？怎么这么快就要上二期？”老板问。

“当初是按 1000 吨的日处理量申请报批的，因为资金落实不到位就分两期投资施工。按计划，二期必须在 2017 年建成投产。”

“还要投多少钱？”

“1.5 亿元左右。”

……

“乌海乌东电厂是我们的控股子公司，占 57% 的股份，日处理生活垃圾焚烧发电 800—1000 吨，年营业额 1 亿元左右，利润 1000 多万元。

“浙江蓝天环保是公司控股公司，主营火电机组、煤粉锅炉生产制造以及脱硫脱硝工程设计。该公司去年的营业收入是 4.2 亿元，但是净利润仅 600 多万元。今年上半年营收 2.3 亿元，利润 200 万元左右。关键是，它跟武汉热电一样，靠总公司输血才能生存，累计借款 8000 多万元。

“新疆君泰的情况你也知道了，公司已经被那些人掏空了，6000 多万元的借款估计是拿不回来了。加上当初收购时花的 5000 多万元，1 个多亿就打了水漂儿了。糟糕的是，它们的坏账直接影响公司业绩。

“还有两个大麻烦！一是公司的重要客户武汉开迪生态要破产清算，我们持有他们 7400 多万元的商业承兑汇票可能面临暴雷；二是去年竞标秦城的 PPP 项目根本就没有资金投入，面临违约被追责罚款的风险。

“总之，这家公司财务报表显示有八九亿元的营收，实际上不但一分钱赚不到，而且还可能亏损。”

“这不是颗雷吗？”老板脸色苍白，豆大的汗珠顺着脸颊掉落在地上，她双目失神，喃喃自语：“那这 10 个多亿怎么还啊？”

吕东神情愉悦地走进办公室，没想到迎来的却是劈头盖脸的一顿臭骂。

“姓吕的，你是不是和老贾串通好骗我的？”

老板怒目圆睁，双手叉腰堵在门口质问吕东。

吕东被她盛怒的气势吓住了。

“我不知道你在说什么。”

“我问你是不是跟老贾串通好骗我，你不是说上市公司账上有 3 个多亿吗？钱呢？你不是说这公司要多好有多好，怎么一大堆坏账烂账？你和老贾是不是故意把这颗雷扔给我，挖个大坑让我跳！你们究竟安的什么心思？”

老板不依不饶，一连串乱七八糟的追问把吕东惹毛了。

“刘老板，那公司究竟好不好坏不坏，你难道就不应该去好好调查一下吗？你买件衣服都要挑三拣四、货比三家，收购公司就只听别人说咋样就咋样了？你买的东西你心里就没个数吗？”

老板顿时无话可说了，吕东一下击中了她的要害。她憋屈地趴在桌子上哭了起来，一边哭一边说：“你这个骗子，你把那些（奖励）提成退回来，一分钱都不能少。”

“我凭什么退？那是我应得的。你还有一部分没付清呢！”

“你等着，我要到法院告你去！”

“我还要告你呢！”

“告，互相告，谁怕谁？”

吕东算是跟老板撕破了脸。但是他们的关系还没有完全结束，他还是金凤财富的副总、董秘，金域环保的董事。老板要他还钱并没有开除他——不过也快了！

看老板还在气头上，他不想跟她一般见识——好男不跟女斗，就出去了。自此以后他就很少再到公司来。

吕东走后，老板也觉得自己做法有些过分。但是背负的债务还是让她喘不过气来。她还是不想轻易放过吕东，认定他和贾华强是让她往火坑里跳的罪魁祸首。

她自以为聪明，原本打算快活一把捡个漏，谁知弄巧成拙上了当。现在木已成舟、生米做成熟饭，后悔也来不及了，当务之急是及时止损。她雷厉风行，首先停掉了秦城的 PPP 项目，把人员都撤了回去。

又找关系跟地方政府沟通，先期的投入也都不要了，只希望不要罚企业的款，好说好散。其次是把新疆君泰从上市公司剥离出来，由控股公司滨海金凤接着，承诺给上市公司一个还款期限，把坏账计提留在以后处理，避免影响当期业绩。在此之后，她积极尝试想把金域环保转手卖掉，或者卖掉一部分股权把前期的收购资金还上。当然，最好手里还持有一部分上市公司股权，做个二股东。

身高一米八五的李峰身形矫健地走进金融街购物中心一层的星巴克咖啡的时候，立刻招来四周女性暧昧的眼神。这让坐等了半天的张承勇有些嫉妒。他坐了快一个下午了，就没有一个女人正眼看过他。有的话就是问他对面有没有人，她们需要那张椅子。因为要等李峰，所以别人过来跟他要，他都说有人，就一直让那把椅子空着。随后他就逐渐发现人们看他的眼神越来越怪异，似乎在嘲笑他要等的人把他耍了而他还那么傻呆呆地等，白白地空着一张椅子。那些找不到座椅的女人嘴里嘟嘟囔囔的，不时地给他翻个白眼，不情不愿地晃动着屁股找位子。他如坐针毡，却又故作轻松悠闲，以不屑和挑衅的目光回敬向他翻白眼的人。咖啡厅的气氛已经被他不断的挑衅还击弄得相当地紧张，而他在不知不觉间喝掉了三大杯美式咖啡。他的膀胱憋得难受，又不愿起身离开，怕上完厕所回来时找不到座位。李峰的出现轻松打破了这种僵持的局面。他面容白皙、温文尔雅，戴一副金边眼镜，白衬衫黑西裤，从气质到形象都体现出一副金融高管的高傲与自信。刹那间让那些挑剔的女人变成了花痴。

张承勇赶紧招呼李峰坐下就跑出去找厕所方便了，等他再回来的时候咖啡馆的氛围又如春风化雨般轻松惬意。

“难道差距就那么大吗？”他低声嘟囔了一句。

“哥们儿，你在说什么呢？”李峰问他。

“你看那些看向你的女人一个个像花痴，我咋就没有你这么大的魅力呢？”

李峰听了哈哈大笑，得意扬扬地看了看四周，心满意足地对他说："哥们儿，你也不错了。听说你最近收购了一家上市公司，还顺带把你们老板都搞定了。真牛逼！"

"别嘲笑我了，我正因为这事儿找你帮忙呢！"

"啥事儿呢？"

"蛇吞象，消化不了了！"

"得，你把话说清楚！你是吞了上市公司消化不良还是吞了老板消化不良？如果是上市公司还好商量。如果是老板，还是留给你自己慢慢消化吧！"

"当然是上市公司啦！吃下去以后才发现，没钱了，周转不开了，快玩儿不转了。你这里不是在找壳吗？卖给你们呗！"

"壳干净吗？有没有坑？"

"壳绝对干净，没问题！"

"那行啊！我派几个弟兄过去看看。听说你那老板挺难缠的，很多人都不愿跟她打交道。"

"她那儿没问题，给个 15 亿让她赚一点儿就行！"

"×！你这一口价开得真有气势。我先让人看看再说吧！"

李峰既是张承勇的学长，又是老乡。他以前是一家商业银行资产管理部的副总经理。因为一直都不能由副转正，他就跳槽到了国内最大的私募机构种植集团，在那里任资产管理部总经理。在业务上两人交往频频，一来二去就成了无话不谈的好朋友。

将金域环保转卖给种植集团的事情当属张承勇跟李峰私下里的眉目传情、暗送秋波，根本还没有到谈婚论嫁的时候。在北京，每天这种真真假假的大生意不知凡几。但不知为何，这件事就迅速在公司里传开了。说老板开价 15 亿元要把金域环保卖给种植集团。张承勇听到风声后很生气，要求老板控制好公司舆论不要散布假消息，免得惊动原股东惹来麻烦。好在这个传言只在北京的金凤财富内部流传，没有散播到彭城方面的上市公司。

贾华强现在终于认识到自己又干了一件蠢事，他很懊悔把金域环保卖给金凤财富。从股权转移、公司交接的种种迹象表明，这个公司的女老板绝对不会像当初承诺的那样，放手让他们原有团队再经营。这个女人人小鬼大，一上来就要起收公章这种阴损招数，还派人到处摸底排查、插手经营。最让他烦躁不已的是，当初借给她收购洁能科技的 1.4 亿元拖着迟迟不给。这种匪夷所思的事情让别人知道了肯定会笑掉大牙：你借钱给她收购你，她收购了你以后你们就是一家人，这钱还用还吗？这笔钱是洁能科技包括他自己在内的 39 名股东的，但是当初是以洁能科技公司的名义借出去的，现在要还回来的话那些原来的股东已经从洁能科技除名了，怎么保证这笔钱安全地回到原股东手里，成了他昼思夜想、让他茶饭不思的大问题。虽然借钱的进出路径是清晰的，但是行为是违法的，对方要是真的赖账的话，连个说理的地方都没有。这可真的是作茧自缚啊！

这天早上，贾华强还在独自为金凤财富借款的事情烦恼的时候，董事会秘书刘洋找了过来。

“贾总，公司里来了两个人，说是北京种植集团的，要进驻公司做尽调。”

“做什么尽调？”

“听他们说，金凤财富要把公司转卖给他们，张承勇要我们配合他们做尽职调查！”

贾华强听了又气愤又嫉妒，借我们的收购款还没付清就想把公司转卖，真是岂有此理！

“让他们滚！就说这里没有张承勇这号人。”

第五节

当王文学走出北京西直门中航商务大厦电梯间，看到一道环形走廊门挨着门的办公环境时，就咯噔一下，心往下沉。眼前所见，根本感受不到一丝高档写字楼的时尚感，反而有一种深圳华强北电子城的嘈杂与忙乱感。北京那么多的金融机构，在那么高大时尚充满威严感、铜臭味的写字楼里办公，为什么不在那里找一家实力强一点的机构把公司卖了？非要找这么一家偏僻寒酸，小家子气的、名不见经传的破小私募！你到底图什么？就是卖东西也要找一个有实力的好人家，这样你的东西不但不会被糟践，还能物尽其用，皆大欢喜。你这又是何必？就算嫁姑娘，咱们不一定非得入豪门，最起码也得门当户对吧？你就这么随便找一户人家，就因为给你点儿好处，许一些空愿，轻易就把养了几十年的黄花大闺女卖了？你这不是明珠暗投、害人害己吗？你这样做，对得起千辛万苦培养起来的公司吗？对得起起早贪黑辛勤劳作的公司员工吗？大家几十年如一日地经营公司，不就是想把公司做大了将来也有个安身立命的依靠吗？你弄的这些事儿，你自己将来怎么样是你的事情，关键是很有可能把大家伙儿都牵扯进去，大家都要跟你承担损失。想到大家，他的心就发颤，对贾华强几十年来的一些好感、忍让、纵容甚至同情，都荡然无存。他一脚把贾华强从楼上踹下去的心都有。他终于认清楚这个蠢货就是一头只会嚷嚷的猪，干什么就会弄砸什么，还自以为是地把尾巴翘得老高。

王文学是跟着贾华强到金凤财富要账来的。他想尽快收回当初帮助金凤财富收购洁能科技的那 1.4 亿元，归还给那 39 名股东——这本来就属于他们。金凤财富收购完洁能科技以后，迟迟不见还款的动静，而且还在股权过户的时候将洁能科技改名金凤科技，似乎摆明了要拖着不给的意思，这不能不让王文学感到焦虑、夜长梦多。现在回想起来，当初借钱给金凤财富这件事风险太大、变数太多。你看中别人给你的那点儿利息，而别人却盯着你的本金，螳螂捕蝉，黄雀在后。王文学对贾华强卖掉金域环保的一系列骚操作又惊又怕，预感到事情正一步步地滑向不可控。在野马脱缰之前，他必须防患于未然。因此，他催着贾华强来北京找老板要钱。

事实上，这也是贾华强第一次到老板公司。以前有几次是想过来看看的，却被老板以各种各样的理由，把他们的见面安排在西苑饭店或钓鱼台国宾馆这样商务气息和档次很高的地方。所以，这次他和王文学一起踏进老板的办公室前所看到的景象和由此产生的感受与王文学毫无二致。如果说王文学想要一脚踹死他的话，他都想一头把自己撞死。他老早就意识到自己又搞砸了一件事情。本来在这件事情上他有很好的主动权、选择权、决策权的，结果事到如今，一切的优势化为乌有，而且还留下一副烂摊子等待收拾。

王文学和贾华强一个面色铁青、一个表情麻木地硬着头皮跟着吕东走进老板的办公室。老板连忙起身迎接，随后将公司的其他人打发出去，只留下了张承勇。老板从他们的神色中觉察到不满的情绪，因此变得谨小慎微。

“王总、贾总，我们这里的办公环境太小了，让你们这么大的老板屈身前来真是受委屈了，抱歉！”

贾华强气得说不出话来。王文学说：“不委屈，一点儿都不委屈！你这地方很金贵，一屋子人都是上市公司的董、监、高，我们很荣幸！”

老板脸色一僵，连忙解释：“我们在隔壁单元买了 1000 多平方米的写字间，正在装修，你们下次来了就能在那里接待你们了！”

“刘老板，我和王总是来找你要钱的。你先把当初借洁能科技的 1.4

亿元还了，我们的那些股东还等着要这笔钱呢。”

“王总、贾总，钱我一定是要还的。但是我现在确实没有钱。自从我把上市公司的股权质押了以后，先把借过桥的 7 个多亿还了。然后又多方筹措赶紧把买你们股份的税款补上，可是到现在还没有凑齐那部分款。请你们两位体谅我一下，宽限一些时间。”说到这里，老板话锋突然一转，“我们现在正和种植集团谈股权转让的事情，打算 15 亿元把公司卖给他们，有了这笔钱就把你们所有的钱还清了！”

王文学、贾华强听她这么一说就勃然变色。他们这次来，除了找老板要钱，就是一探虚实，看看他们是不是像外面流传的那样要再把公司转卖出去。谁知道，还没有等他们来得及问，老板就已经不打自招了。这能不让他们起急吗？

“刘老板，做事要有做事的规则，一码归一码。先把一件事做完再去做另外一件事，最好是事不相关。你在我这里买了东西，钱还没有付清就转手卖给别人。你拿我们当什么了？有你这么做事儿的吗？”

贾华强说话她可能不当回事儿，可是王文学一开口她就不得不紧张了。这个自作聪明的傻瓜这才意识到自己说错话了！

“王总，您别生气！还不上钱我也很着急，正在积极地想办法。这也是被逼无奈的事情，请您原谅！我一定想办法尽快还钱给您，您要相信我！”

老板因为紧张，说话的时候眼泪都流出来了。

“不是我们逼你，按照当初的约定你早该把我们的钱还上了。我们也不想阻止你再把公司转卖出去。但是，在此之前你先把借我们的钱、该给我们的钱，还有股份转让的税款都付清了，咱们也就算是两清了。到时你想干啥就干啥。你走你的阳关道，我走我的独木桥，互不相干！否则，就别怪我们不客气，弄一个鱼死网破！”

老板以前没怎么跟王文学打过交道，知道他是一位有学识懂技术的老专家。还以为他木讷迂腐、不谙世事，谁知道这老头儿严肃起来是如此可怕，吓得她胆战心惊。实际上，她自己也知道，跟种植集团的事情八字还没有一撇呢，她就是因为紧张，信口胡说，才招致了别人无情的炮火。真是自以为是、弄巧成拙。她认识到今天的事情不可能善了，决定还是先还一部分钱把他们俩的情绪稳住，以后的事情再想办法解决。

拿定主意后，她先答应付给那些股东 4000 万元，剩下的按比例在年底前付清。这才好说歹说地把王文学、贾华强打发走了。

王文学和贾华强从老板那里出来后，两人都是一言不发。等出了大厦的大门，王文学冷冷地看了一眼贾华强，叫了一辆出租车走了。留下贾华强在西直门熙来攘往的人群中傻呆呆地站着。他神色落寞、独自萧然。

贾华强越来越觉得卖公司这件事情干得太窝囊，曾经的许诺不仅得不到兑现，而且赔了夫人又折兵，让他在面对公司员工，特别是那些老股东的时候羞愧难当。他想尽办法要扭转这一被动局面，为自己挽回一些颜面。

这天他又把刘兵和陶伟找来商量对策。

“金凤财富的那个女人怕是不可靠，我现在越来越怀疑她当初对我们的那些承诺兑现不了，甚至连借我们的钱都还不了！”

“当初真是不应该把公司卖给他们，他们根本不具备收购公司的实力。即便是咱们帮他们完成了收购，但是他们依然不具备履约的能力。这就像是请不具备消费能力的人享受了高消费。他们借钱依赖你，还款还要拖着你。不是他们有意耍无赖而是不得不耍无赖。从他们的角度出发，耍无赖也许还能喘口气，当好汉则必定是死路一条。”陶伟率先发表了他的看法。

“现在真是骑虎难下，为之奈何？”

“老大，欠债还钱，天经地义，不能让他们拿没钱当借口。还是逼着他们还钱。听说他们打算把公司再转卖给种植集团？”

贾华强摆了摆手，“坚决不能让他们走到那一步。要么还钱要么还公司！就是要卖，也必须征得我们的同意。别忘了，我们三个依然还是洁能科技的股东呢！”

刘兵一直没有说话，他在等贾华强翻开他的底牌。跟随贾华强这么多年，他对贾华强的脾气性格掌握得一清二楚。他知道贾华强找他们商量事情，与其说是征求他们的意见还不如说是印证自己的决定。他清楚贾华强是一个志大才疏又刚愎自用的人，大多数的时候是把事情搞砸了而不是办好了，然后用一个错误去掩盖另一个错误。大环套小环，深陷连环套。如今，借款的事情还没有解决，他又想染指他们卖公司。

“老大，您的意思是如果他们还不了钱就逼他们把公司还回来，咱们接着卖？”

“我就这个意思，想听听你们的意见！”

贾华强真没拿他们俩当外人，毫不掩饰自己的想法。但是这个想法立刻让这两人倒吸一口凉气。俗话说，覆水难收。好端端的一件事情都让你弄砸了，现在反悔想收回来的可行性实在不大。他们俩都没有这个信心，所以面面相觑，不知道如何应对。

“我盘算了一下，虽然他们把持有的上市公司的那部分股权质押了，那些质押款归还了过桥资金后就所剩无几。但是他们还有两笔账要还，一是股权交易的税费，这是要交给咱们彭城税务局的；二是跟我们的借款和对赌奖励的那部分，实际上也是应付给我们的股权转让的一部分资金。这两笔款加起来要五六个亿，他们到哪里去筹？拿什么理由去筹？只要我们想办法两头一逼，他们要么乖乖地把股权还回来，要么尽快地把公司转卖出去——但是在此之前先把我们的钱还上！”

不见他们俩表态，贾华强先把自己的打算和盘托出。

“老板，你的想法的确高明！但是我担心他们吞下去的东西不肯吐出来，死缠烂打地跟我们耗就麻烦了！”刘兵不无担心地说道。

“耗不起的是他们，”贾华强恶狠狠地说道，“我们首先向天津中级人民法院起诉滨海金凤，说它违背了跟上海红梅股权投资公司的持股协定，要求查封滨海金凤持有洁能科技的那部分股权，让他们短期内转卖不了上市公司的股权。其次，让彭城税务局向金凤财富追缴股权转让的税款。这么两头一夹击，她还不得乖乖就范吗？”

贾华强的招数真是阴狠毒辣，把人往绝路上逼。当初，在明知对方不具备收购上市公司实力的情况下，借钱帮别人自己收购自己。现在眼看她又要转卖公司赚点儿差价，又想尽办法逼人家把公司还回来。这种出尔反尔的行为的确令人匪夷所思。

“老板，此事还得从长计议！就怕对方困兽犹斗，跟咱们拼个鱼死网破，到时大家谁都没有好下场。”

“不怕！强龙不压地头蛇。咱们可是地头蛇啊！”

贾华强的行动非常迅速。他一边向天津的法院起诉金凤财富，一边鼓动彭城税务部门追缴金域环保股权交易的税款。依法纳税不仅是公民责任，也是企业的责任。彭城税务局对偷逃税款的行为毫不手软，在向金凤财富追缴税款的同时，还送上了一份几百万元的罚单。

面对贾华强急风暴雨般的凌厉攻势，老板也是力不从心难以招架。法院查封股份，税务追缴税款，连番的打击让她晕头转向。她有一种末日来临一般的感觉，惶惶不可终日。有的人面对逆境或打击时，寻找避让妥协；有的人则奋力反抗、针锋相对。老板在扛过了一段时间的恐怖压力后，定下神来。她认真地分析了自己的处境，首先东拼西凑把股权交易的税款和罚款交了。税务是国家意志的体现，必须遵守、遵办。贾华强可就不一样了，他欺人太甚，必须跟他死磕到底，绝不妥协！

第六节

老板不是不想给贾华强还钱，如果有钱的话，她早就想跟他们两清，让他们拍屁股走了。如果说，早在收购上市公司之前，她根本就没有钱，不具备收购兼并上市公司的实力，那么在并购后她缺钱的处境非但没有改变甚至还雪上加霜。上市公司的股权价值不会因为变换了股东而增值。如果上市公司自身的盈利能力没有根本性改变的话，股份的转移充其量就是物理性的位移，核心价值没有任何变化。就如同你手上的鸡，到了他人手上不会变成凤凰一样，鸡依然还是那只鸡，只不过在他眼里像一只凤凰罢了！虽然老板有个美好的憧憬，要让上市公司土鸡变凤凰——与所有的并购者所期待的一样，但那是根本不可能的。

让他们信以为真的是资本的幻觉。

事实上，“蛇吞象”这类并购行为在资本市场上也是十分少见的。就是因为成功的概率低，操作难度大，所以才引人注目。其实这非常容易理解：一、蛇根本不具备吞噬大象的能力，即便是，那也是各种因素的巧合；二、蛇吞象真正困难的不是如何吞而是如何消化。蛇吞象实际就是冒死一搏。它的财务成本太高，不仅榨干了你的现金流，而且还要你身负巨债。所以，老板从债务压身的那一刻起，才深刻地体会到她干了一件多么荒诞不经的大事。此时的她就像是挑着千斤重担行走于夜路的人，抑或是掉进大海拼命挣扎的人。而贾华强的所作所为就是给这个可怜人扔了两块砖头。如果你是一个善良的人，乐于助人的人，就像当初借钱收购自己的公司一样，把利益紧紧捆绑在一起，真心实意、共同进退，无论如何都不背信弃义，那么故事的结局就会向另外一个好的、积极的、皆大欢喜的方向发展。然而，这一切美好愿望都因为自私、猜忌、嫉妒、狭隘、仇恨等因素化为泡影。

老板不是贾华强认为的那么软弱可欺。既然她敢于在几乎一无所有的情况下蛇吞象，那么在被逼无奈面临绝境的时候同样会殊死一搏。这就是所谓的困兽犹斗。贾华强明显低估了老板的决心。再者，他也低估了她的能量。一个人打不过别人，最好的办法就是找帮手。而在这里——北京，三教九流多如牛毛，各种各样的帮手比比皆是。不同的帮手有不同的价格，只要你手里有钱，总能找到关系找到人。没钱也没关系，有资源也可以，互相交换嘛！交易绝对公平，童叟无欺！但是货比三家的不要，这是行规，是需要遵守的潜规则！当然，这里面也是鱼龙混杂，如果你不想花冤枉钱的话，你得找对路子才行。老板扎根北京多年，也积累了一些在京的以乡情为纽带的资源关系，这在跟贾华强的战斗中成为其一大助力。

老板娇小忙碌的身影穿梭于各种老乡聚会、饭局、酒局、茶坊、会所，寻找各种可以寻找的力量，听取各种有利于自己的意见。在经历了一系列高人的指点和她认为的权势人物的口头承诺后，经过再三权衡，她终于下定决心：你不仁休怪我不义，咱们死磕到底！谁也别想抢走我的东西——天王老子都不行！她凶狠地发誓。

老板的第一个进攻点是公司高管，她要换掉上市公司的总经理和财务总监，把公司的经营权夺回来。既然大家都已经撕破了脸，让原有团队营业三至五年的约定就成了风中的承诺，随着炮声的响起而烟消云散。

十一长假刚过，她让公司发布召开临时股东大会进行公司总经理、财务总监的人事任免的公告。公告一出，公司一片哗然，大家纷纷猜测新老股东之间的矛盾终于要爆发了。

临时股东大会之前老板找来吕东。因为在上次董事会换届的时候，吕东随着老板、张承勇等四人代表金凤财富重新进入金域环保的董事会，是公司董事之一，而在这次的公司总经理及财务总监的任免中他投什么票非常重要。因此，在会议召开之前老板必须摸清他的真实意图。

“老贾把咱们告了，咱们持有上市公司的那部分股权也被天津中级人民法院冻结了。咱们现在跟原来的这些高管呈不死不休之势。我想在这次的临时股东大会上把现在的公司总经理、财务总监免了，派我们的人过去，把公司的经营权收回来。你对此有什么意见？”老板开门见山、直截了当。

“说实话，事情弄到这一步，的确是出乎我的意料，是我最不愿意看到的结果。当初把你们撮合到一起是希望形成良好的合作关系，产生1+1>2的效果，实现双赢。谁知道事情的演变往往出乎人的意料，竟然变得如此不可收拾，令人唏嘘！关于本次临时股东大会人事任免的决议我不是很赞成。原因有这么几点：一是任免此二人的理由是什么？二是现在正是三季报的披露期，在此期间把有签字权的两人免职，是否会造成市场对公司业绩的猜测和质疑？三是是否还有合适人选接替此二人的职位？”

“行了，我知道了。你多考虑考虑你自己吧！”

“我咋了？”

老板不再说话，恶狠狠地看了吕东一眼就出门到隔壁单元监督新办公室的装修工作了，留下吕东在那狭小拥挤的老旧办公室里独自尴尬。

到了10月13日临时股东大会召开的这一天，发生了好几件怪异的事。一是董事会没有给被免的高管任何免职理由，只说是因为公司发展的需要，进行人事调整；当然也没有给予他们任何申辩的机会。二是作为原公司董事长、现任董事的贾华强在本次董事会的表现让人十分难以理解。本来整个事件的缘起都是由他发动的，按理说在这次由新股东发起的、对原股东成员不利的会议决议上要挑起事端大闹特闹的，谁知道贾华强一反常态得出奇地安静，投票的时候投了弃权票。三是吕东在此次会议上投了反对票，而且旗帜鲜明地表达了对人事任免也好、人事调整也罢的反对意见。吊诡的是，最后的投票结果是他投了弃权票。尽管内部流传出来的偷拍的照片显示，本次会议的几乎所有的决议他都投了反对票，但是统计的结果显示他投的全是弃权票。

对于贾华强在此次股东会议上的乖张表现，有一种说法是在会议的前一天，他接到了一位领导的电话。这位领导语重心长地对他说，既然是你主张把公司卖了，那么你就要心平气和地配合新股东的工作，完成好各项工作的交接，要平稳过渡，不要节外生枝。究竟是哪个层面的领导给他打了电话，不得而知。但是贾华强一定知道电话后面那个人的意志是他不能忤逆的。这把他憋屈得要吐血，血压瞬间升高到 180 毫米汞柱，差点儿进了 ICU。

第二天，金域环保发布了第三季度公司经营季报以及一连串的公告，包括解聘公司总经理、财务总监的公告；董事长刘金凤兼公司总经理、董事张承勇兼公司财务总监的公告；关于召开第三届临时股东大会的公告，议题是不再推举贾华强、吕东为公司董事，提名选举新董事。

公告一出，股票市场和公司内外一片哗然。季报显示，公司前三季度亏损 3100 多万元，为上市以来首次出现亏损，当日公司股票跌停。另外，公司高管团队及公司员工对总经理和财务总监的任免感到突然和不安，大有山雨欲来的压迫感。

两周后，彭城金域环保的大门口，吕东被值守的保安拦了下来。

“我是来参加公司股东大会的，为什么不让进？”

“领导说了，进公司要出示请柬和身份证件！”

“开股东大会哪儿有什么请柬？公司通知不行吗？”

“不行！你的身份证件和随身的背包都要检查。”

“你们这是故意刁难嘛！你们凭什么检查我的背包？”

“反正领导是这么要求的！”

吕东被这些保安气得火冒三丈，差点儿要动手干架了。转眼一想，何必跟这些人在这里计较呢？他们拦住股东不让进去开会本来就是违法行为，有的是说理的地方。于是他打电话给证券交易所和地方证监局的相关管理部门诉说情况，在监管部门的干预下，他才得以进入股东大会的现场。在会场的门口，有穿着带有“特警”字样衣服的安保人员站岗，这让整个的股东大会现场显得森冷压抑。

老板以公司董事长、总经理的身份坐镇股东大会，张承勇是大会主持人。会场因为上次临时股东大会人事任免的问题争论不休，原来的一些股东和现在的一些高管要求新股东回答他们任免总经理、财务总监的依据是什么，而吕东也就上次股东投票的结果提出疑问。老板将所有的质疑推给张承勇，而张承勇要么避重就轻，要么答非所问，一边跟质疑者绕圈子，一边推动会议流程向下进行。

时任公司高管们给本次股东大会的股东们发了一封措辞强硬的公开信，他们对上次临时股东大会的解聘议案感到“极其意外，深感震惊和不解”，并要求董事会回答三个问题：明确告知该议案的提案人；免去两位高管的事实依据和理由；董事会为何在事先没有任何沟通的情况下匆忙提出以上两项议案。对于这样的质疑声，老板便吃了秤砣铁了心，就是不予回答，或顾左右而言他。

这次临时股东大会因为质疑声、嘈杂声显得十分混乱。对于这种混乱的场面新股东显然是有所准备的，要不现场就不会有“特警”的出现。会议的最终结果是贾华强、吕东和另外一个独立董事被撵出董事会，金凤财富的一些股东包括郑淞等人进入了金域环保的董事会。至此，金域环保的董事会都换成了老板自己的“金凤”人。

吕东在丢掉了金域环保董事头衔的同时，紧接着又被老板免去了金凤财富的所有职务。这还不够，她还要公司财务继续追缴当初收购金域环保的奖金。吕东当然不肯就范，在他严词拒绝后，双方陷入僵局。

然而，老板永远是一个不甘寂寞的人。

一天，吕东接到一个神秘男子的电话。

“喂！你是吕东吗？”

“我是，你哪位？”

“我是黑社会的！我知道你家住哪里，也知道你家有几口人。你把吃了人家的吐出去，拿了人家的还回去。大家做人好相见。否则别怪我们心狠手辣！”

对方说完就挂了电话。这让吕东无比地愤怒，是可忍孰不可忍？！有些人自以为用一些下三烂的手段就能逼迫他人屈服，乖乖地要回他们想要的东西。然而他们也往往低估了别人对此的反抗决心。有些手段并不是别人不会用，而是不屑用。如果你逼迫得别人跟你发起狠来，谁怕谁还不一定呢！就像贾华强跟她一样。其实，这两个人在某些方面还挺像的，都是一路货色。

吕东冷静下来了以后，他把那个神秘人的电话号码给了他的一个朋友，这个朋友第二天就把这个神秘人的所有信息都发了过来。然后他就给这个神秘人回拨了电话。

“你是 ×××，身份证是……，住在窑洼湖路 5 号青松小区 3 号楼 2 单元 502。你因为在中关村偷盗电子产品被判入狱 5 年，上个月刚刚刑满释放。是刘金凤让你打电话来威胁我的吧？告诉你，你别拿什么黑社会的那一套来吓唬我，你狗屁都不是。你再敢骚扰我，我就让你怎么出来再怎么进去。另外，你告诉刘金凤一声，劝她不要用这些下三烂的手段吓唬人，有本事就单挑。”

吕东也用黑社会的这套回敬给那个神秘人，自此之后就再没有接到神秘人的骚扰电话。处理完神秘人事件之后，他毅然决然地把刘金凤告上法庭，要求偿清收购金域环保时的奖金。他当时多了一个心眼儿，把所有与奖励相关的公司文件、奖励方法、奖金的发放、票据等，都保留了一份提交给了法院。在确凿的证据面前，法院宣判吕东胜诉，要求金凤财富依法偿清吕东的奖金，还要向税务部门补缴奖金的税款。直到此刻，吕东才恍然大悟，老板以代扣奖金税款的名义把那部分资金自己截留了。

本来吕东和老板的关系因此完结、翻篇了，可是时至今日，吕东还是没有拿回那部分奖金。看来他们的关系还得保持一段时间！

第七节

老板又把京城的律师事务所翻了个遍。她做什么事情都是这样，身先士卒、亲力亲为。就拿贾华强打官司这件事情来说，凡是她听说的、她能找到的北京最有名声、最有经验的打证券事务官司的律师事务所、律师，她都要亲自找到，亲自跑一遍。再从中选优确定委托哪一家的哪一位律师作为她的代理律师替她打官司。你以为她在选定了自以为心仪的代理律师后，就完全地让其帮她去诉讼或应诉那就错了，她会在代理律师后面安排一个预备役部队，或者说是监军看着他，随时纠正他在诉讼中出现的问题，帮他寻找对她有利有用的法律法规条款甚至是辩词。她的学习能力很强，没几天就把自己弄得像精通法律的专家教授级人物似的，张口闭口就是“这种说法有瑕疵”“这种表述不严谨”“这个条款用在这里不适当”，等等。她从来无惧在那些专业机构、专业人士面前班门弄斧。恰恰相反，她认为她比那些被条文束缚住的人士更高明、更优秀，所以她要指导他们的工作。他们得听她的，得按她的意思办，哪怕是驴唇不对马嘴，也得找到对的地方。因此，要做她的代理律师非常困难，大家唯恐避之不及！没多久，她的名声就在京城的律师圈儿传开了，他们不相信当今社会还有如此明目张胆、无理取闹的女人，打官司请律师就像是去商场买衣服，挑三拣四、货比三家。反正是被她骚扰过的那些女律师对她厌恶至极，说什么也不接她的活儿，躲她像躲瘟神一般。女人跟女人一旦拉下脸来就变得跟仇人一样——使她们相互仇恨的，可能是为了男人，也可能是为了女人；可能是为了钱，也可能是为了一件衣服；可能是为了一支口红的颜色，也可能是为了在男人跟前卖弄风情；可能是因为在领导面前更谄媚……总之，女人善变、同美相妒。女人千万不要有闺密，因为翻脸太快。

既然女人们都不待见，何必跟她们多费唇舌浪费时间呢？她的矛头开始转向温柔多情善解人意的男律师，目标范围从律师事务所延展到了一些院校的法律系教授。这里面有温文尔雅的帅哥，有老成持重的中年男人，还有一些好色秃顶的糟老头子。不论何种人等，她都跟他们混得很熟、玩儿得很溜，游刃有余。她混迹于他们之间并不是为了玩儿，而是想让他们出主意，想办法帮她解决问题。她以请他们当代理律师打官司为诱饵，其目的是法律咨询，她不会跟任何人轻易签约。她做事情的方法永远都是投机取巧，这个信条早已渗透在她的血脉里。

有一天下午，两点多钟的时候，老板给我打电话说她就在我公司附近，请我出来喝茶。我按照她给的地址找到了健德门附近的一个叫作武夷禅茶的茶馆。这个茶馆在一条小路上，离左右的几条主干道都有一定的距离，如果不是有导航的话，一时半会儿还找不到这里。

这是一家以“禅”为主题卖点的茶楼。门脸儿不大。青灰色砖瓦结构，三层小楼，大约 800 平方米。门口有七八个车位，先到先得，被人占满了就不容易找到车位。因为周边的道路狭窄拥挤，交管部门为了让交通井然有序，在道路的中间又摆放了一道矮小的铁栅栏，把一条小道又一分为二。然而适得其反，这让这条并不宽阔的小路变得局促不堪。由于人行道和车道混在一起，在人流高峰的时候汽车为了躲避行人很容易撞在路中间的护栏上，这就是为什么这条护栏看上去歪歪扭扭的。

茶楼临街的一面，一层以上都是木质结构，原木色，没有多余的颜色。大门开在左侧，门一般都是关着的，门板上镶着两个衔着大铁环的狮子头。客人们可以直接推门进去。如果斯文一点儿的话，敲敲门上的大铁环自然也会有人给开门。门口摆放了一对石雕的小狮子，跟哈士奇一般大小。这看上去有些滑稽。有些附近居民的狗经常往这一对小狮子身上撒尿。从门口抬头往上看，楼顶上竖起一根旗杆，上面有黑色

“禅”字的杏黄旗迎风飘荡。整个茶楼从外观上想营造一种江南水乡的建筑美感，但是在昏暗的天空映衬下更像是荒漠戈壁上的新龙门客栈。

推门进去，首先映入眼帘的是一尊真人大小，手持玉净瓶的观音菩萨石雕像，这尊菩萨慈眉善目、庄严肃穆，让人的浮躁之心迅速得以安宁。一层的接待厅有 50 多平方米，不算宽敞。其间还修了一道水池，水池里有一些小睡莲。水池上面架了一座小拱桥，过了桥就是迎宾台，有美女接待。从右边上楼梯，楼梯口又是一尊盘坐在莲花上的观音像，一手托玉净瓶、一手持一枝荷花，双目微合、似笑非笑。茶楼内部的装修以黑色为基调，凡是能看见的拐弯抹角的地方都摆放着形态各异的菩萨像、罗汉像。音量调得很低的音箱里，播放着《大悲咒》，让人感到宁静安详。二楼和三楼是一个个大小不一的茶室。茶室里也摆放着一些佛像，只不过这里的佛像没有外面摆放的那么大，还都憨态可掬、形象可人，压迫感没有那么强烈。

老板订好了二楼的一间茶室。这间十平方米大小的茶室中间是一张长条形的木制桌子，上面有几个摆盘，放着一些瓜果零食。桌子的两边各摆放了两张带扶手的高背椅，椅子上红色的坐垫柔软而舒适。右边靠近承重墙的地方也摆放了一张细长条的桌子，跟中间摆放的长桌恰好呈“T”字形。在这张细长条的桌子上供奉着用紫砂烧制的一尊弥勒佛像，放浪形骸的样子给人轻松自在的感觉。

茶室里空无一人，我对此一点儿都不奇怪。这老板说话一向真假难辨，她说她就在附近，实则却远在天边。她说请您稍等一会儿，也许就是遥遥无期。不过这次她倒是善解人意，怕我等不耐烦走了，就让茶楼安排了一位漂亮的茶师陪我喝茶聊天。这位眉清目秀、皮肤白皙、身材姣好的妹子来自福建漳州，她吸引我的不仅仅是她的样貌，还有她说话的样子。她说话的时候好像嘴里含着一颗糖。虽然她极力地想用普通话说话，但是习惯成自然，无论她怎么变换，总有一些字句说得不甚清楚，这样她就会被迫停下来，红着脸，报以羞涩的微笑。我宽慰她说，“你不必紧张，我也是外地人，来北京快二十年了，但也没学好普通话，还是一口的西北口音。这也没什么可丢人的，毕竟乡音难改嘛！”这样才使她放松了下来，开始给我认真地讲解起他们茶楼的茶品。

这是一家以武夷山岩茶为主打产品的茶楼，虽然冠以“喝茶参禅”的噱头，实际上还是以卖茶为主。茶楼在武夷山有自己的茶园，属于自产自销。小妹一边给我沏茶，一边讲解岩茶的特点。武夷岩茶的茶叶多采自岩缝中生长的茶树，属于半发酵的青茶，具有明显的岩骨花香。代表性的品种有大红袍、肉桂、水仙、齐兰等。而肉桂还分为牛栏坑肉桂和马头岩肉桂，俗称“牛肉”跟“马肉”。“牛肉”的汤色发红发黑，有浓郁的桂花香气，入口丝滑，有糯香味道，就像咽下去一颗龙眼。回味甘甜持久，吐气如兰！是肉桂中的精品。“马肉”的汤色没有“牛肉”那么深，呈红褐色，有兰花和桂花的混合香气，茶香持久、入口甘甜，但是却少了一些糯香味。入口绵柔，唇齿留香。小妹一边耐心地给我讲解岩茶的品质，一边冲泡了几款不同品种的茶让我品尝。说实话，我自认为是一个不大懂得品茶的粗人。小时候生活的环境里并不产茶，我记得小时候跟大人们喝的第一口茶是产自云南的沱茶。那也是一种半发酵茶，压成一坨，喝的时候用利器从上面翘下一块，用开水泡或煮都可以。这种茶的茶味苦涩，虽然难喝，但是很解渴。后来我也喜欢上喝茶，但是没有成瘾，也不太讲究，有什么茶就喝什么茶，一般是来者不拒随遇而安。今天，经过这个茶小妹的一番科普之后，我对茶的认识像是打开了一道门，感叹这看似普普通通的茶叶原来还包含如此精彩和深奥的东西。

正当我在袅袅茶香中忘乎所以的时候，老板姗姗来迟。这时我才想起来今天还有事情要做。老板一袭黑色礼服，化了淡妆，涂着红色口红，看着就精明强干。她后面跟着一名男子，身高一米七左右，微胖，肤白，白衬衫、黑西服，没打领带，双目有神。

“介绍一下，这位是北京鼎鼎大名的荣律师，这位是证券报社的笑天总！”

实际上，我早就不做编辑、记者的工作了，她这么介绍肯定是想拔高我在这个行业的影响力，以便把两位旗鼓相当的客人对等地安排在一起，消除彼此的距离感。我对这套东西没那么在乎，她想怎么介绍就怎么介绍。倒是对她请来的帮手比较感兴趣！

荣健，北京某知名律师事务所合伙人，担任多家上市公司的法律顾问和独立董事，擅长代理证券纠纷案件。我时常在媒体上看见他帮非金融行业上市公司以及证券公司、信托公司等一些金融机构打股权方面的官司。

“你好！很高兴见到你！”

“你好！幸会、幸会！”

我急忙起身跟他握手。这家伙的手胖乎乎软绵绵但是又劲力十足，估计是跟金庸练过化骨绵掌之类的功夫。大家落座了以后，茶小姐又沏了一壶铁观音，给客人们面前又各自放置了洗净了的白玻璃茶盅，添好茶。正要开口说话之时，老板已经急不可耐地说话了。

“好了，你先出去吧！不叫你就不要进来打扰我们。我要跟两位领导说点事儿！”

“好的！”茶小妹给我们一个甜甜的微笑就退了出去，轻轻地把门关上。

“刘老板，你真厉害，能把荣大律师请出来喝茶，这得有多大的面子啊！”

“哪是我的面子大呀？还不是厚着脸皮死缠硬磨地以诚心感动人，荣律师这才肯赏脸挤出这么半天时间跟咱们喝茶聊会儿天。”老板又扭过头，对荣健说：“荣律师，笑天总也是咱们金凤财富的股东之一，对咱们公司的发展很关心。而且还一直在证券媒体工作，有很多的上市公司资源。我想你们应该有的聊，所以今天也把他请来给您当个陪伴！”

“荣律师的大名在证券行业里如雷贯耳、无人不知、无人不晓。以前是只闻其名不见其人，今日得见真是荣幸之至！不过，前不久看你公司发的公告，你身兼公司董事长、总经理两职，已经取得了上市公司的控制权。还有什么难题需要请荣律师出马帮你解决呢？”

“这事儿说起来就让人生气，原来的那些上市公司的股东和高管，为了一点儿奖金的事情就把咱们公司起诉了。法院把我们质押给金城证券的那部分上市公司的股权给冻结了。现在眼看着质押期就到了，我正发愁怎么解决这个问题呢，所以请你们二位帮忙出出主意。”

“单就法院冻结股权这件事情来说，还是比较简单的，”荣健被我俩互相配合吹捧了一阵儿，虚荣心得到满足之后，终于开口说话了，“你只要去跟法院沟通好，在未判决之前不要把你们所有的股份都给冻结了。只冻结跟诉讼请求差不多相等价值的股份就可以了。你们纠纷的重点是奖金，不是股份或股权。法院会根据你们提出的要求，考虑这方面的请求的。”

“我们每年代理上市公司和非上市公司的诉讼成百上千起，你们的这种事情我们都已经是司空见惯，见怪不怪了！说实话，你们公司的这个诉讼根本就不是什么股权之争，股权的归属事实上已经很清楚了，没有任何疑问。你们的主要问题是新老股东之间的控制权之争和经营权之争！”

荣健不愧是这个行当的专家，三言两语就把事情的实质说清楚了！

“对、对、对！我现在就是因为公司的控制权和经营权跟原来的那些股东互相较劲呢。你知道，对那些公司的原班人马来说，我们就是外来者，他们才是实际的控制者、地头蛇！我们买来的公司，我们不可能放手不管，由他们胡作非为吧？可是要完全收回来，由咱们自己人控制还是非常困难的，在这方面你们有什么好办法？”

“好办法？你想得太简单了！如果没有文化上的认同，就不可能齐心协力把企业经营好。与其这样，就只能拼个你死我活，把现在的高管团队来个大换血！”

“怎么做呢？”

“方法比较简单，但是实施起来可能有一定的难度！”

“您说说呗，有啥难度？我想听听！”老板兴奋地呼吸急促，两眼冒光，如同高潮来临一般。

“第一步，在公司内部收集高管们的经济犯罪证据。这个不难做到吧？试问现在有哪个企业在经济活动中没有问题？谁能保证自己是守法经营的呢？没有贪腐？没有偷税漏税？第二步，向领导告状。第三步，让经侦（经济警察）抓人！”

还没等荣律师说完，我就跳起来了。

“你们这些律师太阴损了，这不是把他们往绝路上逼吗？”

荣律师摆了摆手，无奈地说：“这也是我们打了无数官司总结出来的经验啊！”

老板却不以为然，接着问道：“这收集证据和经侦抓人好理解，为啥还要向领导告状呢？”

荣健看着我，笑而不答。

“上市公司无论在哪里都是稀缺资源，一些上市公司还是地方经济的顶梁柱。就像茅台酒之于贵州省。茅台一年的营业收入占贵州省 GDP 的一半以上，而茅台的总市值已经超越贵州省一年的 GDP 总和。所以，上市公司在地方政府眼里都是香饽饽，有些地方的主要领导还要亲自分管上市公司，以保障它们持续不断地为地方经济做贡献。虽然你获得了上市公司的控股权，但是想要轻松地获得公司的控制权和经营权，不仅要得到公司员工的认可，还要得到地方政府的支持。”见荣律师不回答，我只好帮他解释。

“原来是这样啊！”

老板一副恍然大悟的样子，眼眸中露出狠戾的目光。我的心头一颤，仿佛看见了贾华强他们凄惨的模样。

老板似乎从我们这里获得了想要的东西，变得轻松自在起来，有说有笑地跟我们开玩笑、品茶，讲述她跟这间茶楼老板的关系。虽然目光中偶尔会露出一丝的狠绝之色，但仅仅是那么一瞬，随即一闪而逝。不仔细观察的话，根本捕捉不到她内心还隐藏着哪些稀奇古怪的想法。

“刘老板，一直以来有个问题让我很困惑：你怎么会冒着那么大的风险、加那么高的杠杆去收购一家上市公司呢？或者说收购上市公司的动机和目的是什么？你真的想要经营这家上市公司吗？”

我看她聊得很开心，就及时地把我急于想知道的问题抛了出来。这个问题已经困扰了我很久，就是一直没有找到机会问她，而此刻恰逢其时。荣律师似乎也对这个问题很感兴趣，放下了手中的茶杯，饶有兴趣地看着她，一副洗耳恭听的样子。

她莞尔一笑，“其实也没有什么明确的动机和目的。当时听说他们要卖公司，我觉得正好是个机会。因为那时候公司赚了一些钱，尚没有明确的投资方向，觉得收购一个上市公司也不错。我看了一下，这个公司的股票曾经涨到过每股 16 块钱，如果我们以 7 块多的价格收购的话算是一个低点。另外，这个公司的大股东持股 30% 以上，其他的股东持股数量比较分散，没有超过 7% 的。所以我就决定不管加多大的杠杆都要把它买下来。如果股票再涨到 16 块钱，我抛掉 1 亿股，不但把所有借的钱还完了，手上还有 1.3 亿股。我还是大股东。等于我白赚了一个上市公司。”

我和荣律师面面相觑，惊讶得半天说不出话来。天哪！还有人以这种怪异的思维收购上市公司？但是从她认真的表情又看不出她有半点儿撒谎的样子。我心有不甘，不相信她的思想如此单纯。

“人家收购上市公司要么是带资金把公司的产业做大，要么是带产业把公司的市值做高。策划周全一点的，还在二级市场上买入一些股票，通过一、二级市场的联动把收购上市公司的钱从股市上赚出来。难道说这些你都没有做？”

“没有，啥都没有。就这么简单！”她乐呵呵地说。

第八节

如果要问老板现在最恨的人是谁，那一定非贾华强莫属。自从他起诉逼迫她还钱以来，她就过着提心吊胆、担惊受怕的日子。不是这里追着补缴税款就是那里催缴罚款。本来把股权质押出去以后手上还有两三个亿的现金，拿这笔资金还能做一些小的并购给上市公司一点儿利好刺激，把公司股价往上拉一拉，借机减持一部分股份，舒缓一下资金压力。或者拿这两三个亿作为底层资金发个二三十亿的产业投资基金。这样金凤财富和上市公司金域环保两头都能互动起来了，一边用产业基金收购一些优质项目注入上市公司，一边利用上市公司实现资本退出。然后再用退出的资金组成不同的基金募集更多的钱，并购更多的项目，注入上市公司，再实现资本退出。如此往复，资金如滚雪球一般地迅速膨胀。届时还可以再收购几家上市公司，并以此为平台打造“产业基金＋上市公司”的运营模式，在资本市场书写自己的传奇。然而，这所有的一切美好蓝图都因贾华强的一己私利变成了遥不可及的梦想。

一开始的时候，她对贾华强还是怀有感激之情的。他不惜以身犯险借钱给她收购上市公司，让年纪轻轻的她完成证券市场上最难完成的蛇吞象的并购交易，使她的名声响彻证券市场。她觉得贾华强就是她生命中的贵人、恩人。等她发达了必将厚报他的知遇之恩。然而，后来贾华强逼她还钱、诉讼、到税务部门告密等一系列动作，终于让她洞悉他从头到尾所做的一切都是为了他自己。他是个极其自私自利的人。他把一个被他们掏空了的上市公司卖给她，让她变成了接盘侠，相当于给她身上套上了一副沉重的枷锁。借钱给她收购公司，看上去是帮她，实际上是为了达成他继续控制上市公司的目的，顺便还赚取一些利息。他处处都精于为自己算计。当你还拿他当贵人、恩人的时候，他压根儿就没把你当人。你就是被利用的工具。当他一旦意识到自己的目的不能达成的时候，立刻露出他的青面獠牙。在她最困难的时候，反戈一击，逼迫她就范，把到手的股份再退还回去。这简直是欺人太甚！事到如今，他们俩已经势同水火，就像独木桥上相对而行的两个人——不是你死便是我亡。

现在，对付贾华强的办法已经有了。跟荣律师的一番谈话还是给了她很大的启发。目前就是寻找证据和等待机会。好在法院的诉讼还在调查取证阶段，离判决还有些时日。目前对自己最不利的事情是天津法院冻结了被质押的上市公司的股份，这就像钱包被警察没收了一样难受。而且眼看着质押期就要到了，如果不能及时赎回，将面临罚息。这次诉讼虽然尚未有结果，但是在行事处世方面的漏洞确实不少。最大的教训就是不能把所有的股份都质押给一家机构，多找几家机构质押才妥当。所以，不管法院的判决什么时候下，把质押的股权分散化才是明智之举。

收购了上市公司非但没有让老板阔绰起来，反而使她捉襟见肘，两手空空。现在要做的事情还很多，但是口袋里已经空空如也，这可不行，绝对不行！当务之急就是弄钱，想尽一切办法地弄钱。但是依她现在的处境，来钱的渠道非常有限。金凤财富那边由于受股市下跌的影响，发的那些理财产品都已经跌破净值，面临清盘的风险。这些理财产品一旦被清盘，就马上迎来投资人的索赔要求，这肯定是她承受不起的。还有后来发行的那几只新三板投资基金，也因为新三板的投资热潮已经退去，挂牌公司的估值严重缩水，导致新三板基金市值纷纷破净，投资人要求赎回的压力也越来越大，让她不堪重负。现在唯一能看到“钱途”的地方只有上市公司了，把弄钱的小手伸向上市公司就成了她必然的选择。

虽然金域环保也是举步维艰，但是瘦死的骆驼比马大，业绩没有，资产总有吧？她的眼光相当地毒辣。她看中了上市公司名下在北京丰台区一间近 2000 平方米的办公楼和一套 170 多平方米的公寓，还有在沈阳近 1000 平方米的工业厂房。这三处物业都是贾华强当初买下来打算设立北京总部和开设辽宁分公司的，后来因为资金紧张这些计划难以为继，基本就闲置了下来。而这些闲置资产在她眼里就是最理想的变现标的。她盘算了一下，这三处资产按当前的市价出售，大约能收回 8000 万元的现金，这对她而言简直就是救命稻草。虽然这笔资金属于上市公司，但是不管三七二十一先拿过来用着再说！对于处在水深火热中的人来说，拿钱救命才是最重要的，至于钱是谁的并不重要。何况，我是大股东，这钱怎么用，我说了算！于是，她迅速发布了处置闲置资产的公告。与此前的公告类似，这则公告也引来管理层的质疑声。但是质疑有什么用？我是大股东，我想咋弄就咋弄，你们有意见就换你们。实际上，她早就对上市公司的原班管理人员动了杀心，想来一次彻底的大换血，换上忠于自己的一套人马。她认为只有如此才算真正掌握了上市公司。现在，大换血的理由还不充分，时机也未到，必须要张承勇尽快收集证据，等时机一到，对症下药，一劳永逸地解决公司内部人员调控的问题！

张承勇在跟老板的爱欲当中感受不到半点儿快感，这个索求无度的女人已经让他感到力不从心、筋疲力尽。她就像是一个永远喂不饱的野兽、永远填不满的坑，浑身充满着无穷无尽的欲望。她可以整宿地不睡觉，可他不行。他没有她那么旺盛的精力、满身的激情——无论任何事情，都是如此！他刚开始跟她偷情的时候感觉十分刺激和兴奋，但是时间久了才发觉这个女人太强势，处处与人争锋，是工作伙伴还尚可忍受，如果把她娶回家，那简直就是男人的噩梦。

所以，在原始激情被迅速耗尽之后，张承勇琢磨着如何早点儿跟她撇清肉体上的关系。但是她却浑然不觉，而且还乐此不疲。这让他索然寡味、力不从心。人一旦被有些事情黏上了，不是说撇清就能撇清的，还得想办法寻借口、找机会，掌握好时机才能一刀两断、一拍两散。在此之前，只能虚与委蛇、假戏真做！但是，人的身体是最诚实的，没有爱情的激情有时连身体都发动不起来。

张承勇永远忘不了将他拉下水的老色痞。他为他打开了一扇鲜为人知的大门。那是在他初次成为投行人员外出做项目时遇到的一位人生导师。他是陕豫交界的一个小城市的拟挂牌企业的财务总监，60 岁左右，长得黑瘦黑瘦的，戴一副棕色边框的眼镜，淫邪的眼光总是在女人的胸部、臀部扫来扫去，似乎那里暗藏着他的账簿。看上去确实不像什么好人！据他自己说，他本来是当地电力公司的财务，因为发行公司领导伙同其他财务人员挪用了一笔款项被他发现了。他揪住不放，要求领导退回那笔款项，否则他就要向有关部门反映。结果，还没等他去反映领导的问题，自己却因为猥亵妇女罪被判了 3 年。他觉得自己是被冤枉的，而不明就里的人认定他就是个流氓。县城那么大，大家低头不见抬头见，自此他老色痞的名声就传开了。至于他是如何猥亵妇女的，大家谁也不知道细节。是他财务的女同事报的案，所以大家理所当然地认定他对她欲图不轨。作为当事人，对这么敏感的事情他本人也很少提及，只是他有时候发呆想女人的时候，才淡淡地说上这么一句："小张啊！如果有那么一个肥肥胖胖、珠圆玉润、前挺后撅的女人往你身上贴、在你敏感部位蹭，你可要把持住哦！一失足成千古恨啊！"

那是一家做苹果汁的企业，业绩马马虎虎，刚刚具备新三板的挂牌条件。因为这是他的第一个投行项目，所以很认真地盯在公司做申请材料，一来二去就跟身为苹果汁企业财务总监的老色痞混得熟稔。看他工作认真，态度端正，老色痞也逐渐认可了他。

有一天晚饭后，老色痞对他说："小张，看你最近工作辛苦，今晚老哥带你去放松放松！"他跟着老色痞走进了县城里装潢最豪华的夜总会。在最大的一间包房里，他看见这家公司的董、监、高齐集一堂，每个人怀里都搂着一名浓妆艳抹的小姐。肥头大耳的董事长脖子上挂着一条粗壮的大金链子，袒胸露乳，一只手拿着话筒，一只手在夹在腋下的小姐身上摸来摸去，纵情歌唱陕西版的《爱拼才会赢》。等董事长一曲终了，老色痞借机说道：“这几天小张工作很辛苦，我带他来放松放松。”董事长心情大好，“你给安排，快点儿安排！”老色痞给张承勇在夜总会楼上的酒店开了一间房，并送了一个小姐进去。这是他人生中的第一次招妓。不过，这还不算是他主动招的，是别人请的！但是，自他摸清了其中的套路以后，便欲罢不能，发展到不请自招主动出击的地步。

一个闷骚的人，在捅破了纵情声色的那层窗户纸以后，常常会深陷其中、不能自拔。他追求刺激、四处留情，项目在哪里就在哪里玩儿。反正干投行赚得也不少，出来玩玩儿也不会让自己的生活陷入困顿，而且乐趣多多。

这天夜里，张承勇心绪不宁状态不佳，三下五除二就是卸货交差，引起老板极度不满。

“你咋了？累了？”

“没有！”

“没有？这么几下就完了？”

“累了，提不起兴趣！”

“那你还说不累呢？你那事办得咋样了？”

“啥事儿？”

“别给我装糊涂！跟你老婆离婚的事儿！”

“没办呢！”

“为啥不办？你不是说要办的吗？”

“没想好呢！”

“你把话说清楚，怎么就没想好呢？以前不是说得好好的你要跟她办离婚的吗？你们不是没有感情了吗？怎么现在又犹豫不决了？想变卦是不是？”

老板越说越激动，赤裸着身体翻身坐在床上，质问声变得粗壮有力。

张承勇也不言语，起身开始穿衣服。

“你要去哪里？说好的事情为什么不做？”

“没想好就是没想好，等我想好了再决定办不办。”

“你那臭婆娘还有什么值得留恋的？前一阵儿还跟我们的股东们发邮件，说我们这对奸夫淫妇狼狈为奸，坑害股东利益。我要找到她，撕烂她的嘴！”

“你凭什么找她，有事儿冲我来！”张承勇的火气被点燃了。

“冲你来？看样子你还是不想跟你那臭婆娘离呗？原来你一直以来都是骗我的呗？你睡了老娘你还想一走了之？没门儿！你今天必须给我一个交代！”

张承勇被她左一个臭婆娘右一个臭婆娘骂得怒火中烧，恨不得抽她一耳光。可是睡了她确实感觉理亏，就不想跟她争辩，铁青着脸扭头要往外面走。

她当然不肯轻易放他走。她霸道惯了，不达目的誓不罢休。

“你站住！你把话说清楚，睡了老娘有什么补偿？”

“睡就睡了，你情我愿的事儿，还补偿个屁！”

“你这个不要脸的流氓，把我的钱还回来！”

“我他妈的一分都不欠你的，你还欠着我的钱呢！没有我你根本赚不了那么多钱！也收购不了上市公司！别以为你有多了不起，没有我你啥也干不了！”

“上次金凤增资扩股的钱你还没交呢，你给我还回来！你要不还，我就找你那臭婆娘去要。你们不离就别指望过上好日子！”

这个蠢女人吵架的时候肯定失去了理智，光图嘴上快活了，就没有想到她在一个男人身上犯了三个最致命的错误，这让即便对她情深似海的男人也会毫不犹豫地弃她而去。一是她不该辱骂他老婆，无论他跟他的原配有多么不和睦，那也是他的事、他的选择，是该由他处理的私人领地，任何人都不能触碰的底线。谁触碰必然激起他本能的反击。二是她不该以身体要挟。男欢女爱你情我愿，人人平等的社会里究竟谁要为谁负责？这根本就没有一个评判标准，拿这个说事只能说明你甘愿自轻自贱，让人瞧不起，更别说占什么优势要挟他人了。三是这个时候千万不要跟对方谈钱。谈钱的地方多得是，唯独此时此刻不适宜，它会显得你很廉价！

所以，张承勇回了一句："你他妈的连妓女都不如！"

空气瞬间凝固！老板目瞪口呆地站在那里，脑子一片空白。

张承勇也蒙了。他不知道这句话是发自内心还是随口而出，愣在那里不知所措。不一会儿，他看见只穿了一件挂带睡衣的老板转身进了厨房，动作灵巧得像一只野猫。正当他迷惑不解之时，老板已经提着一把菜刀从厨房出来，三步并作两步地冲到他面前，手里的菜刀顺势划向他的脖颈！张承勇吓得魂飞魄散，大喊一声"杀人了"，便慌忙夺门而逃。出门时，顺带踢翻了一张椅子，阻碍了老板的追击。

张承勇在北京凄冷的寒夜里狂奔，不时地回头看看身后老板有没有追来。刚才老板的一连串动作就像一个熟练的杀人惯犯，其恐怖形象深深地刻印在他的脑海里。有那么一刹那，他仿佛看到了血溅当场的恐怖景象。他一口气跑到了就近的警察局向警察叔叔求救，说有人要杀他。警察问谁要杀他，他说是老板。

张承勇逃跑时踢倒椅子的动作确实有效地阻止了老板的追击。在她眼里，那张椅子的重要性远远大过追上张承勇。等她把椅子扶起来，将家里收拾整齐的时候，气已经消了一大半。正当她想回卧室休息的时候，又听到了敲门声。"这个死鬼还敢回来？"她一边想着一边走去开门。打开门一看，张承勇带着警察来了，这让她又惊又怒。迫不得已，大半夜地到警察局配合警察询问去了。

警察对他们的狗血事情忍俊不禁，录了口供，批评教育了一番就放他们回去了。虽然这点小事不可能让她遭受牢狱之灾，但是他们的风流韵事却迅速传遍了京城，成为人们茶余饭后的谈资。

第九节

老板其实并不恨张承勇，她只是对他深感失望。是一个女人对一个三心二意的男人在情感方面的失望。对于他们俩的关系，她早就预感到有走到终点的那么一天。然而，出乎意料的是竟然表现得如此惊心动魄。她知道他并不爱她，而他也不是她心目中的白马王子。他很有才，很专业，这是她喜欢他的地方。他们俩之所以勾搭成奸是她主动勾引的成分多一点儿，她老早就看出他的底线并不高，与其他男人一样喜欢偷腥占便宜。她自作聪明地认为只要他睡了她，他就能死心塌地地帮她干很多事而不需要支付额外的报酬，说不定日久生情，没准儿还能生活在一起。谁知道这个薄情寡义的家伙最终还是选择回归他的小窝，真是令人失望。

那天晚上张承勇一路狂奔到警察局，把他们的香艳故事散播得满城风雨的做法令人百思不得其解。他真的怕她杀了他？还是因为她那一刻凶神恶煞的样子唤起他曾经恐怖的记忆？按照常理，一个大男人是不会被一个小女人吓得跑进警察局去寻求庇护的，何况他走南闯北到处做项目，不是个没有见过世面的雏鸟。他曾经流连于风月场所纵情声色，说明他是有一定江湖经验的人。

让一个女人逼得去警察局报案，这么丢人现眼的事情传出去让人耻笑的后果他不是不知道。那他为什么还要铤而走险把这么点儿丑事张扬得天下皆知呢？最合理的解释应该是，唯有兵行险招，冒天下之大不韪才能摆脱老板对他的纠缠。他正好利用老板气急败坏拿刀砍他的做法，以人身安全受到威胁的由头去报案。在整个事件中他都是受胁迫的一方、被动的一方、应该受保护的一方。他是学法律的，他知道只要没有造成伤害，这样的事件警察根本就不会立案的，最多就是调解一下打发走人了事。他假借警察之手不但摆脱与老板在肉体方面的纠缠，而且连以前所占的便宜也一并抹去。尽管这样做会让他声名狼藉，但用一时的不堪换来今后的太平还是值得的。他是个心思缜密的人，知道以什么样的代价换取什么样的收益，哪怕是名誉受损也在所不惜。

张承勇好不容易与老板切断了肉体上的联系，但是在经济上还依然交织在一起，剪不断理还乱。他借此次桃色事件干脆躲到彭城金域环保，他想在上市公司施展管理方面的才华，决心从投行向企业管理转变，把上市公司的业绩搞上去，以业绩提振股价。面对新老股东交替、高管团队人事变动等因素引起的上市公司中高层人员人心不稳的情况，他给老板提出了对该阶层员工实行股权激励的奖励政策，老板欣然应允了此建议，并由他负责落实！但是，老板还是要他抓紧收集贾华强等一众前高管的经济犯罪的证据，她还是不放弃对公司高管人员大清洗的打算。虽然，他对她的大换血计划不以为然，希望以更加温和的办法解决新老股东之间的矛盾，但是她依旧我行我素，不达目的誓不罢休。他被逼无奈，只好继续帮她寻找黑材料！

关于如何处理新老股东之间的矛盾，实际上金凤财富的股东们的意见也不一致。除了老板，其他股东包括郑淞等人都劝老板不要把事情做得太过火，能协调的协调，能妥协的妥协，没必要非要拼个你死我活，两败俱伤。对于这些不同意见，老板表面上不露声色从善如流，背地里托关系找人，将主要的时间精力投放在彭城方面，等待机会跳起发难。

老板打算辞去上市公司金域环保的董事长兼总经理的职务。她是上市公司控股股东的法人、董事长，是上市公司的实际控制人，还是控股股东金凤财富的法人、董事长。按有关的法律法规，不能同时在上市公司和控股股东担任董事长和总经理的职务，其目的是保护其他股东的利益。因为没有物色到合适人选，这事儿一直拖着。但是现在她不想再这么拖下去了。她从贾华强的起诉书中看出身兼两职的弊端。因为贾华强在他担任上市公司董事长期间和他同时担任上海红梅投资董事长签订的股权投资协议，被她的律师发现涉及内幕交易的嫌疑，有重大的法律瑕疵。如果在她当政时期也发生类似的情况的话，很容易落下口实，成为别人攻击的目标。她最中意的人选自然是张承勇，但是自从午夜惊魂事件之后，他早就被她剔除了候选名单。她的替补名单上是自己的二哥刘文亮，但却遭到了金凤财富股东们的强烈反对。刘文亮此时还在郑州经营他的杂货店，无论在金凤财富还是金域环保均无一官半职，提这么一个不伦不类的人选当上市公司的董事长，自然会遭到大家的反对。她看股东们的反对声太强烈，就暂时搁置下来，由她继续身兼两职。

机会总是留给有准备的人。新年前后，各地方政府都要举行企业家座谈会，通过了解企业在生产经营中取得的成绩和存在的问题，分析和研判经济发展情况，是对地方经济的一次非常重要的摸底和盘点，并据此制定相应的政策，助力企业快速发展，为区域经济发展做贡献。因此，这样的会议地方政府领导都非常重视，党政一把手都要参加。虽然规模未见得很大，但是规格一定很高。上市公司作为地方经济的中流砥柱，常常被安排在重要和显眼的位置，向与会的领导和企业家同行作专题报告分享经验。对于这么重要的会议，老板自然不会放过，她做了一番精心准备，要利用这次会议，不但引起领导们的注意和重视，还要大放异彩。

往年的这种经济形势座谈会都是由贾华强代表金域环保参加的，今年因为公司股东换了人，当然是由新的大股东派代表参加。老板一袭红色的香奈儿时装携手张承勇出席会议，她强压着心底的慌张故作镇定地对每一个见到的人报以灿烂的微笑。对于这位年纪轻轻就收购了上市公司的“80后”女掌门，人们自然会给以更多的好奇与关注，有的直接交口称赞她的勇气与魄力，叹服她妙笔生花的手段；有的则交头接耳指指点点，暗自揣度她的身家几何以及如何跟她攀上关系等。毫无疑问，她成了座谈会上的明星和焦点人物，书记和市长在讲话中也多次提及她的名字和事迹，让她的人气指数迅速飙升。在这种场合下，但凡被书记、市长溢美之词加持过的人，大家必将竖起耳朵、睁大眼睛，努力思辨大人物们意有所指的究竟是什么。当然，心机深重者也会有这样的疑问：她何德何能让书记、市长给她搭台子？

按照惯例，会议先由书记讲话，然后是企业家代表发言，最后市长总结陈述。一般情况下，与经济相关的政府部门的领导也要列席会议的，虽然不作专题性的报告，但是在此次会议上的一些重要信息他们都会记录在案，作为今后制订相关经济政策的参考依据。书记的讲话一般都是提纲挈领、高瞻远瞩，从促进人民生活到人类社会发展，给经济披上一层政治的外衣，不断地强调求稳定、促发展、保民生的紧迫性、重要性。这类讲话虽然听上去感觉平淡无奇、千篇一律、例行公事，甚至令人生厌，但是你要讲得口若悬河、激情四射、大气磅礴，让人听得心潮澎湃、信以为真、斗志昂扬，那就是另一番场景了。民间有种说法是：领导能力强不强，张嘴说话就知道了！

轮到老板发言时，她慷慨激昂的一席话，彻底把会场变成她的舞台。

“尊敬的书记、市长、各位领导、各位企业家朋友：大家好！我是刘金凤。我今天仅代表金凤财富，目前尚不能代表金域环保。我们是一家颇具实力的私募基金，发行的主要基金产品有两类，分别是产业投资基金和并购基金。早在收购金域环保之前，我和我的团队就对彭城的经济发展、产业布局、投资环境等方面进行深入细致的考察。考察中我们发现，彭城市在本届书记、市长的领导下，无论是城市环境、人民生活、经济发展还是精神面貌，都取得了令人瞩目的成就。彭城的城市环境日新月异，人民生活蒸蒸日上，经济发展动力十足，精神面貌活力四射，这完全归功于一个强有力的领导集体和在座的各位企业家的共同努力。装备制造业占据彭城经济产业举足轻重的地位，而金域环保是环保装备制造当中的佼佼者，我们当初决定收购他们的主要原因是环保制造行业跟我们的投资理念非常契合。我们发行的产品——无论产业基金还是并购基金，都是紧紧围绕环境治理、环境改善为核心。我们要珍爱我们的环境，珍爱我们赖以生存的地球，就要从我们自身做起，从我们身边的一点小进步做起。我们希望通过投资环保装备制造业，整合上下游产业链，掀起一场绿色环保的技术革命。我们的投资模式是‘PE+上市公司’，就是以上市公司为投融资平台，通过产业基金、并购基金整合环保行业上下游产业链，打造环保制造业的产业集群，为地方经济，也是为中国经济做贡献。

“在收购金域环保伊始，我们就和贾华强为首的公司高管团队约法三章，他们负责经营好上市公司，我们收购兼并一些优质资产注入上市公司，共同做大做强上市公司。可是，经过半年多的接触我们才发现，贾华强这些人并不是诚实守信的正人君子。他们通过内保外贷等方式掏空上市公司；利用设立持股平台公司为高管人员输送利益；以虚开大量增值税发票的方式粉饰公司业绩。自从我们完成股权转让以来，他们对我们处处设防，不让我们股东方的人进公司；在工作上也不配合，致使我们谈成的好几个并购项目因为他们处处刁难拒不配合而流产。本来这些产业项目是完全可以落户彭城的，是可以为地方经济增长增砖加瓦的。可是这些人，不顾大局，从自己小圈子的小利益出发，唯恐引进这些产业会伤害他们的利益。他们宁愿搅黄，也不愿乐见其成！他们都是一些自私自利的家伙，贪得无厌，向大股东索要巨额利益。他们的无理诉求得不到满足，就一纸诉状把我们告上法庭。虽然我们名义上是上市公司的大股东，但实际上上市公司还在这些内部人手里。这就是我一开始说的，我目前只能代表金凤财富，不能代表金域环保的真实原因。我们一天天地看着上市公司被他们这些高管掏空，内心十分焦虑、无助。他们这些人的做法，让我们这些打算在彭城发展、致力于地方经济建设的投资人只能黯然神伤、望而却步！”

老板的演讲文不加点、一气呵成，动情之处声泪俱下！这本来是一场严肃的经济形势研讨会，但是被老板这么神乎其技地一搅和，就变成了她的诉苦会、告状会。她说得那么地言之凿凿又情真意切，不得不让在座的领导们重视以她为代表的投资人在当地的遭遇。如果领导们不设法为她排忧解难，那么像她这样的投资人面对彭城时必将裹足不前，影响政府招商引资的成效。因此，在她话音落定后的片刻宁静之后，书记、市长心照不宣地互视了一眼，最后由市长给此次事件定调。

“像金凤财富这样的投资人我们一定要悉心地保护！表面上看，他们收购了咱们辖区里的上市公司，但实际上是我们通过上市公司引来了资金，引来了产业。我们不但没有损失，反而做大了产业、增加了税收、创造了就业、增强了市场的竞争力，何乐而不为呢？所以，同志们！我们要辩证地看问题，不要以为人家收购了我们的上市公司就像抢了咱们家的东西一样，这么狭隘地看待这个问题。更不要设置障碍制造矛盾，把本来应该双赢的事情，弄得两败俱伤。要从发展的大局出发，在发展中发现问题解决问题！只要经济发展了，人民的生活水平提高了，所有的问题都不是问题，所有的矛盾都不是矛盾。因此，对于那些影响经济发展大局、影响安定团结、影响招商引资的人和事，绝不能视而不见，姑息迁就。要严格要求，认真执法，该查的查该办的办，坚决向损害经济发展的行为和损害老百姓利益的行为说不！”

领导的话就是尚方宝剑，只要一拍板一定调，就是照此执行。老板的反戈一击取得了初步的成效，但是离大获全胜还为时尚早。老板不喜欢虎头蛇尾地做事情，既然要做就要有始有终、彻彻底底。因此，在座谈会结束之时，她还不忘向领导们提供一份关于贾华强等人贪赃枉法，侵占公司利益的黑材料。虽然她的这份黑材料没有向张承勇展示过，张承勇猜测她一定是找人在他给她提供的相关材料上改的。这让他对贾华强等人的未来感到担忧，也对他们将遭遇的一些不可预知的后果感到一丝的愧疚。他还是有些原则性和道德感的人，相信大家都遵守契约的话，许多事情还是可以和平解决的。他对贾华强还是有同情心的，只要大家有话好好说，所有的矛盾都能得到很好的解决，没必要非得拼个你死我活，最后把一个好端端的企业祸害了，那就得不偿失了。

虽然他是这么想的，可老板不这么想；他想息事宁人，老板要继续战斗。

“你现在拿着这份材料到彭城公安局经济犯罪侦查大队报案，说贾华强等人贪污、造假、掏空上市公司坑害股民！”

张承勇一听老板要拿他当枪使，举报贾华强等人，就跳起来不干了。

“不去！要去你自己去，别拿我当枪使，这么损人利己的事我不干！”

“什么叫损人利己？他们掏空上市公司就是理所应当？他们让法院冻结我们的股份就是理所应当？他们跟我们索要股权激励就是理所应当？”

“掏没掏空公司要看审计报告，要监管部门、交易所认定，不是你自己给他扣顶大帽子。股权激励的那部分款项是收购股权时候的对价款，你不要不承认。”

“他们没掏空公司，那么上市公司的钱呢？那公司之间的内保外贷是什么？难道不是掏空上市公司吗？那份股权激励的协议是你和吕东跟贾华强签的，我没签字，也没盖公司章，我就是不承认，怎么着吧？”

“你简直就是无理取闹，一点契约精神都没有。”

“为什么要讲契约精神？他不仁、我不义，有什么契约可讲！”

“总之，我不去，要去你自己去！”

“你是公司副总经理兼财务总监，你不去谁去？你要不去，咱们就找你老婆去，把你欺骗我睡我的事情说清楚，还要把买我股份的钱还回来。”

“你咋又说这些事儿了呢？有完没完？”

“有完没完你不知道？你就没有干过吗？”

张承勇被逼无奈，最后只好到公安局报案。

公安局接案后，行动异常迅速，相继提审了贾华强等一众高管。这在当地掀起巨大的风浪。有人说贾华强招惹了不该招惹的人，也有人说老板给有关部门送了好多钱。虽然传言很多，但是有真凭实据的一个都没有。但是，上市公司大股东把公司高管送进公安局这件事迅速在地方上和证券市场传开了，老板再次成为热议的焦点。

第十节

老板无暇顾及外面的风浪声，她对此毫不在意。她是一个绝对的实用主义者，为达目的不择手段。收拾贾华强不是目的，拿到金域环保的控制权才是目的。她完全可以想象得到她的所作所为必然在上市公司掀起滔天巨浪，但是又有什么办法呢？兵来将挡、水来土掩。该来的总会来，躲也躲不掉。与其逃避不如面对。在贾华强等一众高管接受公安经侦调查的同时，上市公司金域环保立刻陷入恐慌，业务停滞、人心不稳。公司股票在证券市场上愁云惨淡、一片萧索，累计跌幅超过 15%。

证券市场对上市公司新老股东的利益之争一向高度敏感，好比父母离异，受伤害的总是孩子一样，市场对股票的估值就会降低。为了避免市场恐慌，缓解因控制权之争而造成的各方面的压力，老板迅速辞去了上市公司董事长兼总经理的职务，仅保留公司董事身份。但是她给出的董事长和总经理人选，不仅让市场一片茫然，更让金凤财富的股东们十分愤怒，因为她对上市公司董事长、总经理这么重要的两个人事任命，根本未经金凤财富的董事会讨论，也没有经过金域环保临时股东大会的审议，就直接发了任命公告。当然了，她还是把董事长一职给了她二哥刘文亮。总经理是她以前在天河证券工作时的部门领导李天一。这李天一好歹还有多年的证券从业经验，而刘文亮充其量就是一根韭菜。从被人割来割去的韭菜到上市公司董事长，刘文亮也算实现了人生的一次跳跃，只不过他还尚未体会到收割别人的快感的时候，就被老板拖着变成了一捆更加肥壮的韭菜，被自己人收割，被监管收割！

对于老板的人事任命感到最失望的人是张承勇，因为老板要他去报案之前许诺由他担任上市公司总经理一职，还要他不惧艰险勇敢地跟贾华强的那帮人做斗争，把上市公司牢牢地控制在自己手里：“以后上市公司的事情你说了算！”当人事任命的公告出来以后，他立刻傻了眼：一是这么重要的公告，他作为公司董事、副总经理兼财务总监根本就不知道；二是老板又给了他一张空头支票，他们之间自此以后根本不可能和好如初，最多只是貌合神离、互相利用罢了。他想问问董秘，这公告究竟是通过什么程序发出来的，结果董秘已经辞职了。

这段时间公司董事会秘书的职位最热闹，来来去去已经换了3位董秘，连交易所都不断发函质疑董事会秘书的变动为何如此频繁。但是老板总能想到一些似是而非的理由搪塞糊弄。就是老板自己也知道，现在公司的管理团队只能算临时搭建的草台班子，既不熟悉公司业务更不熟悉市场。勉强算得上熟悉一些证券市场的运作规则，可是又有什么用？现在还不到再融资的时候，把几个懂证券不懂生产经营的人安排在一起就是添乱！当务之急是恢复公司的生产运营，恢复公司员工的信心，让他们能够感受到跟着新股东有光明的前途。为此，老板对上市公司系统内的180多名中级以上的管理人员，进行了一次1300万股的股票期权激励计划，这才稍稍稳定住了军心，公司各项生产经营活动基本恢复正常。

这还远远不够，新的公司领导班子必须加强，必须找到一位德高望重、声名显赫、年富力强的企业领袖把公司带到一个新高度，从而实现公司业绩和股价两翼齐飞的目标。可是这样的人亦属稀缺资源，不是说找就能找得到的。天上不会随便掉下一个林妹妹——一是要去找，二是碰运气！

老板一边忙于招贤纳士，一边大秀财技。在贾华强等人疲于应对公安经侦的时候，她终于腾出手来迅速地把上市公司在北京的两块资产：一套180平方米左右的商品房和2000平方米的办公楼卖掉了，回款7000万元左右。较当初的投资赚了2000万元左右，算是一笔不错的投资。毫无疑问，这笔款项属于金域环保投资及投资收益，公司财务记账是这么做的，钱可不一定在公司账户里。实际上，她在一边扳倒贾华强的同时，一边向他学习倒腾公司的技能。他们俩是臭味相投又水火不容的一类人，从所作所为上都能看到对方的影子，但又彼此深恶痛绝。

她把金域环保的两块物业处理了以后，将原本在此处物业办公的金域环保的员工安顿到西直门金凤财富新的办公场所，然后将金凤财富的办公楼反租给金域环保，就相当于让上市公司金域环保给金凤财富交办公场地的租金。这是典型的大股东侵占上市公司利益的行为。老板却不以为然，还沾沾自喜，自以为聪明。对于她的这种明目张胆的违规行为，无论金域环保的员工还是金凤财富的股东都感到不可思议，以不同的方式提出了质疑，但老板依然我行我素、怡然自得。

功夫不负有心人，老板终于通过她在电信公司的叔叔找到了中国"建材国际"的前任董事长张伟。老板的叔叔刘小杰一直在国有某通信集团工作。从一线工人到技术工程师再到集团工会主席，他饱尝艰辛，一路走来，亲历了中国电信业发展的风雨历程，是一名优秀的实干家。此人中等身高，形象清瘦，皮肤黝黑。因为曾经常年在户外工作的原因，看上去倒像一个饱经风霜的老农。他的烟瘾极大，一天至少吸掉三四包香烟。这个长年累月养成的坏习惯，已经把他的脸熏成了农村的灶台。他操着一口河南周口某个地区的方言，外人极难听懂。开口说话的时候，就看见两排被烟茶熏黄的牙齿，牙缝里是黑色的牙垢。眼睛已经被烟熏得浑浊不堪，眼白的部分变成眼黄，就连瞳孔旁边的一些白内障也变成了黄内障。他从不正眼看人，一般都是瞄一眼就迅速别过头或低下头。他不苟言笑，显得城府很深的样子。当然，开心的时候他也会笑，只是笑起来不是那么自然，跟哭差不多。黑色的老脸沟壑纵横、布满褶皱，眼睛眯成一条线，鼻孔张开好似要滴出烟油来。说实话，他绝对不是什么坏人，就是形象上有些阴鸷猥琐，给人一种唯恐避之不及的感受。实际上，他还有点儿古道热肠，对朋友比较仗义，因此，还是有一些人缘。走到哪里都有一些人请他喝酒，酒喝多了就想唱歌。只要他一唱歌，酒席差不多就散了。也许是经常干一些不太着调的事情，混到工会主席的位置就算到头了，等待退休安享晚年。

刘小杰是老板大家族里最早到北京，而且还是在国企里有一官半职的人。这样的人在家族里通常被视为有能力的人、能往上爬的人、能依靠的人。因此，老板经常找她的这个叔叔商量事情。

“张伟是建材国际的前任董事长。去年年底退的休，距今也没几个月，目前赋闲在家。前几天在朋友的一个聚会上遇见他，把你要聘请上市公司董事长的事情给他说了。起初是想试探一下，看他有没有兴趣到你的公司来发挥余热。毕竟人家是千亿元市值的国企的老总，我是怕他佛大庙小看不上咱们，谁知道他听说有这么一家环保类企业邀请他当董事长，他居然很爽快地答应了。这真是你的造化啊！”

“这简直太好了，他那么知名的企业家肯屈尊到咱们公司来本身就是一个重大利好消息。只要他来，咱们立刻就把公司董事长的位置给他。只要他坐镇公司董事长，以他的资历声望，贾华强那帮人就不敢再瞎折腾。另外，他在国企那么多年，把建材国际从小型建材厂经营到享誉国际的 500 强企业的大公司，成绩斐然。他有那么多的资源关系，只要从建材国际稍稍分流一点儿业务出来，那咱们上市公司的业绩必将火箭般蹿升，股价也要跟着翻几番呢！”

张伟人还没到，老板已经憧憬着他的明星光环能给证券市场多大的刺激效应。

“这个我就不知道了。反正已经跟他约好明天去你公司，具体的事情你们具体谈！”

“太好了！”

第二天上午 10 点，刘小杰如约带着张伟来到金凤财富新的办公地点。老板让公司员工们站成两排，从电梯口一直排到公司门口，夹道欢迎。临近公司门口，还让白燕舞手捧一大束百合花献给张伟。如此隆重的欢迎仪式搞得张伟有些不知所措。还好，他毕竟是见过大场面的人，轻描淡写地就化解了当时的尴尬，淡定自若地掌控了局面。

张伟身材魁梧精神矍铄。虽然年届六旬，但依然双目有神活力四射！因为多年执掌上万人国企的原因，气质中带有唯我马首是瞻的威严感，让老板的小心脏突突直跳。

“张董事长，欢迎您！您的到来让我们的公司蓬荜生辉！我从来都没有像今天这么激动过！我做梦都没有想到我会请动世界500强的CEO到我们公司当董事长。我相信我们的这个小公司在您的英明领导下，一定会走向辉煌的！说不定在不久的将来也会成为世界500强企业。我太激动了，不知道这样表达对不对。总之，金域环保欢迎您！金凤财富欢迎您！您就是我们期待已久扬帆远航的船长，大海航行中的舵手，迈向辉煌的领袖！”

“你不必这么客气，大家今后就是一家人了。一家人不说两家话，大家坦诚相处认真做事，不要在这些繁文缛节上大费周章。坦率地讲，我这次应邀前来心里也没有太多的把握实现你的愿望。俗话说，隔行如隔山！我以前从事的是建材行业，在这个行业摸爬滚打几十年，对该行业轻车熟路、驾轻就熟。环保行业是我十分喜欢的行业，虽然跟建材行业有相同的地方，但毕竟不属同一行一，还是有很大不同的，我们必须尊重这个行业的规律。譬如，我懂建材，有建材公司运营经验。但是，我懂环保吗？有环保公司的管理经验吗？我自问绝对没有这样的自信说我什么都能。因此，我来这里是来学习的，是来接受考验的。我曾经和我的同事们把一家名不见经传的建材厂经营成为世界500强企业之一，但是那已经是过去式了。当我最后走出那个曾经奋斗过的地方的时候，就意味着我挥别了过去！今天，我走进金域环保的大门就是来接受挑战的，我希望通过跟你们的共同努力，把金域环保经营成为一家备受瞩目的上市公司，以良好的表现服务社会、回报投资者！”

“张董事长，您说得太好了，我相信在您的带领下，在我们的共同努力下，我们的公司一定会成为业绩优良而受人敬重的上市公司。”

老板给张伟准备了公司中最好的一间办公室，里面摆放了一套宽大的实木办公家具，还有一套精美茶具，张伟对此不甚在意。他的目的很清楚，他是来做事情的，不是来享受的。他是想在另外一个行业，把一家小企业从小变大、由弱变强，成为定义行业规则的佼佼者，这才是他想要追求的目标。这样的人需要以成功证明自己。无论身处哪个行业都能用实际行动向世人证明他是独一无二的，从一个成功走向另外一个成功。所以，当他向老板提出要下到彭城的上市公司的时候老板也惊诧了。

“啊？董事长！您去彭城干什么？那里都是生产车间、厂房、工人，生活条件、工作环境都没这里好。我怕委屈了您！”

“小刘，我是来工作的，不是坐办公室享受的。对于我这样在一个行业、一家公司奋斗了几十年的人来说，战斗的一线才是最踏实稳妥的地方。不要怕我吃苦受累，做企业从来就没有轻松的，我需要到生产和市场的一线把情况摸清楚了，才知道如何干、从哪里下手干。在这里，我对什么情况都不清楚，两眼一抹黑地，怕决策错误耽误事儿！”

“董事长，您工作经验那么丰富，什么事情一看就明白了，没必要非得到一线从头再来。那不是浪费您宝贵的时间嘛！您只要坐镇北京把资源关系整合一下，从原来的公司或者其他的合作伙伴那里弄一些业务订单过来，轻轻松松地就把公司业务搞定了。至于生产管理的事情还是让李天一、张承勇他们去弄好了。”

“不行，我还是要对咱们的公司有个全面的了解，只有做到心中有数才能有的放矢。唯有如此，公司的经营目标才能清晰，决策才能科学。”

老板知道这些老同志工作态度极其认真，凡是自己认定对的事情一定要坚持到底。多说无益，不如就放手让他去吧。

为上市公司找来一个好的外援后，便稍稍平服了动荡不安的人心。老板终于可以缓解一下公司管理方面的压力。但是风险还没有完全解除，需要处理的事情依然很多。燃眉之急就是 2016 年的年报问题。收购了金域环保半年多以来，经历股权转让、股权质押、新老股东控制权之争等一系列事件之后，一个满目疮痍、千疮百孔的真实的上市公司逐渐清晰地呈现到了眼前。以前贾华强他们为了保住上市公司不被摘牌或警示，做了许多粉饰年报的事情。那么这次要不要继续粉饰业绩呢？如果继续粉饰无疑是为原来的股东、管理层担责。如果不粉饰，以本来面目示人，上市公司必将出现自上市以来的首次亏损。公司股价能跌到什么地步谁也说不好，股价跌市值就跌，市值一跌必然影响股权质押的安全性。

说到股权质押，老板的心又开始发慌。跟天津中级人民法院的沟通还比较顺利，他们冻结质押给金城证券的那部分股份有松动的迹象。也就是说，法院准许解冻他们涉诉金额之外的那部分股份。当下最关键的就是在年报的利空出来之前，把质押在金城证券的那部分股权一分为三，再分别质押给另外两家券商，这样被质押股权的安全性就提高了。不会因为某件事把所有质押的股权都冻结了。

老板再次受到严密的保护。看来她已适应了每天五六个形影不离的帅哥保镖的监护。她每次出行都要掩藏好滴血的内心，显得镇定自若又威风八面。不过这种心口不一提心吊胆的日子没有持续多久，她就把她所持的三分之二的金域环保的股份分别质押给了大河证券和金元证券，占上市公司股份总额的21.6%。做完这件事情以后，她才长长地出了一口气，不再担心所有的股权被一次性冻结或拍卖。当然，这是她一厢情愿的事儿。不过，还有券商敢做她的生意简直就是瞎了眼。

在处理完股权质押的事情后，老板的注意力又回到了上市公司。她想看看她请来的能人高手把公司经营得咋样了。这不看不知道，一看吓一跳！张伟的工作能力确实挺强的，不到三个月的时间里就把公司梳理得井井有条。公司有目标、员工有干劲，虽然经营收入没有明显的增长，但是从发展的态势上看，一切都在向好的方向转变。张伟发扬了年轻创业时不畏艰险、吃苦耐劳、艰苦奋斗的精神，奋战在生产的第一线、研发的第一线、市场的第一线，跟公司员工打成一片，一起搞生产、一起搞研发、一起跑市场，很快将公司因股东控制权之争而涣散的人气凝聚起来，形成合力。就连王文学这些公司的技术元老也对张伟的管理水平佩服得五体投地，心悦诚服地跟他一起做事。公司的管理规章化、条理化，目标明确、职责到人，简单地说就是一切按规章办事，尽量减少人为因素的干扰。

在理顺了公司短期的经营目标和管理制度以后，张伟又在拟定一项以技术为先导的雄心勃勃的发展计划。这项计划的核心是发挥金域环保在锅炉点火方面的技术优势，提高技术研发水平，将传统产品技术迅速迭代，推陈出新，以新产品、新技术、新服务占领市场、开拓市场。

看到张伟所做的一切努力之后，老板没有太多的欣慰之心。她的心里五味杂陈、七上八下。她很清楚张伟把握的大方向是没有任何问题的，可是实现这一目标的先决条件是资金的投入，而且可能还是巨额投资。但是这些投入需要的资金将如何解决？这对本来就负债累累的她岂不是雪上加霜吗？

让老板感到心惊胆寒的不是上市公司技术创新需要投入多少资金的问题，而是她将要再次失去上市公司控制权的问题。自从张伟担任上市公司董事长以来，她就已经看清了人心向背的问题。张伟无论从管理水平、经营理念还是个人魅力来看都要甩她好几条街。对于这样的人如果没有一点儿制衡的话，难免就像贾华强一样，上市公司终将会被内部人所控制。她可不想重蹈覆辙，陷入前驱狼后赶虎的被动局面。

实际上，对于张伟在上市公司的角色使命，老板在一开始的时候就已经说得很清楚。偏偏这位老同志烈士暮年，壮心不已，没有深刻领会她说话的真实含义，就想着二次创业再铸辉煌，到前线、到革命最需要的地方去。他是撸起袖子加油干，可她却没有时间陪他干。对一个债务压身的人而言，如何来钱快、赚快钱才是最直接有效的办法。至于从头再来、再铸辉煌之类的做法还是留给那些有情怀的人去干吧，她可奉陪不起。所以，张伟在那里越努力，她就越心惊；张伟越得人心，她就越恼羞成怒。很快，张伟就从她的座上宾变成眼中钉肉中刺，欲除之而后快。

这个世界上总有那么一些人，干好事、正经事一无是处，用下三烂的手法干坏事、恶心事却无师自通。可怜，一个世界 500 强企业的前 CEO 仅在她的手下干了三个月便愤然离去。

第十一节

贾华强做梦都没有想到他会栽倒在一个女人手上。彭城地方检察院根据公安侦办的结果，对他和公司原财务总监李红梅以虚开增值税发票为由起诉至彭城地方法院。案情涉及 2012 年 11 月—2016 年 6 月，为粉饰公司业绩与相关业务单位互开增值税发票 50 起，涉案金额 90 多万元。本来公安机关收集的证据更多、金额更大、涉案人员更广，但是检察机关经过反复侦办，最后只认定证据确凿可靠的就这么 50 起。虽然涉案金额不大，但是足以入刑。最终，贾华强、李红梅分别被判有期徒刑 4 年、有期徒刑 3 年。

直到锒铛入狱的那一刻，贾华强都没有想明白他是如何把一副好牌打得稀烂的。按照他的计划，他帮一个名不见经传的私募企业收购他掌控的公司的股权，虽然大股东的身份让渡给别人，但是公司的控制权依然还牢牢地把控在自己的手里，他才是公司的实控人。无论是江湖经验、社会资历、公司里的根基、经济实力等，各方面都碾压那个小女人。他从来就没有想到他会输，他想的是如何摆弄别人而不是任人摆布。他一直没有把她当作真正的对手，她就是个涉世未深的小孩儿、走运的暴发户。就她这样的人还想收购上市公司？在他看来，那简直就是癞蛤蟆想吃天鹅肉——痴心妄想！他甚至就没有正眼瞧过她，他之所以帮她是觉得她软弱可欺，他完全可以控制她，当她是傀儡、木偶，而他则是实际控制人——操控一切。作为整个事件的主导者、策划者，连他自己都想不明白为什么剧情的发展没有按照他设定的情节进行，反而成了他人的背景板。当他意识到事情的发展已经不受他控制的时候，他的心态彻底失衡了。在羞愧、嫉恨、愤怒等负面情绪的作用下利令智昏，在那个女人最难受的地方狠狠地捅了一刀，想逼迫她就范。谁知道，这个被他轻视甚至蔑视的小女人爆发出惊人的能量，拼死反击，反而把他打下马来，这让他始料未及。

贾华强跟老板的对决最终使他落得身陷囹圄的下场，确实让人感到不可思议。曾经的密谋者、做局者，怎么就反目成仇拼个你死我活了呢？利益！一切都是为了利益。证券市场上无论是新老股东的控股权之争还是控制权之争，都是一场围绕利益而展开的赤裸裸的肉搏战。实际上，这种豪门恩怨一直伴随市场始终，从来就没有消停过。

贾华强失势了以后，还曾经找过家族内给他算过命的那位叔伯。问他为什么近年来总是在一些重大决策上出现低级失误。那个已经掉光了牙齿的族老笑呵呵地对他说："你这个人的命格属于十恶大败，只可开疆拓土，不善运筹帷幄！"

贾华强究竟能干什么不能干什么，他有的是时间认真思考。对于这个既简单又深奥的哲学问题不是人人都能想得清楚的，希望他能成功。不过这些都已无关紧要了。当然，老板并不想把贾华强往死里整，能把他安顿到那个地方去清修，她就已经心满意足了。只要他不在跟前碍手碍脚，逼她还钱什么的，她就可以腾出手来放心大胆地处置上市公司的资产了。这才是她缓解债务压力的最有效途径。

老板没有因为张伟的离去伤心难过，她庆幸的是在没有酿成大祸之前他就识相地走人了。这样的人能力太强了，自己根本驾驭不了他，在他羽翼未丰之前跟他说再见远比等他根深蒂固了之后闹分手要好得多。这种养虎遗患的傻事今后坚决不能再犯，花了那么大价钱买来的上市公司绝不能让任何人染指。除非他是自己人、让自己放心的人、忠于自己的人。

刘文亮又当上了上市公司董事长。在此之前他让位给张伟，张伟走后他又恢复原职。老板忌惮张伟的能力不敢用他，但是又垂涎他此前在建材国际的资源关系，想对接过来把金域环保的业务做大。无奈她跟他的关系又闹僵了，走他这条路是肯定行不通了，只得另辟蹊径。什么事都难不倒一心要投机钻营的人。既然张伟不能用，退而求其次，他的副手或其他团队成员能不能用呢？为此，她又找到曾经做过张伟助理、在建材国际分公司总经理位置上退休的李添兴，聘他成为金域环保的总经理，以对接与建材国际的资源关系，同时也缓冲张伟离开后的负面影响。

李添兴为人随和，处世圆滑。他没有张伟那样二次创业以证明自己宝刀未老的精神头。他认为在国企退休后，在民营企业打几天工混混日子，顺带再挣一份钱，也是不错的选择。事实上，像他这样有国企任职经历、有关系、有资源的企业高管人员，下岗再就业的确不是什么困难的事情。民营企业主对他们青睐有加，总是想通过他们套取一些资源关系过来为我所用。这种做法究竟是否如其所愿呢？这完全是见仁见智的事情，不足为外人道也！不过，就我所知，这种关系很像人的黄昏恋——甜的少、苦的多！

金域环保的子公司武汉金域和杭州蓝天不断地向母公司求救，向母公司借款或者要求提供借款担保。这两家公司非但赚不了钱，还在不断啃食母公司的利润，让老板不胜其烦。这一天她终于忍无可忍，把李添兴、李天一召集在一起，商量如何处置这些烂资产。从她召集人员的名单上看，张承勇已经逐渐淡出了公司的决策圈。

“两位老总，公司去年的年报你们都已经看过了，经过坏账计提和其他一些会计方面的调整，出现巨额亏损。这种亏损当然是咱们有意为之。实际上这公司去年就已经出现亏损。贾华强他们为了粉饰业绩做了些手脚，弄了个勉强盈利。咱们不给他们背锅，该暴雷的暴雷、该处理的坏账一次性地处理了。从今年开始，咱们就可以轻装上阵，一定要让公司盈利，不能再出现亏损，否则就要被 ST（特别处理）了，要退市了！但是从去年总的经营状况来看，公司的盈利能力还是太弱。主营业务这块，锅炉燃烧控制研究所的收入相对比较稳定，是盈利的；但是武汉金域是亏损的，严重拖累了燃控所这边的业绩。生活垃圾发电业务板块一贯比较稳定，贡献了 3000 万元的利润；但是滨海元宝电厂又面临上二期的投资问题，预计还得要 1.5 亿元左右。环保工程方面，你们也清楚得很，杭州蓝天尽管有 3 个多亿的营业额，非但赚不到钱，还要亏 3000 多万元。新疆君泰更不用说了，公司已经被那些人弄成了空壳，还欠咱们 7000 多万元。另外，开迪生态正在破产清算阶段，咱们那 7000 多万元的承兑汇票估计是要泡汤了。你们说说，面对这种困境咱们怎么应对呢？”

李添兴和李天一你看我我看你，都在等对方先发言。僵持了一会儿，李添兴说：“天一总，你来公司时间比我长，对公司的情况相对熟悉一些，还是你先说说你的看法吧！”

“好吧！恭敬不如从命！咱们的公司在业务布局和产业链的上下游关系上梳理得还是很清晰的。但是业务各单元之间的跨度太大，不利于协调控制，管理成本高。另外，我们的产品业务还是属于资金密集型和劳动密集型，对资金的依赖程度非常高，一旦资金周转不灵，就会出现停工停产的情况。最要命的是，武汉金域、杭州蓝天、新疆君泰这些子公司非但不能创造利润，还要总公司不断地输血才能维持生计，这显然是难以为继的，长此以往，必然会拖垮整个公司。当初老贾他们是看清了这方面的问题后才决定卖公司的。现在当务之急是瘦身，就是把亏损的、不赚钱的公司统统都处理掉，把有限的资源集中到核心业务上来。首先保证把主营业务做大做强，再优化业务结构，逐步向高利润行业发展。”

“要是把这些不赚钱的公司卖了，不但收不回来钱还欠一屁股的债，怎么办呢？”

“现在你就不要考虑能赚多少钱的问题了，只要有人把这些公司的烂账接过去，零资产转让也是合算的。最起码你已经止血了，不再被这些公司拖着继续消耗资源了。”

“我赞成天一总的想法。要让公司快速止血、回血，恢复正常运转，甩包袱是最优选择。零资产转让看上去是咱们吃亏了，但是它化解了有形债务，总体上来说还是比较合算的。可以考虑！”

“好吧，我们找人谈谈，看看有谁能把这些公司接过去。要快，咱们分头找人，抓紧处理。”

老板释放出处置公司资产的信号，但是一阵骚动过后便归于平静、无人问津了。老板心急如焚，心里很纳闷：这些资产怎么就没有人要呢？无奈之下她就问张承勇有什么办法解决。

张承勇说：“这个事情很好解决，你把公司优先卖给公司的那些小股东或者是公司管理层。反正是零资产出售，他们肯定愿意把公司接过去的。”

按照他的办法，老板找到了杭州蓝天的小股东和武汉金域的公司高管，说愿意把公司零资产转让给他们，前提是他们必须承接公司所有债务。这些股东和高管百分之一百二十地愿意，很快就达成转让协议。卖掉了这两家子公司以后，虽然减轻了公司债务，但是一分钱也没有赚着，老板的心里空荡荡的，越想越不是滋味，然后就又把张承勇找来。

“你他妈的，你是不是和那两家公司的人串通起来骗老娘？”

“我不知道你胡说八道什么呢！谁骗你了？”

“杭州蓝天和武汉金域为什么没人敢要，给了那些高管和小股东就要了？你是不是和他们勾结在一起把那些前来询价的人都撵走，就等我走投无路的时候，零元给他们？你拿什么好处了？”

“你的疑心病又犯了吧！杭州蓝天的小股东就是公司的一些高管，只有他们自己知道公司是怎么回事儿，别人进去根本玩不转。武汉金域也是同样的问题。以前金域环保百分百控股，高管们工作的积极性不强。但是如何搞好公司，他们心里门儿清。因为公司不是他们的，干好干坏的结果都差不多。干好了拿不了多少奖金，干坏了工资不少拿。现在他们宁愿扛下巨额债务得到公司是因为他们知道如何能搞好公司，如何偿还债务。这就是给自己干和给别人干的区别，也就是人性。如果你不相信，你再去卖新疆君泰试试看，最后敢接的，还是公司的那帮实际控制人！”

老板知道张承勇说的都是事实，说得对。她就是感觉憋屈，想找人吵一架，泄泄火气。自从他们没有了床笫之欢以后，只有通过吵架舒缓压力。

“那你说，现在该怎么办？处理了这两家公司后一分钱都没拿着，从哪儿弄钱去？”

“那就接着卖呗。不是还有一些赚钱的公司吗？接着卖。”

“开迪生态的承兑汇票的事情怎么解决？那可是7000多万元啊！”

“我看是拿不回来了，你赶紧向法院起诉他们吧，要求财产保全，能拿回多少算多少吧。”

“那你去弄啊！这些事情不是你负责的吗？”

“还是让总经理去弄吧。我是副总，不便参与。”

“那你想弄啥？”

“我看你弄这公司挺费劲的，不如我再帮你卖了，也算解脱了。”

“你打算卖给谁？”

“我兄弟他们公司想买壳，不如卖给他们！”

老板抄起桌子上的茶杯就朝张承勇砸了过去，幸好他早有准备，一闪身跑了。老板的茶杯重重地砸在办公室的墙壁上，摔得粉碎。公司的员工只听得一声脆响，紧接着便看见张承勇跑了出去，然后就看见老板从办公室冲出来，将手里的又一只茶杯，对着张承勇逃窜的方向扔了出去，嘴里还喊了一句：“你把老娘也卖了吧！”

第十二节

张承勇也步了吕东的后尘，自此以后便很少在公司露面了。员工们很机灵，知道他们俩的特殊关系，只要老板不提到张承勇的名字，员工们绝口不说。似乎这公司里从来没有过这个人似的，就像平静的湖面，不起一丝波纹。背地里，他们的风言风语早已传得满世界都是。有好事者还将他们的故事编成精彩的段子在朋友圈里疯传。作为当事人的两个人也许还不知道，他们的名字在北京的私募圈里可以跟香港娱乐圈的某些名星相媲美！

老板知道张承勇有一个做矿石生意的兄弟想收购一家上市公司。那还是在金凤财富增资扩股的时候，张承勇就把他的兄弟拉来要做金凤的股东。他兄弟的实力明显比她强，不甘心做一个没有多少话语权的小股东，再加上他心高气傲，多少看不起她，所以就没有买她的股份成为她的股东。但是，从此以后她就记住了他的这个兄弟，知道他在证券市场上有买壳的诉求后就一直防备着。直到她收购了金域环保以后这种戒心就更重了。这就是张承勇虽然看似被委以重任，但却处处防备的原因。她是怕这两兄弟合起伙来把她的公司给吞了。

但是在张承勇看来，他在机缘巧合之下帮她收购了金域环保，使之成为上市公司的实控人。然而，经过一段时间的相处、观察以后，他发现她对待事物、商业的见识理念还停留在农村妇女的认知层次上，根本不可能经营好一家上市公司。与其让她把公司折腾完了，还不如早点儿找人卖了。而自己的兄弟也想买家上市公司，卖给他不就完了吗？也不一定会让她吃亏。老板当然不认为她的能力不行。也许她从来就没想到过这个问题。她认为只要她拿到的东西都是她的，她买来的公司也是她的，不管这公司她能不能经营得好，只要她不卖，谁也别想抢走它！这就是她对待这个事情的逻辑，也是她的执念。

既然老板把着她的公司死死不肯放手，那就在别的地方想办法，A股市场上有几千家上市公司，找个壳还不容易吗？还别说，凭借多年混迹在投行圈的人脉资源，张承勇很快锁定了一家叫珍威斯的创业板上市公司。巧合的是，这也是一家环保类企业，主营业务是污水处理及水环境治理。这家公司面临的处境几乎跟当初的金域环保一模一样，就是摊子铺得太大，资金链断裂，公司处于破产被摘牌的尴尬境地。有了收购金域环保的经验后，这次的收购简直就是轻车熟路，照猫画虎，很快就完成了珍威斯的收购。有所不同的是，这次收购珍威斯，张承勇认真地给他兄弟的公司做了一整套完善的财务规划，根本没敢加老板那么大的资金杠杆，仅仅用一倍的杠杆资金就完成了收购。不得不说，张承勇的这两次杠杆收购完成得还是很漂亮的。至于说收购了能不能经营好，那就是另外一回事了！

张承勇终于如愿以偿地当上了上市公司的总经理。目前，他既是珍威斯的总经理，也是金域环保的副总经理兼财务总监，一时风光无两。

张承勇搞出这么大的动静，老板不可能不知道。她暴跳如雷，把张承勇的十八代祖宗都问候了一遍，还是觉得不解气，还想着憋个什么阴招、损招报复他，绝不能让他得意忘形，一定设法把他踩在脚下。但是，还没有等她想到对付他的好办法，脑子里突然灵光闪现，她知道他下一步要干啥了。

张承勇认为老板的认知能力低，肯定不是一个好的企业经营者。但是这并不代表她在其他方面的能力都那么低，比如她在玩心眼儿、琢磨别人心思方面确实有过人之处。当她得知张承勇收购的是一家环保类企业的时候，脑子里马上闪现出他下一步一定要去收购永兴环保，装到珍威斯，以增厚其业绩。

一打听，张承勇果然在跟永兴环保谈收购的事情。这让老板心急如焚。按照他们当初的计划，在完成对金域环保的收购以后，让金域环保再去收购永兴环保。谁曾想到金域环保就是个空壳公司，账上根本就没有钱。再加上跟贾华强争夺控制权，收购永兴环保的事情就被搁置下来了。当初跟永兴环保谈收购的事情也是张承勇出面的，还草签了一个收购意向书。但是签约至今已经过去大半年了，迟迟不见动静，估计人家早就移情别恋了。

虽然老板对张承勇在情感上爱恨交织，在人事任命和工作安排上处处防备，但是对他的专业水准还是相当地信服。只要是他看好的收购标的，那一定都是好东西，所以一定要在他之前抢到手。

老板又马不停蹄地行动起来了，她给李添兴、李天一一条指令，要求他们迅速地把内蒙古乌海垃圾发电厂和滨海元宝垃圾发电厂卖了，筹集 3—4 个亿，准备收购永兴环保。这两人对她的做法大惑不解，为什么一边处置资产一边还要去收购呢？不是说好了要聚焦主业吗？怎么又往别的行业上靠了？收购公司就按收购公司的流程套路来，为什么非要跟别人抢呢？这不是让人临时起意宰你一刀吗？老板根本不向他们解释什么，也不想听他们喋喋不休的劝导，让他们抓紧时间赶紧卖公司筹钱，而她亲自跑到永兴环保找他们谈收购。

永兴环保二期达产之后，化工危废处置能力达到每年 10 万吨，业绩大幅提升，净利润从 2015 年的 700 多万元，飙升到 2016 年的 5000 多万元。公司从新三板市场退市打算到深交所上市。这家公司由主要创始人陈凤莹及其家族持有总股本的 75%，另外还有 5 个自然人股东占总股本的 25%。永兴环保的股东们对公司被收购持开放的态度。他们知道，如果要按正常流程 IPO 的话，上市进程会非常缓慢。与其在上市阶段耗时耗力还不如卖给一家上市公司。当然，只要价格合适。

四十多岁的陈凤莹是浙江开化人，一米六三的身高，一副江南女子独有的娇柔清瘦形象。柳叶眉、丹凤眼、唇红齿白，很和善、喜欢笑，她笑起来一双乌黑的眼睛就闪闪发亮，给人一种愉悦的情愫。她在化工工业危险品、固废处置领域深耕了近二十年，在该领域堪称行家里手。永兴环保二期的一条生产线还是她亲手设计的。她拥有多家危废处置企业，分布在华东地区的一些化工工业产业园里，是这些化工产业园生产运行必不可少的配套建设项目。

九月的杭州暑气尚未消退，大地还笼罩在一片酷热当中。炎炎烈日把西湖蒸腾得愈加地沉闷、潮湿。往昔消闲纳凉的好景致一刹那就变成了桑拿房，只有躲进湖边有空调的茶楼，隔着玻璃才能静心欣赏西湖的美景。不过，老板无暇欣赏窗外的景色，尽管她的位置是茶楼里观看西湖绝佳的位置。她坐在那里拨弄着手机，对眼前的美景视而不见，心情比外面的空气还要沉闷。让她万分郁闷的是，为什么跟这些真正的女老板打交道的时候，落在下风的总是她呢？我有哪一点比不上她们？她们比我漂亮吗？比我有气质吗？比我会勾引男人吗？比我有钱吗？比我有事业吗？比我产业大吗？比我有家庭吗？还是比我负债少？她脑子里被这些乱七八糟的问题填满了，几乎已经忘了此行的目的到底是什么。

但是，有一刻她是清醒的，这个女人绝对没有贾华强那么好糊弄，掏不出真金白银来，你休想拿走她的公司。这让她想要再次施展空手套白狼的打算落空了。事实上，当她看见陈凤莹第一眼的时候，她就放弃了该计划。女人看女人是透明的，随便瞟一眼就知道对方想干吗！陈凤莹没有用那些昂贵的奢侈品牌包裹自己，而是穿着一件白色带淡蓝色边的丝质小旗袍，旗袍的左下边印着一枝淡雅的粉色的荷花，盛开的荷花上有一只小蜻蜓。衣着跟气质融为一体，又跟西湖的美景相映成趣，看上去清新脱俗赏心悦目，立刻让她一身的迪奥显得无比地俗气！

“姐姐，您真漂亮！看着就让人喜欢，跟您一比，我简直就是自惭形秽了。”

“妹妹，您过奖了！人老珠黄的年纪了，对外表没有那么在意。倒是妹妹您精明强干、意气风发的，又搞私募基金，又收购上市公司的，让姐姐自愧不如！”

陈凤莹落落大方，不急不躁地坐在她的对面，甜美的声音犹如戏剧里的白娘子在说话，让老板有一种恍如隔世的感觉。正所谓同美相妒，老板的心头泛起一阵阵的醋意。她克制住内心的不适，做出一副轻松自如的样子，上身挺胸向后靠近半圆的藤椅，同时右腿抬起想搭在左腿上，跷起让她感觉舒适的二郎腿。也许是藤椅太深的缘故，在做这个动作的过程中，左脚没有踩住地失去了支撑，抬起的右脚直接踢到茶桌上，导致茶桌猛然受力，她眼前的茶杯正好翻滚下来，茶水洒了她一身。所幸她眼疾手快，一把抓住了就要掉落的茶杯，避免了更大的尴尬。

“不好意思、不好意思！椅子深腿短，失去平衡就踢桌子上了，抱歉、抱歉！”

陈凤莹被她这种自嘲式的解释逗乐了，连忙说：“没关系，有没有烫着你呢？”

“没有、没有！”

“那太好了，要是把你这么大的老板烫伤了，我可担待不起！”

经过这个小插曲的调节，她们喝茶聊天的氛围立刻舒缓和谐了许多。

“姐姐，我这次是来跟您谈收购永兴环保的事情。以前我们也有这方面的意向，因为被很多事情耽搁了，所以直到现在才过来找您商量，请您勿怪！”

“你们可真有意思，大半年前张承勇就找我签了个收购意向书，然后就没有消息了。前几天，他又跑过来，说是代表另外一家公司要收购我们的公司。这让我们很困惑，到底是你们哪家公司要收购我们？张承勇既在这家公司任职又在那家公司当总经理，他代表的究竟是哪家公司？你们这两家公司究竟是一种什么关系？”

“张承勇还是我们公司的副总兼财务总监。他现在的那家公司是他兄弟的，他暂时在那里帮忙，等那边找到了合适的人以后，还是要回到我们公司的。那家公司和我们公司没有任何关系，他就是在那里兼职，但是他以前跟咱们公司签的收购意向书依然有效。”

“他的说法恰恰跟你相反。他说他现在是那家公司的总经理，他现在就代表那家公司，他在你们这里是兼职。他说他们公司实力比你们强，平台更广，也更出得起钱。”

“姐姐，你可别听他瞎胡说，他这个人嘴里没实话。他在那边当然要急于通过收购公司表现一下业务能力，所以才给你吹嘘那公司多有实力，实际上是外强中干。今天我亲自跑过来，一方面表示我们收购永兴环保的诚意，一方面是要当面给您提个醒，不要上张承勇的当。”

“谢谢你的提醒！其实，我们的公司在卖与不卖两可之间。卖，是因为想快速回笼资金，再去投标几个项目；不卖，也就是自主经营的话，就是发展得相对缓慢一些而已，但是步伐更稳健。你知道，环保行业迎来了历史上最好的发展机遇期，无论国际还是国内、社会还是个人，对于环境保护的要求和意识越来越强烈，必然会导致大量的资金流向这个领域。我们卖掉一家公司是为了抢占风口提前布局，为今后的竞争打下良好的基础。如果我们保守一点稳健经营，按正常的路径通过改制上市也可以把企业做大做强。虽然你们两家争来争去的，但是究竟卖还是不卖我们都还没有决定呢，除非你们给我们一个心动的价格，让我们的股东们满意了，才会考虑出售的事情。不过，在此之前，你要处理好你和张承勇的关系。也就是说你代表你的公司，他代表他现在的公司，分别跟我们谈收购，还是他既可以代表你们也可以代表他们跟我们谈收购呢？反正这个关系有点乱，你们理清楚了再来。再有一点，你们如果对我们的公司还有收购的兴趣，下次再谈的时候先签一个合同，打一笔保证金过来，然后再谈具体的细节。这样谈判的效率就会高一些，我想你应该能明白，时间对大家都很宝贵，谁也耗不起。”

老板跟陈凤莹的第一次谈判无疾而终，而且还出了一个小小的丑。但是，这都没有打消她收购永兴环保的想法。她知道，如果她不收购的话张承勇一定会抢先收购的，她坚决不能让他捷足先登。

“姓张的，你是要跟我抢永兴环保吗？”

“你胡说什么呢？那永兴环保需要抢吗？以你现在的条件还有能力收购永兴环保吗？！你是在痴人说梦吧！”

“姓张的，你给我听好了，就是砸锅卖铁我都要收购永兴环保，你休想搅和这件事儿，你这个吃里爬外的家伙，脚踩两只船，我要去交易所告你。”

“你真可笑！那永兴环保是我的客户，我为什么不能碰？你现在是跟我抢客户。再劝你一句，以你目前的处境，根本就不应该收购公司，利索点，赶紧卖了得啦！”

“你这个王八蛋，走着瞧！”

老板气疯了，把手机摔得粉碎。不过马上又后悔了，手机里还有很多重要的东西，摔坏了倒腾不出来麻烦就大了。这年头，什么东西都能摔，就是手机不能摔；什么东西都能丢，就是手机不能丢。捡起来一看，手机还亮着，把数据导出来应该没问题。她赶紧安排司机换新手机去了。

回到公司后，老板又找来李添兴和李天一商量收购永兴环保的事情。

“乌海电厂和元宝电厂处理得咋样了？”

“乌海电厂的那个浙江的小股东愿意把咱们手上的股份接过去，这样他们就是百分百的大股东了。他们开出的价格是 1.6 亿元，跟市场价基本一致！”

“元宝电厂呢？”

“跟中节能签了个转让协议，他们考察了一下觉得 2 个亿的价格太高，不要了！”

“那你们跟他们砍砍价嘛！”

“你不是不同意吗？”

“那是呀！ 1.2 亿元当然不卖了！”

“老板，依咱们目前的资金实力和管理能力确实不应该再收购公司。收购这家公司最起码需要 3—5 个亿。首先，我们没有这么多的资金，其次，就是东拼西凑找来这么多钱，其他公司的生产经营就会受影响。万一你收购来的公司盈利能力达不到预期，就会把整个系统拖垮了！”

李添兴不无担心地说。

“我已经调查过了，这家公司每年至少贡献 5000 万元的利润，这比我们目前所有能赚钱的公司加起来的利润还要高。这 5000 万元加上其他公司创造的利润，我们每年的净利润就有 8000 多万元。股价就能涨到 20 块钱以上，到时候咱们股权质押的事情就好解决了。”

“这件事还得慎重，有些公司在没有收购之前都吹嘘得要多好有多好，收购来以后立刻就变脸。这不是没有前车之鉴，贾华强收购新疆君泰就是最好的例子。再者说，证券市场上对环保类企业的估值没有那么高，就是你每年有一个亿的净利润股价也到不了 20 元。”

“你们抓紧时间把乌海电厂卖了，其他的事情我来想办法。”

老板还是铁了心地要收购永兴环保，但是有了张承勇这个三姓家奴作为变数，导致收购的谈判变得异常地艰难。老板跟陈凤莹的谈判处处落于下风。不知为何，她以前对付其他人的那些偷奸耍滑的阴招、怪招在这个女人身上统统失去了效力，现在是她被动挨打遭受痛苦的时候了。为了将收购永兴环保的事情进行下去，她先支付给了陈凤莹 3000 万元的交易定金，先前估值 5 亿元的交易价格被抬到 5.8 亿元。最终达成的收购方案是，金域环保先收购永兴环保大股东陈凤莹家族 75% 的股份，取得永兴环保的控股权；3 年内金域环保收购完永兴环保其他自然人股东 25% 的股份。当然，陈凤莹也做出业绩对赌的承诺，保证每年贡献给上市公司的利润平均不低于 6000 万元。

此次收购一共要支付陈凤莹 4.35 亿元，老板先把出售乌海电厂的 1.6 亿元给了她，剩余部分需要在一年内分 2 次付清。对于这部分资金老板的解决之道是申请银行并购贷款。签订并购协议之前她就跟姑苏银行沟通好了，银行方面对这次并购活动表示支持，接受了她的贷款申请。对此，老板也是信心满满，在跟陈凤莹的收购条款中加了一条：如果金域环保因为收购资金不到位或出现逾期，永兴环保有权终止收购，并向金域环保按永兴环保估值额的 10% 索赔收购损失！

在完成对永兴环保的收购以后，老板立刻掉转枪头收拾张承勇。

第十三节

老板恨透了张承勇，她把跟陈凤莹收购交易的一切损失、一切不快、一切屈辱都归结于张承勇从中作梗、搅局。她从来不会责怪自己利欲熏心贪得无厌，都怪别人坏她好事。她做事不计后果，就像买东西从来不看口袋里有多少钱一样，喜欢以小博大，千方百计弄到手再说。既然这个负心汉处处跟她对着干，那就没必要再搅和在一起，要彻底甩掉他。可是怎么才能让他悄无声息、顺顺当当、利利索索地走人，不要吵吵嚷嚷、不要翻脸无情，当然，最关键的是不找她算账要钱呢？因为他们的利益纠缠得太深，有些账就没法儿算清楚。何况，要算账就得翻旧账，翻旧账就得伤感情，伤感情势必要撕破脸，撕破脸不是你死我活就是两败俱伤。何必呢？！

她思来想去还是觉得应该避免跟张承勇发生正面冲突，让一个中间人出面传达她的意思要比她直接出面让他走人更容易接受。可是，让谁去跟他说呢？

李天一！

在老板要收购永兴环保之前，她怕刘文亮当董事长不专业、没底气，在陈凤莹面前出丑，就把他的董事长名号给了李天一。所以，让李天一以金域环保的董事长的身份找他谈话再合适不过了。

又是一个供暖季，窗外寒风呼啸，室内则温暖如春。上午 10 点左右，张承勇来到金凤财富办公室的时候多少感到有些陌生和不适。自从上次被老板提着茶杯赶出办公室之后，他就再也没有进来过。虽然他的小房间里还保持原样，但是他还是预感到在这里已经时日无多了。人是一种很奇怪的动物，遇到事情的时候告诫自己要理性，实际行动却遵从内心的预感——也就是冥冥之中的那股潜意识！

“承勇，老板的意思是让你主动辞去金域环保的所有职务离开公司，不知道你是怎么想的？”

李天一给张承勇倒了一杯煮好的普洱茶，直截了当地直奔主题。他认为在这个重大而具体的事情上绕圈子完全没有必要，大家都是聪明人，何必打马虎眼装傻充愣呢？

“老哥，不是我不尊重您，这个事情您给我说不着。有话让刘金凤当面给我说。”

“我知道了，那你的意思是你不接受辞职要求了？”

“当然不接受！”

“好的！”

跟没有利益纠缠的人说话就是这么干脆利索、毫不费劲。说完了这些以后，李天一和张承勇互视一眼，面无表情地各干其事去了。

但是，到了晚上 7 点左右，张承勇在交易所网站上看到金域环保发布的一则公告称，张承勇因为工作原因辞去金域环保副总经理和财务总监的职务。对此早有准备的张承勇拉着郑淞一起到金凤财富找李天一对质。

“我还没有辞职呢，你们怎么就发公告说我辞职了呢？”

“我上午不是跟你说过了吗？老板要求你辞职。”

“老板要求我辞职，跟我辞不辞职是两回事儿。再说了，即便是我提出辞职也得有辞职申请吧！按照正常的流程，公司高管在提出辞职申请的两个工作日内公司董事会同意以后才能公告生效。为什么你上午给我说要我辞职，下午就出公告？这难道不是信息披露违规吗？”

“是啊！李总，上市公司的信息披露有一套规范的流程，为什么咱们这公司搞得这么随意？负责信息披露审核的不是董秘吗？董秘是怎么把关的？”

“董秘？董秘已经辞职了。”

“什么？董秘又辞职了？从收购公司到现在一年多的时间，董事会秘书就换了七八个了，这也太搞笑了吧！”

“李总，请你给我一个解释，为什么在我没有提出辞职，而且公司董事们都没有表决同意的情况下，就公告我辞职了！”

“我没办法给你解释，要解释你去找老板！”

“那就让刘金凤过来，把事情说清楚，这究竟是怎么回事儿？”郑淞对还在工位上的白燕舞说道：“白燕舞，你们刘总呢？”

白燕舞说：“我不知道，她今天一直都不在公司！”

“不在公司？那公告是怎么发出去的？”

“不知道！”

“郑总，别理她！知道她也不说。把王刚叫过来，咱们录一个笔录，让他做个见证，我明天发到证监局、交易所，让监管机关和交易所过问。”

王刚是金域环保的监事会主席，也是金凤财富的股东之一。当他赶到金凤财富的时候已经是晚上9点多钟了。金凤财富的办公室灯火通明，李天一、郑淞、张承勇还在那里对质，白燕舞还有一些财务人员也都在工位上，一边忙着自己手里的活儿，一边观察着他们的一举一动。

“王刚，今天公司发的关于张承勇辞职的公告你知道吗？”

“我不知道，没人告诉过我张承勇要辞职的事情，也没有人说今天要发与这相关的公告！”

“作为上市公司的监事会主席，也请你来见证一下，张承勇在这里做一个笔录，证明今天公司发布的公告信息与实际情况不符。”

在公司的大会议室里，张承勇一边写情况说明，王刚一边用手机录像。情况说明写好以后，张承勇还对着手机镜头，把写好的内容认真读了一遍：本人郑重声明，本人对公司今天发布公告的内容毫不知情，本人自担任公司高管以来从未提交过辞职报告，更未在近两日提交过辞职报告！

张承勇录完笔录以后，又和郑淞、王刚一起逼问公告是怎么发出去的。

“李总，您也是证券市场上的老人了，信息披露规范流程这么简单的错误你是不会犯的吧？”

郑淞简单的一句话，弄得李天一有些无地自容，他从办公抽屉里拿出来一张纸递给张承勇。

“这个你不会不承认吧？”

郑淞和王刚一看是一张只有签名，没有日期的辞职报告。

张承勇老脸一红，嘴硬道：“不承认！”

“不承认？没关系！明天我让人去做司法鉴定！”

“你他妈的去做吧，我才不在乎呢！那是她今年二月份要闹到我家里去，胁迫我写的。跟今天的这件事情有什么关系？如果要抖老底，那就全都往外抖！你有本事把金凤财富增资扩股时候的阴阳合同拿出来，把跟券商股权质押的合同拿出来，把处理乌海电厂的合同拿出来，把收购永兴环保的合同拿出来。”

张承勇一看此前被逼无奈写下的辞职信，今天被老板用在这里逼迫他就范，顿时就恼羞成怒，咆哮起来。

李天一被张承勇的气势震住了，没想到老板交给他的定海神器竟然成了引发矛盾的导火索。

“是啊！李总，你作为公司董事长，有些事情需要给股东们一个交代，有些合同、财务账本给股东们看看，让大家了解一下公司的真实情况。”

作为公司的二股东，郑淞说的话还是很有分量的。李天一既不好反驳，也不敢如其所愿，急得像热锅上的蚂蚁，在会议室走来走去。

“你们这是在干什么？大晚上的搬什么东西？”王刚看见外面的白燕舞正在协助财务人员从保险柜里搬东西，急忙喝止道。

会议室里争执不下的几个人立刻被王刚的发现吸引到了室外。

“你们干什么呢？”

白燕舞他们被冲出的股东们吓得惊慌失措，手里的账本、合同，还有其他的一些资料掉落一地。

原来老板时刻关注着公司的动静，白燕舞的手机一直跟她开通连线，办公室里发生的一切，包括谁在说话、说什么了、要干什么她都在另外一个地方听得一清二楚。当她听到郑淞等人要检查公司合同、账本的时候就慌了神，急忙给白燕舞下达指令把这些资料转移出去。这种自作聪明的命令导致白燕舞他们仓促行动，因为动静太大惊动了王刚，被抓了个现行。

这时候，老板意识到她的计划失败了，不得不出来直面张承勇。当然，还有郑淞等其他股东。为了避免事态进一步恶化，老板决定在气势上一举压倒张承勇，不给其他股东乘势闹事的机会。

不知道她从什么地方窜出来，气势汹汹地走进办公室。有趣的是，后面跟着“搅屎棍子”杜政国。

“张承勇，你这个吃里爬外的东西，勾结你兄弟，在公司收购永兴环保的时候哄抬价格，让公司蒙受损失，侵害股东利益。你的这种做法公司没有开除你算是给你面子了，你还不识相地在这里大喊大闹，你是个男人吗！”

“刘金凤，你少来这一套。别拿侵害股东利益的帽子来压我！你侵害股东利益的事情还少吗？金凤财富的基金合同是怎么做的？上市公司的资金转哪儿去了？就公司现在的情况还敢举债收购永兴环保？别以为一股独大你就无法无天了，这是法治社会，不是你们过去的农村——谁的声音大谁有理。”

老板非但没有在气势上压倒张承勇，反而激起了他的怒火。显然他也知道，在众人面前吵架，气势上一定不能输，气势一输便再难翻身。

老板在气势上没能压住张承勇，反而被他打了个反击，顿时就乱了方寸，使出女人惯有的伎俩，开始胡搅蛮缠。

“你这个不要脸的，你还钱！你把我的股权款还回来，爱滚哪儿去

滚哪儿去！”

“刘金凤你听好了，今天当着大家伙儿的面，咱们把话说清楚！我自始至终不欠你一分钱！反倒是你欠我很多钱！没有我，你金凤财富估值根本就没有那么高；没有我，你休想收购金域环保。你上市公司实控人的位置是我推上去的；没有我，你啥也不是。我帮你做高金凤财富的估值，你给了我多少佣金？还欠多少？你心里没数吗？我帮你收购金域环保，承诺给我的佣金呢？你休想让我一走了之，咱们的账还没算清楚呢！”

“算你狗屁的账，你账算得那么清楚，怎么不算算你睡了多少次老娘？你在金凤财富的股份还顶不上你的佣金吗？你把拿走的佣金也给我退回来。”

“你穷疯了吗？活不起啊？你当时承诺的金凤财富的那部分股权是送给我的。而佣金是佣金，别翻脸不认账，乱扯一气。”

这时候，不甘寂寞的杜政国被他们的吵闹挑逗得抓耳挠腮，不合时宜地插进来。

“呀！银行家！你牛逼大了，提了裤子就忘了恩情了？”

被这个“搅屎棍”一搅和，所有的事情都无法继续下去了。张承勇冷冷地注视了他两秒钟，从牙缝里挤出几个字：“走着瞧！”便愤然离去。

杜政国被他阴冷的眼神看得有些发怵，对着他离去的背影说：“他不会又去警察局报案了吧？”

李天一接着哀叹了一声：“何必呢？！”

第十四节

张承勇十分清楚那个女人的如意算盘是如何拨的。她就是找准时机将他扫地出门，把以前该给他的佣金、承诺给他的股权等，统统都赖掉。当然，要是能让他把以前给他的再退回来就再好不过了，要不回来也行，只要他利利索索地走人，不要纠缠、不要提要求，净身出户！她的逻辑非常简单：你是负心汉；你占了我便宜；你脚踩两只船；你吃里爬外。总而言之，就是你无情我无义，咱们互不相欠。

张承勇对于她的做法决难接受。他的理由也非常简单，没有他张承勇就没有她刘金凤的今天，刘金凤能收购上市公司他张承勇厥功至伟。你要让我走，利利索索地离开，没问题！天下无不散之筵席，跟谁都有说再见的一天，哪怕是最亲近的父母、爱人、朋友、孩子！但是在走之前，把该说的话说清楚，该算的账算明白，大大方方、快快乐乐地说再见不好吗？！人情留一线，日后好相见。更何况，现代社会以诚信、契约为基础，人无信不立嘛。你不能胡搅蛮缠偷奸耍赖翻脸不认账吧？你算盘打得精，并不代表别人都是傻子，那么好糊弄。也不要总拿感情的事情胁迫人。现代社会男欢女爱、你情我愿，没有谁对不起谁。既然大家一开始就知道偷鸡摸狗是不光彩的，就偷偷摸摸地享受肉体的欢爱得了，千万不要用道德去绑架。我不好就一定证明你是善类吗？

说起跟老板的关系，张承勇也知道自己在这件事情上犯了一个致命的错误，才被老板抓住把柄乘势利用，逼得他走投无路苦不堪言。千万不要跟你的生意伙伴上床！这是投行圈里的经典语录，是要遵守的法则。不是因为跟你的生意伙伴上过床你们的关系就牢靠了、稳定了、十拿九稳了，绝对不是的。恰恰相反，跟生意伙伴上床，因爱生情的少，反目成仇、鸡飞蛋打的比比皆是。

对于生意是生意，性是性，男女在认知上是有偏差的。一般而言，男人对做事和做爱还是分得比较清楚的，做事就是做事，做爱就是做爱。借做事去做爱纯粹就是找刺激占便宜。女人如果拿这事儿去胁迫男人就错了，大错特错。他们绝对提起裤子不认人。而女人多情浪漫，容易把做事和做爱混为一谈，以为有了肌肤之欢的润滑以后，两人的关系会更加密切。在生意上、金钱上、分配上、生活上会得到更多的回报。这可能吗？完全不可能。所以，老板越拿他们俩的性关系说事儿，就越让他反感，越看不起她。肉体关系让交易变得混乱，难以执行。但是利用这层说不清道不明的关系为自己争取更大的利益，女人比男人有更多的理所应当、胡搅蛮缠的心理优势。因此，张承勇要想拿回他的东西，简直就是千难万难。

人是经济动物，有多少人会为了情而放弃利益呢？何况还是偷情。我得不到，你也别好过。抱着这种想法，张承勇又去报案了。这已经是他在老板这里第三次去报案，前两次他去了警察局，而这次他去了中国证券监督管理委员会稽查局（下文简称“稽查局”）。他把老板私刻公章、伪造长安基金情况说明以及经证、九赢的投资人的签名，向久安基金注资；金凤财富在收购金域环保的过程中向其大股东借款等违法犯罪行为向证券监管机构举报。顺带地，他把杜政国跟着老板获知内幕信息炒股的事情也一起举报了。他十分讨厌他，特别是他那张毫无遮拦的嘴。

老板接到监管部门的立案通知后，这才意识到她跟张承勇闹掰的严重性。她从来都没有想到张承勇会为了利益，不惜搭上自己的前程，把她与他合伙儿犯罪的事情向监管机关报告。她一向胆大包天，但是这次终于有了大难临头的感觉。她的第一反应不是恨张承勇，而是想到了贾华强。她仿佛看见贾华强在散发着恶臭的监狱里服刑的场景。因为当时她在对付贾华强的时候，就预感到终有那么一天她也会遭受同样的结局。这种预感自那以后一直折磨着她，成为伴随她左右的梦魇。

她恐惧、无助，感觉整个世界都在坍塌。她想到她的下半辈子将要在监牢里度过的时候吓得浑身瘫软，卧病不起。她就像一个精神病人，见光就怕，风一吹就哆嗦，从一个天不怕地不怕活力四射的小公主变成了颤颤巍巍哆哆嗦嗦行将就木的老太婆。

她在痛苦、彷徨、迷茫、孤单、无助的时候就特别地想回到河南农村的老家。她想她的母亲、她的兄长、姐姐以及家乡的耕牛、草垛、炊烟、鸡鸣狗盗之声。那里曾经承载了无数的欢笑、爱和童年的幻想。在那里，无论她闯了多大的祸，都有地方躲、都有地方藏、都有人帮她扛、都有人替她解决。无论她走到哪里，做什么，家乡都是她精神寄托的家园。她整整瘦了一大圈，有些皮包骨头的样子。因为身体过敏，红一块紫一块，奇痒无比。她在老家见到了她的母亲。在这个头发花白饱经风霜的有六个孩子的母亲面前，她坦白了这些年干过的所有好事、坏事、开心事、恶心事、喜事、丧事以及将要面临的处罚，希望通过向至亲的倾诉获得一些精神上的慰藉。

她的母亲就这么静静地坐着，听着，不时悄悄地陪着流泪。整个过程都没有插过一句话。哪怕在她说到最伤心处痛哭流涕的时候，依然默不作声，听她诉说，绝不打断。在她哭得最伤心的时候，也就拍拍她的后背，以示安慰。直至她说完了这些以后，她才一边抹着眼泪，一边说："我不知道你究竟闯了多大的祸。你从小就爱闯祸。你现在做的这些事情我都不懂，我也不知道该怎么办。你往上面找找人吧，看看那些人有没有办法帮你躲过这一劫！"

慈爱的母亲告诉她一个最质朴的真理——中国人信奉的真理：做错事不要紧，要紧的是评判对错的人；评判对错的人不重要，重要的是管他的人。所以以血缘亲情为纽带关系的中国人的做事原则就是：托人、找关系、告御状！

母亲的话语如同一道闪电划过天空，唤醒了沉睡的大地。是啊！咱的长项不就是找人搞关系整合资源吗？现在一切都尘埃未定，怎么能坐以待毙、束手就擒呢？行动起来，还有的是机会。只要找对人找到好办法，鹿死谁手还不一定呢！到底是母女连心，母亲寥寥数语就让她醍醐灌顶一般清醒过来。她看到了黎明的曙光，知道了前进的方向。就像小时候犯下了无数次错误，总觉得在劫难逃的时候，又找到逃出生天的方法了一样，满血复活、斗志昂扬了。

她必须恢复一点儿元气，现实已经不容许她沉沦下去，否则她费尽心机搭建的金元帝国将顷刻间坍塌。她的梦想亦将随之灰飞烟灭。

受监管机关立案调查等利空因素的影响，金域环保的股票已经接近跌破券商的质押平仓线了。金城证券、大河证券、金元同时给她发出警示函，要求及时赎回或补交质押保证金。实际上，自从稽查局启动对她以及金域环保的犯罪调查以后，质押给大河证券和金元证券的那部分股票就已经被冻结了，连赎回的机会都没有，唯有按券商的要求补交保证金。而最早质押给金城证券的那部分股票，因为跟贾华强打官司，老早就被天津中级人民法院冻结了，没有被再次冻结，实际也不可能两次冻结同一份股权。但是，好巧不巧的是，天津中级人民法院不久后解封了这份 5600 万股的股权，占总股本的 8% 左右。解封的原因是她跟贾华强的诉讼，天津中院判定贾华强团队胜诉，她要向贾华强团队的持股公司上海红梅投资赔偿 8000 多万元的股权激励款项。她不服气，向天津高级法院申诉，在此情形下，天津中院就不能冻结她的这份股权了。

眼看着股票就要跌破质押平仓线了，金城证券在向她要求赎回、补交质押保证金无果的情况下，果断将其质押的 5600 万股股票抛售了。金城证券是躲过了一劫，避免了损失。但是老板的损失可就大了，这 5600 万股市值 3 亿左右就这么被抛了，她在金域环保的持股比例也从 29% 降到 21%。但因为金域环保的持股比例比较分散，所以她大股东的地位仍然比较稳固。

损失还不止这些。被稽查局立案调查的消息传开了以后，原本答应给金域环保借款收购永兴环保的姑苏银行，撤回了对金域环保的贷款申请受理。这让金域环保一下陷入进退维谷的尴尬境地。此时的永兴环保已经办理完了股权过户，金域环保的一期收购款 1.7 亿元已经到账，马上又到支付二期收购款项的时候了。姑苏银行此时断贷就是釜底抽薪，她连赎回金域环保股份的钱都没有，还从哪里筹集永兴环保的二期收购款？唯一的选择就是终止收购。但是，根据收购协议，终止收购需要向永兴环保的股东按收购金额的 10% 赔偿！尽管老板万般无奈不情不愿，但是在这个节骨眼儿上根本就没有任何偷奸耍滑讨价还价的余地，还不如早点儿跟对方妥协，少赔点儿钱了事。

就这样，她又跑去跟陈凤莹死缠硬泡，把赔偿金从 6000 万元砍到 3000 多万元才把这件事情平息下去。不过，退回来的 1 个多亿究竟被用在何处就不得而知了。

烦心的事情就像推倒了多米诺骨牌，一件接着一件、一桩跟着一桩。除了赔钱，还要应对一系列的诉讼。金凤财富的股东和投资人在得知了她伪造他们的签名，坑害他们的利益后，将她告上法庭。她出让金凤财富股份时签订的阴阳合同也被举报给税务部门，税务机关也以偷税漏税的名义调查她。一时之间，让她再次陷入四面楚歌、风声鹤唳的境地。

但是在巨大的压力面前，她还是表现出了超强的韧性，托人找关系，找律师打官司成了她的工作和生活的重点。她一刻也不停息，见山门就拜，见神仙就磕头。凡是别人给她介绍的她认为有用的人，她都想办法约人家出来吃饭、喝茶，联络感情。为了避免事态进一步恶化，她迅速地跟金凤财富的小股东们达成和解，将他们手上的金凤财富的股份赎回，避免这些人起哄闹事。然后又到税务局补缴了税款。有些时候，该妥协的就得妥协，逞强好胜未必有好结果，就如同她对待张承勇一样。

2018 年新年前后的那么一天，已经是晚上 9 点多钟了，我接到了老板的电话。

“笑天总，您在哪儿呢？”

“我在家呢，你有什么事儿吗？”

“我打算把咱们金凤财富在西直门的办公室卖了，想请您在表决出售资产的文件上签个字。”

“你要把办公室卖了？为什么要卖？以后去哪里办公呢？”

“你知道，现在公司事情多，资金也比较紧张。想回笼一些资金，再找好的投资项目！以后办公找写字楼租就行了，这样还省钱。”

我知道她那一阵儿手头紧，势必会变卖家产筹集资金，就答应她了。

半个小时后，她打电话，“笑天总，我已经到了你家小区门口，我在车上等您。您签完字后，我还要再去找其他股东签字，请您快点下来。”

我走出小区门口的时候，看见她在一辆黑色的奔驰车里向我招手。这辆奔驰车还是贾华强当初给金域环保北京分公司买的，现在成了她的代步工具。

“咱们到旁边的酒店找个地方签字吧，这车里黑灯瞎火的怎么签？”

“不用了，您进来吧！车里暖气足得很，车里的灯也很亮。”

我看她没有下车的意思，只好开车门坐进去。关上车门以后，她迅速地递给我一张纸让我签字，而她假装在接打电话。这是一张文件最后的签字页，只要日期和几个人的签名。

“你这是什么意思？怎么只有签字页，没有正文。正文是什么？”

“正文就是我刚才在电话里说的出售公司资产的事情，因为还在改，我出办公室的时候没来得及带，只带了最后一页找股东们签字。”

“那你怎么保证你说的东西跟我签字同意的是一回事情呢？”

“我保证不骗你，让陈师傅作证。”

我看了一眼坐在驾驶位置上的陈海，心想，有第三人她应该不会骗我吧？尽管他们俩很可能会合起伙儿来骗我，可是，能骗我什么呢？我在她那里仅有零点几的股份，用不着这么兴师动众地来骗我吧？

“我可以帮你签这个字，但是你要保证我的签字跟你说的事情相关，与其他事情无关，不是坑我骗我。咱们最好录个音吧！”

“可以！”

尽管心里极不情愿，但我还是勉为其难地给她签了字，并且留下一些证据。但是她的这种做事方式一直让我心生厌恶，以至于在今后的工作中再遇到类似的情况时，提醒自己坚决不签字。不过，此后再没有遇到这么奇葩的事情。从后来的进程看，这件事情没有给我带来任何不利影响，反倒给我上了一堂风险教育课。

有了钱就有了底气，她不想坐以待毙，决心放手一搏！

第十五节

钱再兴曾经是大河报的要闻中心副主任，他擅长交际、机敏过人，在地方政界、工商界、媒体圈有极广的人脉关系。四十多岁的时候他突然发现浸泡在新闻圈成天看他们打嘴仗忽悠人，还不如找个行当赚点儿钱来得踏实。他认为利用自己娴熟的人脉和媒体资源为企业做一些媒体关系服务倒是个不错的营生，于是便辞职下海开办了一家财经公关及广告公司，为地方上的一些大公司和上市公司服务。由于他业务熟练，整合媒体资源的能力又强，公司业务发展得很快，比他当编辑、记者时赚得多多了。他在这一行当干得风生水起的时候，依然跟媒体保持紧密的联系，因为这一行当最倚重的就是跟新闻媒体的关系。跟他们的关系越好，客户的认可度就越高，委托给他的业务也就越多！因此，他的日常工作生活中有一半时间是混迹于媒体圈的，这比他当初做记者时跟他们的联络还要频繁，工作起来比当时还要辛苦。

老板是带着一个问题找到他的。这个问题已经困扰了她好几天了，她想破了脑袋也没弄明白这个问题或者更准确地说是这句话的意有所指到底是什么。

“什么是口说无凭？”她上来就提出了萦绕在其脑海的让她困惑不已的问题。

“我不明白你的意思！你能说得更明确一点儿吗？”

原来老板通过关系找到了一个曾经在监管机关工作过的老同志，他虽已退休赋闲在家，但是在一行三会还是有不小的影响力。那天老板去看他，把她如何收购上市公司以及在收购上市公司过程中所犯的错误、目前被稽查局立案侦查的情况等，都给老同志做了认真的汇报。希望老同志能帮她想想办法摆脱处罚或从轻发落。当然，汇报的时候她刻意隐去了金凤财富私刻公章、偷梁换柱等恶行，夸大其词、无限放大了贾华强等人是如何掏空上市公司的；如何设套让她收购一个将要爆雷的上市公司的；收购了上市公司以后那些高管又是如何合起伙儿来索要巨额奖励的；等等。说到最后，连她自己都觉得比窦娥还冤，是个无辜的受骗者、可怜人。说到动情之处她又潸然泪下，显得可怜兮兮的。恳请老同志发挥他的智慧和影响力，拯救她这个弱女子于水火之中。

她不知道这一通表演是否取得了成功，只觉得老同志深邃的目光仿佛穿透了时空，看得她心底发毛、手掌发汗。老同志深不可测，笑语盈盈地只说了一句:“口说无凭！”就把她打发走了，这让她百思不得其解，不知道接下来该怎么做。

“你当过记者，跟过一些大领导！您帮我分析一下这句话是什么意思。”

“领导有心帮你，但你得先帮他找到替你张口说话的由头！”

“要什么由头？案情不是由头吗？”

“当然不是，领导都已经退休了，无权过问监管机关立案调查的事情。只能在旁边的事情上帮你做文章，起到一种旁敲侧击的作用。”

“从哪方面想办法呢？”

“那还得分析你遇到的是什么问题。也就是说稽查局立案调查的事情你有没有干过、构不构成犯罪、是重罪还是轻罪，然后根据事实，你要制定你的策略，是要洗清诬陷？还是逃脱惩罚？或者争取宽大处理从轻发落？”

“只要能保住上市公司不要被摘牌退市，我不要坐牢。争取宽大处理我就心满意足了！”

“那就得想办法，找到从轻处罚的理由。”

“听说华闻社有一种内参，专门给大领导们看的。您帮我想办法找人写一篇文章为我开脱一下呗，就说我是被逼无奈的、冤枉的！”

“你是在痴人说梦吧！你知道什么是内参吗？就你这点儿事还想上内参？”

“不知道，您说说呗！”

“你所理解的新闻内参是指新闻媒体向各级党政机关专门呈送的一种新闻报道，只在特定的范围内传播，不对外公开。不止华闻社有内参，我们省一级的新闻单位都有内参。当然新闻媒体的等级越高，比如中央媒体，其内参的重要性、保密程度就越高。内参对内容的要求也非常高，必须是有典型性、代表性、覆盖面广、影响力大的新闻事件才能上，绝对不是你想上就能上的。你是不是把内参当成告御状了？”

“没有，”老板有些不好意思，“我只不过是想拿一把尚方宝剑，让那些办事的人网开一面，不要太难为咱！”

“你想得美！单就你的这件事上内参几无可能，而且事情还在监管部门侦办期间，以什么由头上内参？你的事情够典型吗？影响力够大吗？再说了你公司的体量够大吗？是否会造成社会动荡？”

“那你说该咋办呢？”

“必须另辟蹊径，想办法蹭热度！”

“怎么蹭？”

“最近社会上对民营经济的发展和保护民营企业家的呼声比较高。我有一个朋友正在收集这方面的素材，据此写一篇报道向上反映一下。看看能不能在他的那篇稿件中搭个顺风车，把咱们公司也捎带进去。毕竟咱们还是环保行业里具有代表性的企业，还是能够找到亮点的。”

“那您帮我操作一下呗！”

“呵呵！”

“请您做财经顾问多少钱？”

“100 万元！”

“啊？打个八折呗！”

老板对钱再兴的工作非常满意。因为他找人夹带了私货的那篇稿件被选进了动态清样里，老板以这篇稿件里提到金域环保的事实，向监管机构的上市公司监管部、稽查局等施压，说要保护金域环保这样的民营企业，绝不能让它退市。

也许是天生好运。不久以后，证监局的处罚决定下来了。她如愿以偿地保住了上市公司，而她个人除了罚款外，还被判以终身市场禁入，这对她来说根本就无伤大雅。因为挪用私募基金财产的违法行为，除不得继续在原机构从事证券业务或者担任原上市公司、非上市公众公司董事、监事、高级管理人员职务外，也不得在其他任何机构中从事证券业务或者担任其他上市公司、非上市公众公司董事、监事、高级管理人员职务，这算是对她最重的处罚。除此之外，还处罚金共计 100 多万元。

当然，曾经的密谋者张承勇、贾华强等都受到不同程度的处罚。被罚的人里面看似最冤、损失最大的要数杜政国了。因为他从老板那里知道了收购金域环保的事情后，就一直跟这只股票，而且和老板保持密集的电话联系。稽查局根据张承勇的举报，调取了他在金凤财富收购金域环保过程中的股票交易记录，认定他买卖金域环保的行为属于内幕交易，没收了他在这只股票上所赚的 175 万元，还被处以 3 倍的罚款：525 万元。杜政国终于为他的一张大嘴付出了高昂的代价！

在稽查局对金凤财富、金域环保立案调查期间，老板还干了一件让人匪夷所思的事情。为了让 2017 年的业绩好看一点儿，财务报表显得更漂亮一点儿，她把 2016 年的 21 份合同，用最粗劣的涂改方式，将签署日期涂改成 2017 年的，其中涉及的 900 多万元的合同额算进了当年的营业收入里。也许这件事一开始是她和张承勇合谋的，但是在张承勇反水了以后，按常理该计划应该终止执行。然而，老板总是异于常人。她根本不顾忌监管部门的调查，依然我行我素继续执行弄虚作假的方案。真的搞不明白她做事的逻辑是什么，也许她的脑回路的确跟别人不一样，她就是这么大胆任性地在监管部门的眼皮子底下造假而不管不顾。

这种低劣的弄虚作假也许别人看不出来，始作俑者张承勇能看不出来吗？于是他又举报老板年报造假。面对证监局的质询，她的回答是公司财务人员为了争取年终奖把自己的业绩做上去，所以才做出了涂改合同日期这么低级的事情。这种鬼话监管机关当然不会相信。同时各种证据也指向造假者就是她本人。这次她又领到30万元的行政处罚！

在2019年年底的一次券商组织的聚会上我又遇见了荣健，闲谈时，我半开玩笑地问他："刘金凤一次次地逃脱严惩是你支的招儿吧？"

"没有，我只做了她半年的法律顾问。"

这时，我突然想起来她曾经给我说过这么一句话：律师不能常用，用一阵子就得换。否则他弄清楚你的底细后会设计害你。

"她一而再，再而三地弄虚作假，却一次又一次地从监管手下溜走，这难道不是对我们监管部门的侮辱吗？"

"根据我国现有的法律法规，除了公司没有被直接摘牌退市之外，对她个人的处罚也算是最严厉的了。另外，我们的法律也鼓励投资者追偿。就是由于上市公司实控人因发布虚假信息导致投资人蒙受损失的，投资人可以依法向人民法院提起诉讼，要求赔偿。她将面临大量投资人要求赔偿的起诉。"

"比起股民的诉讼，她干坏事的成本简直太低了！"

"多行不义必自毙。"

第四章 新思路 新方向

第一节

顾问走了没多久，老板把我和老武叫到她的办公室。

“顾问走了，以后公司这块儿就交给你们。你们一个人管好公司日常运营，一个人管好办公室。我在外面搞定股权质押的事情。”

老板质押给大河证券和金元证券的那部分股权早已爆仓了，那可是她的全部身家。当初质押给这两家券商的股票每股价格是 4.8 元左右，而当前的股价始终在 4 元左右徘徊。所以，老板这几年过得很辛苦。为了保住这部分股权不被券商卖掉，没少跟他们打口水仗。她的这部分股票按当时的质押金额大约是 9 亿元。她没有那么多资金赎回，也没有钱补交保证金。按照合同约定，这笔质押款本金加利息再加上罚息滚雪球一般，已经十几个亿了。此外，王文学、贾华强还一直盯着她要收购金域环保时大约 1 个亿的借款。她为收购金域环保背负的债务，如果再加上金凤财富那边欠股东和投资人的债务，各项债务加起来近 15 亿元。如此沉重的财务负担压得她喘不过气来，左支右绌、疲于奔命。

券商们从没遇到过比她更难缠的人，要她赎回质押她不干，要她追加保证金她没钱，券商要拍卖她又千方百计地阻拦，她的策略就是拖！拖到有一天找到一笔钱再从券商手中把质押的那部分股权赎回来。可是现在她除了把手伸向上市公司，再无其他正当或不正当的收入来源，想要借此赎回股权无疑是天方夜谭。何况上市公司也是马瘦毛长不堪重负。

事实上，她的运气已经很不错了。当初在股票跌到券商质押平仓线的时候，金域环保正处于监管部门立案调查阶段，除了长城证券的那部分没有冻结被抛售以外，大河证券和金元证券持有的这部分股权被冻结，他们想抛也抛不了。这相当于监管部门无意中帮她锁仓了。等到调查结束，尘埃落定之时，股票价格早已跌到质押平仓线以下，如果在这个价位抛售就是券商的损失了。把这两个券商弄得哑巴吃黄连——有苦说不出。迫于无奈，大河证券和金元证券把她告上法庭，要求她按约赎回股份并缴纳利息和罚息，否则就要司法拍卖。

她当然没有钱赎回更没有钱付利息，于是大河证券率先将其持有的那部分股权拍卖。她当时非常紧张，因为大河证券手上大约持有 1 亿股金域环保的股票，占其总股份的 14% 左右，如果这部分股份被拍卖了以后，她大股东的地位就要丧失，很可能被新晋股东扫地出门。她忧心忡忡茶饭不思，想尽各种办法找了各种关系，阻止这次拍卖。但是，这次大河证券也是从自身利益考虑，不为所动，坚持拍卖。然而，幸运之神又一次站到了她这一边。大河证券是按质押价格开出的拍卖价——每股 4.8 元，而股票市场的股价才 3.5 元左右。由于拍卖价与市场价严重倒挂，第一次拍卖流拍了。这让她因祸得福。股权没有旁落，还在券商手里。只要券商一日不出手，他们之间的债权关系就依然存在，她还是上市公司大股东，还牢牢地掌控着上市公司。

但是，她也知道，在她没有将股权赎回之前，股权还有被再次拍卖的可能，她这上市公司实控人的身份也朝不保夕。所以，券商的一举一动都牵动着她的神经，使其噤若寒蝉，不得不时刻关注。

我跟老武心里雪亮。她看似给我们俩委以重任，实际上是提醒我们看好家门，在没有找到合适的人之前，不要让公司出乱子。因为在她看来，无论是我还是老武，不管个人能力如何，都没有能帮她解决一揽子麻烦的雄厚实力。重要的位置当然要留给重要的人。这绝对没有错！但是，什么样的人才称得上重要的人呢？此前的顾问算其一。她当时的想法是，顾问管理着几千亿规模的保险公司，只要他打个招呼使个眼神，他们公司的自营盘就会把她的股票轻轻松松地拉上去。但是让她深感失望的是顾问也得遵守投资纪律，不得任意干预公司的投资行为。此外，在她找到顾问的时候，顾问代表的大股东出事了，公司被国有保险公司托管，此刻的顾问避嫌尚且不能自保，怎么还有余力帮她拉抬股票呢?因此，她请顾问帮她排忧解难的目的没有达到，反而在这儿又吃又喝又拿又占地，成了吸附在她身上的水蛭，欲弃之如敝屣。所以，最后他们不欢而散也是顺理成章的事情。

正当我还在寻思她还会从哪里挖来顾问一般的人物时，她给我一个出乎意料又瞠目结舌的答案。

就在她找我和老武谈话的两天后，她再次召集高管人员开会。与以往不同的是，这次会议她把她的情人张华也带来了。因为张华跟她是那种偷偷摸摸的关系，平时难得在公司露面。一般都在香格里拉大酒店的那间办公室里跟基金团队一起办公，这次过来开会让我们深感意外，不知道老板葫芦里卖的什么药。

“从今以后，张华全面负责咱们公司的工作，他的职务是公司董事局主席！”

她倒是很直接，上来就宣布任命。这种做法明显跟上次找我和老武谈话不一样。虽然当时她说把公司交给我们管理，她负责外围，但是她根本就没有给我们任何任命和授权，尽管她说得情真意切，听上去发自肺腑，实际上口惠而实不至。我们也就没当回事儿。而这次她直接宣布张华是公司董事局主席，则说明张华是她完全放心和满意的，可以付托之人。至于头衔是否恰当则另当别论。

公司何曾有个董事局？董事局主席是随意任命的吗？对于老板用谁来管理公司大家没有多大的异议，但是对于董事局主席这一职务大家还是不甚了了。一般而言，特大型企业才设董事局，一般小企业只有董事会。上市公司设立董事局要信息披露，董事局主席要由董事会选举任命，不能由实控人自己任命。即便是实控人指派的人也需要走完相应的流程才能公告任命。依照相关法律法规，金域环保成立董事局，董事局主席应该是现任公司董事长刘文亮，也就是她二哥。因此，她的这项任命是不合法的，显得相当地草率和任性。也许她是想贪大图全，搞个董事局，借此提高张华在公司的位置，才想出了这么一个不伦不类的职务吧。但是她的这项任命在程序上就出了问题，让大家觉得这项主席任命实在是有点儿滑稽可笑！

刘文亮提早就知道了她的这个决定，这次会议他没有出席，避免了再次在大庭广众之下被羞辱。当然，大家已经习惯了他这个可有可无的董事长的存在。虽然这次会议很重要，因为它关系到今后一段时间公司管理架构的问题，但是站在个人情感的角度看，他的这种做法完全可以理解。试想一下，自己的妹妹把她的情人放在他的上面，你让他在公司众人面前情何以堪？就是你们再不拿他当回事儿，但他还是法定意义上的董事长，做这样的决定有没有考虑过他的感受？

对董事局主席的任命除了公司董事长有权质疑之外，再就是董事会秘书。但是董事会秘书此前已经辞职，现在由总经理白燕舞兼任。白燕舞以老板马首是瞻，老板说一她不敢说二，当然不会有任何质疑。最后这恶人还得我来做。

"公司成立董事局是不是要公告？"我先对她所谓的董事局质疑。

"咱们先不要提董事局，还是依照顾问在公司时的架构，还是战略发展委员会或战略决策委员会吧！"还是张华反应快，迅速接过话题，避免了大家在董事局还是董事会方面的争执。

"那就战略决策委员会主席吧！跟以前稍微做一点儿区分。战略决策委员会底下先设产业规划中心、投融资中心和企划中心三个部门。以后根据业务发展的需要再相应地增加新部门。这几天我们把这几个部门的人手都配齐，你们要努力协助张主席把公司经营好。最起码保证今年公司是盈利的。"老板就这么重新拍板决定了张华在公司的角色和位置。

老板是在跟随一位老领导参加另外一位领导攒的饭局上认识的张华。在北京这个大都市，攒饭局是一种非常特殊的商务活动。一开始的时候，攒饭局是由一些商人通过他们认识的部委机关的一些官员请本单位或其他单位的跟该商人利益攸关的官员吃饭的方式，搞人脉关系和利益交换。这里面的关键点是官员帮商人攒跟他利益攸关的关系。后来因为各自不同的需求，攒饭局的人变得五花八门，门道越来越深、套路越来越多，有时候是商人找官员、有时候是官员找官员、有时候是官员找商人，还有时候是商人找商人。但是无论谁找谁帮忙办事，都基本保持一种基本的三角关系。当然，无论是谁出面攒的饭局，买单的必定是其中利益最攸关的那个人。

这种饭局，也不一定每一场、每一次都是赤裸裸的利益交换。大多数的饭局就是为了联络感情、增进友谊，为后续的交易做铺垫。所以，这样的饭局一般选在环境优雅、私密、宽松且有特色的地方。说实话，要根据你请的重要人物的官职大小、空间距离、脾气性格、口味嗜好等选择一个称心如意的地点绝非易事。那些稍稍有些饭局经验的人，从饭局的地点选择上，可以大致判断出攒局人的能力、对他（她）的重视程度、饭局的规格档次、事情或生意的大小、买单者的经济实力等。这种饭局有的很正规很商务，有的很散漫很随意；有的稀稀拉拉三四个人，有的七八个人，一般是不会坐满一桌的。但是也有例外，比如有的领导就喜欢乱招呼人，几杯酒下肚就开始飘飘然了，说到跟这个人是朋友，跟那个人又是哥们儿的，然后就抄起电话呼朋唤友。他的那些同道也在不同的饭局上，不一会儿就三五成群地串台来了。实际上，饭局到了这种程度就算搅黄了，只剩下吃喝了。

所以，这种饭局档次要高，吃喝管够！还要细心地安排后半场，比如泡温泉、做足浴什么的。中国人的文化里，“吃”永远是最重要的事情。食不厌精、脍不厌细。孔老夫子几千年前就定义了吃食的标准。后人们又在此基础上发扬光大，创造出了博大精深的食文化。从某种意义上讲饭局就是中国文化的一种体现，尽管它是那么丑陋。

张华是那次饭局买单的人。

他是一个湖南的小地产商人，生意主要在广州、深圳两地。他的长相酷似伟大领袖！我第一次见他的时候听说他是湖南人，就急忙问他："你是主席家的亲戚吗？"他说："不是。主席是韶山的，我们家在益阳。""你长得可太像他老人家了。""大家都这么认为。"如果哪个导演看中他，他很可能就是扮演那个人的不二人选。

他大腹便便，宽大的额头高高隆起，柔软稀疏的头发向后梳，油光发亮，一丝不苟。他肥胖的圆脸红光满面。由于长期高营养食物的滋养和酒水的浸泡，患有中度的酒糟鼻，红色的毛细血管清晰可见。他不仅开发房地产还经营酒店，所以对酒桌上的一切花样都能自如应对。他有一种自信，无论多么难缠的对手、多么难以搞定的关系，只要被他拉上酒桌，都能轻松化解。他好喝酒，酒量不是很大，但是从来没有醉过。做房地产生意少不了摆排场喝酒应酬，他掌握酒场规矩进程的水平妙至毫巅，即便是酒量再大再能喝的人也休想在酒桌上把他放翻。他喝多了酒的时候通常是把身体往椅子上一靠，闭着眼头往后仰，两手在圆滚滚的肚子上抚摸来抚摸去，好似临产的孕妇，嘴里喃喃自语："这一副好下水哟！"

老板看到张华在酒桌上跟那些领导推杯换盏、勾肩搭背、潇洒自如的样子，便心生爱慕、春心荡漾，认定他就是一个八面玲珑的整合资源的高手。当他拍着胸脯信誓旦旦地保证帮她解决股权质押的问题时，她的芳心就被他彻底俘获了。"你那股权的事儿根本就不是个事儿。我找个大哥轻轻松松地就把你的股票炒到二三十元，你不就解套了吗？"他们的关系发展得比股票上涨得还要快，一来二去就开始滚床单了。

张华一开始摆出一副财大气粗的样子，对她取得的那点儿成就不屑一顾，这越发让她觉得他深不可测、手眼通天。他还带着她去广州、深圳考察了他的产业和他新拍的土地，给她描绘了一番新土地上的建设规划。殊不知，他为了这块土地不仅押上全部家当而且还债台高筑。他们俩其实是同病相怜的同一号人，为了显示自己家大业大多么了不起，而虚张声势、勾心斗角。她在随他考察产业的过程中，略施手段便轻松收买了他的司机。之后，他在广州、深圳的行踪她都了如指掌。这也是她此行最大的收获了。

老板很快摸清了张华的底细，她没有因为他欺骗她而心生怨恨。也许是相同境遇的人更加容易取得彼此的谅解，她相信张华跟他一样，也是为了做大产业才不慎将自己陷入债务缠身的困境。两人应当抱团取暖，共同面对债务问题，积极地想办法去解决。因此，她仍然对他痴心不改。他给她介绍了顾问，认为以顾问掌握的资源完全可以轻松地解决她股权质押的问题。她对他饭局上的表现印象深刻，始终相信他整合资源的能力，恰好那个时候她处理了胶州电厂，手里有钱，就花了 800 多万元买了一辆劳斯莱斯库里南配给他，专门公关上层关系。

我刚开始到公司的时候还不了解他们俩的关系。有一次我看到张华开的那辆车就问她："那个张总实力很强吗？还开着劳斯莱斯呢！"

"那是我买的！"

"啊？！"

第二节

新人新气象。

张主席到位不久，老板又从国家电网系统挖来了叶创，从一个私募挖来了张小光。他们年纪相仿，四十岁上下，年富力强且朝气蓬勃，给公司带来了不少活力。他们俩被迅速任命为公司的副总经理。张小光还兼任公司董事会秘书。他是老板收购金域环保之后的第十五任董秘了。谁能想到这个市值规模不大的公司，人员流动最频繁的岗位竟然是董事会秘书一职。

叶创是重庆人，汉口大学经济学、法学双学士。他有重庆人火辣的脾气性格，工作认真，踏实肯干，不畏艰辛，善于学习，是一个不可多得的职业经理人。他涉猎广泛，喜欢交朋友，人脉关系广。他还被任命为战略决策委员会的产业中心总经理，负责公司未来产业规划与新能源项目开发工作。

张小光是震旦大学经济学硕士，他跟朋友做私募投资基金之前还有过券商和市场监管机关工作的经历，是老板心目中最理想的董秘和投融资总经理人选。所以他还被任命为公司战略决策委员会投融资中心总经理。

我是上届战略委员会唯一的幸存者。在新的战略委员会里我的部门设置和职务都没有任何变化，还是企划中心总经理，负责公司日常经营工作和宣传、投资者关系。

至此，新一届战略决策委员会的工作架构基本搭齐，开始围绕张主席开展工作。张华宣布战略决策委员会的首要任务是为老板排忧解难。

“我们战略决策委员会要做的第一件事情是帮助大股东解决股权质押的问题；第二件事情是要尽快地将元宝电厂卖了，避免因为停工停产拖垮公司，影响年报业绩。”

他说的这两件事情确实是公司当前最亟待解决的大事。但是相比较而言，元宝电厂的事情更急迫更重要一些。股权质押的事情是老大难问题，看似很困难很复杂，实则很简单：只要有钱把它赎回来就行了。关键还是因为大股东没有钱，才要被券商拍卖。在这个问题上，利益的攸关方只是上市公司的大股东，跟上市公司利益相关性并不强。而元宝电厂则恰恰相反。我原本以为，老板把马灿国调遣过去以后，会很快找人把电厂卖了。然而，两个多月过去了，一点被卖掉的进展都没有，只听到他们不断地跟当地城管扯皮。元宝电厂自 4 月份停工停产过去已经大半年了，不仅相关的信息没有披露，而且它的这种状况拖累今年的公司业绩已是板上钉钉的事儿了。锅炉燃烧控制研究所的营业收入也不理想，年底之前要求大额的进账几无可能。况且还要帮她养活那么多的非参与生产经营活动的闲人和承担那么多的个人消费。在此情况下，要让公司保持盈利几乎不可能，只是亏多亏少的问题。

摆在战略决策委员会面前的、最亟待解决的是元宝电厂的问题。是修是卖？必须迅速决断。不能一拖再拖、悬而未决了。当然，张华也看到了这一点，他让叶创负责处理元宝电厂的事宜，总的原则还是卖。

叶创跟当时的王铁柱一样，屁颠屁颠地跑到滨海，想着赶紧把公司处理掉，帮老板拿回点儿钱来。但是当他看到厂区的破败景象时，心都凉了大半截——这破玩意儿谁要？是啊，当初停产的时候好歹还有人跑过来看看询个价什么的。可是经过这么大半年的晾晒，原本一些可用的设备和建筑结构，现在都已锈蚀得无法使用，必须更换新的或重新搭建新的，这无疑又会增加投资成本。

让叶创感到棘手和难堪的不仅仅是电厂，还有来自地方政府的压力。自从元宝电厂停工停产以来，城管就雇用临近市县的生活垃圾发电厂，一车一车地把本应由元宝电厂处理的生活垃圾拉出去让他们处理。这样日复一日，政府、城管的耐心也被耗尽。当面对叶创下了最后通牒，必须在一个星期内要么动工技改要么卖掉。叶创动用了很多关系，好说歹说才被宽限了一个月！

叶创回来以后给了老板一个公司自己掏钱修的处理意见，这让老板大为光火。老板认定这家伙又盯上了她的钱包，打起了她保命钱的主意，顿时对他的好感一扫而光，逮住机会就让他难堪。

现在属于上市公司唯一的一笔现金资产就是出售胶州垃圾发电厂的1.5亿元。但是，这笔钱掌控在老板手里，老板视其为自己翻身的保命钱。她先是在外面收购了一家私募投资公司。当然，表面上丝毫看不出她跟这家公司有任何关联。然后由上市公司金域环保与这家私募投资公司成立一个15亿元规模的产业投资基金。就这样把出售胶州电厂的1.5亿元从上市公司的账户上转了出去。至于今后这笔钱能不能回到上市公司还是个未知数！

有一次，我还就这个问题专门请教了金元石。

"上市公司的钱，怎么才能洗成个人的呢？"

"办法多得是！首先你在外面成立一个你完全控制的公司，再和上市公司成立一个基金——就像老板干的一样！然后把这个基金的钱投给你的创投公司，这钱不就是你的了吗？"

原来她早有预谋！

"她为什么这样做呢？"

"这不难理解。一旦券商把她质押的股权拍卖以后，她就要被新晋股东从上市公司扫地出门。没有了上市公司这棵摇钱树，她的生活就没了着落，因此，她不得不提前做打算。这还算是好的。如果券商在拍卖她质押的股权后还有损失，比如她当时的质押借款是6个亿，现在拍卖只收回5个亿，那么券商损失的1个亿还得找她要。所以，并不是股权被拍卖了她也就解脱了，她还可能继续偿债。"

因此，这笔保命钱对她的重要性不言而喻。谁打这笔钱的主意就是跟她过不去，这一点上她绝不妥协。不过，那 1.5 亿元里她还是花了 1000 万元买了两辆车，一辆劳斯莱斯库里南，一辆保时捷。

当叶创把公司出钱启动技改的方案提交给她时，她非但不领情，还劈头盖脸地对他发了一通火，让他感到十分憋屈。憋屈的还有张华。新官上任三把火，交给叶创的第一把火就被她扑灭了，接下来的火还怎么烧？他当然不甘心，带着叶创亲自跑到元宝电厂考察了一圈儿，找了几个以前有收购意向的公司谈了谈，看看还能不能把电厂卖给他们。然而，这些买家现在的条件都变了，就是你 0 元给他，他还不一定接呢！张华一声长叹，最终还是得出跟叶创相同的结论。

如何处置元宝电厂又成了公司经营工作的重点，大家为卖和修的问题争论不休。实际上，这个问题跟她股权质押的事情一样，归根结底，有钱就能解决，但问题是没有钱。

她又变得敏感多疑、神经兮兮的。但凡有人说到掏钱搞技改，她就怒怼别人。哪怕他说得再有理有据、实事求是，她都置若罔闻、一意孤行。她认准了一点，技改就是要她掏钱，要她掏钱就是打她保命钱的主意，谁打她保命钱的主意她就跟谁拼命。那一段时间，她的脾气异常地烦躁，时不时地把白燕舞叫过去大骂一通，骂得要多难听有多难听。有意思的是，白燕舞面对她的各种污言秽语，面无表情一点儿反应都没有。随便让她骂，骂完以后一声不吭地转头出去了。如果把她骂人的全过程录下来，完全可以去法院起诉她。

有一天，她因为元宝电厂的事情向张华、叶创发了一通火后，跑到我的办公室。

“笑天总，你认识的朋友多，看看有没有对垃圾发电感兴趣的，把元宝电厂卖了，只要他给我 5000 万元，咱就卖！”

“那 5000 多万元的债务谁背呢？”

“那当然是谁买谁背。”

“好吧！我问一下。你也知道，我认识的都是一些做投资的，不知道他们能不能算过来这笔账。”

好家伙！那么一个破电厂，她竟然要卖5000万元。此前，我以为只要有人肯承担银行债务和拖欠员工工资社保，白送都可以。5000万元？她以为别人都是傻子，不会算账？其实，她跟我说话的时候，我心里就在算账了。元宝电厂目前的银行借款大约5700万元，借款期限还有不到两年的时间。在正常运营的情况下垃圾发电厂一年的全部收入才5000多万元，净利润500多万元。现在通过大修技改恢复运行的话，至少还需要投入5000多万元。耗时四个多月。等电厂恢复正常运行的时候，银行的借款差不多也就到期了。为了买这个破电厂，两年内，里外里花1.7亿元左右，值吗？反正我是不会把这种项目推荐给我的朋友的，即便他再有钱。

我不做并不代表别人不去做。

老板执意出售电厂，张华和叶创又开始寻找新买家。正所谓甲之砒霜，乙之蜜糖。信息发出去以后，确实吸引了一些人过来询价。那几天公司来了不少人，我也帮忙接待了几拨客人。但是最后留下来，真的对电厂经营感兴趣的，还是张华的一个朋友。

他的这个叫刘昌国的朋友，实际上是他的生意伙伴，搞建筑施工的。这些年来一直跟张华开发房地产，张华是开发商，他是施工方，是甲乙方的关系。后来张华因为资金链断裂，无力继续完成新开发项目，导致他的生意也陷入停顿。巧的是，刘昌国也是重庆人，老板一度认为他跟叶创是一伙儿的。我在一次闲聊中问他："你以前是搞建筑的，现在为什么对垃圾发电感兴趣了？"

"现在搞建筑的生意都不好做！首先，你要帮开发商垫付工程款才能揽到活儿，也就是说你能不能招揽到项目完全取决于你的资金实力。其次，现在开发商基本上都是豁出去拍地、抢项目、负债经营，资金十分紧张，经常拖欠工程款，他们的资金链一断把我们也就搭进去了。再次，这几年房地产业的利润越来越薄，风险却越来越大，资金链断裂、爆雷的事件层出不穷，前景黯淡。我们就是怕被拖垮才找一个收益稳定、行业风险性小的项目做做，不是为了要赚多少钱，只求过踏实、安稳的日子。”

既然刘昌国有强烈的转型需求，而且还对垃圾发电这么有兴趣，卖给他不是一件两全其美的事情吗？至于价格嘛，可以谈！但是，老板对跟刘昌国达成交易表现得不是那么急切，很淡定。这让我十分困惑。

那天我在她办公室喝茶。

“张华、叶创他们不是找到电厂的买家了吗？而且双方洽谈得也不错，你咋又不着急卖了呢？”

“你咋知道他们不是合起伙儿来骗咱呢？”

“啊？”

这都什么时候了，她还这么疑神疑鬼的！她的这种怪诞的想法真的令人匪夷所思。

她在这里慢条斯理、不急不躁地跟刘昌国周旋的时候，滨海市政府给叶创最后通牒的期限也到了。城管局这次没有多余的动作，直接在政府网站上发布了关于取消元宝电厂特许经营权的听证会的公告，并将公告的内容以红头文件的形式给了元宝电厂。

老板这下终于慌了神。以前她都是在走钢丝，以为别人拿她没什么好办法，所以才不当一回事儿！这次逼得人家要动真格了，她就怕了，急忙让张华想办法解决。张华施展了高超的公关技能，通过负责选拔组织干部的部门里的一个朋友，给滨海市领导打招呼，说金域环保的实控人要去拜访市委、市政府的领导，让他们接待并关照一下。就这样，在元宝电厂停工停产大半年之后，她终于想起来要跟地方主管部门沟通交流。这次随同她一起去滨海的，除了张华、叶创，还有刘昌国。其目的是向政府领导汇报元宝电厂出售进展，买卖双方都在场的情况下能够提高可信度。再者，刘昌国接过电厂后，少不了要跟地方当局打交道，正好借此机会一并认识一下，方便今后的沟通。

去滨海之前，老板和张小光因为要不要信息披露的事情起了冲突！时至今日，元宝电厂停工停产的情况一直没有对外披露，属于严重违规。张小光的意思是，地方政府网站都已经发布了元宝电厂停工停产的相关信息，而且地方政府的公告内容对公司未来的特许经营权有极大的不确定性，已经隐瞒不了了，不如赶紧公告。老板则不以为然。她认为现在公告都是利空，不如等跟地方政府沟通完了以后再公告。他们各持己见、相持不下。最后还是张小光妥协了，他辞去了董秘的职务。因为他觉得当她的董秘风险太大了。所以，当天只发布了张小光辞去董事会秘书的公告。那一刻，我就知道他即将步此前那些董秘的后尘。

张华的关系起到了决定性的作用，政府领导对他们一行关照有加，政府网站撤销了举行听证会的那则公告。对于元宝电厂，政府原则上同意将其卖给刘昌国，并由他投入资金大修技改，尽快复工复产。但是，在此期间城市生活垃圾的清运费用，全部由金域环保承担。对于政府的这一要求，老板无条件接受。事实上，她根本就没有讨价还价的余地。

叶创有些不服气，他认为我们公司就不应该承担生活垃圾的清运费用，而是应当由城管部门承担。回来后，他就此征询我的意见！

“他们做的已经是仁至义尽了。”

“啊？李丁也是这么说的。”

“在我看来，这已经是相当不错的结果了，比我预想的要好得多。但是你要注意，这件事情还是有变数的！”

“什么变数？”

“老板不出这笔钱！”

“啊？”

第三节

刘昌国不明白老板为什么跟政府把关系搞得那么僵，动不动就告政府！我告诉他，那是因为她觉得只有那样才会引起政府的重视，才好讨价还价。

“你还打算收购元宝电厂吗？”

“收，但是必须满足两个条件！”

“什么条件？”

“第一，保证元宝电厂的特许经营权不被政府收回；第二，银行的那笔贷款展期两年！”

“以什么价格收呢？”

“0 元！”

“啊？刘老板同意吗？”

“我承担了电厂的债务啊。”

“那就是承债式收购呗，怎么估值的呢？”

“按未来收益法！就是电厂修好运营了，每年的净利润也就 500 多万元，再也高不到哪里去。电厂的特许经营权还不到 20 年。但是大修就要投进去 5000 万元，里外里就是 1 个亿，到最后能回本就不错了。”

“那拖欠的员工工资、社保，还有一些供应商的货款什么的谁来承担？”

“这些都由我们收购方承担。但是电厂应收的 1000 万元的上网电费归我们！”

“那也对，那笔资金正好把拖欠员工工资、社保，还有供应商的货款补上。”

刘昌国还是没有全部接下元宝电厂，他给了老板 800 万元，收购电厂 70% 的股权和承担相应的债务。因为他觉得老板做事太不牢靠，收购电厂的那两个基本条件还存在较大的不确定性。同时，他对公司和地方政府的恶劣关系心有余悸，不知道什么时候政府会收回特许经营权。另外，跟银行贷款展期的事情还没有完全谈妥，万一银行不同意展期，坚持按原来还款期限还款的话，他就麻烦了。思来想去，他还是觉得不能让老板脱身太干净，出了事儿，拉她一起下油锅的做法更妥当。反正利益捆绑在一起，有问题一起扛。

他的这种做法不无道理，但是老板还是有些不太愿意，她想及早脱身尽快甩掉这个烂摊子。无奈刘昌国抱着“咬定青山不放松”的想法，迫不得已只能答应跟他“同流合污”。好在，刘昌国收购了元宝电厂以后，元宝电厂的经营情况被剔除财务报表，不再对上市公司的业绩造成影响。另外，还能收到刘昌国 800 万元的股权收购款，只要有钱进来，她总是很高兴。但是刘昌国也不傻，在收购合同中明确约定，这笔款作为股东投资，还用在元宝电厂的大修技改上。至于老板究竟能不能履约那就不得而知了。

在甩掉了元宝电厂这个包袱之后，金域环保又回到了上市之初，只有锅炉燃烧控制所这么一个资产主体的状态。有所不同的是，上市公司的实控人由初始创始人变成了资本的弄潮儿。有意思的是，金域环保上市后的十年，伴随着中国证券市场经历了繁华、归于平庸，从最高时的百亿市值缩水到现如今的二十多亿元，股价也从每股十六元跌到当前的三四元，其间除了创始人团队出售股权赚了一些钱之外，普通的投资者肯定是赔多赚少，而现在的实控人更是负债累累。上市公司不仅没有做大做强，而且技术还逐渐落后，市场规模不断缩小，给投资人的回报暂且不提，目前上市公司生存都异常艰难。那么企业上市究竟是为了什么呢?

张华帮老板减轻了元宝电厂这个负担以后信心满满、踌躇满志。他着手规划金域环保的未来发展方向。他认为依靠公司现有的生产技术和经营规模要实现跨越式增长，为股东创造价值就是天方夜谭。必须有新的发展方向和目标，要跟紧潮流，在新能源领域寻找机会。

“新能源的范围、概念很宽泛，我们聚焦在哪个点上呢?”

“氢能！未来人类发展的方向一定是绿色经济、低碳经济。氢能源的开发利用将是实现绿色经济、低碳经济的主要手段。当前，国家出台了一系列的激励政策，支持和鼓励氢能产业的发展。在这一领域，我特别看好氢能的分布式发电技术和装备，今后我们就在这个方向上发力！”

在战略决策委员会的业务讨论会上，当他高谈阔论地发表了一番对新能源发展的高见后，让公司的一众高管感到十分震惊。就公司这种朝不保夕、等米下锅的窘境，还要向新能源方向转型，这简直就是天方夜谭。

“氢能产业确实是一个很好的赛道。但是，我们没有这方面的技术和资金上的储备，要从哪里切入呢?”

“你们先把以前接触过、跟进过的，有关氢能的项目重新梳理一下，看看有没有投资规模小的容易上手的项目。如果有的话，能投资的投资、能孵化的孵化，先把这个赛道占上。如果没有，就去找。既然我们笃定了在这条道路上发展，就要不怕困难、排除万难、迎头赶上。项目会有的，资金也会有的。另外，再跟氢能开发利用领域的一些上市公司多交流多学习，顺便从他们那里挖一些人过来，咱们的这事儿就干起来了。”

大家面面相觑，眼神中透出同一个疑问：连工资都不能保证按时发放的公司还能挖来技术专家?

张华试图掘金新能源领域的想法并非一时的心血来潮，肯定是得到了老板的支持。他们俩在这方面早就达成一致，不过是由张华带头领导实施罢了。这种公司经营战略上的巨大转变，并不是源于他们对新能源或者所谓的氢能产业有多么深刻的认识，而是道听途说，觉得这是潮流、热点。蹭热度的目的是在股市上讲故事，借此不断地在二级市场上释放利好消息，让公司的股价涨起来。他们志趣相投，惯于投机赚快钱，根本没有做好实业的长期打算。正如老板经常念叨的——“整合资源是咱的长项！”

做实业真的是实打实地沉下心来，认认真真、辛辛苦苦地把一件事情做好、做专、做精！它不仅体现在身体方面的辛苦劳作，还要精神方面的热爱和全情投入。我看到像曹德旺、刘永好那样的真正的企业家、实干家，当他们说起自己的事业的时候，身上散发出的热爱、激情真的会感染人，让你跟他们一起心潮澎湃、激动不已。他们大多数时候谈论的是事业、是产品、是社会责任，而绝不仅仅是钱！张华和老板一样都是债务缠身的人，他们的生活空间早已被巨额的债务填满，脑袋里装的都是钱、钱、钱！想的是如何投机赚快钱、赚大钱。背着这样的思想包袱，要踏踏实实地依靠做实业赚钱，那根本就不现实而且也不可能。再说了，时间上也不容许。被债权人天天逼着还钱的日子度日如年。

有一天，公司的投资者热线接到一个非常有趣的电话。

“张华是你们公司的老板吗？”

“不是的，请问您有什么事吗？”

“张华欠了我们的钱不还，说是收购了你们这家上市公司。我们就是想证实一下他说的是不是真的！”

项目很快就找到了。经过筛选最终确定了两个投资额较少，而且容易上手的小项目。第一个项目是中科院氢能研究所提供的制氢催化剂成果转化项目。实际上，这个项目老板已经跟踪了一年多了，就是因为始终不能下定决心投，处于一种徘徊观望的状态。在初次听到氢能研究所的相关人士介绍该项目的时候，她的眼睛一亮。制氢催化剂固然是个好项目，但它只是氢能研究所众多项目中的一个，如果跟这个研究所挂上关系岂不是今后该研究所孵化的项目都跟自己沾边？这对公司是不是利好？对股价有没有刺激？她越想越激动就想跟人家搞合作。

现在的科研院所都在尝试研究和市场相结合，目的是加速技术成果的市场化转化。因此，科研院所跟企业成立联合实验室成为常态化的合作方式。当然，成立联合实验室不仅要花一大笔钱，而且还有严格的审核标准，不是说谁想成立就能成立的。别人成立实验室是为了孵化科研成果，是取其实而轻其名。而老板恰恰相反，她要的是名。

她费尽心力地跟氢能研究所草签了一个合作意向书，然后迅速地发布公告称金域环保拟投资 2000 万元跟中科院氢能研究所成立新能源技术孵化中心。按照她的设想，此公告一经发布，股票必然有 5 个涨停板！她的思路非常老套，还停留在股市初级发展阶段的跟风炒作上。她的这些小伎俩在现在的股市里掀不起半点浪花。最终的效果让她大失所望，股票不但没有涨上去，还引来了交易所的质询函，要求她解释清楚跟相关研究机构的合作是真心诚意还是虚情假意，是真有其事还是跟风炒作。

合作化成泡影，但是她还是成功地戏耍了一次专家教授们。

我从其经历的几件事情中发现，这些看上去聪明绝顶的专家教授总是被她耍得团团转。而且她还并不觉得骗了他们、耍了他们有任何的羞愧自责，只要有需要，她还是能够有办法乐呵呵地再骗他们一次。

这次也不例外，她派她二哥刘文亮又去找那些专家教授谈合作。刘文亮一看就是个老实人，而且还是公司董事长，很快就赢得了那些专家教授的信任。他们同意再次启动制氢催化剂的技术成果转让的谈判，而且还约定好时间让他去他们的实验室考察！

刘文亮跟氢能研究所约定的时间是下午 2 点。

上午的时候，恰好有一个独立董事来公司做调研。因为康美药业造假被证监会罚款赔偿投资者 24 亿元，而那些在造假年报上签了字的独立董事也将承担相应的连带责任。据估算，每位独立董事要赔偿投资者损失大约2000万元，吓得那些稍有责任心的独立董事纷纷到各自的上市公司去了解情况，以便及早抽身规避风险。

在我看来，那些独立董事美其名曰是到上市公司做调研的，实际上就是走个过场。上市公司说什么他就听什么，公司的资产、人员、设备、产品、市场、财务等情况能够掌握个大概就不错了。有时候问的问题简直就是驴唇不对马嘴，因为他们往往担任了好几家上市公司的独立董事，经常张冠李戴、指东说西的。悲哀的是，老板一边给他天花乱坠地描绘上市公司的大好形势的时候，一边在偷偷地处置资产——骗他们简直太容易了。我知道，证券市场原本引进上市公司独立董事制度的目的是帮投资者监督上市公司不要乱来，但是在实际的执行过程中，这个制度成了摆设、样子活儿，有其名而无其实。有些独立董事非但没有起到监督的作用，反而和大股东沆瀣一气坑害投资者。我认为，哪怕是他们稍微用点儿心，跑得勤快点儿，时不时地到上市公司的生产一线去看看，上市公司造假坑人的行为都会有所收敛。

人是逐利的，根据激励做抉择。我曾经在一次媒体组织的研讨会上，直言不讳地指出，造成独立董事制度形同虚设的原因很多，最主要的还是独立董事酬劳由谁发放的问题。现在的独立董事一般都在上市公司领取酬劳，这跟他监督上市公司的职责是相违背的。试想一下，你怎么能够监督一个给你发工资的人呢？这不是开玩笑吗？最可笑的是，上市公司的独立董事竟然都是上市公司的股东自己找的。股东大会的表决就是走过场。谁会那么傻让自己找的人来监督自己？从这一点上讲，康美药业的独立董事被重罚一点儿都不冤。

独立董事听说我们下午要去氢能研究所考察项目，顿时引起他的兴趣，希望跟我们同去。他说他有看项目的经验可以当参谋。这确实是一个不错的提议，不过必须征得对方的同意，因为在报备考察人名单时没有他。刘文亮跟研究所联系并征得同意后，我们就一同驱车前往了。

氢能研究所在昌平的一座大山里。一般这样的单位都是准军事化管理。他们根据要求认真填写了个人信息，还留下个人身份证换了一张参观证，才被容许开车进去。我在门口办理相关手续的时候，没有看见老板，我还纳闷：她去哪里了呢？怎么突然就不见了？但是当我们开车进去了以后，她突然从刘文亮的车里钻了出来。原来她为了不登记个人信息，躲在刘文亮的汽车的后座中间混进来了。这一行人，包括氢能研究所的教授，像看外星人一样地看着她。搞不明白为什么她把一件光明正大的事情弄得如此鬼鬼祟祟。

氢能研究所的水制氢催化剂制取技术是在原技术上的更新迭代。简单地说就是在制取制氢催化剂的过程中，对其主要的原材料——金属铂的使用更经济高效，降低了成本提高了利用率。为了响应国家"双碳战略"，一些大型国企纷纷上马了水制氢项目，水制氢催化剂的需求量大增，价格高企，是一个非常好的投资项目。这个项目本身没有多大的问题，但是对老板而言，都是同一个问题——钱的问题。经测算，要产生规模收益的话，投资该项目至少需要 5000 万元，钱从何处来?

没有钱，还想留住项目，等找到钱再来投。她就是这么打算的。然后故技重施，跟氢能研究所签订技术转让协议，约定在 3—6 个月内完成技术转让和投资建设。第一个项目就这么搞定了。

第二个项目还是通过上市公司华夏通泰介绍的。该公司是国内汽车氢燃料电厂领域的领头羊。这个项目非常符合张华的胃口，就是氢能的分布式发电。

这是一个初创项目，是由东北化物所的一个专家团队开发的，利用工业灰氢发电技术。这项技术是将化工工业生产过程中产生的氢气分离出来，再将分离出来的氢气转化为电力回流给工厂使用。这项技术严重依赖化工生产过程中产生的氢气。但是现在的化工企业的现代化程度都很高，在设计生产之初就考虑到副产品的回收利用，真正能够产生大量灰氢而且直接被排放的工艺少之又少。所以，他们的产品开发出来后，始终没有找到应用场景，尚不能普及推广。很显然，这样的项目只能是风险投资项目，根本无法成为公司业务转型项目。

时光匆匆，又到了年底，到了制订明年的发展规划和经营目标的时候了。

这天，张华召集战略决策委员会成员开会。

“明年公司的经营目标是：经营收入实现 100 亿元；股票市值实现 100 亿元。集团各部门及分公司要根据这一目标分解 KPI 指标！”

他提出的双百亿的经营目标差点惊掉我们的下巴。上市公司在甩掉了元宝电厂后就只剩下锅炉燃烧控制这块业务了，还有哪来的营收主体帮公司增加收入呢？就是他找到的氢能源项目还在调查考证阶段，离产生收入还差十万八千里呢！这双百亿的收入如何实现？

面对质疑，张华继续抛出炸弹：“方法就是要通过大量的收购兼并为上市公司增加经营收入，进而带动股票市值超过 100 亿元！”

他这话一出口，我就瞬间明白了。他是解决不了老板股权质押的问题，就画了一个大饼，希望通过圈圈套圈圈的方法，解决某一点上的问题。往直白一点说，就是通过增加上市公司收入的办法，让股票涨起来，等股票涨到一定高度，比如 20 元、30 元，然后抛售一部分股票，偿还质押款和债务，又不丧失大股东地位！这实际上就是老板一直期待的解决方案。但是，这种方案经过几年的实践证明根本就行不通。他说的是外行话。内行都明白没有钱是根本做不了收购兼并的。另外，像金域环保这样的大股东被监管部门处罚过，而且她的股权近乎百分百质押，公司至少 3 年内不得再融资。一个丧失了融资资格的上市公司想通过收购兼并做大业务简直就是痴人说梦。

就在几天前，我还跟锅炉厂的总经理吕浩了解了公司的经营收入情况。他说：“锅炉厂今年经营收入勉勉强强能做到 2 个亿，净利润 1000 多万元。但是加上集团费用和元宝电厂停工停产造成的经营损失以及资产减值，亏损已成定局！”

我让他做个明年公司的营收预算。特别强调要三个数字：一是保持现有状态不变，上市公司还承担集团公司的运营费用，明年的营业额能到多少？二是上市公司和集团脱钩，独自运行独立承担经营费用，营业收入能到多少？三是如果集团提供上市公司3000万元的流动资金，且不占用任何资源的情况下，营业收入能到多少？

吕浩很快就做出了明年收入预测，分别是2亿元、2.5亿元、3亿元！我拿着这个数字想找张华据理力争，定任务定指标不能这么不切实际、虚头巴脑。

张华看了一眼我的测算数据，微微一笑，淡淡地说："咱们重奖励轻考核！"

"这不是儿戏吗？"

我感到很不可思议，怎么能在这么严肃的事情上如此草率随意？我还想接着跟他争辩。这时，旁边的财务总监王梦金偷偷地拉了一下我的胳膊，压低声音说："别争了，吃饭去，爱咋咋地吧！"

第四节

三月初的中原，春寒料峭。

我和张华走出鹤壁高铁站的时候，却不见司机航海的踪影。按照此前的约定，他开公司的丰田埃尔法先我们一步到达鹤壁，等我们乘坐高铁到达后，接上我们去龙阳市，因为龙阳尚未开通到北京的高铁。

从鹤壁到龙阳大约 80 公里，车程 1 个多小时。我和张华到达鹤壁的时候已经是下午 5 点多。按计划，7 点前赶到龙阳参加市政府领导的招待晚宴，时间上绰绰有余！但是，当我们出站后看不见航海的踪影时，张华急了，急忙给他拨打电话。

"喂！你在哪儿呢？"

"我在龙阳呢！"

"说好的你在鹤壁等着接我们，你跑龙阳干什么去了？"

"我先接了金元石，先把他送到龙阳，再回来接你们。"

"你傻吗？！喜欢在路上跑来跑去？你现在在什么位置？"

"在去往龙阳的路上。"

"你这个傻 × 玩意儿。"

张华气得破口大骂，挂了电话还在气喘吁吁。

"昨天不是说好在这里等着接咱们，怎么今天先接了金元石就走了？"

"谁知道呢！"

这时，我突然想起来，昨天上午在安排到龙阳的行程的时候，我还特意问张华，从鹤壁到龙阳怎么走。

“到了鹤壁以后，是龙阳政府派车接我们呢？还是咱们从当地租一辆商务车过去呢？”

“都不用。我让航海今天晚上或者明天一早先开丰田埃尔法过去，在高铁站接上我们一起过去。”

接着他把航海叫过来，当面安排了这项任务。

张华给航海安排工作的时候，我心里就开始犯起小嘀咕：这事儿虽小，但你不给老板说一声，调得了这车吗？虽然说你们俩睡在一起，但是公司里的资产未必你说了算。后来又一想，这次要去跟龙阳政府谈合作，在这么重大的事情上她不会再出什么幺蛾子吧？这个念头仅仅只是一闪而过。我想，即便老板再小肚鸡肠，做事情总得顾全大局，毕竟去龙阳谈合作也是为了公司，不会因为别人没有请示就不给派车吧？

到中午上车之前，我还特意问张华：“航海开车先走了吗？”

“走了，一大早走的！”

“那他应该能赶在我们前面接我们了？”

“没问题！”

我心想，老板这次还很大度，没有给他使绊子。也对，毕竟是给她办事嘛。

所以，当张华给航海打电话问他在哪里的时候，我心里咯噔一下，该来的还是来了。

张华挂断电话没一会儿，航海又拨打回来。

“你们找个地方坐着等一会儿，我在前面高速口掉头回来接你们。”

“你还回来干什么！你在龙阳高速出口处等我们。”

“那你们怎么走？”

“你别管！”

张华快被他气疯了，嘴里一边骂一边着急地想办法。还有什么办法？只有打出租车了，必须在约定的饭点儿赶到。难道还要领导们等吗？

在等出租车的时候，张华还在不停地咒骂航海。我说了句：“他会那么傻吗？”然后，他就安静了，低头生闷气。

坐进出租车以后，老板的电话打进来了。

“你在哪儿呢？”

“在出租车上。”

“跟谁？”

“笑天。”

“去哪儿？”

“龙阳！”

“不是航海接你们去了吗？你们怎么打出租车了？”

“他接了金元石开车先走了。”

“那怎么办？”

“让他在前面高速出口等我们。”

“好吧！晚上少喝酒啊。”

我听着他们的通话，恶心得直想吐。这一切都是她小肚鸡肠地在暗地里操纵，还装成懵懂无知的样子演出来的。

表演还没有结束。他们通话后没一会儿，她又给我发了一条微信：这两天一定要看好张总，别让他喝酒。他身体有恙，喝多了要出事儿，一定切记！

真是惺惺作态，令人厌恶。

我们到了龙阳市高速公路出口处，依然不见航海的影子。张华又打电话问他在哪里，他说还在高速上。

“不是让你在高速出口等我们吗？”

“我又回去接你们一趟，现在又往龙阳赶呢！”

这次，张华被气得连骂人的力气都没有了。

“让这辆出租车把我们送到酒店吧，让市领导等我们不合适。”

“还是等到他一起去吧。”

我估计他是觉得乘出租车去没面子。坐着埃尔法的话，看上去更商务更气派。

我们在高速出口又等了差不多 1 个小时，等到了领导设宴的酒店的时候已经快晚上 9 点了。

唉！正事儿还没开始，烂事儿已经一箩筐。

在后来的一次聚会上，我把这件事情当作笑料讲给顾问、范峰他们。顾问听完哈哈一笑："这个女人控制欲太强，即便是枕边人，只要是她的东西，未经她同意，你要动一下她都会给你好看！"

龙阳市位于冀、鲁、豫三省交界处，是中原油田所在地。为了应对油气资源日渐匮乏对经济发展造成的影响，地方政府近些年加大招商引资的力度，出台了一系列的优惠政策，吸引一些企业和企业家到龙阳投资建设搞活经济。我们此行的目的是考察当地的营商环境和政府招商政策，希望在新能源项目投资建设阶段获得政府的资金支持。因为，龙阳市政府有个雄心勃勃的计划，他们要在龙阳打造全国最大的以氢能为主要业态的化工工业园区。这里有个得天独厚的条件是它曾经是中原油田的炼化基地，后来因为产业转移和腾退落后业态，关停了部分技术落后环保不达标的炼化工厂。

为了给这些关停了的炼化企业找到新的转型之路，国家给当地特批了一个化工产业工业园区，鼓励被关停的企业找到再生之路，同时吸引其他地区的企业到这里投资建厂搞活地方经济。据说，这将是政府批准建设的最后一个化工类工业园区，因为"双碳"战略，类似的园区将不再获批。

龙阳市努力将化工产业工业园打造成全国氢能产业工业示范区，形成融绿氢的生产制造、储存、储运、加氢以及加氢站的建设运营等为一体的产业集群。他们的产业规划跟金域环保的未来发展不谋而合。如果利用他们的产业政策、资金将制氢催化剂项目落地，为氢能的分布式发电找到应用场景，将不失为最好的选择。为了表示诚意，同时也是展示实力，这次代表金域环保跟龙阳市政府谈判的除了我和张华、金元石，还有投融资部总经理章海桐。春节过后，由于张小光留在上海筹办金域江浙投资平台，战略决策委员会投融资部总经理的职务就给了章海桐。他也是老板多年的朋友，一个金融掮客。这家伙长得白白胖胖、肥头大耳的，一副很有钱的大佬模样，跟龙阳市政府的合作是他撮合的。

在此之前，我们跟龙阳市政府的投资平台——龙阳投资集团有过沟通交流。他们将金域环保视为主要的招商引资目标公司，希望到他们的化工产业工业园投资落户。老板提出，只要龙阳投资集团出资 5 亿元和金域环保共同发起设立 20 亿元的产业投资基金和并购基金，她愿意把上市公司金域环保迁到龙阳市化工产业园。尽管龙阳市已经有 3 家上市公司，但是再吸引一家上市公司迁址产业园，那么政府在招商引资方面就有积极的示范作用。这个大胆的提议，引起了龙阳市政府的重视，邀请我们去龙阳将合作具体细化。

早在两年多前，老板就在她所谓的一些高人的指点下，把上市公司的注册地从彭城迁到了雄县。其用心是借雄安新区的开发建设，打政治牌，逃避监管。当然，还有一点是怕贾华强团队人员在彭城打击报复绑架她。如果说上次迁址是逃避，那么这次迁址更像是赌博。

地方领导非常大度，并没有因为我们迟到了而感到丝毫不快。在政府招待所的餐厅里，精心准备了一桌有浓郁地方特色的美食。市委书记、市长、副市长、财政局局长、投资集团的负责人等恭候多时，让我们感到受宠若惊。市领导热情洋溢，举止优雅，学富五车，从龙阳的人文历史、地理风貌，到社会环境、经济建设如数家珍，娓娓道来。他对我们的到来表示欢迎，同时还不断地表扬我们有眼光，来龙阳安家是最正确高明的投资决策。这些领导没有一点儿官员的架子，雨润无声，让我们忘乎所以，根本感觉不到是跟官员打交道，而像是跟商人谈生意。

张华不愧是做房地产出身的，惯于跟官员们打交道。他很好地把握住官员们既要搞好经济建设造福于民的政绩诉求，又要加官晋爵的人生追求。在与书记、市长等一行官员座谈的时候，不断地夸大金域环保的竞争实力和未来的产业规划，还特别突出地阐述了上市公司落户产业园的示范效应和带动意义。

“我们上市公司一边对接资本市场，一边对接产业。我们通过资本市场融资，进行大量的收购兼并，能迅速地在产业园形成相关的产业集群。在座的各位领导，你们要认识到你们引进的不仅是一家上市公司，还是一家投资银行，一个孵化器。它能孵化出很多先进的、高端的、高增长的、高利润的项目和公司，必将带动这个产业园区成为全国最瞩目、最耀眼、最成功、最高大上的产业园！”

他一本正经、巧舌如簧，根本无视金域环保朝不保夕的经营窘境以及早已丢失了融资资格的事实。他的口才、学识乃至阅历超越老板很多，所以老板才对他倾慕有加。也许领导们对这种胡吹乱谤的场面见怪不怪、习以为常，就任其自说自话，表面上装出一副一本正经的样子，谁知道心里面还盘算着别的什么东西呢。

张华虽然讲话真真假假、虚虚实实，但是提起条件来却毫不含糊。

“因为我们上市公司决心整体搬迁到龙阳市，陆续将原有产业和新产业落户化工工业园，我们要在这个工业园内打造金域新能国际产业园！为此，我们希望龙阳方面给我们除了联合发起设立 20 亿元的产业投资基金及并购基金外，再提供 1000 亩的工业用地和 500 亩的商业配套开发用地，支持我们的公司搬迁、项目落地、员工安置等！”

张华挑明了他要求的条件后，我看见在场的一些官员相视一笑：不就是产业勾地吗！还说得那么花里胡哨的。

的确，张华的目的就是产业勾地。他是房地产开发商，对这一套运作简直就是轻车熟路。在跟龙阳投资集团初次接洽的时候，他跟老板想的一个是筹备基金借鸡生蛋，另一个是产业勾地。

这些年，上市公司以产业投资的名义搞房地产开发的比比皆是。就跟贾华强当年在秦城以参与城市环境治理项目为名，搞房地产开发的路子如出一辙，只不过他运气不好被人骗了罢了。

“上市公司这种经营状况，哪有余力搞房地产开发？难道我们要转型做地产？”我不明就里，想弄清楚他是怎么想的。

“这你就不懂了。产业勾地最值钱的就是工业用地之外的那部分配套的商业开发用地。我们在工业园区要500—1000亩工业用地，政府给我们在开发区或高铁站附近配500亩的商业开发用地，以支持我们的产业落地。当然这些地都不是白给的。工业用地有工业用地的价格，商业开发有商业开发的价格，商品房有商品房的地价，有些还要走招拍挂的流程。总之，产业勾地的用于商品房开发的地价，肯定比正常的拍地价格便宜。假如我们拿了200亩的位置比较好的商品房开发用地，100亩我们自己留着搞开发，另外100亩反手倒给别的地产商。这不马上变现了吗？如果一亩地200万元，100亩就是2亿元！拿这2亿元再去撬动别的事情不就容易了吗？”

“我明白了，这不就是空手套白狼吗？！”

他的这一套我都能弄明白，依靠土地财政的官员们能不懂？所以他们才会暗自发笑。

书记、市长对他的狮子大张口不为所动。反正是谈判，你漫天要价就要吧，但是该讲的原则还是要说清。

“张主席勾画的企业发展愿景让我们心潮澎湃、激动万分！我们非常欢迎张主席这样有理想有担当的企业家来龙阳投资，也希望金域环保在这里发展成为卓越的明星企业。万丈高楼平地起，宏伟的蓝图都是从实现一个个小目标开始的。我们不妨放眼全局从小处着手，从一个小切口开始。比如落地一个投资项目，再逐渐展开其他方面的投资建设。我们将不遗余力地扶持这些优秀的企业快速发展，这是我们政府的使命，也是当地老百姓的呼声，我们要努力实现！”

既然书记定调要从小处着手、从项目落地开始，那么通过兜售一揽子规划，实现产业勾地的计划怕是泡汤了。但是，张华依然成竹在胸、信心满满。

“你们下午跟工业园区管委会的人去工业园区看看。重点是看它的商业开发配套用地在什么位置，离将要开通的高铁站有多远。另外，问清楚在开发区或市区的配套开发用地在什么位置，价格是多少。”

第二天上午，我们跟龙阳市的有关部门再次座谈了以后，他着急离开龙阳去彭城，他连看一下工业园区的兴趣都没有。如果不先拿到地迅速变成钱，到这里投资是没有任何意义的。他看我们一脸困惑不解的样子，就解释道：“你们放心吧，现在咱们跟政府是初次谈判，大家都是互相摸底。政府很清楚咱们的意图就是产业拿地。拿不到地，变不了现，谁还傻呵呵地到这里来投资？现在谁是最大的地产商？地方政府！他们从农民手中把土地收上来，不卖个好价钱怎么让农民脱贫？怎么实现共同富裕？怎么搞活经济？搞这个产业园、那个工业园，实质上还不都是土地财政的一部分？

“如果各个产业园、工业园都像他们规划的那么高大上，发展得那么好，产业园经济早就如火如荼了！可是，现如今全国有成百上千个产业园，你们看见过有哪个产业园是成功的？还不都是一地鸡毛？！为什么？在这样的经济环境下，人们追求的都是短期效应，谁还敢做长远规划？企业家如此，官员们何尝不是如此？所以，大家都很清楚，产业拿地——产业是幌子，而拿地才是动真格的。他们不把地卖给我们，还会找跟我们一样的人接着卖。现在，咱们要做的就是把规划做得漂亮一些、高大上一点儿，以产业投资的名义把地拿下来，变现！变了现再来投资不就简单了吗？”

经他这么一说，我豁然开朗。这只不过是个博弈游戏：你要我去投资，你得先让我赚到钱；我拿了从你身上赚的钱再去给你投资。

第五节

叶创问我："咱们真的会搬迁到龙阳吗？"

"把注册地放到龙阳是有可能的，办公地点肯定还在北京。"

"咱们这个办公楼的租期不是已经快到了吗？我以为要整体搬迁到龙阳。"

"不会的，整体搬迁的动静得有多大？不是说搬迁就能搬迁的。再说了，跟龙阳方面的条件还没有谈妥，远没有到搬迁的地步。你没看见这几天老板满世界地找办公地点吗？"

"这个我知道，张总不是要我做龙阳产业园的规划吗？其中还包括公司总部大厦，这投资规模得有多大呀？钱从何来？"

"你先不要考虑钱的问题，这个烦恼让老板他们去解决。你只要把龙阳产业园的规划做好，要高大上，让那边的领导看着满意，能给咱们批地就行了。"

"这种规划不都是聘请专业机构做的吗？我哪里会做这东西？从来没干过啊！你有什么好办法？"

"我能有什么好办法？从网上扒拉呗！他们连请规划顾问的钱都不肯出，就只能从网上找资料拼凑。"

"这不是难为我吗？"

叶创问我公司搬迁的事情，我也曾经问过老板。她跟我说了一句模棱两可的话，让我觉得她根本没有这种打算。更何况她还不遗余力地通过各种渠道在北京找地方，搬迁这种事情就是跟对方谈判的诱饵，在嘴上说说而已。

“你不会是真的要把公司搬到龙阳去吧？”

“那就看对方能不能满足咱们的条件了。”

“什么条件？”

“组两只20亿元规模的基金，再给几百亩的房地产开发用地。”

“这房地产开发用地能不能给，我估计还有商量的余地。可是这20亿元的基金绝对不可能！地方投资平台全部资产加起来都不一定有20亿元，怎么可能给你组20亿元基金呢？”

“那至少出5亿元吧？剩下的我来募。”

“那也不可能，我看他们没那么多钱。”

“那就算了。”她一副无所谓的表情，“你下午有安排吗？没安排的话跟我去看房子，咱们赶紧把新的办公地点定下来。”

老板为了新的办公场地的事情东跑西颠地忙碌了好一阵子了。她是个急性子的人，又事无巨细，租房子这么琐碎的事情她都要亲力亲为，交给谁都不放心。公司现在的办公场地在学院路的科创大厦，面积500多平方米，实际上已经完全够用。在这里办公的所谓集团的人基本就是上市公司的高管人员和一些财务、法务等，30人左右，如果加上她在香格里拉大酒店筹备基金的那帮人，也不到40人。这里的办公环境说不上有多高档，但是给人的观感还是舒适宜人的。主要是，张华觉得这样的办公场所不够上档次，不能体现公司的实力。换句话说，就是不够奢华、张扬、气派、能唬人。地产商的眼里，办公楼就是公司的脸面、名片、衣冠，就要豪华、气派、金碧辉煌。即便是负债累累、朝不保夕，也要虚张声势、强颜欢笑，这绝对是面子问题。他心目中的办公场所更像是多功能娱乐城——有办公、有娱乐、有餐饮、有私密会所。对！就像当年赖昌星的红楼。

我不知道，是否每一位大佬都有一个红楼梦。但是自赖昌星之后，能够超越红楼的恐怕只有丁书苗的西山会了。可是那两人的结局尽人皆知，都不怎么好。

老板要带我去看的这个办公场所在北三环大钟寺附近，是农业科技中心一栋 20 世纪 90 年代的 6 层高的独立的办公楼，近 2 万平方米。这栋白色的建筑物以现在的眼光看显得比较老旧。临街，有个小院，能停 10 辆车。在小院临街的一边还有一个 30 平方米左右的农科中心的种子批发部，使得整个环境看上去就是一个农村信用社的样子。这栋办公楼的前租户是一家搞航天科技的公司，因为经营不善拖欠了农科中心大半年的房租，被农科中心强行撵出去了。老板带我去看的时候他们还在清理那个租户的遗留物。

老板盯着这个地方快一个月了，也不知道为此找了多少关系跑了多少趟路——因为看上这个地方的可不止她一家。她最主要的竞争者是湖北某地方政府，该地方政府想将此地改造成他们的驻京办事处，而且已经与农科中心草签了租房协议。老板在比较了其他几处办公场所后，还是觉得农科中心的这栋办公楼最合心意，就想跟人家抢租。她关系套关系，从公安部找到农业农村部，从农业农村部找到农科中心，从农科中心找到负责物业管理的中心主任，最后总算找到了决定房屋租售的话事人。

她让老武带了两盒白茶，坐上我的车，一起去了这个话事人的办公室。临进人家的办公室之前，她交代我和老武说："一会儿进去，你们俩都不要说话，听我说！"我很纳闷，不知道她葫芦里又要倒腾什么药，就将信将疑地跟了进去。中心主任是一个五十多岁的中年人，彬彬有礼、温文尔雅，很热情地接待了我们。老板很善于跟人套近乎，三两句话就知道这个主任还是她河南老乡，然后突然放松了，开始介绍她的公司。

"主任，我们是一家环保类的上市公司，主营业务有节能装备制造、生活垃圾焚烧发电、水环境治理、污水处理和氢能源等。我们还有一块重要的业务是土壤环境修复。这方面我们跟农业农村部、农科院以及农业大学等都有广泛的合作，我们还聘请了农业农村部在这方面的专家做我们的顾问。我们在土壤环境修复方面的技术力量还是很强的。”

“是吗？你们聘请的是谁？我就是这方面的专家啊！你聘请的人我应该都认识。”

“主任，以后我都会介绍给您的！您看，这是我给您带来的我们公司定制的老白茶，味道非常独特，请您尝尝！”

我还以为她不让我们说话是因为她手里有什么让别人乖乖听话，满足她愿望的法宝呢，原来就是为了吹牛皮套近乎。她以为她是多么聪明，别人都自愧不如。可是这次牛皮吹得有点儿大，口水都糊脸上了。我不知道她尴尬不尴尬，反正我已经羞愧得无地自容。说实话，跟这样的老板出来真丢人。

主任看出她在吹牛，只是没有戳破而已。他很快叫人带我们去实地考察那栋办公楼是什么情况，而且在临别之时一再强调先来后到，要出租的话会优先选择那个地方政府。

从主任办公室出来后，我有些倒胃口，对看楼已经是兴趣索然。但是老板却依然兴致勃勃，她可能对她托关系的人有信心，非要拉着我和老武到那栋楼上去看看。

进到楼里，由于农科中心的物业还在清理前租户的东西，里面又脏又乱，找个落脚的地方都费劲。当老板看到二楼一间用过的厨房和餐厅的时候，两眼直冒光。

“把这地方收拾好了，以后请个省长、部长的，多有面子啊！”

“你不会是要把这里弄成赖昌星的红楼、丁书苗的西山会吧？那可是一条不归路！”我终于知道她看好这里的真实目的了。

她莞尔一笑：“不会的！”

回到公司后，我对老武说，以后这种事情千万不要再叫我了，真的丢不起这个人。再说了，我也很忙。

那一阵儿，我确实很忙。

为了适应张主席新的发展战略，老板要求公司的宣传册、宣传片、网站等，都要重新修改制作、推陈出新。这并不是一件十分困难的事情。事实上随着公司业务的发展、经营状况的改变、市场格局的变化，等等，公司的企业形象宣传都在不时地随着变化而变化。许多企业在自身的宣传包装方面下足了功夫。我做记者的时候，看到不少企业的宣传片拍得跟电影大片似的，非常震撼。有的企业的宣传册就是一本精美的画册，令人爱不释手。金域环保现在正在使用的宣传册、宣传片，包括网站，还是老板找她的朋友做的，其质量、效果、观赏性有些惨不忍睹。但是，我知道这块绝不仅仅是制作者水平的问题，而是老板的问题。俗话说得好，一分价钱一分货，十分价钱买不错。做这些门面上的事情要舍得花钱，你想花三五块钱出个好作品，那肯定是不可能的。老板就是因为在这上面舍不得花钱才弄出来那些粗制滥造的东西，不仅张华看不上眼，员工客户都不甚满意。由于公司里找不到合适的人，也不愿意花钱请外援，就一拖再拖、得过且过。

我刚到公司的时候，老板就把这件事情交代给了我。那时候公司对更新宣传片、宣传册的要求不如现在这么迫切，我只是在原来的基础上修修补补、删删减减，看着像个样子，不闹笑话就可以了。如果继续往好里做就要花钱请专业制作公司帮忙了。我知道，她除了给自己买衣服慷慨大方，在其他的地方都抠抠搜搜，吝啬得要命。据说，她跟上一家制作公司就因为付款的事情弄得很不愉快，被对方律师起诉了。所以，在她这里我尽量避免提及跟钱相关的事情。

而这次重新制作宣传册、宣传片让我犯了难。好的制作公司并不是请不起，而是她根本就不会也不愿花这个钱。如果你想把这个事情办好，又帮她省钱，就得找一家熟悉且信得过的公司。但是这样势必会搭上人情。人家冲着你的这份人情就是不赚钱，赚点儿流水总说得过去吧？是不是应该按约定及时付款才能对得起朋友？如果连这一点都做不到的话，介绍人的个人信誉必将受损。但是，给老板做事确实面临这方面的风险，她是那种任意透支他人信用的人。有一次，她火急火燎地要在《经济观察周报》上做广告，找我帮忙联系一下。我通过朋友关系，让他们双方对接上，而且人家按她的要求做了宣传。她达到目的后，只付了对方一半的钱，剩下的一半迟迟不肯支付。直到一年之后，对方迫于无奈将催款电话打给我时，我才知道她是那么不讲信用。

而她对付其他媒体尤甚于此。由于她在证券市场上声名狼藉、丑事不断，那些证券媒体就盯着她不断地找她的麻烦。为了摆脱盯梢、息事宁人，她跟监管机构指定的四家信息披露报纸签订长期披露合同，算是交了保护费。但是，她又不愿真心诚意地履约，就千方百计想办法拖，或者挤牙膏似的一点儿一点儿付。年底的时候，助理小张曾经给过我一张媒体应付款项的明细表，上市公司欠媒体的信息披露费、宣传费、广告费等，总计 70 多万元。其中，欠证券报纸的信息披露费 50 多万元。我暗自发笑，心想老板对付这些媒体真有一套。有的证券报纸 10 万元的合同款，1 年仅付了 1 万元；还有的欠了 3 年也没付！我对小张说："对付这些媒体，还是按老板的办法做，能拖就拖、能欠就欠。反正他们是收保护费的，早就丢了做媒体的本心，不如给他们收保护费制造一点儿难度。"

对付这些财大气粗的所谓的官办媒体可以用拖欠的办法，但是对那些直面市场竞争的制作公司就不能用这种流氓手段了，那让人不齿。

正因为我知道她经常有这种透支他人信用、陷人于不义的恶劣行径，所以做事的时候总是小心翼翼、处处提防。思来想去，我最后还是把公司宣传册、宣传片的制作交给了一帮记者朋友开的广告公司。他们以前在媒体里深度调查报道做得很出色，后来因为其他的原因就辞职创业了，他们对付难缠的人比较有经验，就是以后在合作中真的产生了矛盾，或者老板耍赖不给钱的话，便于制衡。

除了选择制作公司，在公司宣传内容上大家的意见也不是很统一，主要的原因是张华在公司的战略定位方面，思路模糊、左右摇摆。他一会儿给上市公司的定位是新能源科技公司，一会儿又是新能源科技装备制造公司；一会儿嫌新能源科技的内容太宽泛，一会儿又觉得新能源科技装备制造不出他想要的东西。当他捉摸不定、犹豫不决的时候，往往大手一挥，“你和叶创商量着定吧！”真的是以其昏昏，使人昭昭。

张华还是想借房地产翻身，因为他只有干起这一行才能得心应手。这不难理解，路径依赖嘛！理性人都会是这种选择。转行对那些债台高筑的人来说机会成本太高了，根本就不合算。再说了，从房地产上尝到了赚钱快感的人对其他的行业索然寡味、不值一哂 。有一天，我在闲聊时问他是如何把自己折进房地产的。他对这个问题避而不答，反问我：“你知道我为什么对实现百亿有信心吗？”

“不知道，请指教！”

“我给你说一下我们做房地产的例子你就明白了。比如，我们几个人凑 10 个亿成立一家房地产项目开发公司，然后以这个地产公司拍（卖）一块房地产开发用地。拿下这个地块后，我们就做设计规划。我们将这个地块定位高端，有商业、有住宅、有别墅，还有其他娱乐设施等，规划出 50 亿元或者 60 亿元产值的大项目。然后找大的房地产开发商协商共同开发。因为大的开发商急于扩张，收购我们这样的项目是他们实现迅速扩张的路径之一。我们按 50 亿元市值的 6 折——30 亿元，给这个地产公司估值。我们出让 51% 的股份给大的开发商，就能赚回来 15 个亿，一把就把前期的投资收回来了。”

“这跟加杠杆炒股票一样啊！”

“对啊！这就是炒房地产——小的开发商小炒、大的开发商大炒。”

“我说恒大怎么会爆雷呢，原来是这样啊！”

“是啊，我们就是要卖给他们的，合同都签了。结果他们资金链断了，爆雷了，把我们也拖死了！”

“那咱们这百亿元的收入你咋弄呢？”

“先在龙阳市产业勾地，拿到一块配套的房地产开发用地后倒给其他的地产商变现，有了钱再做收并购！”

“现在的房地产商都在挨个爆雷，谁还愿意在三四线城市拿地？”

“总能找到一两个冤大头的，放心吧！你跟叶创赶紧把产业园的投资规划方案弄出来，继续跟龙阳市政府谈合作。”

叶创好不容易拼凑出一个投资规划方案拿过来跟我商量。他的方案的名称是“金域环保龙阳新能源装备制造产业园投资规划方案”，里面有氢能源生产、装备制造、科研中心、总部大厦、国际学术交流中心等七大功能模块，总投资 100 亿元。我看他弄得有模有样，尽管都是瞎编乱造，但还是费了很大的心思，就调侃道：“小伙子，你很有前途，就是骗人也显得这么有诚意。”

“那怎么弄？”

“没事，你给张主席吧，只要他觉得满意、心安理得就行，毕竟他才是操盘者。”

张华看了方案后，觉得甚合他意，只是在气势上略有欠缺，就大笔一挥，在产业园前面加了“国际”两字，变成了“金域环保龙阳新能源装备制造国际产业园投资规划方案”，投资规模 3 年 200 亿元，园区规划用地 1000 亩，商业及房地产开发用地 1000 亩。

四月，全国有些地方又遭遇了不同程度的新冠病毒的侵扰。因为静态管理的原因，造成部分地区交通中断。为了减少不必要的出行麻烦，同时推动产业园项目的进展，我们跟龙阳方面的沟通是通过网络视频交流的。地方政府对我们的项目非常重视，书记表示要亲自抓落实，这无形中给我们添了不小的压力。地方一把手亲自过问的项目可不能瞎编乱造，必须要实事求是，有就是有，没有就没有！如果有，咱们就实实在在地落地一个项目，把彼此的信任建立起来，力图更大的发展。如果没有，也不要紧，把你的困难说出来，你想干什么，但是因为现在条件有限，难以达成所愿，你能不能帮帮我？如果他们愿意帮就帮，不帮就算了。好说好散。最不应该的就是画个大饼去骗人。也许是职业习惯的原因，这种事情我是绝对做不出来的。

而作为地产商人的张华跟我完全是两种人，在他的字典里根本没有所谓的“骗人”两个字，只有生意。这一点他跟老板完全一致，根本不觉得骗人是不光彩的，只要能达到目的，可以不择手段。

“既然地方领导要亲自主导这个项目的落地实施，我的意思是聘请一家专业的项目规划咨询机构把他们的方案完善一下，看上去切实可行。”我给张华建议。但是，张华仍然不为所动。“还是由叶创继续完善，准备给地方领导做一次汇报路演。”张华并不是不想请中介机构帮他做产业园的设计规划方案，他是好面子的人，当然知道东西的好坏，知道什么样的东西拿出去有面子。主要原因是老板死死地把控公司的财务，只要老板不同意，他支配不了公司的一分钱！有一次他还跟我抱怨说，他在这公司拿不到一分钱，他日常的消费还要从深圳他那边的公司里支。我不置可否，挠挠头说：“不是有人陪你睡嘛！”

张华的一个决定让我萌生去意，但真正促使我离开老板公司的另有其事。二者互有关联。

因为要去给龙阳市政府领导汇报产业园的投资规划方案，不知道出于什么样的一种考虑，作为操盘手的张华躲在后面不去，他让我和章海桐、叶创、金元石一起去。也许是他想扮演最后出场拍板的大 BOSS，也许是想让我们把该出的丑出尽，他来善后。尽管他有他的理由，但是我还是觉得他的决定很难接受。

“你不去，我也不去！”

“不行、不行！”他和老板异口同声地说道，“你看着憨厚老实，又做过媒体、当过记者、经历过大场面，在那些领导的眼里可信度高一点儿。”

“你们把我当什么了？”

他们这种奇怪的想法让我感到愤怒，当即就有要辞职离开的打算。后来一想，还是把手头的工作交接完了再走吧！

这件事情过去没两天，她的叔叔刘小光又来搞事情。这彻底点燃了我的怒火，决定跟她挥手而别。

事情的起因是上市公司金域环保的那套 OA 系统用了十多年了，需要一次大的更新升级，负责系统维护的工作人员报了一个八九十万元的预算。老板一看一个系统升级就要花这么多钱，很不情愿，但是又不能不办，于是又开始琢磨别的办法。她突然想到，她的叔叔刘小光是某通信集团的工会主席，手上多少有些权力，不如让他利用自己的影响力，把他们集团的 OA 系统拿过来，改一改，替代金域环保的那套老系统。大集团的系统肯定是好东西。因为她曾经听刘小光说过，当初设计他们集团的 OA 系统时，他也有参与。所以她在他跟前问到哪里的 OA 系统比较好时，他肯定吹嘘他们的 OA 有多好用多先进。其实这东西哪儿有什么好坏之别，用着方便就好。但是她又不能对他往明里说，把你们的系统拿过来让我抄一下变成我们的。那老狐狸显然也很明了她的用心，也知道这就是异想天开，但是又碍于情面，也不把话说明白。这两人都是揣着明白装糊涂，互相戏耍。

老板认为这件事情要往下推动必须得有个人来主导，所以就要交给我来办。我已经被宣传册和产业园的事情弄得焦头烂额，哪里还有工夫忙 OA 系统升级换代的事情？再说了，当她给我开口交代此事的时候，我马上就看穿了他们各怀鬼胎的伎俩，知道这是一件吃力不讨好的事情，所以就拒绝了。但是，她又找不到更合适的人，非要我接。我只好不情不愿地接了这活儿。为此，还成立了技改专项小组，我任组长，刘小光任顾问。刘小光是老板亲戚，但是在公司里没有任何职务，请他当顾问纯粹是为了老板的面子。我也知道他根本不可能把他们公司 OA 的底板拿出来给金域环保用，借他十个胆也不敢。因为这可是一个公司最重要的商业机密，如果私下相授，那就是犯罪。果然，在开项目讨论会的时候，我希望他把他们公司负责这方面工作的工程师请过来座谈一下，结果那工程师根本就不给他面子，直接让一个 OA 开发公司的人过来谈合作，这让他感到有些无地自容。所以在后续的工作中，我就自行其是，逐渐淡化他的存在。

可是这个家伙没有一点儿自知之明，以为他是老板的叔叔，就要把 OA 项目的进展情况向他请示汇报。见我不搭理他，他就着急生气。但是，他不直接问我项目进展的情况，而是让白燕舞传话，让我给他打电话。那几天，我帮叶创修改产业园的规划，没有时间搭理他，也没把白燕舞的传话当回事儿，只顾忙我自己的事情。

在那个周五的中午，我正在准备第二天去龙阳的汇报材料。白燕舞跑到我办公室说："您给刘小光回个电话吧，他快把我烦死了！"我这才想起来他已经催了好几回了。

"刘主席，你找我有事儿？"

"我让白燕舞说了让你给我打电话，你为什么不打？"他一副居高临下的口吻。

"我忙着呢，没顾上！"我听他口气不善，也是一肚子的火，决心硬碰硬。

"公司的 OA 系统升级的事情还是你负责吧？进展咋样了？"

"这不是什么复杂的事情，按照我们公司的规模体量，根本用不着搞太复杂的东西。目前就等几家公司给我们优化方案，我们从中选定一家最适合我们的方案就可以进入实际工作阶段。"

"你这样，你把公司所有跟这个项目相关的人召集齐。就在今天，不管是白天还是深夜，我都有时间，你亲自拿着 App 向我汇报。你准备好了通知我，我就过去。"

这个不知天高地厚的家伙以这么一番无礼的态度，彻底激起了我心中郁积已久的怒火。

"你是谁？你凭什么以这样的语气跟我说话？你是我老板吗？你给我发工资吗？你忒不要脸了！国有国法、家有家规，你既不是我们公司的股东也不是公司高管，你瞎掺和什么事儿？我有给你汇报工作的必要吗？就你这样没有自知之明，还傲慢无礼的人当工会主席，你不觉得羞耻吗？"

这一通火发完，我的心里舒服多了，然后就向老板提出辞职。

老板说："我还打算派您去龙阳谈项目呢？"

"你另请高明吧！"

我走了以后，老板还是如愿租下了农科中心的那栋办公楼。这倒不是因为她找的关系硬从别人手上抢来的，而是人家觉得那里太破旧，燃气水电管道不通，有的设施已经老化，不适宜作办事处就退租了。她还以为捡到便宜赶紧租下来了。这栋楼每年的租金就要800多万元，为此，她还把配给张华的那辆劳斯莱斯库里南卖了。以前，我曾问过她：“公司的资金这么紧张，这栋楼的租金又这么贵。今年你卖车，明年怎么办呢？”

“卖元宝电厂不是还有800多万元的收入吗？我就没打算再把它投回去。”

唉！刘昌国这个冤大头啊！

后 记

五月份，北京遭遇的一小波新冠疫情过去后，我去了金域环保新的办公楼，我是去办工作交接的。老板见了我依然很热情，拉着我把公司的办公楼上上下下地参观了一遍。说实话，经过她的一番收拾以后，这栋老旧的办公楼焕发了一丝活力。但是，还是因为资金紧张，舍不得拿更多的钱装修，无论从哪个角度，都显得那么寒酸。当我们到二楼要看她刚刚弄好的私密会所的时候，正巧看见她的司机陈师傅跟两个装修工人往墙上钉钉子挂画。他们因为墙上有个小洞，要选择把钉子钉在哪个位置起了争执。老板立刻就凑上去指挥他们钉该往哪儿钉，孔该往哪儿打。奇怪的是，只要她一搭手，别人就你看着我，我看着你，不知道该怎么干活儿了。最后她就抄起锤子站在板凳上找位置钉钉子。

我看着她冲上去钉钉子的样子，不免心里发凉。一个事无巨细、大小不分的女人，怎么可能有时间精力干好她该干的事情、解决她该解决的问题呢？即便是无债一身轻，以她的脾气性格、学识阅历，绝对不可能经营好一家上市公司，更不可能实现其虚无缥缈的投行梦。

我看她干得起劲，就不想打扰，反正自此之后这公司跟我再无瓜葛，便走向电梯。电梯打开的时候正好走出来 5 个戴经侦警徽的警察。

“刘金凤在哪里？”

还未等我回答，便听到身后传来咣当的声响，我扭头一看，老板四仰八叉地摔倒在地，眼里满是恐惧和绝望。这是我看到老板的最后一幕，我不知道她这次是否还能翻身。

图书在版编目（CIP）数据

实控人 / 可汗 著 . — 北京：东方出版社，2023.12
ISBN 978-7-5207-3726-5

Ⅰ. ①实…　Ⅱ. ①可…　Ⅲ. ①长篇小说－中国－当代　Ⅳ. ① I247.5

中国国家版本馆 CIP 数据核字（2023）第 203827 号

实控人
（SHIKONGREN）

作　　者：可　汗
策　　划：李　烨
责任编辑：李　烨　李子昂
出　　版：东方出版社
发　　行：人民东方出版传媒有限公司
地　　址：北京市东城区朝阳门内大街 166 号
邮　　编：100010
印　　刷：北京明恒达印务有限公司
版　　次：2023 年 12 月第 1 版
印　　次：2023 年 12 月第 1 次印刷
开　　本：660 毫米 ×960 毫米　1/16
印　　张：21
字　　数：289 千字
书　　号：ISBN 978-7-5207-3726-5
定　　价：68.00 元
发行电话：（010）85924663　85924644　85924641